무지개

하

D. H. 로렌스 지음
최인자 옮김

차 례

2부

제10장 넓어지는 세계⑴ · 7
제11장 첫사랑 · 38
제12장 수치 · 117
제13장 남자의 세계 · 146
제14장 넓어지는 세계⑵ · 241
제15장 환희의 괴로움 · 262
제16장 무지개 · 342

▨ **작품해설** · 361
▨ **연　보** · 367

무지개(하)
The Rainbow

제 10 장
넓어지는 세계(1)

어슐라는 자신이 브랭웬 가문의 맏딸이라는 사실이 매우 부담스러웠다. 열한 살이 되자, 어슐라는 구드런과 테레사와 캐더린을 학교에 데리고 다녀야만 했다. 아버지와 이름이 헷갈리지 않도록 늘 윌리엄 대신 빌리라는 애칭으로 불리는 남동생은 귀엽지만 다소 예민한 세 살배기 꼬마로 아직 집에 있었다. 그리고 빌리 밑으로는 카산드라라는 계집아이가 또 있었다.

한동안 아이들은 마쉬 바로 옆에 있는 조그만 교회학교에 다녔다. 그곳은 엎어지면 코 닿을 만한 가까운 거리였고 매우 작았으므로, 브랭웬 부인은 안심하고 아이들을 보낼 수 있다고 생각했다. 비록 동네 사내애들이 어슐라에게는 어틀러(Urtler)라는, 구드런에게는 굳런너(Good—runner), 테레사에게는 티팟(Tea—pot)이라는 별명을 붙여서 놀려대긴 했지만 말이다.

구드런과 어슐라는 단짝이었다. 둘째 딸인 구드런은 홀쭉하고 늘씬한 체격으로, 끝없는 환상을 좇으며 현실에는 통 관심이 없었다. 구드런은 현실이 아니라 자신만의 환상을 위해 살았다. 현실적인 언니 어슐라와는 달랐다. 그래서 구드런은 현실적인 문제는 언니에게 떠넘기면서, 무조건 언니를 따랐다. 어슐라는 자신을 따르는 여동생에게 각별한 책임감을 갖고 있었다.
 구드런에게 책임감을 갖게 하는 것은 불가능했다. 그녀는 바다 속의 물고기처럼 자신의 세계 속을 떠다녔다. 자신의 개성과 존재 안에만 있으면 완벽했다. 다른 사람들의 존재는 그녀에게 아무 의미가 없었다. 구드런은 오직 언니만을 믿고, 언니에게만 의지했다.
 맏이로서 어슐라는 어린 동생들을 책임져야 한다는 생각에 짓눌렸다. 특히 억세고 고집불통인 테레사는 말썽의 근원이었다.
 "어슐라 언니, 빌리 필린스가 내 머리카락을 잡아당겼어."
 "네가 그 애에게 뭐라고 그랬니?"
 "나는 아무 말도 안 했어."
 이쯤 되면 브랭웬 집안의 계집애들과 필린스 혹은 필립스 집안의 아이들 사이에 싸움이 붙기 마련이었다.
 "이젠 내 머리를 잡아당기지 못할걸, 빌리 필린스."
 테레사가 언니들과 함께 걸어오더니 주근깨투성이에 머리카락이 붉은 소년을 보고 말했다.
 "내가 왜 못 해."
 빌리 필린스가 대들었다.
 "못 하니까 못 하지."
 테레사가 고집스럽게 말했다.
 "그럼 이리 와봐, 티팟. 내가 하는지 못 하는지 보여줄 테니까."
 티팟이 당당하게 걸어나가자, 빌리 필린스는 대뜸 그녀의 꼬불꼬불한 검은 머리채를 잡아당겼다. 화가 난 테레사가 빌리에게 달려들었다. 뒤를 따라서 어슐라와 구드런, 그리고 어린 캐티가 달려들었고, 곧이어 필립스 집안의 남자아이들인 클렘, 월터, 그리고 에디 앤소니가 끼어들었다. 한바탕 난투극이 벌어졌다. 브랭웬 집안의 딸들은 보통 사내아이들보다 몸집이 크고, 힘도 더 셌다. 그러니 앞치마와 기다란 머리카락만 아니라면 쉽게 승리할 수도 있었다. 그러나 결국 브랭웬 집안의 딸들은 찢어진 앞치마와 헝클어진 머리채를 하고 집으로 돌아갈 수밖에 없었다. 필립스 집안의 남자애들은 브랭웬 집안 여자애들의 앞치마를 찢는 것이 재미있었다.

그러면 브랭웬 집안에서는 한바탕 소동이 벌어졌다. 브랭웬 부인은 도저히 분을 참을 수 없었다. 그녀 내면에 잠재해 있던 모든 자존심과 위엄이 들고 일어났다. 이쯤 되자, 학교에서는 목사가 학생들을 훈계했다.

"코스데이의 남학생들이 여학생들에게 비신사적으로 행동하는 것은 유감스러운 일입니다. 정말이지 남학생으로서 여학생에게 덤벼들어서 차고 때리고 앞치마를 찢는다는 것은 있을 수 없는 일입니다. 그런 남학생은 호되게 매를 맞고, 겁쟁이라는 이름표를 달아야 합니다. 겁쟁이가 아니고서야……."

목사가 설교를 하는 동안 필린스 집안 사람들의 가슴 속엔 분노가 타올랐고, 브랭웬 집안의 여자아이들, 특히 테레사는 훨씬 얌전을 뺐다. 그런 다음 싸움이 계속되었고, 그러다가 특별히 친하게 지내는 기간이 이어졌다. 그럴 때면 어슐라는 클렘 필립스의 짝꿍이, 구드런은 월터의, 테레사는 빌리의, 그리고 조그만 캐시는 에디 앤소니의 짝꿍이 되었다. 그리고 그들은 어느 틈엔가 한 편이 되었다. 틈만 나면 브랭웬 집안과 필립스 집안의 어린 패거리들은 함께 몰려다녔다. 그러나 어슐라와 구드런은 필립스 집안의 사내아이들과 정말로 가까워지지는 못했다. 싸움도, 단짝 노릇도 두 사람에겐 꾸밈에 불과했다.

또다시 브랭웬 부인이 들고 일어났다.

"어슐라, 네가 그 사내녀석들과 거리를 휩쓸며 다니는 걸 두고 보진 않겠다. 당장 그만둬라. 그러면 동생들도 너를 따라서 그만둘 테니까."

어슐라는 자신이 언제나 브랭웬 아이들 무리를 대표하는 것이 끔찍하게 싫었다. 그녀는 결코 독자적인 존재가 아니었다. 그녀는 항상 어슐라 — 구드런 — 테레사 — 캐더린이었고, 조금 지나자 빌리까지 그 뒤에 덧붙여졌다. 게다가 어슐라는 필립스 집안 아이들도 원치 않았다. 그들은 어슐라의 취향에 맞지 않았다.

그렇지만 브랭웬 — 필립스의 유대는 브랭웬 집안 여자아이들의 부당한 우월감 때문에 곧 깨져버렸다. 브랭웬 집안은 부유했다. 그들은 마음대로 마쉬 농장을 드나들었다. 학교 선생님들은 브랭웬 집안의 딸들을 거의 존경하다시피 했고, 교회 목사도 대등한 자세로 말을 걸었다. 브랭웬 집안의 딸들은 거만스럽게 머리를 높이 쳐들고 다녔다.

"잘난 척하지 마, 어틀러 브랭웬, 이 못난이야."

클렘 필립스가 얼굴이 새빨개져서 말했다.

"아무리 그래도 너보다는 나아."

어슐라가 대꾸했다.

"그 얼굴로 나보다 낫다고 생각해? 못난이, 못난이 어틀러 브랭웬!"

클렘은 다른 아이들을 부추기며 어슐라를 놀려댔다.

그러면 다시 싸움이 벌어졌다. 어슐라는 아이들의 놀림이 정말 싫었다. 그녀는 필립스 집안의 아이들을 냉정하게 대하기 시작했다. 어슐라는 자기 집안을 무척 자랑스러워했다. 브랭웬 집안의 딸들은 모두 묘하게 맹목적인 위엄이 있었고, 몸짓에선 기품 같은 것이 느껴졌다. 타고난 혈통과 양육으로 인해서 그들은 그들 자신의 생활을 고집할 뿐 다른 사람들에게 어떻게 보이는가는 신경 쓰지 않는 것 같았다. 애초부터 다른 사람들이 자신을 나쁘게 바라볼 수도 있다는 생각 따위는 결코 하지 못했다. 어슐라는 그녀를 아는 사람이면 누구나 그녀에게 만족하고, 지금 그녀의 모습 그대로를 받아들일 것이라고 생각했다. 그녀는 세상 사람들도 자기와 같다고 생각했다. 혹시 어쩔 수 없이 누군가가 자신을 낮게 평가해야 할 경우가 생기면 그녀는 무척 괴로워했고, 그렇기 때문에 그 사람을 결코 용서하지 않았다.

 그러나 이 점 때문에 다른 아이들로서는 미칠 노릇이었다. 평생토록 브랭웬 집안 사람들은 그들을 끌어내려 보잘것없게 만들려고 하는 사람들과 대결해 왔다. 기이하게도 어머니는 그런 일이 벌어질 것을 알았고, 그래서 언제라도 자신의 아이들을 이동시킬 준비가 되어 있었다.

 어슐라가 열두 살이 되었을 때, 보통학교와 인색하고 시기심 많은 동네 아이들과의 교류가 어슐라에게 있어 좋지 않은 영향을 미치기 시작했다. 그러자 안나는 어슐라와 구드런을 노팅엄에 있는 문법학교로 옮겼다. 이것은 어슐라에게 있어 커다란 해방이었다. 어슐라는 하찮은 주변 환경, 하찮은 질투, 하찮은 차이, 하찮은 비열함 따위에서 벗어나길 간절히 바라고 있었다. 그녀보다 가난하고 천박한 필립스 집안의 아이들과 보잘것없는 일로 다투어야 하는 것이 고통스러웠다. 어슐라는 동등한 교제를 원했다. 그러나 자신을 낮춰가면서까지 수준을 맞추고 싶지는 않았다. 그녀는 클렘 필립스가 그녀와 동등해지기를 원했다. 그러나 가슴 아픈 운명 탓인지 혹은 다른 이유 때문인지 모르지만, 그와 함께 있을 때면 어슐라는 머릿속이 팽팽하게 긴장되었다. 어슐라는 이마를 치고 달아나고 싶었다.

 그러다가 어슐라는 도망치기 쉬운 방법을 찾아냈다. 이 모든 상황에서 떠나는 것이었다. 보통학교를 벗어나는 것이다. 이 시시한 학교와 쩨쩨한 선생님들, 사랑하려고 노력했지만 도저히 사랑할 수 없는 필립스 집안의 아이들, 그래서 용서할 수 없는 그들을 남겨두고, 문법학교로 떠나 버리면 되지 않겠는가. 사슴이 개들을 두려워하듯이 어슐라는 본능적으로 하찮은 사람들을 두려워했다. 그녀는 분별력이 없었으므로 사람들을 판단하고 평가하지 못했다. 그저 모든 사람들이 자신과 같다고 생각해야만 했다.

 어슐라의 판단 기준은 자기 가족들, 아버지와 어머니, 할머니, 그리고 삼촌들이었다. 그녀가 사랑하는 아버지는 행동은 너무나 단순하지만 깊이를 헤아릴 수 없는 심연에 뿌리박고 있는 듯한 강하고 어두운 영혼을 갖고 있어서 어슐라를 매혹시키는 동시에 두렵게 만들었다. 한편 어머니는 돈이나 인습, 두려움 따위로부터 이상할 정도로 너무나 자유로워서 세상에 대해서는 완전히 무관심한 채 아무런 관계도 맺지 않고 독자적으로 살았다. 그리고 먼 외국 땅에서 온 외할머니는 너무나 드넓은 지평에 중심을 두고 있었다. 그러므로 어슐라의 사람이 되려면, 먼저 그 정도의 수준에 올라 있어야만 했다.

그렇기 때문에 비록 열두 살의 어린 소녀였지만, 어슐라는 오직 제한된 사람들만 살고 있는 비좁은 코스데이의 울타리를 뛰쳐나오는 것이 기뻤다. 바깥세상은 광대했고, 코스데이 밖에는 무한히 넓은 세계와 어슐라가 사랑할 수 있는 진실하며 자랑스러운 사람들이 있을 것 같았다.

기차로 통학해야 했기 때문에, 어슐라는 아침 7시 45분에 집을 나와서 5시 30분이 되어야 집에 도착했다. 그러나 어슐라는 오히려 그게 좋았다. 집은 비좁은 데다 항상 북적거렸기 때문이었다. 집안은 소용돌이치는 폭풍이었고, 집에 있는 동안은 그 폭풍에서 달아날 방법이 없었다. 어슐라는 너무나 많은 책임을 맡아야 하는 자신의 처지가 증오스러웠다.

브랭웬 집안은 움직이는 폭풍 자체였다. 아이들은 튼튼하고 그악스러웠으며, 어머니는 자식들이 짐승같이 건강하기만 바랄 뿐이었다. 나이가 들어가면서 어슐라에겐 집이 악몽처럼 여겨졌다. 나중에 벌거숭이 아이들이 폭풍처럼 돌아치는 루벤스의 그림을 보았을 때, 그림의 제목이 〈다산多産〉임을 알고 몸을 부르르 떨었다. '다산'이라는 단어가 소름끼쳤다. 어슐라는 아이들이 득실거리는 속에서, 다산의 열기와 난장판 속에서 살아가는 게 어떤 것인지 어릴 적부터 알고 있었다. 그녀는 아이 때부터 어머니에게 반감을 가졌고, 맹렬하게 반항했다. 어떤 정신적인 것, 고귀한 것을 갈망했던 것이다.

비 오는 날이면 집안은 정신병원 같았다. 아이들은 비를 맞으며 뿌연 주목나무 아래를 지나 마당의 물웅덩이로 우르르 몰려갔다가 젖은 주방의 돌바닥으로 뛰어 들어오곤 했으며, 집안일을 도와주는 아주머니는 연방 투덜거리며 야단을 쳤다. 아이들은 소파에 모여 앉거나, 벌이 윙윙거리는 듯한 소리를 내려고 피아노를 발로 걷어차거나, 난로 앞에 깔린 양탄자 위를 뒹굴거나, 두 발을 허공에 들고 책 쟁탈전을 벌였다. 또한 집안 구석구석을 쑤시는 작은 악마들처럼 살금살금 이층으로 올라와서 어슐라가 어디 있는지 찾아내는 것이었다. 그리고는 조용히 책 좀 읽으려고 걸쇠를 건 침실 방문 앞에 매달려서 신비스럽게 그녀의 이름을 속삭였다.

"어슐라 언니! 어슐라 언니!"

그렇게 되면 어쩔 수 없었다. 방문이 잠겼다는 사실이 아이들의 호기심을 더욱더 자극했기 때문에, 그 호기심을 없애려면 문을 열어줘야만 했다. 그러면 아이들은 동그랗게 뜬 눈으로 뛰어 들어와서 언니에게 질문을 퍼부어대는 것이었다.

그런 모든 소동에도 어머니는 태연했다.

"아픈 것보다는 시끄럽게 구는 것이 낫다."

어머니는 그렇게 말했다.

그러나 나이가 찬 계집애들은 고통을 겪었다. 어슐라는 이제 막 안데르센과 그림의 동화책을 밀쳐놓고, 테니슨의 《왕의 목가》나 낭만적인 연애소설들을 탐독하는 단계로 접어들고 있었다.

아름다운 일레인, 사랑스러운 일레인,
아스토라트 성의 백합 같은 아가씨, 일레인은

동쪽 탑에 있는 그녀의 방에서
랜슬롯의 성스러운 방패를 지키고 있다네.

이 얼마나 아름다운가! 어슐라가 검은 머리를 어깨 위에 늘어뜨리고 황홀하게 달아오른 얼굴로 침실 창가에 기대어 서서 작은 교회 건물과 교회 마당을 내려다보고 있으면, 작은 교회는 탑이 있는 성으로 변했고, 랜슬롯이 말을 타고 달려오며 손을 흔드는 것이 보였다. 그러나 곧 그의 붉은 망토는 거무스레한 주목나무 숲을 지나서 넓은 벌판으로 사라지고, 그녀는, 아 그녀는 언제나 멀리 떨어진 높은 탑 위에 갇힌 외로운 처녀가 되어 그 끔찍한 방패를 닦으면서, 또 방패에 씌울 덮개를 뜨개질하면서 기다리고 또 기다리는 것이었다.

그런데 바로 그 순간 계단에서 종알대는 소리와 문을 덜거덕거리는 소리가 들려왔다. 이어서 빌리가 잔뜩 흥분한 목소리로 속삭였다.

"문이 잠겼어, 문이 잠겼어."

문을 두드리고 무릎으로 걷어차는 소리, 그리고 다급한 아이들의 목소리가 이어졌다.

"누나? 어슐라 누나? 어슐라 누나?"

어슐라는 대답하지 않았다.

"어슐 — 라? 응? 어슐라 누나?"

이제 고함을 치듯이 그 이름을 불렀다.

그래도 어슐라는 대답하지 않았다.

"엄마, 누나가 대답을 안 해요. 누나가 죽었어요."

빌리가 목청 높여 외친다. 어슐라는 화난 목소리로 대꾸했다.

"저리 가. 누나 죽지 않았으니까. 도대체 왜 난리니?"

"문 좀 열어 줘, 어슐라 누나."

불만스러운 외침이 들려왔다.

제 10 장

그럼 모든 게 끝이었다. 문을 열지 않을 도리가 없었다. 일하는 아주머니가 부엌 바닥을 닦으면서 양동이를 질질 끄는 소리가 아래층에서 들려왔다. 아이들은 재빨리 침실로 쏟아져 들어와 두리번거리면서 물었다.

"뭐 하고 있었어? 왜 문을 잠갔어?"

그 후 어슐라는 교회 사무실 열쇠를 발견해서 그곳으로 몸을 숨겼다. 그리고 책을 들고 부대 자루 위에 앉은 다음, 다시 또 다른 꿈을 꾸기 시작했다.

그녀는 늙은 영주의 외동딸로서 마법의 힘을 갖고 있었다. 그녀가 정적에 휩싸인 오래된 저택을 유령처럼 배회하거나 혹은 잠에 빠진 테라스를 뛰어다니는 동안, 황홀한 침묵 속에 하루하루가 지나간다.

그런데 이 대목에서 깊은 상심이 그녀를 사로잡는다. 어슐라의 머리는 검은 색인데, 상상 속의 그녀는 금발머리에 하얀 피부여야 했다. 어슐라는 자신의 검은 머리카락이 원망스러웠다.

걱정하지 말자. 어슐라는 어른이 되면 머리카락을 염색하든지 혹은 금발이 될 때까지 햇볕에 탈색되도록 할 생각이었다. 그리고 그때까지는 멋진 베니스 풍의 레이스가 달린 순백의 두건을 쓸 생각이었다.

다시 그녀는 소리 없이 테라스를 훨훨 날아다녔다. 보석이 박힌 듯한 도마뱀들이 바닥의 돌 위에서 햇볕을 쬐면서 그녀의 그림자가 드리워져도 꼼짝도 하지 않았다. 온통 고요한 가운데 샘물이 뿜어져 나오는 소리가 들리고, 탐스러운 장미꽃 향기가 코끝을 찔렀다. 그녀는 그리움이 담긴 어여쁜 발로 백조들이 노니는 연못을 지나 아름다운 정원으로 날아갔다. 정원의 참나무 아래에 네 발을 모으고 누운 점박이 암사슴과 어미 옆에 바짝 붙어 있는 새끼 사슴이 보였다.

아, 그런데 이 암사슴은 그녀의 친구였다. 그녀는 마법사이니 사슴은 그녀에게 말을 걸 것이다. 햇빛이 그녀에게 속삭이듯이.

그러던 어느 날, 항상 조심성이 부족하고 덜렁거리는 그녀가 교구 사무실의 문을 잠그는 것을 깜박 잊어버렸다. 아이들은 금방 그 방을 발견했고, 케티는 손을 베여 자지러지게 울고 빌리는 끌의 날을 망가뜨리는 등 사무실 안의 기물들을 손상시켰다. 당연히 큰 소동이 벌어졌다.

어머니는 잠깐 동안 역정을 냈다. 어슐라는 사무실 문을 잠갔고, 그 일은 그렇게 해서 끝났으려니 생각했다. 그런데 아버지가 망가진 연장을 들고 찌푸린 얼굴로 들어왔다.

"도대체 누가 사무실 문을 열어두었지?"

그가 성난 목소리로 소리쳤다.

"어슐라가 문을 잠그는 것을 잊어버렸어요."

어머니가 대답했다. 아버지는 한 손에 먼지떨이를 들고 있었는데, 돌아서서 그것으로 딸의 얼굴을 세게 후려쳤다. 어슐라는 잠깐 동안 아무 생각도 할 수 없었다. 그녀의 얼굴은 딱딱하게 굳어졌고, 그녀는 꼼짝도 하지 않았다. 그러나 그녀의 가슴은 활활 불타고 있었다. 참으려고 해도 눈물이 자꾸만 솟았다. 참으려고 할수록 더 격하게 솟구쳤다.

어슐라의 얼굴은 일그러졌고 눈물이 계속 흘러내렸다. 어슐라는 버림받은 심정으로 밖으로 나갔다. 그러나 가슴은 분노와 반항으로 불타고 있었다. 아버지는 딸이 나가는 것을 지켜보았다. 감미로운 고통이 그를 사로잡았다. 승리감과 힘의 과시 이후에 곧 강한 연민이 뒤따랐다.

"아이의 얼굴을 때릴 것까지는 없었잖아요?"

어머니가 냉정하게 말했다.

"먼지떨이로 맞았다고 해서 어떻게 되지는 않아."

"좋을 것도 없죠."

며칠 동안, 아니 몇 주 동안, 어슐라는 그때 받은 충격에서 헤어나지 못했다. 자신이 잔인할 정도로 무기력하게 느껴졌다. 아버지는 딸이 얼마나 상처받기 쉬운지, 얼마나 약점이 많은지, 또 얼마나 두려워하는지를 모른단 말인가? 아니, 아버지는 누구보다도 딸을 더 잘 알고 있었다. 그러면서도 아버지는 딸에게 그런 짓을 한 것이다. 아버지는 딸의 가장 연약한 부분을 상처주고 싶었고, 수치스럽게 대하고 모욕감을 안겨주길 원했다.

어슐라의 가슴이 밤을 지키는 횃불처럼 홀로 이글거렸다. 어슐라는 잊지 않았다. 잊지 않았다. 결코 잊지 않았다. 아버지에 대한 애정이 회복된 후에도, 그 불신과 적의의 불씨는 비록 애정에 가려 눈에는 보이지 않았지만 계속해서 타올랐다. 그녀는 더 이상 아버지를 무조건 따르지 않았다. 서서히, 서서히, 그 불신과 반항의 불씨는 그녀를 태우고, 그녀와 아버지 사이의 유대를 태웠다.

어슐라는 홀로 뛰어다니는 것이 좋았다. 그녀는 모든 움직이고 활동하는 사물들에 열정을 품었다. 그녀는 작은 시냇물을 좋아했다. 어디서든 작은 시냇물이 흐르는 것을 발견하면, 그녀는 행복해졌다. 시냇물이 흘러가며 영혼의 노래를 부르는 듯이 느껴졌던 것이다. 그녀는 시냇가나 개울가의 오리나무 밑에 앉아서 몇 시간이고 돌 위와 작은 나뭇가지 사이를 춤추듯 흘러가는 냇물을 지켜보곤 했다. 이따금 작은 물고기들이 환영처럼 얼핏 나타났다가 사라졌고, 할미새가 물가를 따라 종종걸음을 쳤으며, 작은 새들이 물을 마시러 왔다. 촉새가 화살같이 푸른 선을 그으면서 날아가는 것을 보면 어슐라의 마음은 기뻤다. 촉새는 마법의 세계를 여는 열쇠요, 마법의 질서를 지켜보는 증인이었다.

그러나 그녀는 복잡하게 뒤엉킨 삶의 환상으로부터 빠져나와야만 했다. 바깥 세계에서 오디세이 같은 생활을 하는 아버지에 대한 환상, 또 외할머니에 대한 환상, 그리고 너무나 어렴풋하고 아득해서 신비스런 상징처럼 되어버린 현실에 대한 환상에서 벗어나야 했다. 푸른 꽃으로 만든 화환을 쓴 시골 처녀들, 한겨울의 바람 속을 달리는 썰매들,

검은 턱수염을 기른 청년 시절의 할아버지, 결혼, 전쟁, 죽음. 그러다 보면 다양한 환상들이 그녀를 사로잡았다. 그녀는 사실 폴란드의 공주였다. 그런데 영국에서 마법에 걸렸고, 따라서 지금의 어슐라 브랭웬은 진짜가 아니었다. 그런 식으로 어슐라가 책에서 읽은 내용들이 신기루처럼 계속 이어졌다. 그러나 이제 어슐라는 다채로운 삶의 환상에서 벗어나 노팅엄의 문법학교에 다녀야 했다.

어슐라는 수줍은 성격 때문에 고통을 겪었다. 한 예로, 그녀는 손톱을 물어뜯는 버릇이 있어서 자신의 손톱 끝을 몹시 의식했다. 그녀는 손을 보이는 것을 꺼렸고, 항상 신경을 썼다. 두 손을 불에 데었다고 할까, 아니면 장갑 벗는 것을 잊어버린 것처럼 행동할까? 그녀는 장갑을 계속 끼고 있을 수 있는 방법을 이리저리 궁리하며 많은 시간을 고통스럽게 보냈다.

고등학교에 들어가면, 그녀는 자신의 원래 신분을 물려받게 될 것이다. 그곳에선 학생들 하나하나가 모두 숙녀였다. 그곳에서 그녀는 자유로운 영혼들, 동료이자 동등한 사람들 속을 거닐게 될 것이다. 모든 하잘것없는 것들은 멀리 사라질 것이다. 아, 손톱을 물어뜯는 버릇을 고칠 수 있다면! 이 결점만 고칠 수 있다면! 어슐라는 흠 하나 없는 완벽하고 고상한 삶을 원했다.

아버지가 너무나 초라한 인사를 한 것도 그녀에겐 실망이었다.

아버지는 마치 심부름 온 소년이 용건을 전하듯, 짤막하게 인사말을 했다. 게다가 옷차림은 어색했고 성의가 없었다. 반면 어슐라는 자신이 새로운 신분을 얻는 것의 시작인 만큼 예복과 격식을 갖춘 인사를 바랐었다.

이제 어슐라는 학교에 대해 새로운 환상들을 만들어냈다. 교장선생인 그레이 여사는 은빛 매력이, 교장선생다운 품위가 있었다. 이 학교는 원래 어느 귀족의 저택이었다. 훌륭한 가로수 길과 학교 건물 사이에는 거무스레한 잔디밭이 놓여 있었다. 그러나 교실은 크고 훌륭했다. 그리고 건물 뒤에는 잔디밭과 덤불, 수목과 풀이 우거진 비탈, 우묵하게 들어앉은 도시의 지붕들이 이어져 있었다.

어슐라는 학교 언덕에 앉아서 도시의 매연과 혼잡함, 그리고 바쁘게 돌아가는 생산 활동들을 내려다보았다. 그녀는 행복했다. 이곳 문법학교는 공장의 매연과 멀리 떨어져 있고, 공기는 훨씬 깨끗하다고 그녀는 상상했다. 그녀는 라틴 어와 그리스 어, 그리고 프랑스 어와 수학을 공부하고 싶었다. 처음으로 그리스 어 알파벳을 쓸 때 어슐라는 성직 수련생처럼 몸을 떨었다.

그녀는 자신이 아직 정상을 밟지 못한 새로운 산 중턱에 서 있는 심정이었다. 그녀의 가슴 속에는 언제나 더 높이 올라가서 그 너머의 세계를 보고 싶어하는 거대한 열망이 있었다. 라틴 어 동사는 어슐라가 처음 밟는 처녀지였다. 그녀는 그곳에서 새로운 향기를 맡았고, 비록 그것이 의미하는 바는 알지 못했지만 그것에 어떤 의미가 있음을 알았다. 그러나 어슐라는 그 의미를 추측했다. 그것은 보다 중요한 것이었다.

$x^2-y^2=(x+y)(x-y)$라는 수식을 알았을 때에도 어슐라는 그 무엇인가를 알아낸 것 같았다. 그녀는 희귀하고 무조건적인, 황홀한 대기 속으로 해방된 것이다.

또한 프랑스 어로 'J ai donne le pain a mon petit frere' (나는 동생에게 빵을 주었다)라는 문장을 연습하면서 매우 기뻐했다.

이러한 모든 것들은 그녀를 완전하게 만들어주는 환희의 나팔 소리와도 같았다. 그녀는 갈색 표지의 《롱맨》 프랑스 기초 문법책과 붉은 테를 두른 라틴 어 교본, 그리고 회색의 작은 대수大數 책을 잊을 수 없었다. 그 책들 속에는 언제나 마법이 들어 있었다.

배움에 있어 어슐라는 머리가 좋고 영리하며 재빨랐지만 끈질기지 못했다. 직관적으로 와 닿는 것이 아니면 배우지 못했다. 그러면 모든 수업이 싫어졌고, 모든 선생들을 경멸했으며, 사납게 움츠러들어서는 거만하게 고개를 돌렸다.

그녀는 자유롭고 통제할 수 없는 한 마리 짐승이라고 반항적으로 선언했다. 그녀에겐 규칙도, 법칙도 없었다. 그녀는 완전히 독불장군이었다. 모든 사람들과 기나긴 투쟁을 벌였고 결국 패배했으며, 있는 힘껏 저항을 한 후엔 상실감에 흐느껴 울었다. 그런 다음엔 홀가분하게 정화된 기분으로 되돌아와 전에 이해하지 못했던 것을 이해하게 되었고, 보다 진지하고 현명하게 생활했다.

어슐라와 구드런은 같이 학교에 다녔다. 구드런은 수줍음을 타는 조용하고 야생적인 아이였다. 구드런은 사람들의 이목이나 복잡한 과거로부터 물러나 다시 자기만의 세상으로 슬그머니 몸을 감추는, 호리호리한 꺽다리 소녀였다. 그녀는 본능적으로 모든 접촉을 피하면서 다른 사람들과는 아무 관계가 없는 비현실적인 환상을 쫓아 자신만의 길을 추구하는 것처럼 보였다.

구드런은 도무지 영리하지 못했다. 그녀는 어슐라가 두 사람 몫을 할 만큼 충분히 영리하다고 생각했다. 어슐라가 그렇게 영리한데 왜 구드런 자신이 신경 써야 한단 말인가? 이 어린 소녀는 종교적이고 책임을 지는 인생은 언니로 하여금 대신 살게 하고, 자신은 무책임한 야생동물처럼 무관심하고 멍하게 지냈다.

자기 성적이 학급에서 바닥이라는 것을 알았을 때도 구드런은 히죽 웃으며 이제 안심이라고 말하고 만족했다. 구드런은 아버지가 성을 내든, 어머니가 울화를 터뜨리든 신경 쓰지 않았다.

"내가 왜 너를 노팅엄의 학교에 보내며 돈을 쓰는 거지?"

아버지가 화가 나서 말했다.

"그러니까 아빠, 저를 위해서는 돈을 쓰실 필요가 없어요. 언제든지 학교를 그만둘 테니까요."

구드런은 태연하게 말했다.

구드런은 집에 있으면 행복했으나, 어슐라는 그렇지 못했다. 구드런은 밖에서는 의기소침해졌으나, 집에 오면 자기 굴에 돌아온 야생동물처럼 편해졌다. 반대로 어슐라는 밖에서는 주의 깊고 똑똑했지만 집에 돌아오면 움츠러들고 불편해하며 무력해졌다.

그렇지만 일요일만은 두 자매에게 행복한 날이었다. 어슐라는 일요일이 주는 영속적인 안정감을 열정적으로 고대했다. 평일에는 두려움에 따른 불안으로 괴로워했다. 그녀를 인정하지 않으려는 강한 힘들을 느꼈기 때문이었다. 어슐라는 언제나 권위에 대해서 두려움과 혐오를 느꼈다. 그녀는 어떻게든 권위나 기존 권력들과의 싸움을 피할 수만 있다면 무엇이든 잘 할 수 있을 것 같았다. 그러나 만일 항복해 버린다면 그녀는 자신을 잃고 파멸할 것이다. 항상 무언가가 그녀를 위협하고 있었다.

언제나 잔인함과 추악함이 당장이라도 그녀를 덮칠 것 같은 기묘한 감정, 투덜거리는 군중들의 힘이 그녀를 노리며 기다리고 있는 것 같은 이런 느낌이 어슐라의 생활에 가장 깊은 영향을 미치는 것들 중 하나였다. 학교에 있든, 친구들 가운데 있든, 거리에 있든, 기차 안에 있든, 그녀는 본능적으로 몸을 낮추고 자신을 실제보다 더 작고 희미한 존재로 만들었다. 그녀는 감추어둔 자아가 드러나 평범한 사람들의 사나운 증오심에 공격받을까봐 두려웠다.

이제 학교에서는 꽤 안전했다. 어슐라는 학교에서 어떻게 행동해야 하는지를, 그리고 어디까지 자신을 감추어야 하는지를 파악했다. 그러나 오직 일요일에만 자유로웠다. 어슐라는 이미 열네 살 때부터 집안에서조차 그녀에 대한 반감이 자라고 있음을 깨닫고 있었다. 그녀는 자신이 가족들을 괴롭히고 있음을 알았다. 그러나 일요일만은 자유로웠다. 정말로 자유롭게, 그녀는 아무 걱정이나 두려움 없이 본래의 모습 그대로 진정한 자유를 누렸다.
 심지어 가장 거센 폭풍이 치는 날에도 일요일은 축복이었다. 일요일이 되면 어슐라는 무한한 안도감을 느끼며 깨어났고, 자신의 마음이 왜 이렇게 가벼울까 의아해하다가 문득 깨닫는 것이었다. 아, 오늘이 일요일이구나. 기쁨이 솟구쳤다. 커다란 해방감이었다. 세상 전체가 스물네 시간 동안 뒤로 물러나 있는 듯했다. 오직 일요일의 세상만이 존재했다.
 어슐라는 난장판인 집까지도 좋았다. 일요일 아침에 동생들이 일곱 시까지 잠을 자고 있으면 운이 좋은 날이었다. 대개는 여섯 시가 지나자마자 동생들이 새처럼 짹짹거리며 새로운 날의 시작을 알리는 소리와 작은 발들이 쿵쿵거리며 뛰어가는 소리가 들렸다. 토요일 밤에 목욕을 한 덕분에 말끔해진 아이들은 셔츠만 입은 채 반짝이는 부드러운 머리카락과 분홍색 다리로 왔다 갔다 사방을 돌아다녔다. 몸이 깨끗해지자 그들의 영혼도 더욱 고양된 것 같았다.
 집 안이 반벌거숭이 아이들로 와글거릴 때쯤에야 부모 중 한 명이 일어났다. 숱 많은 검은 머리를 아무렇게나 묶어서 한쪽 귀 뒤로 늘어뜨린 어머니가 느긋하게 풀어진 모습으로 나타나든지, 아버지가 부스스한 검은 머리에 셔츠 단추조차 잠그지 않은 편안한 모습으로 나타나는 것이었다.
 잠시 후 이층에 있는 딸들의 귀에 계속 이런 소리들이 들려왔다.
 "빌리, 어딜 올라가는 거니?"
 우렁우렁 울리는 아버지의 목소리 아니면, 카랑카랑한 어머니의 목소리였다.
 "이런 빌리, 뭘 하는 거니?"
 "엄마가 말했지, 캐시, 그만 하렴."
 전혀 화가 나지 않았으면서도 아버지의 목소리가 징처럼 울릴 수 있다는 사실도 놀라웠지만, 속옷이 여기저기 삐져나오고 머리를 산발한 어머니가 알현을 받는 여왕처럼 위엄 있게 말할 수 있다는 사실 또한 놀라웠다. 그 와중에도 아이들은 꽥꽥 소리 지르고 난장판이었다.

그 동안 아침 식사가 준비되고, 위층에 있던 딸들이 그 아비규환 속으로 내려왔다. 상의만 걸친 동생들은 ― 구드런의 표현대로 ― 아기 천사의 궁둥이처럼 통통한 엉덩이와 벌거벗은 짧은 다리를 얼핏얼핏 보이며 뛰어다녔다.

차례차례 어린 동생들은 붙잡혔다. 그리고 드디어 잠옷이 벗겨지고 말끔한 일요일 나들이옷을 입을 준비를 한다. 그러나 나들이옷을 머리 위로 씌우기도 전에 벌거숭이 아이들은 어른들의 손을 빠져나가 거실의 양털 융단 위에서 뒹굴었다. 그러면 어머니가 날카롭게 잔소리를 하며 올가미처럼 옷을 들고 아이를 뒤쫓고, 아버지는 징같이 울리는 목소리로 나무랐다. 하지만 벌거숭이 아이는 폭신폭신한 양털 위를 뒹굴면서 즐겁게 외쳤다.

"엄마, 난 지금 바다에서 세엄치고 있어."

"어째서 엄마가 옷을 들고 네 뒤를 쫓아다녀야 하니? 어서 일어나."

어머니가 말했다.

"난 세엄치고 있다니까, 엄마."

벌거벗은 아이는 여전히 바닥을 뒹굴며 다시 한 번 말했다.

"세엄이 아니라 헤엄이라고 하는 거야."

무관심한 듯하면서도 위엄 있는 묘한 말투로 어머니가 말했다.

"자, 엄마가 네 옷을 들고 기다리잖니."

마침내 아이에게 셔츠가 입혀지고, 양말이 신겨지고, 작은 바지의 단추가 채워졌고, 작은 속치마의 끈이 뒤로 매어졌다. 하지만 가족들의 두통거리는 양말 끈을 모른다고 발뺌하는 것이었다.

"캐시, 네 양말 끈 어디 있지?"

"몰라요."
"그럼 찾아봐야지."
그러나 큰 아이들 중 그 일을 떠맡으려고 하는 사람은 하나도 없었다. 결국 캐시가 모든 가구 밑을 다 기어들어가 보고, 말끔한 일요일용 나들이옷을 새까맣게 더럽혀서 모든 사람들의 애를 태운 후에, 꼬마의 얼굴과 손을 새로 씻겨주느라 양말 끈은 까맣게 잊혀졌다.
나중에 어슐라는 꼬마 캐시가 양말은 발목까지 흘러내리고, 더러운 무릎을 드러낸 채 주일학교에서 교회로 걸어오는 것을 보고 질색했다.
"창피해 죽겠어요!"
저녁식사 시간에 어슐라는 소리쳤다.
"사람들은 우리를 돼지라고 생각할 거예요. 애들을 씻기지도 않는다고요."
"남들이 뭐라고 생각하든 신경 쓸 것 없다."
어머니가 당당하게 말했다.
"이 아이가 제대로 목욕을 했다는 걸 난 알고 있어. 내가 좋으면, 남들도 다 좋은 법이야. 양말 끈이 없으니 양말이 흘러내리는 건 당연하잖니. 게다가 양말 끈 없이 교회에 간 건 그 애의 잘못이 아니야."
양말 끈은 여러가지 면으로 계속해서 말썽을 일으켰다. 아이들이 모두 긴 치마나 바지를 입을 때까지 그 문제는 해결되지 않았다.
일요일은 격식을 갖추는 날이었으므로 브랭웬 가족은 담을 넘어 교회 뜰로 들어가는 대신 정원의 생울타리를 빙 돌아서 큰길을 걸어 교회로 갔다. 이것은 부모가 정한 규칙이 아니었다. 아이들 스스로가 다투어 휴일의 엄숙함을 지켰다.
교회에 다녀온 뒤 집안은 마치 이상한 새 한 마리가 날아 들어와 앉기라도 한 듯이 점차 평온하게, 마치 진짜 성소처럼 변하는 것이었다. 집 안에서 아이들은 독서나 이야기, 그림 그리기 같은 조용한 일들만을 할 수 있었다. 하지만 집 밖에서는 어떤 놀이든 간섭받지 않고 할 수 있었다. 만일 큰 소리로 떠들거나 악을 쓰면 아버지와 큰 아이들이 야단을 쳤으므로 작은 아이들은 쫓겨날까봐 두려워 얌전하게 굴었다.

아이들 스스로가 휴일을 지켰다. 만약 어슐라가 허영심에서

Il etait un' bergere
Et ron—ron—ron petit patapon.
(양치기 소년과 작은 바지가 있었네)

노래라도 부르면 테레사가 소리쳤다.
"그건 안식일 노래가 아니잖아, 어슐라 언니."
"네가 뭘 아니."
어슐라는 거만하게 대꾸했다. 그렇지만 속으로는 움찔했다. 그래서 노래는 다 부르기도 전에 중단되었다.

왜냐하면 — 비록 어슐라 자신은 몰랐지만 — 어쨌든 일요일이 그녀에겐 대단히 소중한 날이기 때문이었다. 그녀는 자신이 이상하고 불확실한 곳에 있음을 알았다. 그곳에서 그녀의 영혼은 아무 방해 없이 꿈속을 헤맬 수 있었다.

흰 옷을 입은 예수의 영혼이 올리브 나무들 사이로 지나갔다. 그것은 물론 현실이 아니라 환상이었다. 그리고 그녀 자신도 이 환상에 참여하고 있었다. 밤에 "사무엘, 사무엘!" 하고 부르는 소리가 들렸다. 계속해서 밤에 그 이름을 부르는 소리가 들렸다. 그러나 그 밤은 오늘밤도 어젯밤도 아니었다. 깊이를 잴 수 없는 일요일의 밤, 고요한 휴일의 밤에 들리는 소리였다.

거기에는 죄악의 뱀, 또한 지혜의 뱀이 있다. 돈을 들고 입을 맞춘 유다도 있다.

그러나 실제로 죄악은 없다. 만일 어슐라가 테레사의 뺨을, 그것도 일요일에 때린다 해도 그것은 영원히 지속되는 죄악이 아니었다. 그것은 다만 잘못된 행동일 뿐이었다. 만일 빌리가 주일학교를 빼먹는다고 해도 못되고 사악하긴 할망정 죄인은 아니었다.

죄악은 절대적이고 영속적인 것이었다. 그러나 사악하고 나쁜 것은 일시적이고 상대적인 것이었다. 빌리가 그 지역 사투리를 흉내내며 캐시를 죄인이라고 불렀을 때, 모든 사람들이 빌리를 미워했다. 그러나 마쉬 농장에서 팔딱 팔딱 날뛰는 사냥개 새끼를 얻어왔을 땐 모두들 장난삼아 그 강아지를 죄인이라고 불렀다.

브랭웬 집안의 가족들은 그들의 일상생활에 종교를 적용하는 것을 꺼려했다. 그들은 영원하고 죽지 않는 것에 대해 알기를 원했으나 하루하루의 행동을 규제받기는 싫어했다. 따라서 브랭웬 집안의 아이들은 비록 성격은 관대하나 고집 세고, 거만하고, 못되게 행동했다. 평범한 이웃 사람들은 그들이 거만하게 구는 것을 더욱 참을 수 없어했는데, 그런 행동은 민주적인 기독교 신자들의 시기심 어린 사상과는 맞지 않았다. 그래서 브랭웬 집안의 아이들은 언제나 특별했으며, 보통 사람들과 겉돌았다.

처음으로 복음주의적 가르침을 접했을 때, 어슐라는 얼마나 심한 혐오감을 느꼈던가. 어슐라는 예수의 구원을 자신의 경우에 적용해 보고 이상한 전율을 느꼈다.

"예수님은 나를 위해 죽으셨다. 나를 위해 고통을 받으셨다."

그 말 속엔 자부심과 감동이 있었으나 이내 음산한 느낌이 뒤를 이었다. 손과 발에 못으로 구멍이 뚫린 예수. 어슐라는 몸서리가 쳐졌다. 성흔을 지닌 그림자 같은 예수. 이것이 어슐라의 환상 속의 예수였다. 그러나 예수가 실제로 인간으로서, 입술을 움직여서 말을 하고, 마치 자신의 상처를 자랑스럽게 드러내는 촌뜨기처럼 사람들에게 그의 상처에 손가락을 넣어보라고 말을 하는 것이 어슐라는 싫었다. 그녀는 예수의 인간성을 주장하는 사람들과 맞섰다. 만약 예수가 평범한 인간의 삶을 살았던 사람에 불과하다면, 어슐라는 관심을 가질 수 없었다.

예수의 인간성을 주장하게 만드는 것은 천박한 인간들의 시기심이었다. 그것은 초인간적인 것, 인간의 존재를 넘어서는 것을 인정하지 않으려는 저속한 정신이었다. 그것은 예수를 인간의 일상생활로 끌어들이려는, 바지와 코트를 입히려는, 그리하여 저급한 동등을 강요하려는 부흥운동자들의 더럽고 추악한 손이었다. 그들은 뻔뻔스럽게도 이렇게 물었다.

"예수가 내 처지에 놓인다면, 예수는 어떻게 행동할 것인가?"

브랭웬 집안 사람들은 이런 모든 것에 대해 반대편에 서 있었다. 예외가 있다면 어머니였다. 어머니는 그런 저속한 태도에 대개 무관심했다. 어머니는 초인간적인 것을 인정하려 하지 않았다. 그녀는 평생 동안 단 한 번도 남편의 신비적인 열정에 진심으로 동조한 적이 없었다.

그러나 어슐라는 아버지의 편이었다. 열세 살, 열네 살이 되어 사춘기에 접어들면서 어슐라는 어머니의 현실적인 무관심에 점점 더 반감을 갖게 되었다. 어슐라는 어머니의 태도에서 냉담한, 거의 사악한 그 무엇을 느꼈다. 안나 브랭웬이 이 몇 년 동안 하느님이나 예수, 혹은 천사에 대해 관심을 가진 적이 있었던가? 안나는 당장 눈앞의 삶 그 자체였다. 그녀는 계속 아이들을 낳았고, 가족들의 자질구레한 일들에 푹 빠져 있었다. 그리고 거의 본능적으로 그녀는 남편의 교회에 대한 헌신적인 봉사와 보이지 않는 하느님을 경배하는 그의 어둡고 굴종적인 열정을 혐오했다. 돌봐야 할 어린 자식들이 있는 남자에게 보이지 않는 하느님이 다 무어란 말인가? 그녀는 남편이 궁극적인 존재에 자신을 투사하는 대신 현실의 생활에 관심을 갖기를 바랬다.

그러나 어슐라에게는 궁극적인 것이 전부였다. 어슐라는 언제나 아이들과 난리법석인 집안이 못마땅했다. 그녀에게 예수는 또 다른 세계였고, 그는 이 세상의 존재가 아니었다. 예수는 그녀의 얼굴 밑에 손을 대고 자신의 상처를 가리키며 이렇게 말하는 존재가 아니었다.
"보아라, 어슐라 브랭웬. 나는 너를 위해서 이 상처를 입었느니라. 그러니 너는 나의 말을 들어라."
어슐라에게 예수는 일몰 무렵의 하얀 달처럼, 지는 해를 따라가며 손짓하는 초승달처럼 우리의 시야 밖, 아주 먼 곳에서 빛나는 아름다운 존재였다. 때때로 겨울 저녁, 석양의 선명한 황금빛 노을 속에 점점이 떠 있는 검은 구름은 어슐라에게 갈보리 언덕을 떠올리게 했고, 언덕 위에 붉은 핏빛으로 솟아오르는 보름달은 예수가 지금 처형되었고, 십자가 위에 무거운 주검으로 매달려 있음을 일깨우며 어슐라를 두려움에 떨게 만들었다.
일요일마다 이런 환상적인 세계가 나타났다. 그녀는 기나긴 침묵의 소리를 들었고, 어둠과 빛 사이에 결혼이 행해지고 있음을 알았다. 교회에 들어가면 이 세상의 소리가 아닌 어떤 목소리가 들렸다. 마치 교회 자체가 계속해서 창조의 언어를 말하는 조개껍데기 같았다.

하느님의 아들들이 사람의 딸들의 아름다움을 보고 자기들이 좋아하는 모든 자로 아내를 삼는지라.
여호와께서 가라사대 나의 신이 영원히 사람과 함께하지 아니하리니 이는 그들이 육체가 됨이라. 그러나 그들의 날은 일백이십 년이 되리라 하시니라.
당시에 땅에 네피림(장부)이 있었고, 그 후에도 하느님의 아들들이 사람의 딸을 취하여 자식을 낳았으니 그들이 용사라. 고대에 유명한 사람이었더라.

이 구절을 읽으며 어슐라는 먼 곳에서 부름을 받은 듯 감동을 받았다. 그 당시에 그녀가 존재했다면 하느님의 아들들의 눈에 뜨이지 않았을까, 하느님의 아들들 중에 한 명의 아내가 되지 않았을까? 그것은 그녀를 두렵게 만드는 꿈이었다. 그녀는 그것을 이해할 수 없었기 때문이었다.

하느님의 아들들이란 누구일까? 예수가 하느님의 유일한 아들이 아니란 말인가? 아담이 하느님이 창조한 유일한 인간이지 않은가? 그러나 아담의 자손이 아닌 사람들이 있었다. 그들은 누구이며 도대체 어디에서 왔을까? 그들이 하느님으로부터 비롯된 것은 너무나 분명했다. 하느님은 아담과 예수 이외에도, 아담의 자손들이 알지 못하는 많은 자손들을 가지셨던 것일까? 그렇다면 아마 그 자손들, 하느님의 아들들은 낙원에서의 추락이나 타락의 치욕을 겪지 않았을지도 모른다.

그 신의 아들들이 인간의 딸들에게 자유롭게 와서, 그 딸들의 아름다움을 보고 그들을 아내로 맞았고, 유명한 사람들을 낳았던 것이다. 이것이 진짜 운명이었다. 그녀의 생각은 하느님의 아들들이 인간의 딸들에게로 왔던 저 태초의 날들을 헤맸다.

그 어떤 신화와 비교해도 이 성경 구절에 대한 어슐라의 열정을 파괴할 수 없었다. 제우스 신은 인간인 여자를 사랑하기 위해 황소가 혹은 인간이 되었다. 그리하여 그는 여자에게 거인을, 즉 영웅을 낳게 했다.

그렇다, 그리스 신화에서 신은 그러했다. 그러나 어슐라는 그리스 여인이 아니었다. 제우스도, 목신牧神 판도, 바커스나 아폴로 신도 그녀에게는 올 수 없었다. 하지만 인간의 딸들을 아내로 취했던 하느님의 아들들이라면 그녀를 아내로 맞이했을지 모른다.

어슐라는 이 은밀한 희망과 열망에 매달렸다. 그녀는 이중생활을 하고 있었다. 온갖 잡다한 것들에 둘러싸인 일상적인 생활을 하는 한편,

자질구레한 일상사가 영원한 진실로 대치되는 생활을 동시에 하고 있었다. 그러므로 어슐라는 하느님의 아들들이 인간의 딸들을 찾아오기를 열망했다. 그리고 그녀는 현실적인 사실들보다 자신의 열망과 그 열망의 성취를 더 믿었다. 어떤 사람이든지 단지 사람이라는 사실로 그가 아담의 자손이라는 증거일 수는 없었다. 그러나 또한 유래를 알 수 없고, 헤아릴 수도 없는 하느님의 아들들 중 하나일지도 모를 가능성을 부정할 수도 없었다. 어슐라는 혼란스러웠다. 그러나 이런 생각을 부정할 수 없었다.

또다시 어슐라는 그 분의 음성을 들었다.

"부자가 천국에 들어가기는 낙타가 바늘구멍으로 들어가기보다 어려우니라."

그러나 그 말씀은 해석되었다. 바늘구멍은 보행자들이 다니는 조그만 문이니, 짐을 잔뜩 실은 데다 등에 혹이 있는 큰 낙타가 그 문을 빠져나가는 것은 불가능했다. 아니, 혹시 작은 낙타라면 위험을 무릅쓰고 빠져나올 수 있을지도 몰랐다. 왜냐하면 "부자라고 해서 절대로 천국에 못 들어가는 것은 아니다"라고 주일학교 선생님은 말씀하셨기 때문이다.

어슐라는 또한 동양에서는 과장법을 써야지 그렇지 않으면 다른 사람들의 주의를 끌지 못한다는 것을 알고 재미있어했다. 동양 사람들에게 감명을 주려면 온 하늘을 다 덮을 만큼 부풀리거나, 그렇지 않으면 전혀 없는 것처럼 줄여서 말해야 한다는 것이었다. 어슐라는 동양의 사고방식에 즉시 공감했다.

그러나 그 말씀에는 문이나 과장법으로도 이해되지 않는 의미가 들어 있었다. 그 말 자체의 역사적, 지리적, 혹은 심리적 관심은 별개의 문제였다. 그 말에는 설명할 수 없는 불변의 가치가 들어 있었다. 바늘구멍과 부자와 천국의 관계는 무엇일까? 어떤 종류의 바늘구멍이며,

어떤 종류의 부자이며, 어떤 종류의 천국일까? 누가 그것을 알까? 그것은 절대적인 세계를 의미하며, 이 상대적 세계의 용어로는 결코 설명될 수 없는 것이었다.

그렇다면 인간은 그 말씀을 그대로 받아들여야만 하는 것일까? 그녀의 아버지는 부자인가? 아버지는 천국에 갈 수 없는가? 아니면 아버지는 약간 부자인가? 아니면 가난뱅이에 가까울까? 어쨌든 아버지가 가진 것을 모두 가난한 사람들에게 주지 않는 한, 천국에 들어가기는 거의 불가능할 것이다. 바늘구멍은 아버지가 통과하기엔 너무 좁을 것이다. 그녀는 아버지가 동전 한 푼 없는 가난뱅이였으면 하는 생각까지 했다. 사실 철저하게 따진다면, 이 세상 누구든 가장 가난한 사람보다는 부자인 셈이었다.

어슐라는 아버지가 피아노와 암소 두 마리와 은행에 저축해 놓은 돈을 모두 이 지방의 노동자들에게 나눠주고, 브랭웬 집안이 훼리 집안처럼 가난뱅이가 되는 모습을 상상하다가 현기증을 느꼈다. 그녀는 그렇게 되는 것을 원하지 않았다. 그것은 참을 수 없었다.

어슐라는 생각했다.

"좋아, 그럼 우리가 그 천국을 포기하자. 그럼 되잖아. 그런 바늘구멍 따위는 어쨌든 알 게 뭐야."

그리고 그녀는 그 문제에 대해 더 이상 생각하지 않았다. 무슨 말을 듣든지 그 비참하고 더러운 훼리 집안처럼 되고 싶지는 않았다.

그래서 어슐라는 성경을 문자 그대로가 아니라 해석으로 풀이하게 되었다. 아버지는 책은 별로 읽지 않았지만 그림의 사본들을 많이 수집해 두고 있었다. 그는 마치 아이처럼 호기심 어린 눈으로 열중해서 그것들을 쳐다보곤 했다. 그러나 그림에 대한 그의 열정은 어린애의 변덕스러운 것이 아니었다. 그는 초기 이탈리아 화가들, 특히 지오토와 프라 안젤리코, 그리고 필리포 립피를 좋아했다. 그 위대한 구도는 그에게 마법의 주문을 던지는 것 같았다. 라파엘의 〈성찬 논쟁〉, 프라 안젤리코의 〈최후의 심판〉, 아름답고 복잡한 〈동방박사의 경배〉 등을 얼마나 수없이 들여다보았던가. 그리고 그림들을 볼 때마다 항상 그는 똑같은 환희가 서서히 가슴에 벅차오르는 것을 느꼈다. 그것은 분명히 인간의 형상을 하나의 단위로 사용하는 신비하고 건축학적인 개념의 정립과 관련이 있었다.

때때로 그는 서둘러 집으로 돌아와서 프라 안젤리코의 〈최후의 심판〉으로 달려가야만 했다. 활짝 열린 무덤들 속으로 난 길, 그 길 옆에 쌓여 있는 흙들과 그 위에 펼쳐진 하늘, 노래하며 천국을 향해 올라가는 무리들이 있는 반면, 다른 한쪽에선 지옥으로 떨어지는 무리들이 있었다. 그 그림은 그를 더할 수 없이 만족시켰다. 그 자신이 악마나 천사의 존재를 믿는지 믿지 않는지는 상관없었다. 그는 그림의 전체적인 구상에서 지극한 만족감을 느꼈고, 더 이상의 것은 원하지 않았다.

아이 때부터 그런 그림들을 보며 자란 어슐라는 그림들을 세밀하게 관찰했다. 그녀는 프라 안젤리코의 꽃과 빛, 천사들을 좋아했으며, 악마들도 좋아했고, 지옥의 광경 역시 좋아했다. 그러나 후광을 보이며 천사들에게 둘러싸여 하늘 높은 곳에 있는 하느님의 모습은 그녀를 지루하게 했다. 그녀는 가장 고귀한 하느님의 형상이 짜증스러웠고 화가 났다. 이 치렁치렁한 옷을 입은 심심한 형상이 이 모든 것들의 절정이고 의미란 말인가? 천사들은 너무나 사랑스럽고, 빛은 너무나 아름다웠다. 그런데 그 아름다운 것들이 단지 이것을 위해서, 이렇게 평범한 하느님을 위해서 들러리를 서다니!

어슐라는 불만스러웠지만, 아직 비판을 할 수 있는 능력은 없었다. 여전히 놀라운 것들이 너무나 많이 있었기 때문이었다. 겨울이 왔다. 소나무 가지들이 눈의 무게를 이기지 못하고 부러지고, 푸른 솔잎들이 땅 위를 가득 덮었다. 눈 위에는 별처럼 선명하게 꿩의 발자국이 찍혀 있었다. 두 개의 구멍이 나란히 찍히고, 두 개의 다른 구멍이 그 뒤를 따라 이어진 집토끼의 발자국도 보였다. 산토끼의 발자국은 한결 더 깊고 비스듬했으며, 뒷발을 하나로 모아 뛰어서 하나의 큼직한 구멍 자국을 내었다. 고양이는 살짝살짝 작은 구멍들을, 새들은 레이스 무늬 같은 발자국을 만들어 놓았다.

서서히 기대감이 높아지고 있었다. 크리스마스가 다가오고 있었던 것이다. 창고에는 밤마다 은밀한 촛불이 켜졌고, 낮게 속삭이는 소리들이 들렸다. 소년들은 성 조지와 악마 바알세불에 관한 옛 기적극을 연습했다. 일주일에 두 번, 램프 불을 밝힌 교회에서는 브랭웬이 듣고 싶어하는 옛날 크리스마스 캐럴들을 익히기 위해서 성가 연습을 했다. 소녀들이 이 연습에 참가했다. 사방에 신비감과 흥분이 넘쳤다. 모든 사람들이 무언가를 준비하고 있었다.

크리스마스가 가까워지자, 소녀들은 교회를 장식하기 시작했다. 차갑게 언 손가락으로 제단 주위에 호랑가시나무, 전나무, 주목들을 매달았다. 마침내 교회 안에는 새로운 분위기가 감돌고, 석조물들은 짙푸른 잎사귀로 장식되었으며, 둥근 아치들에는 차가운 꽃망울들이 달려서, 차가운 꽃들이 어둡고 신비로운 분위기 속에서 피어났다. 어슐라는 겨우살이를 엮어서 교회 문과 칸막이 위에 걸고 주목나무가지에 은빛 비둘기를 매달아야만 했는데, 일이 끝날 무렵에는 땅거미가 내려앉아서 교회가 마치 작은 숲처럼 보였다.

외양간에서는 소년들이 총연습을 위해서 얼굴에 검정 칠을 하고 있었다. 착유장에는 죽은 칠면조가 얼룩덜룩한 날개를 펼친 채 매달려 있었다. 이제 파이를 만들 시간이었다.

기대감은 한층 높아졌다. 별이 하늘에 떠오르고, 성가와 캐럴은 그 별을 반길 준비를 마쳤다. 그 별은 하늘에 나타난 표지였다. 그러므로 땅 역시 표지를 보여야만 했다. 저녁이 깊어지면서 사람들의 마음은 기대감으로 부풀었고, 두 손은 준비한 선물들로 가득 찼다. 교회에서 있을 예배에 대한 설레는 기대의 말들이 오갔다. 그렇게 밤이 지나자 아침이 왔고, 선물들을 주고받으며 모두의 마음 속에서 기쁨과 평화가 날개를 퍼덕거렸다. 크리스마스 캐럴이 홍수처럼 터져나왔으며, 투쟁은 사라지고 세상의 평화가 밝아왔다. 모든 사람들이 손에 손을 맞잡고 함께 노래를 불렀다.

그러나 유감스럽게도 날이 저물고 밤이 다가오면서 크리스마스는 마치 은행 휴일처럼 평범하고 지루해졌다. 아침은 그토록 경이로웠건만, 오후와 저녁이 되자 환희는 마치 거짓된 봄날에 속아서 핀 꽃봉오리처럼, 서리 맞은 새싹처럼 시들어버리는 것이었다. 아, 크리스마스가 단지 집안의 축제, 과자와 장난감들의 향연이라니! 왜 어른들은 평상시와 다른 마음으로 환희에 열중하지 못하는 것일까? 환희는 어디 있을까?

브랭웬 가족들은 정말이지 열정적으로 환희를 갈구했다. 크리스마스 밤이 되자, 아버지의 표정은 어둡고 침울해졌다. 열정이 빠져나가고, 그 날이 다른 날들과 똑같아졌으며, 가슴에서 불꽃이 꺼져버렸기 때문이었다. 어머니는 영원히 추방이라도 당한 사람처럼 평소와 마찬가지로 무심한 상태에 빠져 있었다. 예수님의 탄생이 이루어졌는데, 기쁨으로 벅찼던 마음은 어디에 있는가? 별은, 동방박사들의 환희는, 온 세상을 울린 새로 탄생한 아기에 대한 감격은 어디에 있는가?

비록 희미하고 약하긴 하지만, 그 흥분과 기쁨은 아직 남아 있었다. 창조의 주기는 여전히 교회력 속에서 회전하고 있었다. 크리스마스가 지난 후, 그 흥분은 서서히 가라앉았고 변화했다. 한 주, 두 주 일요일이 지나면서, 가족들의 마음 속에 섬세한 변화가, 섬세하게 깊어지는 변화가 이루어졌다. 별을 보고 예수가 탄생한 마굿간까지 따라갔던, 또한 영광스러운 빛 속에서 정신이 아득해지던, 그 기쁨에 부풀었던 가슴이 이제는 빛이 사라지면서 서서히 그림자를 드리우며 어두워지는 것을 느껴야만 했다. 오한이 스며들고, 침묵이 지상을 덮었으며, 이윽고 천지가 암흑에 싸였다. 성전의 장막은 찢어지고, 모든 사람들은 성령을 포기한 채 죽음으로 빠져들었다.

성 금요일에 아이들은 마음을 어둡게 하는 그림자를 느끼며 약간 파리한 입술로 조용히 움직였다. 그러자 죽음의 냄새로 창백한 부활의 백합들이 피어나서 성령이 강림할 때까지 차갑게 빛났다.

그러나 왜 상처와 죽음의 기억이 남아 있는 것일까? 틀림없이 그리스도는 완치된 손과 발로, 강하고 기쁘게 부활하지 않았던가? 십자가와 무덤의 수난은 잊혀진 것이 아니었던가? 상처의 기억, 수의의 악취가 언제나 함께 따라올 것인가? 이 순환에서 십자가와 죽음에 비교할 때 부활은 사소한 것에 불과했다.

이렇게 아이들은 인류 영혼의 서사시라 할 기독교 절기를 따라서 살았다. 해마다 아이들의 마음 속에서는 알 수 없는 드라마가 되풀이되었다. 아이들의 마음은 태어나고 성장하며, 십자가 위에서 고통을 당하고, 성령을 포기하고, 다시 영원한 날들로 부활했다. 아이들은 지치지 않았고, 적어도 황량하고 무질서한 인생 속에서 영원의 율동을 간직하고 있었다.

그러나 크리스마스의 탄생과 성 금요일의 죽음이라는 이 드라마도 이제는 기계적인 반복이 되어가고 있었다. 부활절 일요일에는 이 생애의 극도 거의 끝난 것이나 다름없었다. 부활은 죽음의 그림자에 눌려 희미해지고, 승천은 거의 주목받지 못하는 죽음의 확인일 뿐이었다.

희망과 충만이란 무엇인가? 아, 그것은 단지 쓸모없는 사후의 생, 창백하고 형체 없는 사후의 생에 지나지 않는가? 아아, 인간의 열정의 허무함이여, 육체가 죽기 훨씬 전에 죽을 수밖에 없다니.

왜냐하면 열정과 고뇌의 시련을 겪은 후, 무덤 밖으로 나오는 육체는 찢기고 차갑게 얼어붙어 핏기 없는 모습으로 부활하기 때문이다.

그리스도가 "마리아!"라고 불렀을 때 마리아가 돌아서서 그리스도에게 손을 내밀자, 그리스도는 황급히 이렇게 말하지 않았던가. "나를 만지지 마라. 나는 아직 내 아버지에게로 올라가지 못하였노라."

그렇다면 자신이 거부당했음을 알면서 어떻게 그 손이 즐거울 수가, 또한 그 마음이 기쁠 수가 있겠는가! 아아, 죽은 육체의 부활이여. 아아, 부활한 예수의 떨리고 가물거리는 모습이여. 아아, 그렇다면 승천은 죽음 속의 그림자, 완전한 소멸이다.

아아, 이렇게 금방 극이 끝나다니, 겨우 서른세 살의 나이에 끝맺은 인생. 그 생의 절반은 싸늘하고 기록조차 없지 않은가! 아아, 부활한 그리스도는 슬프게도 우리 인간과 함께할 자리가 없다. 아아, 비애와 죽음과 무덤의 수난에 관한 기억이 부활이라는 창백한 사실 위에서 승리를 뽐내고 있다니!

하지만 왜? 왜 나는 온전한 육체로 부활하여 강한 인생을 보여주지 못할까? 마리아가 부를 때, 나는 왜 그녀를 팔에 안고 키스하며 나의 가슴에 끌어안을 수 없단 말인가? 왜 부활한 육체가 주검처럼 상처입은 육체여야 할까?

부활은 생명으로의 부활이지, 죽음으로의 부활이 아니다. 다시 부활한 사람이 몸과 영혼이 완전한 형태로, 온전히 기뻐하며, 육체로 살고, 육체로 사랑하고, 육체로 아이를 낳고, 마침내 상처나 흠 없이, 질병에 대한 두려움 없이 건강하게 우리 인간들 사이를 걸어다니는 것을 볼 수 없는 것인가? 이것이 부활 뒤에 오는 성인의, 그리고 기쁨과 충만의 시대가 아니겠는가? 부활의 몸으로, 누가 죽음과 십자가의 그늘에 눌리는가? 그리고 누가 천국에 속하는 신비스럽고 완전한 육체를 두려워하는가?

그렇다면 나는 슬픔으로부터 부활하여 기쁨 속에서 이 지상을 걸을 수 없는 것인가? 부활한 후에 나의 형제들과 행복하게 식사하며, 사랑하는 연인과 기쁘게 입맞춤하며, 육체로 맺어지는 결혼식을 축하하며, 동료들과 즐겁게 어울리며, 열심히 나의 일을 할 수 없는 것인가? 내가 서둘러야만 하든지, 아니면 창백하게 구석에서 머뭇거려야만 할 정도로 하늘은 나에게 인내심이 없고, 지상에 가혹하단 말인가? 십자가에 못 박혔던 그 육체가 거리의 군중들에게 독 같은 존재가 된 것일까? 아니면 썩은 땅에서 피어나는 첫번째 꽃처럼 그들에게 강한 기쁨과 희망을 주는 것일까?

제 11 장
첫사랑

소녀 시절을 지나 숙녀로 성장해 가면서 어슐라에겐 차츰 책임이라는 구름이 드리워졌다. 그녀는 자신이 분리할 수 없는 모호함의 한가운데 놓인 분리된 실재라는 것을 인식하게 되었다. 그녀는 어디론가 가야 하며, 무언가가 되어야만 했다. 그녀는 두렵고 혼란스러웠다. 아, 어째서, 어째서 사람은 성장해야만 하는가? 어째서 미지의 인생을 살아야 한다는 이토록 무겁고 끔찍한 책임을 짊어질 수밖에 없는 것일까? 아무것도 없는 속에서, 그리고 불특정의 대중들 속에서 뭔가 자기 자신의 것을 만들어야 한다니! 하지만 어떻게? 길 하나 없는 혼돈 속에서 방향을 정해야 한다! 하지만 어디로? 어떻게 한 걸음이라도 나갈 수 있겠는가? 하지만 또 어떻게 꼼짝하지 않고 서 있을 수 있겠는가? 자신의 인생에 대한 책임을 스스로 진다는 것은 정말이지 고통스러운 일이었다.

종교는 그녀에게 또 다른 세계였고, 일종의 영광스러운 연극의 세계였다. 그곳에서 그녀는 키 작은 남자와 함께(세리 삭게오를 말함 : 역주) 나무 위에 오르고, 사도처럼 바다 위를 비틀거리며 걷고, 주님처럼 떡을 5천 조각으로 나누어 5천 명의 사람들에게 풍성한 잔치를 베풀어주었다. 그러나 이제 그 세계는 현실로부터 멀어졌다. 이제 그 세계는 하나의 이야기, 신화, 환상이 되어버렸다. 누군가 아무리 그것을 역사적 사실이라고 주장해도 사람들은 알고 있었다. 적어도 하루하루를 사는 우리의 현실에서는 그것이 진실이 아님을. 우리가 알고 있는 이 제한된 인생에서 빵 한 조각으로 5천 명을 먹이는 것은 불가능했다. 그리고 이제 어슐라는 일상생활에서 경험할 수 없는 것은 진실이 아니라고 생각하는 지점에까지 이르렀다.

그러므로 평일에는 사람들과 기차와 의무와 숙제의 세계에서 살고, 일요일에는 물 위를 걷고 주님의 얼굴에 눈이 멀고 구름 기둥을 따라 사막을 건너고 결코 타버리지 않는 불타는 덤불을 보며 절대적인 진리와 생생한 신비의 세계에서 살았던 이중생활이, 그 확고하던 이중생활이 갑자기 깨져버렸다. 평일의 세계가 일요일의 세계를 이긴 것이었다. 일요일의 세계는 현실이 아니었다. 아니, 적어도 지금 일어나는 일이 아니었다. 그런데 사람은 지금 벌어진 일로 살아간다.

오직 평일의 세계만이 중요했다. 어슐라 브랭웬은 평일의 삶을 사는 방법을 배워야만 했다. 그녀의 육체는 세상의 평가를 받을 수 있는 평일의 육체가 되어야만 했다. 그녀의 영혼은 세상의 인정을 받을 수 있는 평일의 가치관을 지녀야만 했다.

이제부터는 행동과 행위의 일상생활이 있었다. 그러므로 자신의 행동과 행위를 선택할 필요성이 있었다. 사람은 자신이 한 행위에 대해서 세상에 책임을 져야 했다.

아니, 단지 세상에 대한 책임만이 아닌, 그 이상이 있었다. 사람은 자기 자신에게 책임을 질 수 있어야 했다. 아직도 그녀의 내면에서는 혼란스럽고 고통스러운 일요일의 세계가 남아서 일요일의 자아를 고집하며, 이제는 깨져버린 환상의 세계와의 관계를 주장했다. 그러나 어떻게 자신이 부인하는 세계와 관계를 유지할 수 있단 말인가? 이제 그녀의 임무는 평일의 삶을 배우는 것이었다.

어떻게 행동할 것인가, 그것이 문제가 아닐까? 어느 방향으로 가서, 어떤 사람이 될 것인가? 사람은 온전한 완성체가 아니라 반쯤 언급한 질문에 불과했다. 사람이 그저 어떤 것이면서 동시에 아무것도 아닌 불확실한 존재, 마치 하늘을 떠도는 바람처럼 규정되지 않고, 설명되지 않는 존재에 불과하다면, 어떻게 자기 자신이 되고, 어떻게 자신에 대한 질문과 대답을 알아낼 것인가.

어슐라는 보이지 않는 바람의 잔물결처럼 혈관을 따라 흐르며 아득하게 속삭이는 환상으로 고개를 돌렸다. 그녀는 다시 속삭이는 말을 들었다. 그러나 그녀는 평일의 사람이 되어야만 했으므로 그 환상을 부정했다. 평일의 사람에게 환상은 진실이 아니었다. 어슐라는 그 말에서 단지 평일의 의미를 찾으려 할 뿐이었다.

물론 환상을 통해 전해지는 말도 있다. 하지만 말은 일상적인 생활에 해당함으로 평일의 의미를 가져야만 했다. 그러므로 이제 그 말들이 이야기하게 둘 것이다. 평일의 말로 이야기하게 둘 것이다. 마땅히 환상은 평일의 말로써 해석되어야 했다.

"너희가 가진 것을 모두 팔아 가난한 자들에게 주라."

어슐라는 일요일 아침에 이 말을 들었다. 그 말의 의미는 명백했다. 월요일 아침에도 그 뜻은 명백했다. 학교에 가기 위해 기차역으로 향하는 언덕을 내려가는 동안, 그녀는 그 말을 곰곰이 생각했다.

"너희가 가진 것을 모두 팔아 가난한 자들에게 주라."

그녀는 그렇게 하려고 했던가? 진주가 박힌 머리빗과 거울, 은촛대, 펜던트, 아름다운 작은 목걸이를 팔고 훼리의 집안처럼 초라한 옷차림을 하기를 원했던가? 그리하여 보기 흉하고 머리도 못 빗은 '가난뱅이' 훼리가 되길 원했던가? 어슐라는 그렇게 되기를 바라지 않았.

그녀는 이 월요일 아침에 비참하기 이를 데 없는 심정으로 길을 걸었다. 무엇이 옳은지를 잘 알고 있기 때문이었다. 그렇지만 그녀는 성경의 가르침대로 따르고 싶지 않았다. 가난뱅이가, 진짜 가난뱅이가 되고 싶지 않았다. 그 생각을 하면 끔찍했다. 훼리네 사람들처럼 그렇게 추하게, 사람들의 동정심에 의지해서 살다니!

"너희가 가진 것을 모두 팔아 가난한 자들에게 주라."

현실생활에서 그 말을 실천하는 것은 불가능했다. 그 사실이 얼마나 그녀를 침울하고 절망적으로 만들었는지!

한쪽 뺨을 맞고 다른 쪽 뺨을 내미는 일 또한 불가능했다. 테레사가 어슐라의 뺨을 때렸다. 어슐라는 그리스도의 가르침에 따라 말없이 다른 뺨을 내밀었다. 그 도전에 격분한 테레사가 그 뺨 역시 때렸다. 어슐라는 걷잡을 수 없이 화가 치솟았지만 꾹 참고 그 자리를 떠났.

그러나 노여움과 들끓는 수치심이 그녀를 괴롭혔고, 결국 테레사와 다시 싸워 동생의 머리채를 실컷 뒤흔들고서야 분이 풀렸다.

"넌 좀 깨우쳐줘야 해."

어슐라는 엄격하게 말했다.

그리고 기독교인답지는 못하지만 상쾌한 기분으로 그 자리를 떠났다.

이 기독교적인 겸양의 측면에는 무언가 깨끗하지 않고 비굴한 데가 있었다. 어슐라는 반발했고, 갑자기 그와 반대되는 극단으로 치달았다.

"나는 훼리네가 싫어. 그런 사람들은 죽었으면 좋겠어. 어째서 아버지는 우리를 이렇게 가난하고 보잘것없는 생활을 하며 살아가도록 내버려두고 있지? 어째서 아버지는 더 훌륭한 사람이 아닌 거야? 만일 우리가 훌륭한 아버지를 가졌다면, 만일 아버지가 윌리엄 브랭웬 백작이라면, 나는 어슐라 양이 될 수 있었을 텐데. 내가 작은 벌레처럼 길을 기어다니면서 가난하게 살아야 할 이유가 뭐란 말인가? 만약 제대로 태어났다면 녹색 승마복을 입고 말 등에 앉아 있었겠지. 시종을 뒤에 거느리고서. 그러면 나는 소작인의 오두막집 앞에 말을 멈추고, 아이를 안고 나온 그 집의 아낙네에게 발을 다친 남편은 어떠냐고 물었을 거야. 그런 다음 말에서 내려 아이의 갈색 머리를 쓰다듬어주고, 지갑에서 1실링을 꺼내서 아낙네에게 주었겠지. 그리고 저택에 돌아와서는 그 오두막집에 맛있는 음식을 보내주라고 지시했을 테고 말이야."

이렇게 어슐라는 자랑스럽게 말을 타고 돌아다녔다. 때로는 불길 속으로 뛰어들어가 아이를 구출하기도 하고, 운하의 수문 속으로 뛰어들어가 쥐가 나서 꼼짝도 못하는 소년을 구조하기도 했다. 또는 마구 날뛰는 말발굽 아래에서 아장아장 걷는 아기를 구해냈다. 물론 이 모든 것은 상상 속에서 일어나는 일이었다.

그러나 상상의 제일 마지막에는 일요일의 세계에서 비롯된 통렬한 갈망이 되돌아왔다. 아침에 코스데이의 언덕길을 내려오며 언덕 위로 피어오르는 일케스턴의 푸른 연기를 볼 때면, 어슐라의 가슴은 다시 아득히 들려오는 말들로 가득 찼다.

"오, 예루살렘아, 예루살렘아. 암탉이 그 새끼를 날개 아래 모으듯이 내가 네 자녀를 모으려 한 일이 몇 번이냐. 그러나 너희가 원치 아니하였도다."

그리스도를 향한 열망이, 그 안전하고 따뜻한 날개 밑에서 쉬고 싶은 열망이 그녀 안에서 솟구쳤다. 그러나 그것이 어떻게 평일의 세계에 적용된단 말인가? 어머니가 자기 아이를 안듯이 그리스도가 그녀를 품에 안아주리라는 것 외에 어떤 의미를 가질 수 있단 말인가? 그녀는 그리스도를, 그녀를 가슴에 안아주고 그 안에서 쉬게 해줄 그리스도를 열망했다. 오, 주님의 가슴이여, 그녀가 은신처로 삼고 영원히 축복을 받을 수 있는 곳이여! 그녀의 모든 감각은 열정적인 동경으로 떨렸다.

어슐라는 어렴풋이 그리스도가 다른 무언가를 의미한다는 것을 깨달았다. 환상의 세계에서, 그리스도는 예루살렘에 대해서, 일상 세계에는 존재하지 않는 어떤 것에 대해서 얘기하고 있었다. 그것은 집이나 공장들이 아니었다. 그리스도가 가슴에 품고자 하는 것은 가정의 가족도, 공장의 일꾼도, 가난한 사람도 아니었다. 그가 품으려는 것은 평일의 세계와는 관계없는 어떤 것, 평일의 손과 눈으로는 만질 수도, 볼 수도 없는 어떤 것이었다.

그러나 어슐라는 평일의 세계에서 그것을 가져야만 했다. 반드시 가져야만 했다. 그녀의 모든 삶은 평일에 속해 있고, 이제는 그것이 전부이기 때문이었다. 따라서 그는 넓고 튼튼한 가슴으로 그녀의 육체를 안아줘야만 했다. 심장 고동소리가 들리고 그녀가 살고 있는 이 현세의 삶, 피가 흐르는 이 삶으로 따뜻해진 가슴 말이다.

그녀는 자신이 안길 수 있는 사람의 아들의 가슴을 갈망했다. 그리고 마음 속으로 너무나 부끄러웠다. 그리스도는 환상에 대답하라고 말씀하셨는데, 자신은 일상생활로부터 대답하고 있기 때문이었다. 그것은 배반이며, 환상의 세계를 현실의 세계로 대치시키는 것이었다. 그래서 그녀는 자신의 종교적 환희가 부끄러웠고, 다른 사람이 눈치챌까봐 두려웠다.

새끼양들이 태어나고, 짚으로 우리를 짓고, 외삼촌의 농장에서 남자들이 등불을 밝히고 앉아서 개와 함께 밤을 지새우는 이른 봄 무렵, 어슐라는 또다시 환상 세계와 일상 세계 사이에서 격렬한 혼란을 겪었다. 그녀는 이 시골의 풍경 속에서 예수를 느꼈다. 아아, 예수는 두 팔로 어린 양들을 들어올리리라! 아아, 그리고 그녀는 어린 양이었다. 아침에 언덕길을 내려가면서 그녀는 어미양이 부르는 소리를 들었다. 그러면 새끼양들은 갓 태어난 기쁨에 몸을 떨며 눈을 반짝이며 달려왔다. 어슐라는 새끼양들이 머리를 숙이고 코를 비비며 어미의 젖꼭지를 찾는 모습과 어미가 엄숙한 몸짓으로 고개를 돌려 새끼들의 냄새를 맡는 것을 보았다. 새끼양들은 작고 긴 다리를 희열에 떨면서 목을 쭉 뻗은 채 젖을 빨았다. 갓 태어난 양들의 몸은 신선하고 따뜻한 젖의 흐름을 느끼며 바르르 떨렸다.
 오, 그 희열! 희열! 어슐라는 떨어지지 않는 발걸음을 학교로 옮겼다. 어미의 젖을 비벼대는 귀여운 코, 기쁨과 확신에 찬 그 작은 몸들, 구부정한 그 작고 검은 다리들, 어미양은 조용히 서서 기쁨에 몸을 떠는 새끼들에게 자신을 맡기고 있다. 그런 다음 조용히 걸어가 버린다.
 예수 — 환상의 세계 — 일상의 세계 — 그 모든 것들이 고통과 희열의 혼돈 속에서 마구 헝클어진 채 뒤섞여 있었다. 그것은 고통에 가까운 혼돈이었다. 그 혼돈, 그 헝클어짐은 거의 고통에 가까웠다. 환상인 예수가 환상이 아닌 그녀에게 말을 하고 있다니! 그리고 그녀는 예수의 영적인 말씀을 자신의 육체적 욕망에 맞추고 있다니!
 어슐라는 수치스러웠다. 그녀의 영혼 속에서 벌어지는 영적인 세계와 물질적인 세계의 혼돈은 그녀를 타락시켰다. 그녀는 영혼의 부름에 즉각적이고 일상적인 욕망으로 대답하고 있었다.
 "수고하고 무거운 짐진 자들아, 다 내게로 오라. 내가 너희를 쉬게 하리라."
 이것이 그녀가 내린 일시적인 대답이었다. 그녀는 감각적인 열망에 취해서 그리스도에게 응답했다. 그녀가 정말로 예수에게 갈 수 있다면, 그리고 그의 가슴에 머리를 기대고, 위로받고, 은총받고, 아이처럼 사랑을 받을 수 있다면!
 줄곧 어슐라는 종교적 열망의 혼란스러운 열에 들떠서 걸어다녔다. 그녀는 예수가 그녀를 달콤하게 사랑해 주기를, 그녀의 감각적인 욕망을 받아들이기를, 그녀에게 감각적인 반응을 보여주기를 원했다. 몇 주 동안 그녀는 즐거운 상상 속에 빠져 있었다.
 그리고 한편으로 줄곧 어슐라는 자신이 자기의 육체적 만족을 위해서 예수의 수난을 취하고 있다는 느낌에 짓눌렸다. 그러나 그녀는 너무나 깊은 현혹과 혼란에 빠져 있었다. 그녀가 어떻게 그 속에서 빠져 나올 수 있겠는가?

어슐라는 자신을 증오했다. 자신을 짓밟고 파괴하고 싶었다. 사람은 어떻게 해야 자유로워질 수 있는 것일까? 그녀는 종교를 증오했다. 종교는 그녀의 혼란을 부추겼다. 그녀는 모든 것을 저주했다. 당장의 필요와 당장의 만족을 제외한 다른 모든 것에 대해서 냉담하고 무관심해지고 싶었다. 예수를 향한 열망을 갖는 것이 단지 그녀 자신의 가벼운 감각을 만족시킬 수 있고, 그녀 자신에 대한 반응의 수단으로 이용할 수 있기 때문이었으므로, 어슐라는 나중에는 미칠 것 같았다. 그쯤 되자 예수도, 감상도 사라졌다. 무력감에 대한 쓰디쓴 증오 때문에 그녀는 감상을 증오했다.

이 시기에 청년 스크레벤스키가 나타났다. 어슐라는 곧 열여섯 살이 되는 날씬하고 조용한, 거의 말이 없는 소녀였다. 그러나 이따금 한껏 대범해질 때가 있었고, 그럴 때면 모든 영혼을 다 주는 것 같았지만, 사실은 단지 바깥에 보이기 위해서 꾸며낸 가면에 불과했다. 어슐라는 굉장히 예민했고, 항상 고통스러워했으며, 항상 자신을 숨기기 위해서 냉담하고 무관심한 척했다.

이 무렵에 어슐라는 발작적인 열정과 내재된 고통을 지닌 이 세상의 골칫거리였다. 그녀는 두 손에 자신의 영혼을 고스란히 들고 열망에 들뜬 채 다른 사람에게 가는 것처럼 보였다. 그러나 그 동안에도 내내 그녀의 마음 가장 깊은 곳에는 어린애 같은 불신의 반감이 자리 잡고 있었다. 그녀는 자신은 모든 사람들을 사랑하며, 모든 사람들을 믿는다고 생각했다. 그러나 자기 자신은 사랑할 수도 믿을 수도 없었으므로, 그녀는 뱀처럼 또는 사로잡힌 새처럼 모든 사람들을 불신했다. 그러니 그녀가 사랑하려는 충동보다 반항과 증오의 충동에 사로잡히는 것은 어쩔 수 없는 일이었다.

이렇게 어슐라는 혼란과 영혼이 없는, 또한 창조되지도, 형성되지도 않은 어두운 나날들을 고민하며 지냈다.

어느 날 저녁, 그녀가 응접실에서 머리를 두 손에 묻고 공부를 하고 있을 때 주방에서 낯선 목소리들이 들려왔다. 그러자 즉시 그녀의 흥분하기 쉬운 영혼이 무감각 상태에서 뛰쳐나와 귀를 쫑긋 세웠다. 그 영혼은 눈에 띄는 것을 꺼리며 장막 밑에 숨어서 긴장한 채 눈을 반짝이는 것처럼 보였다.

두 명의 낯선 남자의 목소리가 들려왔다. 하나는 부드럽고 솔직한 목소리였고, 다른 하나는 가볍고 빠른 목소리였다. 어슐라는 공부를 멈추고 바싹 긴장한 채 넋을 놓고 앉아 있었다. 그들이 하는 말을 거의 흘려들으면서 온통 목소리에만 귀를 기울였다.

첫번째 목소리는 톰 삼촌이었다. 어슐라는 그 순진하고 솔직한 음성이 삼촌의 영혼 속에 깃들어 있는 냉소적이고 잔혹한 불행을 감추고 있음을 알고 있었다. 그런데 다른 남자는 누구일까? 이렇게 가볍게, 그러나 힘차게 흘러나오는 목소리의 주인은 누구일까? 그 다른 목소리는 그녀에게 앞으로 나오라고 재촉하는 것 같았다.

청년의 목소리가 말을 하고 있었다.

"기억하고 있습니다. 처음 뵈었을 때부터 계속 잊을 수가 없었지요. 아주머니의 검은 눈과 아름다운 얼굴을요."

브랭웬 부인이 기쁜 듯이 수줍게 웃었다.

"자네는 곱슬머리의 꼬마였지."

브랭웬 부인이 말했다.

"제가요? 네, 그랬죠. 가족들은 제 곱슬머리를 매우 자랑스럽게 생각했어요."

나지막하게 웃음소리가 흘러나왔다.

"자네는 매우 예절바른 소년이었어."

그녀의 아버지가 말했다.

"아! 제가 아저씨께 주무시고 가라고 부탁했었나요? 저는 늘 손님들에게 주무시고 가라고 부탁하곤 했죠. 아마 제 어머님은 조금 곤란하셨을 겁니다."

한바탕 웃음이 터졌다. 어슐라는 일어섰다. 저 자리에 가봐야만 했다.

문고리가 덜그럭 하는 소리에 모두들 뒤를 돌아보았다. 순간 격렬한 혼란에 사로잡힌 채 그녀가 문가에서 머뭇거리고 있었다. 그녀는 장차 미인이 될 것이다. 한동안 주저하며 어쩔 줄 모르는 그녀의 모습은 매력적인 수줍음을 드러냈다. 그녀의 검은 머리카락은 뒤로 묶여 있었고, 황갈색 눈동자는 시선을 고정시키지 못한 채 빛나고 있었다. 응접실에 있는 램프의 부드러운 빛이 그녀의 등 뒤로 책들을 비췄다.

그녀는 반갑게 인사하는 척 하면서 톰 삼촌에게로 갔다. 삼촌은 그녀에게 키스를 해주었다. 따뜻하게 그녀를 반기며 친밀감을 보였지만 동시에 분명한 거리감도 보였다.

그러나 어슐라는 낯선 남자를 어서 보고 싶었다. 그는 약간 뒤로 물러선 채 기다리고 있었다. 그는 다른 사람이 불렀을 때에야 표정을 나타내는, 매우 맑은 회색 눈을 가진 청년이었다.

침착하게 기다리는 청년의 태도가 그녀를 감동시켰다. 어슐라는 당황했다. 그녀는 흥분한 아이처럼 숨을 죽였고, 그에게 손을 내밀며 매혹적으로 웃었다. 청년은 어슐라의 손을 꼭 쥐고 머리를 숙였다. 그의 눈은 주의 깊게 어슐라를 바라보고 있었다. 어슐라는 자부심을 느끼며 의기양양해졌다.

"스크레벤스키 군은 초면이지, 어슐라?"

톰 삼촌이 부드럽게 말했다. 어슐라는 얼굴을 들어 상기된 표정으로 낯선 남자를 쳐다보았다. 그녀는 마치 알고 있다고 말하는 듯 흥분에 찬 떨리는 웃음을 지었다.
 청년의 눈이 갑자기 반짝이는 빛으로 어지럽게 빛났다. 그리고 거리를 두고 지켜보던 자세가 다정하게 바뀌었다. 그는 스물한 살의 호리호리한 젊은이로, 연갈색 머리를 독일식으로 말끔하게 뒤로 빗어 넘기고 있었다.
 "오래 머무실 건가요?"
 그녀가 물었다.
 "한 달 휴가를 얻었습니다."
 그가 톰 삼촌을 힐끗 바라보면서 말했다.
 "하지만 꼭 들러야 할 곳이 여러 군데 있어서, 여기저기 가봐야 합니다."
 어슐라는 그에게서 외부 세계의 강렬한 느낌을 받았다. 그것은 마치 언덕 위에 서서 발아래 펼쳐진 넓은 세계를 어렴풋이 느낄 수 있는 것과 비슷했다.
 "어디에서 한 달 휴가를 받으신 거죠?"
 그녀가 물었다.
 "저는 공병대에서 근무하고 있습니다."
 "아, 네!"
 그녀가 기쁜 목소리로 외쳤다.
 "우리가 네 공부를 방해하고 있구나."
 톰 삼촌이 말했다.
 "어머, 아니에요."
 그녀는 재빨리 대답했다. 스크레벤스키가 격하고 젊음이 넘치는 웃음소리를 냈다.
 "어슐라는 방해를 받을 때까지 가만히 있을 애가 아니라네."
 아버지가 말했다. 그러나 그 말은 마음에 들지 않았다. 어슐라는 자기 얘기는 자기 입으로 할 수 있도록 아버지가 가만히 계시길 바랬다.
"공부하는 게 싫습니까?"
스크레벤스키가 그녀에게 고개를 돌리고 물었다. 자신의 경험을 통해 나오는 질문이었다.
"몇몇 과목은 좋아해요. 라틴 어와 프랑스 어, 그리고 문법이요."
어슐라가 대답했다. 그는 그녀를 가만히 바라보았다. 온전히 그녀에게만 관심을 쏟는 것처럼 보였다. 잠시 후에 그가 고개를 흔들었다.
"저는 공부하는 것을 좋아하지 않습니다. 사람들은 군대의 수재들은 모두 공병대에 모여 있다고 말들을 하죠. 제가 공병대에 들어간 이유가 그겁니다. 다른 사람들 덕에 머리가 좋다는 소리를 들으려고요."
그가 익살스럽게, 한편으론 유감스러운 어투로 이렇게 말했다. 그녀는 그에게 무척 신경이 쓰였다. 흥미로웠다. 머리가 좋든 나쁘든 그는 흥미로운 사람이었다. 솔직하고, 거리낌 없는 그의 행동이 그녀의 마음을 끌었다. 그녀는 그의 생명의 움직임이 그녀를 덮쳐오는 것을 느꼈다.
"전 머리는 문제가 되지 않는다고 생각해요."
그녀가 말했다.
"그러면 뭐가 문제지?"
톰 삼촌이 부드럽지만 반쯤 놀리는 목소리로 물었다.
그녀는 톰에게 몸을 돌렸다.
"용기가 있느냐 없느냐가 문제지요."
그녀가 말했다.
"무엇을 위한 용기 말이냐?"
톰이 다시 물었다.
"뭐든지요."
톰 브랭웬이 신경질적으로 짧게 웃었다. 어머니와 아버지는 말없이 앉아서 귀를 기울이고 있었다. 스크레벤스키는 여전히 기다렸다. 어슐라가 그를 대변하고 있었다.

"뭐든지라는 것은 아무것도 아니라는 뜻이야."

톰이 소리 내서 웃었다.

그 순간 어슐라는 삼촌이 미웠다.

"저 앤 말은 잘 해도 실천은 못 한다네."

아버지가 의자에서 몸을 움직여서 다리를 꼬았다. 그리고 말을 이었다.

"저 앤 도무지 용기라곤 없거든."

그러나 어슐라는 대꾸하고 싶지 않았다. 스크레벤스키는 조용히 앉아서 기다리고 있었다. 그의 얼굴은 넓적하고 코도 뭉툭해서 불균형한 것이, 거의 못생긴 편이었다. 그러나 눈은 이상하리만큼 맑았고, 갈색 머리는 비단처럼 부드럽고 숱이 많았으며, 콧수염은 가늘었다. 피부는 깨끗했고, 체격은 날씬하고 균형이 잡혀 있었다. 그에 비하면 톰 외삼촌은 너무 세련되어 보였고, 아버지는 촌스러워 보였다. 그러나 그는 조금 더 세련되고 빛나 보일 뿐, 그의 아버지를 연상케 했다. 어쨌든 그의 얼굴은 못생긴 편이었다.

그는 단순히 있는 그대로의 자신을 받아들이는 것처럼 보였다. 마치 어떤 변화나 어떤 의심도 초월한 듯했다. 그는 그 자신일 뿐이었다. 그에게는 어떤 숙명적인 분위기가 있었고, 그것이 그녀를 매혹시켰다. 그는 다른 사람들에게 자신을 입증하려는 노력은 하지 않았다. 있는 그대로 받아들이라는 것이 그의 태도였다. 자신을 위한 변명이나 설명은 하지 않았다.

따라서 그는 완벽하게, 심지어 숙명적으로 완성된 사람처럼 보였다. 그는 자신이 존재할 수 있기 전에, 다른 사람과 관계를 맺을 수 있기 전에 뭔가가 되기를 요구하지 않았다.

그의 그런 태도가 어슐라를 더할 수 없이 매혹시켰다. 그녀는 새로운 변화가 올 때마다 새로운 존재로 변하는 자신 없는 사람들을 숱하게 보아왔다. 외삼촌 톰은 크게든 작게든 다른 사람들의 행동에 자신을 맞추는 사람이었다. 따라서 아무도 톰 삼촌의 진짜 모습을 알지 못했다. 그는 겉으로는 별로 변함이 없는 것같이 보였지만, 그저 흔들리는 불만스런 유동체일 뿐이었다.

그러나 스크레벤스키는 거리낌 없이 행동하며 자신을 완전히 드러내고, 드러낸 자신의 모습에 책임을 졌다. 그는 자신에 대해서 어떤 의문도 허용하지 않았다. 그는 철저하게 독자적이었다.

그래서 어슐라는 그를 멋있다고 생각했다. 그는 체격이 매우 훌륭했고, 성격이 명확하고 자립적이었다. "이런 사람이야말로 신사야"라고 그녀는 혼자 중얼거렸다. 그는 운명처럼 타고난 천성을, 귀족적 품성을 지녔다.

어슐라는 당장 그를 선망의 대상으로 삼았다. 지금 여기 사람의 딸들을 본, 그들이 아름답다는 걸 알아본 신의 아들들 중 하나가 서 있다. 그는 아담의 아들이 아니다. 아담은 비굴했다. 아담은 그가 태어난 곳에서 굽신거리며 쫓겨나지 않았던가? 그때 이후 인간은 자기 자신을 찾기 위해 구걸하는 신세가 되지 않았는가? 그러나 안톤 스크레벤스키는 구걸을 할 수 없었다. 그는 자신의 주인이었다. 다른 사람들은 그에게 무엇을 줄 수도 없었고, 그로부터 무엇을 빼앗을 수도 없었다. 그의 영혼은 홀로 우뚝 서 있었다.

그녀는 어머니와 아버지도 그를 인정하고 있음을 알았다. 집안의 분위기가 바뀌었다. 이 집에 천사의 방문이 있었던 것이다. 옛날 아브라함의 집 문 앞에 세 천사들이 찾아와서 그와 인사를 나누고 그와 함께 머무르며 먹자, 그들이 떠난 뒤에도 아브라함의 집은 영원히 풍요로웠다.

다음날 어슐라는 마쉬 농장에 초대받아 갔다. 외삼촌과 스크레벤스키는 아직 집에 와 있지 않았다. 잠시 후 창문을 통해서 그녀는 이륜마차가 올라와 멈추고 스크레벤스키가 뛰어내리는 것을 보았다. 그녀는 그가 가볍게 마차에서 뛰어내린 후 말을 모는 톰 삼촌에게 웃어 보인 다음 그녀를 향해서 집 쪽으로 걸어오는 것을 보았다. 그는 매우 자연스러웠고, 행동 속에서도 자연스러움이 드러났다. 그는 자신만의 명확하고 세련된 분위기 속에 격리되어 있었다. 그것은 마치 숙명처럼 확고했다.

자신의 숙명에 순응하는 듯한 그런 태도 때문에, 그는 게으르고 거의 무기력하게 보였다. 그는 활달하게 행동하지 않았다. 의자에 앉았을 때, 그는 권태롭고 나른해 보였다.

"우리가 좀 늦었군요."

그가 말했다.

"어디에 다녀오셨어요?"

"저의 아버님의 친구 분을 뵈러 더비에 갔었습니다."

"누구신데요?"

그녀에게는 이렇게 대놓고 질문을 던져서 솔직한 대답을 듣는 것이 모험과도 같았다. 그러나 그녀는 이 남자라면 가능하다는 것을 알았다.

"그분도 목사님이신데, 제 후견인 중 한 분이지요."

어슐라는 스크레벤스키가 고아라는 걸 알고 있었다.

"그럼 당신의 진짜 집은 어디죠?"

그녀가 물었다.

"제 집이요? 글쎄요, 제 상관이신 헵번 대령님을 매우 좋아하죠. 그리고 이모님들도 계십니다. 그러나 진짜 집이라면, 아무래도 군대겠지요."

"혼자 지내는 걸 좋아하시나요?"

그의 맑은 녹회색 눈이 잠시 그녀에게 머물렀다. 그러나 사실은 생각에 잠긴 채 그녀를 보고 있지 않았다.

"그런 것 같습니다. 아시겠지만, 나의 아버님은 끝내 이곳에 적응하지 못했지요. 그분이 원한 건, 저는 잘 모르겠지만, 정신적 긴장이었던 것 같습니다. 그리고 저의 어머니는, 어머니는 저에게 너무나 잘 해주셨죠. 전 항상 알고 있었습니다. 저에게 너무 잘 해주신다는 걸 느낄 수 있었으니까요. 하지만 전 너무 일찍 학교로 보내졌습니다. 이유는 잘 모르겠지만, 솔직히 말해서 저에게는 목사관보다 바깥세상이 언제나 더 자연스럽고 편하게 느껴집니다."

"자신이 바람에 밀려 본래의 범주 밖으로 이탈한 새처럼 느껴지나요?"

그녀가 책에서 읽은 구절을 써서 물었다.

"아니, 아닙니다. 전 제가 원하는 모든 걸 다 찾았죠."

그녀는 점점 더 그로부터 광대한 세계, 멀고 광대한 인간 세상의 느낌을 받았다. 그것은 꽃향기가 멀리 떨어진 벌을 유인하듯 그녀를 잡아끌었다. 그러나 그것은 또한 그녀에게 상처를 주었다.

여름이었고, 그녀는 무명옷을 입고 있었다. 세번째로 그가 그녀를 만났을 때, 그녀는 푸른색과 흰색 줄무늬에 하얀 깃이 달린 드레스를 입고, 챙이 넓은 하얀 모자를 쓰고 있었다. 그 옷과 모자는 황금빛이 도는 그녀의 따뜻한 얼굴색과 잘 어울렸다.

"그 옷이 정말 잘 어울리는군요."

그가 머리를 한쪽으로 기울이고 서서 어슐라를 감상하듯이 바라보며 말했다.

그녀는 새로운 생동감에 몸을 떨었다. 태어나서 처음으로 그녀는 자신의 모습을 사랑하게 되었다. 그녀는 그의 눈 속에서 예쁘장하고 조그만 자신의 그림자를 보았다. 그녀는 그 그림자를 지켜야만 했다. 그러기 위해서 그녀는 아름다워야만 했다. 그녀는 당장 옷에 관심을 쏟게 되었고, 모양을 내는 데 정열을 쏟게 되었다. 가족들은 어슐라의 갑작스러운 변화를 놀란 눈으로 바라보았다. 자신이 직접 만든 무명 원피스를 입고 멋지게 챙이 휘어진 모자를 쓴 그녀는 정말이지 우아했다. 어떤 영감이 그녀를 이끄는 것 같았다.

어슐라와 이야기를 하는 동안, 그는 나른한 태도로 어슐라의 할머니의 흔들의자에 앉아서 천천히 앞뒤로 몸을 흔들었다.

"가난하진 않으시죠, 그렇죠?"

그녀가 말했다.

"돈이 없냐구요? 저에겐 1년에 150파운드의 수입이 있습니다. 그러니 제가 가난한지 부유한지는 좋을 대로 생각하십시오. 사실, 가난하다고 할 수 있죠."

"하지만 돈을 버실 거잖아요?"

"봉급을 받게 되겠죠. 지금도 봉급은 받고 있습니다. 임관을 했으니까요. 그게 또 150파운드쯤 됩니다."

"그렇지만 앞으로 더 받으시잖아요?"

"앞으로 10년 동안은 1년에 200파운드 이상은 받지 못할 겁니다. 그 봉급만으로 살아야 한다면, 전 늘 가난하겠죠."

"걱정되세요?"

"가난하게 지내는 거요? 아뇨, 지금은 별로 걱정하지 않습니다. 앞으로는 걱정이 되겠지만요. 장교들은 제게 친절하게 대해줍니다. 특히 헵번 대령님은 저를 총애하시죠. 게다가 부자이신 것 같더군요."

어슐라는 오싹한 냉기를 느꼈다. 이 사람은 어떤 방법으로 자신을 팔려고 하는 것일까?

"헵번 대령님은 결혼을 하셨나요?"

"네, 따님이 둘 있지요."

그러나 어슐라는 헵번 대령의 딸이 그와 결혼하려고 하는지를 묻기에는 너무나 자존심이 강했다.
　침묵이 흘렀다. 구드런이 들어왔다. 스크레벤스키는 여전히 의자에 앉은 채 나른하게 몸을 흔들고 있었다.
　"무척 게을러 보이네요."
　구드런이 말했다.
　"실제로 게을러요."
　그가 대꾸했다.
　"축 늘어진 것 같아요."
　구드런이 말했다.
　"축 늘어졌죠."
　그가 대꾸했다.
　"좀 멈출 수 없어요?"
　구드런이 물었다.
　"이건 영원히 흔들리는 시계추라서 멈춰지지 않을 것 같은데요?"
　"꼭 뼈 없는 사람처럼 보여요."
　"나도 그런 생각이 들어요."
　"그 취미를 존경할 수가 없네요."
　"거참 유감이로군요."
　그는 의자를 계속 흔들었다.
　구드런은 그의 뒤에 자리를 잡고 앉아서 엄지와 검지로 그의 머리카락을 잡았다. 그는 앞뒤로 계속 의자를 흔들고 있었으므로, 의자가 앞으로 기울자 그의 머리카락이 팽팽하게 당겨졌다. 그는 여전히 모른 척했다. 마루 위에서 흔들의자가 삐걱거리는 소리만 들렸다. 구드런은 묵묵히 게처럼, 그가 몸을 흔들 때마다 그의 머리카락을 잡아당겼다. 어슐라는 얼굴을 붉히고 고통스러워하며 앉아 있었다. 그녀는 그가 눈썹을 찡그리는 것을 보았다.
 마침내 그는 갑자기 용수철이 튕기듯 벌떡 일어나서 난로 앞의 양탄자 위에 섰다.
 "나참, 의자를 흔드는 게 어때서?"
 그가 화를 내며 소리쳤다.
 어슐라는 용수철처럼 갑작스럽게 나른한 상태를 박차고 나오는 그의 모습이 마음에 들었다. 그는 양탄자 위에 서서 씨근거리며, 노여움에 눈을 반짝이고 있었다.
 구드런이 낮은 목소리로 애교 있게 웃었다.
 "신사는 그렇게 몸을 흔들지 않아요."
 그녀가 말했다.
 "숙녀는 그렇게 남자의 머리를 잡아당기지 않지."
 그가 말했다.
 구드런이 다시 웃었다.
 어슐라는 재미있다고 생각하며 앉아서 기다렸다. 그리고 그는 어슐라가 그를 기다리고 있음을 알았다. 그의 피가 끓어올랐다. 그는 그녀의 부름에 따라 그녀에게로 가야만 했다.
 한 번은 스크레벤스키가 어슐라를 이륜마차에 태우고 더비로 데려갔다. 그는 공병대의 기병대에 속해 있었다. 그들은 여인숙에서 점심을 먹고 시장을 돌아다니며 즐거워했다. 그는 서점에서 《폭풍의 언덕》을 한 권 사서 그녀에게 주었다. 그런 다음 작은 축제가 열려 있는 것을 발견했다. 그녀가 말했다.
 "아버지는 저를 스윙보트에 태워주곤 하셨어요."
 "좋아했었나요?"
 그가 물었다.
 "어머, 근사했죠!"

그녀가 대답했다.

"지금 타고 싶어요?"

"타고 싶어요."

고개를 끄덕였지만 그녀는 두려웠다. 하지만 색다른 일을 한다는 기대가 그녀를 강렬하게 자극했다.

그는 곧장 매표소로 가서 표를 산 다음 그녀가 스윙보트에 타는 것을 도와주었다. 그는 자신이 하고 있는 일 외에 다른 모든 것은 무시하는 것처럼 보였다. 그에게 다른 사람들은 단지 무관심의 대상일 뿐이었다. 그녀는 그만두고 싶은 생각이 들었다. 그러나 그의 앞에서 물러서느니, 차라리 군중들 앞에 자신을 드러내거나 뻔뻔스럽게 스윙보트에 올라가는 것이 덜 부끄러울 것 같았다. 그의 눈이 웃고 있었다. 그는 그녀 앞에 날렵하게 서서 보트를 구르기 시작했다. 그녀는 두렵지 않았다. 그녀는 기쁨에 몸을 떨었다. 그의 얼굴이 상기되고, 두 눈이 반짝거렸다. 그녀는 고개를 들어서 그를 올려다보았다. 그녀의 얼굴이 햇빛을 받은 꽃송이처럼 환하고 매혹적으로 보였다. 그들은 화창한 대기 속을 질주해서, 마치 투석기에서 돌이 날아가듯이 하늘로 치솟았다가 이내 무서운 속도로 아래로 떨어졌다. 그녀는 너무나 좋았다. 그 격렬한 움직임이 그들의 피에 불을 지르는 것 같았다. 그들은 불꽃의 열기를 느끼면서 소리내어 웃었다.

스윙보트에서 내린 후, 그들은 마음을 진정시키기 위해서 회전목마를 탔다. 그는 끽끽거리는 목마 위에서 그녀 쪽으로 몸을 틀고 앉았다. 언제나 편안하고 즐기는 듯한 모습이었다. 인습에 대한 적대감이 그를 독자적으로 만들었다. 음악이 울려퍼지는 가운데 빙글빙글 돌아가는 회전목마에 앉아 있는 동안, 그녀는 회전목마 바깥에 있는 사람들을 의식했다. 그와 그녀가 군중들의 얼굴 위를 거침없이 달리고 있는 것 같았다. 한 단계 높은 곳에서 평범한 군중들을 놀라게 하며, 위로 치켜든 군중들의 얼굴 위를 영원히 경쾌하게, 자랑스럽게, 용감하게 달리고 있는 것 같았다.

그러나 회전목마에서 내려서 걸어야만 할 때가 되었을 때, 어슐라는 불행했다. 그녀는 거인이 갑자기 보통 사람의 크기로 줄어들어, 이제는 군중들의 자비를 바라는 처지가 된 듯한 기분을 느꼈다.

그들은 축제 장소를 떠나서 이륜마차로 돌아갔다. 커다란 교회 앞을 지날 때, 어슐라는 안을 들여다보고 싶어했다. 그러나 교회 내부는 온통 공사장의 발판과 떨어진 돌들이 가득했고 바닥에는 쓰레기 더미가 쌓여 있었다. 석고 조각들이 발밑에서 와지끈 소리를 내며 밟혔고, 상스러운 외침 소리와 망치 소리가 웅웅 울렸다.

어슐라는 잠깐 동안 완전한 어둠과 평화 속에 빠져들기 위해 이곳에 왔던 것이다. 그녀의 모든 갈망을 가지고 온 것이다. 시장에서 열정에 빠진 채 군중들의 얼굴 위로 한바탕 목마를 타고 난 후, 그 갈망은 걷잡을 수 없이 세차게 되살아났다. 의기양양한 시간이 지난 후 어슐라는 평안과 위안을 원했다. 자만과 경멸이 무엇보다 큰 상처를 입히는 것 같았기 때문이다.

그런데 태고적 어둠은 떨어진 석고 조각과 횟가루로 가득하고 오래된 석회 냄새가 진동했다. 또한 여기저기에는 발판과 쓰레기가 쌓여 있고, 제단에는 덮개가 덮여 있는 것이었다.

"우리 잠깐 앉아요."

그녀가 말했다.

그들은 사람들의 눈에 띄지 않는 어두운 뒷자리에 가서 앉았다. 그녀는 벽돌공들과 미장공들이 먼지투성이가 되어 무질서하게 일하는 모습을 지켜보았다. 무거운 장화를 신은 인부들이 좌석 사이의 통로를 따라 걸어오면서 거친 억양으로 외쳤다.

"이봐, 친구, 그쪽 미장은 끝났나?"

교회 지붕 쪽에서 거칠게 대답하는 고함소리가 들렸다. 교회 안에 황량하게 메아리가 울렸다.

스크레벤스키는 그녀와 바짝 붙어 앉아 있었다. 어슐라에겐 모든 것이 두려우면서도 경이롭게 보였다. 온 세상이 붕괴하고 있는데, 그녀와 그만이 그 폐허 위로 다치지도 않고 제멋대로 기어 올라가는 것 같았다.

그는 그녀 옆에 바짝 붙어 앉아서 몸을 대고 있었다. 어슐라는 자신에게 미치는 남자의 영향력을 인식했다. 그러나 그녀는 기뻤다. 그녀의 몸을 누르는 남자의 압력을 느끼며 그녀는 흥분했다. 그가 그녀를 무언가로 선동하는 것 같았다.

집으로 돌아올 때도 그는 그녀 옆에 바짝 붙어 앉아 있었다. 그리고 마차가 흔들릴 때마다 그는 머뭇거리면서 도발적으로 그녀에게 몸을 기댔다가, 다시 머뭇거리며 몸을 똑바로 하곤 했다. 아무 말 없이, 그는 무릎 덮개 밑으로 그녀의 손을 잡았다. 그리고 얼굴은 여전히 길 쪽으로 향한 채 정신을 집중해서 한 손으로 그녀의 장갑의 단추를 풀어 벗겨낸 다음, 조심스럽게 그녀의 맨손을 잡았다.

그 은밀한 동작, 그녀의 손 위에서 움직이는 그의 손가락의 본능적이고 예민한 감촉이 젊은 처녀에게 관능적인 쾌감을 주었다. 마치 살아 있는 생물처럼 어두운 지하 세계에서 능란하게 움직이며, 그녀의 장갑을 벗기고 그녀의 손바닥과 손가락을 드러내는 그의 손길이 너무나 놀라웠다. 그의 손이 그녀의 손을 덮었다. 강하고 단단하게, 두 사람의 손은 서로 붙어버린 것 같았다. 그러는 동안에도 그의 얼굴은 길과 말 쪽으로 향해 있었고, 그는 침착하게 마을길로 마차를 몰았다. 그녀는 새로운 광명에 눈이 멀어서 몸이 달아오른 채 그의 옆에 나란히 앉아 있었다. 두 사람 다 아무 말도 하지 않았다. 겉으로 보기에 그들은 완전히 떨어져 앉아 있었다. 그러나 그들 사이에는 꼭 붙잡은 손과 손의 단단한 결합이 있었다.

 얼마 후 그가 아무 일도 없다는 듯이 태연함을 가장하며, 어색한 목소리로 말했다.

 "그 교회에 앉아 있다보니 잉그램 생각이 나더군요."

 "잉그램이 누군데요?"

 그녀가 물었다.

 그녀 또한 태연한 척하고 있었다. 그러나 그녀는 금지된 어떤 일이 다가오고 있음을 알고 있었다.

 "채텀에서 저와 함께 근무한 장교 중 한 사람으로, 중위인데 나보다 한 살이 많았지요."

 "그런데 왜 그 교회에서 그 사람 생각이 났나요?"

 "그 사람은 로체스터에 애인이 있었는데, 그들은 항상 성당의 구석자리에서 사랑을 속삭였거든요."

 "어쩜, 멋지기도 해라!"

 그녀는 충동적으로 소리쳤다.

 그들은 서로의 말뜻을 오해했다.

 "그렇지만 안 좋은 점도 있었죠. 성당지기가 그 일로 소동을 벌였거든요."

 "어머나! 그들이 성당에 앉아 있으면 왜 안 되죠?"

 "아마도 사람들은 모두 그걸 신성모독이라고 생각하는 것 같더군요. 당신과 잉그램과 그 여자만 빼고요."

 "저는 그걸 신성모독이라 생각하지 않아요. 그건 옳은 일이라고 생각해요. 성당 안에서 사랑하는 것은요."

 어슐라는 속마음과는 달리 거의 도전적으로 말했다.

 그는 말이 없었다.

 "그런데 그 여자는 예뻤나요?"

"누구, 에밀리요? 네, 예쁜 편이었죠. 여성용 모자 가게를 했는데, 잉그램과 함께 거리를 다니는 것을 꺼려했지요. 하지만 성당지기가 몰래 그들의 뒤를 캐서, 이름을 알아내고 소동을 부렸답니다. 안된 일이었지요. 그 후에 소문이 쫙 퍼졌거든요."

"그 여자는 어떻게 됐어요?"

"런던으로 가서 큰 상점에 취직했습니다. 잉그램은 아직도 그녀를 만나러 가곤 한답니다."

"그 여자를 사랑하나요?"

"두 사람이 만난 게 1년 반쯤 되지요."

"그 여자는 어떻게 생겼어요?"

"에밀리요? 키가 작고 눈썹이 예쁘고, 마치 수줍은 오랑캐꽃 같은 여자였죠."

어슐라는 곰곰이 생각에 잠겼다. 그것은 바깥세상의 진짜 사랑처럼 보였다.

"장교들은 모두 애인이 있나요?"

어슐라는 이렇게 물으면서 자신의 대담성에 스스로 놀랐다. 그러나 그녀의 손은 아직도 그의 손을 꼭 잡고 있었고, 그의 얼굴은 여전히 태연했다.

"장교들은 항상 눈부시게 멋진 여자들 이야기를 하곤 합니다. 술에 취하면 여자 이야기를 하구요. 그리고 대부분은 시간이 나면 당장 런던으로 달려갑니다."

"왜요?"

"멋진 여자를 찾아가는 거죠."

"어떤 여자들인데요?"

"각양각색이죠. 여자 이름은 항상 수시로 바뀌니까요. 한 친구는 완전히 광적이죠. 그는 항상 여행 가방을 준비해 두고 있다가 휴가를 얻으면 즉시 역으로 달려갑니다. 그리고 기차 안에 누가 있든 없든 상관하지 않고 웃옷을 획 벗어던지고 상반신 치장을 기차 안에서 하는 거지요."

어슐라는 몸을 떨며 물었다.

"왜 그렇게 서두를까요?"

그녀가 물었다. 목이 마르고 말하기가 힘들었다.

"아마 여자 생각이 나서 그렇겠죠."

그녀는 오싹하며 몸이 굳어졌다. 그러면서도 이 열정적이고 무분별한 세계가 그녀를 매혹시켰다. 그것은 멋진 무모함처럼 보였다. 이제 그녀의 삶에서도 모험이 시작되려 하고 있었다. 그리고 그것은 매우 근사해 보였다.

그날 저녁 어슐라는 날이 저물 때까지 마쉬 농장에 머물렀고, 스크레벤스키가 그녀를 집까지 바래다주었다. 어슐라는 그의 곁을 떠날 수 없었다. 그녀는 그 이상의 어떤 것을 기다리고, 또 기다렸다.

그림자들이 어른거리는 초저녁의 따스한 공기 속에서 그녀는 무언가 다른 것, 보다 강하고, 한층 더 아름답고, 비현실적인 세계 속에 있는 듯한 기분을 느꼈다. 이제 새로운 상황이 전개되어야만 했다.

그가 그녀에게로 가까이 다가왔다. 그리고 여전히 아무 말 없이 열망에 가득 차서 한 팔로 그녀의 허리를 감싸 안았다. 그리고 그의 팔로 그녀를 꼭 조일 수 있을 때까지 은밀하고 부드럽게, 매우 부드럽게 그녀를 자기에게로 끌어당겼다. 그녀는 둥둥 허공에 발이 떠서 끌려가는 것 같았다. 그리고 움직이는 그의 단단한 몸 위에 올라탄 느낌이었다. 그녀는 달콤하고 황홀한 몸짓으로 그의 옆에 누운 것 같았다.

이렇게 그녀가 황홀한 느낌에 취해 있는 동안, 남자의 얼굴이 그녀를 향해 숙여지고 그녀의 머리가 그의 어깨에 기대어졌다. 그녀는 얼굴에 와 닿는 그의 더운 숨결을 느꼈다. 그리고 부드럽게, 아아, 부드럽게, 그녀가 정신을 잃을 정도로 너무나 부드럽게, 그의 입술이 그녀의 뺨을 스쳤고, 그녀는 열기와 암흑의 물결 속으로 떠내려갔다.

황홀한 물결 속에서 여전히 그녀는 기다렸다. 마치 동화 속의 잠자는 미녀처럼 기다렸다. 다시 그의 얼굴이 그녀를 향해 다가오고, 그의 입술이 그녀의 얼굴을 향해 따뜻하게 다가오더니, 그들의 발걸음이 머뭇거리다가 멈췄다. 그들은 나무 아래에 멈추어 섰다. 그의 입술은 꽃 위에서 움직이지 않는 나비처럼 그녀의 얼굴 위에서 기다렸다. 그녀는 가슴을 그에게로 조금 가깝게 갖다 댔다. 그는 몸을 살짝 움직이며 두 팔로 그녀를 안고 가깝게 끌어당겼다.

그런 다음 어둠 속에서 그는 부드럽게 그녀의 입을 향해 얼굴을 숙이더니, 자신의 입술로 그녀의 입술을 눌렀다. 그녀는 두려웠다. 그녀는 자기 입술 위에 놓인 그의 입술을 느끼며, 그의 팔 안에서 꼼짝도 하지 않았다. 그녀는 정말이지 어찌할 바를 몰랐다. 그러자 그의 입술이 더욱 가까이 다가와서 그녀의 입술을 힘껏 누르며 열었다. 뜨겁고 촉촉한 파도가 그녀의 몸에서 일렁거렸다. 그녀는 그에게 입술을 열어 주었다. 격렬하고 아찔한 소용돌이 속에서 그녀는 그에게 더욱 가까이 다가갔고, 그가 좀더 깊숙이 들어올 수 있게 했다. 그의 입술이 부드럽게, 부드럽게, 그러나 저항할 수 없는 강한 파도처럼 밀려오고, 또 밀려왔다. 마침내 그녀는 짧게 비명소리를 내며 몸을 떼었다.

그녀는 옆에서 거칠고 이상하게 몰아쉬는 그의 숨소리를 들었다. 그의 낯선 모습이 두려우면서도 경이롭게 그녀를 사로잡았다. 그러나 그녀는 이제 속으로 약간 움츠러들었다. 그들은 잠시 주저하다가 언덕의 물푸레나무 밑을 그림자들처럼 떨면서 걸어가기 시작했다. 그 길은 그녀의 할아버지가 수선화를 들고 청혼을 하기 위해서 걸었던 길이며, 지금 어슐라가 스크레벤스키에게 기대어 걷듯이, 그녀의 어머니가 젊은 남편에게 몸을 기대고 걷던 길이었다.

잎이 무성한 검은 나뭇가지들이 그들의 머리 위에 드리워져 있고, 물푸레 나뭇잎들이 여름밤의 치렁한 머리를 땋기라도 하듯 흐드러져 있는 광경이 어슐라의 눈에 들어왔다.

그들은 한 몸이라도 된 듯 바짝 달라붙은 채 걸었다. 그는 그녀의 손을 꼭 쥐고 있었고, 그들은 일부러 먼 길을 돌아서 걸어갔다. 어슐라는 계속해서 발이 허공에 떠 있는 듯한 느낌이었다. 그녀의 발걸음은 마치 산들바람처럼 가벼웠다.

그가 다시 그녀에게 키스했다. 그러나 조금 전과 같은 깊은 키스는 아니었다. 그녀는 이제 키스가 어떤 것인지를 알고 있었다. 그래서 선뜻 그에게 다가서기가 어려웠다.

그녀는 전기가 흐르는 듯한 열기를 느끼며 잠자리에 들었다. 마치 그녀의 속에서 새벽이 용솟음치며 그녀를 떠받치는 듯했다. 그녀는 깊고 달콤한, 달콤하기 그지없는 잠을 잤다. 이튿날 아침에 그녀는 밀 이삭처럼 싱싱하고 향기롭고 단단하게 속이 꽉 찬 기분을 느꼈다.

그들은 비현실적이고 경이로운 사랑의 첫번째 상태에서 계속 사랑을 나누었다. 어슐라는 두 사람의 일을 아무에게도 이야기하지 않았다. 그녀는 자신의 세계 속에 완전히 빠져 있었다.

그러나 어떤 이상한 가식이 어슐라로 하여금 다른 사람의 확인을 구하도록 만들었다. 어슐라에겐 에델이라고 하는 조용하고 사려 깊고 진지한 성격의 학교 친구가 있었다. 어슐라는 에델에게 자기들의 사랑을 확인받고 싶은 욕망을 억누를 수 없었다. 어슐라가 그녀의 비밀을 고백하는 동안, 에델은 고개를 숙인 채 주의 깊게 귀를 기울였다.

"아, 너무나 사랑스러워. 그는 부드럽고 섬세하게 사랑을 해준단다!"

어슐라는 연애 경험이 많은 사람처럼 말했다.

"어떻게 생각하니? 남자가 키스를 하게 허락하는 것이 아주 나쁜 일일까? 음, 장난으로 하는 게 아니라 진짜 키스 말이야."

어슐라가 물었다.

"경우에 따라 다르겠지."

에델이 말했다.

"그가 코스데이 언덕의 물푸레나무 밑에서 나에게 키스했어. 그게 잘못한 일일까?"

"언제 했는데?"

"목요일 밤에 나를 집에 바래다주었을 때였어. 그렇지만 그건 진짜 키스였단다. 정말 진짜였어. 그 사람은 장교야."

"그때가 몇 시였어?"

생각에 잠긴 표정으로 에델이 물었다.

"잘 모르겠어. 아홉 시 반쯤이었을 거야."

잠시 침묵이 흘렀다.

"그건 잘못된 일인 것 같아."

에델이 신경질적으로 고개를 들며 말했다.

"너는 그 사람을 잘 모르잖아."

그녀는 약간 경멸하는 말투로 말했다.

"아니야, 난 그 사람을 잘 알아. 그는 폴란드 혈통이 섞였고 또한 남작이야. 영국식으로 말하자면 영주인 셈이지. 우리 할머니와 그의 아버지는 친구였고 말이야."

그러나 두 친구는 서로를 미워하게 되었다. 어슐라는 이제 그를 안톤이고 부르며, 그와의 관계를 내세움으로써 친구들로부터 자신을 격리시키고 싶어하는 것 같았다.

어슐라의 어머니가 그를 좋아했으므로, 그는 코스데이에 자주 들렀다. 그가 보기에 안나 브랭웰 부인은 매우 침착하며 상황을 자연스럽게 받아들이는 점에서 귀부인다운 면모가 있었다.

"아이들은 아직 안 자고 있나요?"
어슐라가 젊은이와 함께 들어오며 초조하게 물었다.
"30분 안에 다들 잠이 들 게다."
어머니가 말했다.
"도무지 평화라는 게 없군요."
어슐라가 소리쳤다.
"아이들이니 당연하지 않니, 어슐라."
어머니가 말했다.
 이 점에 있어서 스크레벤스키는 어슐라와 생각이 달랐다. 그녀는 왜 이렇게 짜증을 부리는 것일까?
 그러나 어슐라가 이미 알고 있듯이, 그는 어린아이들이라는 영원한 폭군에게 시달려 본 적이 없었다. 그는 그녀의 어머니를 매우 정중하게 대했고, 브랭웬 부인은 그런 청년에게 편안하고 친절한 호의로 보답했다. 어슐라는 어머니의 평온한 모습을 보며 기뻐했다. 브랭웬 부인의 지위는 확고부동해 보였다. 어머니는 공적인 관계에서 그 누구에게도 꿀릴 것이 없었다. 한편 윌 브랭웬과 스크레벤스키 사이에는 어떻게도 연결되지 않는 침묵이 가로놓여 있었다. 이따금 두 남자는 짧은 대화를 나누었지만, 그것은 인사치레에 불과했다. 어슐라는 아버지가 청년에게 거리를 두는 것을 보며 기뻐했다.
 어슐라는 그녀의 집에 있는 스크레벤스키가 자랑스러웠다. 무기력한 듯한, 권태롭기도 하고 무관심하기도 한 그의 모습은 그녀를 초조하게 만들었지만 한편으론 매력적으로 보이기도 했다. 그녀는 그의 그런 모습이 강렬한 젊음의 활력과 될 대로 되라는 식의 정신이 결합된 결과라는 것을 알고 있었다. 그러나 그녀는 또한 그것이 몹시 짜증스러웠다.
 그럼에도 불구하고 어슐라는 그녀의 집에서 빈둥거리며 거니는 그가 몹시 자랑스러웠다. 그는 항상 그녀의 어머니와 그녀에게 깊은 관심을 갖고 정중하게 대했다. 한방에서 그의 관심을 받고 있는 것은 멋진 일이었다. 덕분에 그녀는 풍요로워지고 커지는 듯한 느낌을 받았다. 마치 그녀는 너무나 매력적인 여인이고, 그는 그녀를 향해서 흘러오는 물결 같았다. 그의 정중함과 순응은 모두 그녀의 어머니를 위해서인지 모르지만, 가볍게 흔들리는 그의 몸은 그녀를 위한 것이었다. 그녀는 그것을 단단히 붙잡았다.

그녀는 심지어 자신의 힘을 반드시 확인해야만 했다.

"제가 조각한 작은 목공예품을 보여드리고 싶어요."

그녀가 말했다.

"그건 보여줄 만큼 대단한 게 못 되잖니."

그녀의 아버지가 말했다.

"보시겠어요?"

그녀가 문 쪽으로 몸을 돌리며 물었다.

그의 표정은 그녀의 부모님들의 뜻을 따르고 싶어하는 듯 보였지만, 몸은 의자에서 일어섰다.

"헛간에 있어요."

그녀가 말했다.

어떤 기분인지는 몰라도, 어쨌든 그는 그녀를 따라서 문을 나섰다.

헛간 안에서 그들은 키스를 하며 놀았다. 말 그대로 키스 놀이였다. 그것은 달콤하고 흥미진진한 놀이였다. 그녀는 활짝 미소를 지으며 도전적으로 그를 바라보았다. 그는 즉시 그 도전을 받아들였다. 그는 부드럽게 그녀의 머리카락을 움켜쥐더니 뒷머리를 손으로 감싸고, 서서히 그녀의 얼굴을 자기 얼굴로 가까이 가져갔다. 그러는 동안 그녀는 숨을 죽이며 도전적으로 웃었다. 그의 두 눈은 놀이에 대한 즐거움으로 열렬히 호응하며 반짝거렸다.

그는 자신의 의지를 알리기 위해 그녀에게 키스했고, 그녀는 의식적으로 그를 즐기고 있다는 걸 알리기 위해 키스로써 응답했다. 그들은 자신들의 놀이가 대담하고 무모하며 위험하다는 것을, 사랑이 아니라 불장난이라는 것을 알고 있었다. 그러나 온 세상에 도전하는 듯한 기분이 그녀를 사로잡고 있었다. 그녀는 단지 키스하고 싶기 때문에 그에게 키스할 뿐이었다. 그리고 그의 마음 속에는 자기가 순응하는 척 했던 모든 것에 일격을 가하는, 마치 냉소주의와 같은 만용이 깃들어 있었다.

그런 때 그녀의 모습은 매우 아름다웠다. 그녀는 자신을 활짝 열고 광채를 발하며 세차게 파드득거리면서 상처 입기 쉬운 자극적인 모습으로 대담하게 위험 속으로 자신을 내던졌다. 그 모습이 그에게 미칠 듯한 흥분을 불러일으켰다. 햇빛 속에서 활짝 피어서 떨고 있는 꽃처럼 그녀는 그를 유혹했고, 그에게 도전했으며, 그는 그 도전을 받아들였다. 그의 내면에서 무엇인가가 단단하게 굳어졌다. 그녀의 웃음, 격정, 무모함의 바닥에는 가늘게 떨리는 눈물이 있었다. 이것이 그를 거의 미치게 했다. 그는 욕망과 고통으로 미칠 지경이었고, 그것을 푸는 방법은 오직 그녀의 육체를 소유하는 길밖에 없었다.

그렇게 흥분하고 두려워하면서 그들은 주방에 있는 그녀의 부모에게로 돌아왔고, 아무 일도 없는 척 시치미를 뗐다. 그러나 그들의 내면에서 그들이 어떻게 할 수 없는 무언가가 파도처럼 일어나고 있었다. 그것은 그들의 감각을 강렬하고 민감하게 만들어주었고, 그들에게 생동감과 활력을 주었다. 그러나 그 밑바닥에는 허망함이라는 통렬한 느낌이 자리 잡고 있었다. 이것은 그들 두 사람에게는 굉장한 자기 확인이었다. 그는 그녀 앞에서 자신이 무한히 남성적이며, 무한히 절대적인 존재임을 느꼈다. 그녀는 그의 앞에서 자신이 무한한 욕망을 불러일으킬 수 있으며, 따라서 무한히 강력한 존재임을 느꼈다. 그러니 두 사람이 그런 열정으로부터 극대화된 자아에 대한 의식 외에 달리 무엇을 얻을 수 있었겠는가? 인생의 다른 것들과 극렬하게 대조를 이루는 상태에서 말이다. 거기에는 뭔가 유한하고 슬픈 것이 있었다. 왜냐하면 극대화된 인간 영혼은 무한한 것을 원하기 때문이다.

그럼에도 불구하고 그 열정은 극대화된 자신을 알고 싶어하는 어슐라의 열정 때문에 시작되었고, 계속되어야만 했다. 그녀의 자아는 스크레벤스키를 통해 제한되고 정의되었다. 그녀는 남성인 그와의 대조를 통해서 자신의 한계를 제한하고, 자신의 본질을 규명할 수 있었다. 남성과의 절대적인 대조 속에서, 남성과 다르다는 절묘한 확신 속에서 한 순간 승리감에 가득 찬 여성, 극대화된 자아가 될 수 있었던 것이다.

다음날 오후, 그가 다시 어슬렁거리며 찾아오자, 어슐라는 그와 함께 교회로 갔다. 그녀의 아버지는 차츰 그를 못마땅하게 생각하고 있었고, 그녀의 어머니는 딸을 못마땅하게 생각했다. 그러나 부모님은 겉으로는 그런 내색을 보이지 않았다.

어슐라와 스크레벤스키는 교회 묘지를 가로질러 교회 안으로 숨어 들어갔다. 교회 안은 오후의 햇살이 비치는 바깥보다 어두웠지만, 돌 틈 사이로 스며드는 부드러운 햇살이 매우 감미로웠다. 붉은 색과 파란색으로 빛나는 창문들이 비밀스런 돌 벽에 장엄한 무늬를 그리고 있었다.

"완벽한 밀회 장소로군요."

그가 주변을 힐끗거리며 낮은 목소리로 말했다.

어슐라도 낮익은 교회 안을 둘러보았다. 어둠과 정적이 그녀를 오싹하게 만들었다. 그러나 그녀의 두 눈은 대담하게 반짝거렸다. 여기에서, 바로 여기에서 그녀는 자신의 당당하고 눈부신 여성적 자아를 확인할 생각이었다. 그리고 바로 여기, 빛보다 더 정열적인 이 어둠 속에서 자신의 여성적 꽃을 불꽃처럼 활짝 피울 생각이었다.

그들은 잠시 머뭇거렸다. 그런 다음 서로 접촉하고 싶은 욕망에 이끌려 마주 보았다. 그녀는 두 팔로 그를 껴안고, 자신의 몸을 그에게 바짝 붙였으며, 두 손으로 그의 어깨와 등을 힘껏 눌렀다. 그렇게 함으로써 그녀는 그의 긴장한 젊은 육체를 온전히 알고 싶어하는 것 같았다. 그의 육체는 매우 정교하고 단단하며, 그러면서도 미묘하게 그녀에게 복종했다. 어슐라는 자신의 입을 그에게 가져갔고, 그의 충만한 키스를 점점 더 깊이, 깊이 들이마셨다.

키스는 달콤했다. 더할 나위 없이 달콤했다. 마치 이글거리는 강렬한 햇빛을 들이마신 것처럼, 그녀는 자신이 그의 키스로 가득 채워지는 느낌을 받았다. 그녀의 내면이 온통 불꽃으로 일렁거렸다. 햇빛이 그녀의 심장 속에서 고동치는 것 같았다. 그녀는 너무나 아름답게 그 햇빛을 들이마셨다.

어슐라가 물러섰다. 그녀는 햇살을 받은 구름처럼 빛나고 강렬하며, 미묘하고 아름답게 이글거리며 만족스런 얼굴로 그를 바라보았다.

그러나 어슐라의 너무나 밝고 만족스러운 모습은 스크레벤스키를 고통스럽게 만들었다. 그녀는 그를 바라보며 웃었다. 그녀는 그의 고통을 눈치 채지 못한 채 그 역시 자신과 똑같이 행복하리라고 믿어 의심치 않았다. 그리고 천사처럼 밝은 모습으로 그녀는 그와 함께 교회를 나왔다. 그녀의 발걸음은 계단이 아니라 꽃 위를 거니는 빛줄기처럼 가벼웠다.

그는 어슐라와 나란히 걸었다. 그의 영혼은 움츠러들어 있었고, 육체는 불만족스러웠다. 어떻게 그녀는 이렇게 쉽게 그를 정복할 수 있는가? 그는 지금 행복하지 않았다. 오직 고통과 혼란스러운 분노만을 느끼고 있었다.

한여름이었고, 건초 수확이 거의 끝나가고 있었다. 수확은 토요일에 완전히 끝날 것이었다. 하지만 토요일에 스크레벤스키는 떠날 예정이었다. 그는 더 이상 머물 수 없었다.

떠나는 것이 결정되자, 그는 그녀에게 매우 다정하게 대했다. 그는 부드럽고 달콤하게, 은근한 애정을 담아서, 두 사람 모두를 취하게 만드는 황홀한 키스를 했다.

떠나기 하루 전날인 금요일에 스크레벤스키는 수업을 마치고 돌아오는 어슐라를 기다렸다가 그녀를 시내에 있는 찻집으로 데리고 갔다. 그러고 나서 자동차를 빌려 그녀를 집까지 태워다 주었다.

어슐라는 자동차를 탔다는 사실에 더할 수 없이 흥분했다. 스크레벤스키 역시 자신의 이 마지막 묘안이 자랑스러웠다. 그는 어슐라가 낭만적인 상황에 기분이 들떠 이글이글 불타오르는 모습을 보았다. 그녀는 야성의 기쁨에 코를 킁킁거리는 망아지처럼 고개를 높이 들고 있었다.

자동차가 길모퉁이를 돌자, 어슐라는 스크레벤스키에게로 몸을 기울였다. 이 접촉은 그의 존재를 일깨워주었다. 재빠르고 급작스런 충동으로 그녀는 그의 손을 더듬어 마치 아이들처럼 단단히 그의 손을 꼭 잡았다. 하지만 그들은 어린아이들이 아니었다.

바람이 어슐라의 얼굴을 스쳐 지나가고, 자동차 바퀴에서 진흙이 튀었다. 짙푸른 들판엔 군데군데 은색 건초들이 놓여 있고, 은빛으로 빛나는 하늘 밑에 나무들이 무리지어 서 있었다.

새롭게 정신이 들면서 왠지 불안해진 어슐라는 그의 손을 잡은 손에 더욱 힘을 주었다. 그들은 잠시 아무 말도 하지 않았다. 단지 손을 꼭 잡은 채 환한 얼굴로 서로 다른 곳으로 시선을 돌리고 있었다.

이따금 자동차가 방향을 바꿀 때마다 그녀의 몸이 그에게로 쏠렸다. 그들은 그런 순간을 기다렸다. 그러나 여전히 그들은 말없이 창 밖을 응시했다.

어슐라는 낯익은 풍경들이 스쳐지나가는 것을 보았다. 그러나 이제 그 풍경은 늘 보던 낯익은 풍경이 아니라 마법의 나라의 풍경이었다.

초록색 풀이 우거진 언덕 위에 햄록 바위가 서 있었다. 바위는 축축한 초여름 저녁에 마법의 나라에 있는 바위처럼 기이하게 보였다. 땅까마귀 몇 마리가 나무숲에서 날아올랐다.

아, 그녀와 스크레벤스키가 자동차에서 내려 아직 그 누구도 발을 디딘 적이 없는 이 마법의 나라로 들어갈 수 있다면! 그러면 그들은 마법에 걸린 사람이 되어 따분하고 일상적인 자아를 벗어던질 수 있을 것이다. 아, 그녀가 시시각각 변하는 은빛 하늘 아래 저 언덕 위, 저곳을 떠돌 수 있다면! 그곳에서는 수많은 까마귀들이 검은 소낙비처럼 녹아내리고 있었다. 두 사람이 함께 초저녁의 내음을 맡으며 젖은 건초더미 옆을 지나서 인동덩굴 향기가 가득한 서늘한 저녁 공기 속의 숲으로 들어갈 수만 있다면! 그들의 몸이 나뭇가지를 스칠 때마다 이슬방울들이 소나기처럼 차갑고 사랑스럽게 그들의 얼굴 위로 떨어질 텐데.

그러나 어슐라는 그와 함께 자동차 안에 꼭 붙어 앉아 있었다. 바람이 꼿꼿이 세운 그녀의 달아오른 얼굴 위를 스치면서 긴 머리카락을 뒤로 날렸다. 스크레벤스키가 고개를 돌려 그녀를 바라보았다. 그는 조각한 듯 또렷한 그녀의 얼굴을, 바람을 받으며 뒤로 나부끼는 그녀의 머리카락을, 날카롭게 오똑 선 그녀의 코를 바라보았다.

그녀의 날렵하고 또렷한 처녀다운 모습을 보면서 스크레벤스키는 괴로웠다. 그는 죽은 뒤 자신의 혐오스러운 시체를 그녀의 발아래 던지고 싶었다. 자신을 갈가리 찢고 부수고 싶은 욕망이 그를 괴롭혔다.

갑자기 어슐라가 그를 힐끗 쳐다보았다. 그가 눈썹을 찡그리고 그녀를 향해 몸을 구부리며 손을 내미는 것처럼 보였다. 그러나 어슐라의 반짝이는 눈과 밝은 얼굴을 보는 순간 그의 표정은 바뀌었다. 그는 그녀를 보며 여느 때와 다름없는 대담한 미소를 지었다. 그녀는 기쁨에 벅차서 그의 손을 꼭 눌렀고, 그는 여기에 반응했다. 그런데 갑자기 그녀가 몸을 숙이더니 그의 손에 입을 맞췄다. 경의를 표하듯, 허리를 숙이며 그녀의 입술을 그의 손에 갖다 댄 것이다. 그의 몸 속에서 피가 끓어올랐다. 그러나 그는 그대로 앉은 채 꼼짝도 하지 않았다.

어슐라는 깜짝 놀랐다. 그들을 태운 자동차가 코스데이로 들어서고 있었다. 이제 스크레벤스키는 그녀의 곁을 떠나려 하고 있었다. 그러나 모든 것이 너무나 마법 같았다. 그녀의 잔은 빛나는 포도주로 넘칠 듯이 채워져 있었으므로, 그녀의 눈동자는 반짝일 수밖에 없었다.

그는 유리창을 두드려 운전사에게 자동차를 세우라고 말했다. 자동차가 주목이 늘어선 길 옆에 멈췄다. 그녀는 그에게 한 손을 내밀고 여학생다운 순진하고 짧은 작별인사를 했다. 그리고 빛나는 얼굴로 그가 떠나는 모습을 지켜보았다. 그가 떠나고 있다는 사실이 그녀에게는 아무 의미도 없었다. 그녀는 자신의 빛나는 환희에 온통 들떠 있었다. 그녀는 떠나가는 그의 모습을 보지 않았다. 그녀는 그로부터 받은 빛으로 충만해 있었다. 이렇듯 눈부신 빛에 충만해 있는데, 어떻게 그와의 헤어짐을 서운해할 수 있겠는가?

침실에서 그녀는 장엄하고 선명한 아픔을 느끼며 허공으로 두 팔을 내밀었다. 아아, 그녀는 자신을 넘어 변모한 것이다. 그녀는 허공에 숨어 있는 광휘 속으로 자신을 내던지고 싶었다. 그것은 저기, 바로 저기 있었다! 그것을 잡을 수만 있다면!

그러나 이튿날, 어슐라는 그가 가 버렸음을 알았다. 더불어 그녀의 영광도 부분적으로 시들어버렸다. 그러나 그녀의 추억은 조금도 시들지 않았다. 추억은 너무나 생생했다. 하지만 그것은 동경만을 남겨 놓고 지나가 버렸다. 더욱 깊은 동경이 그녀의 영혼 속에 자리 잡았고, 그녀는 소심해졌다.

어슐라는 사람들과 접촉하는 것과 그들의 질문을 받는 것을 피했다. 그녀는 매우 자존심이 강했으나 경험이 부족하고 예민했다. 아, 아무도 그녀에게 손을 대서는 안 되었다!

그녀는 혼자서 뛰어다닐 때가 가장 행복했다. 사물들을 보지 않고도 그들과 함께 있음을 느끼며 달릴 수 있다는 것은 기쁜 일이었다. 풍요로움을 독차지한다는 것은 얼마나 큰 기쁨인가!

방학이 되자, 어슐라는 자유로워졌다. 그녀는 대부분의 시간을 혼자 뛰어다니며 보냈다. 정원에 있는 다람쥐 집 속에 웅크리고 앉아 있거나 나무 그늘에 그물침대를 매어 놓고 흔들거릴 때면 새들이 가까이, 매우 가까이 다가오곤 했다. 때로 비가 오는 날이면, 마쉬 농장으로 달려가서 책을 들고 건초 헛간 안으로 숨어들어가기도 했다.

그러는 동안에도 줄곧 어슐라는 스크레벤스키에 대한 꿈을 꾸었다. 때로는 또렷하게, 그녀가 행복할 때에는 희미하게 꿈을 꾸었다. 그는 그녀의 꿈을 따뜻하게 채색하는 색이며, 꿈 속에서 고동치는 뜨거운 피였다.

우울하거나 기분이 언짢을 때면 그녀는 그의 용모, 그의 옷차림, 그에게서 받은 연대 배지를 머릿속에 떠올렸다. 또는 그의 병영 생활을 상상해 보려고 애썼다. 어떤 때는 그의 눈동자 속에 비치는 자신의 환영을 그려보기도 했다.

그의 생일은 8월이었다. 어슐라는 무척 애를 써서 그에게 보낼 케이크를 만들었다. 그에게 물건을 선물하는 것은 품위 있는 일이 아닐 것 같았다.

그들은 짧은 편지를 주고받았다. 편지의 대부분은 엽서였고, 그나마 매우 드물었다. 그러나 케이크를 보내면서 그에게 편지를 쓰지 않을 수는 없었.

친애하는 안톤 씨, 햇살이 특별히 당신의 생일을 축복하기 위해 돌아온 것 같군요. 제가 직접 케이크를 만들었어요. 행복한 생일이 되기를 빕니다.

맛이 없으면 먹지 마세요. 어머니는 당신이 이 근처에 오게 되면 우리 집을 방문해 주기를 바라십니다.

당신의 진실한 친구
어슐라 브랭웬

그에게 쓰는 것이라고 해도 편지 쓰기는 따분한 일이었다. 어쨌든 종이 위에 글을 쓴다는 것은 그와 그녀에게 무의미했다.

좋은 날씨가 계속되었다. 밀을 베는 기계가 새벽부터 저녁까지 들판을 울렸다. 스크레벤스키가 소식을 보내왔다. 그는 다시 시골인 솔즈베리 플레인에서 근무 중이었다. 이제 야전군의 소위였다. 그리고 결혼식에 참석하기 위해 곧 며칠간의 휴가를 얻어 마쉬에 올 예정이었다.

프레드 브랭웬은 수확이 끝나는 대로 일케스턴 출신의 여선생과 결혼할 예정이었다.

희미한 푸른빛과 황금빛을 띤 달콤하고 따사로운 가을은 마지막 수확을 지켜보았다. 어슐라에게는 마치 온 세상이 더없이 부드럽고 순결한 치커리 꽃과 샤프란 꽃들로 가득 찬 것처럼 보였다. 하늘은 푸르고 투명했으며, 길을 덮은 노란 낙엽들은 자유롭게 떠도는 꽃들처럼 보였다. 발밑에서 밟히는 낙엽들의 날카롭고 강렬한 소리는 참을 수 없는 음악이 되어 그녀의 심장을 울렸다. 가을의 내음이 그녀에게는 여름의 광기처럼 느껴졌다. 어슐라는 작은 자주색 국화를 보고 놀란 요정처럼 도망쳤다. 한편 밝은 노랑색 국화꽃의 향기는 너무나 강해서 취중에 춤을 추듯 발걸음을 휘청거리게 했다.

그때 삼촌 톰이 늘 그렇듯이 그림 속에 나오는 냉소적인 바커스 신 같은 모습으로 나타났다. 그는 결혼 피로연과 추수감사절 만찬을 하나로 묶어서 이 결혼식을 성대하게 진행할 작정이었다. 집의 울타리 안에 천막을 치고 음악을 연주하도록 악단을 불러오고, 정원에서는 커다란 잔치가 벌어질 것이었다.

프레드는 그 계획을 반대했지만 톰의 고집을 꺾을 수 없었다. 더구나 예쁘고 똑똑한 신부 로라 역시 성대하고 흥겨운 피로연을 원했다. 그렇게 하는 것이 고등교육을 받은 신부의 취향에 맞았다. 그녀는 솔즈베리 교육대학 출신으로 민요와 민속춤을 잘 알았다.

톰 브랭웬의 감독 아래 결혼식 준비가 시작되었다. 마당에 커다란 천막이 세워지고, 커다란 모닥불 두 개도 준비되었다. 악사들이 고용되고, 잔치 준비가 끝났다.

스크레벤스키는 아침에 역에 도착해서 올 예정이었다. 어슐라는 부드러운 비단으로 만든 하얀색 드레스와 하얀 모자를 새로 마련했다. 그녀는 하얀색 옷을 입는 것을 좋아했다. 검은 머리카락과 깨끗한 황금빛 피부를 가진 그녀는 남국, 혹은 열대 지방의 크레올(열대 지방에 거주하는 백인 : 역주)처럼 보였다. 그녀는 색깔 있는 것은 아무것도 걸치지 않았다.

결혼식날, 어슐라는 결혼식장으로 갈 준비를 하면서 몸을 떨었다. 그녀는 신부의 들러리를 맡게 되어 있었다. 스크레벤스키는 오후가 되어서야 도착할 것이다. 결혼식은 오후 두 시에 열렸다.

결혼식이 끝나고 하객들이 집으로 돌아왔을 때, 스크레벤스키는 마쉬 농장의 응접실에 서 있었다. 그는 창문을 통해서 신랑 들러리인 톰 브랭웬이 정원 사이의 길을 따라 올라오는 것을 보았다. 톰은 모닝코트에 하얀색 띠와 각반으로 한껏 우아하게 차려 입고 있었고, 그의 팔에는 어슐라가 매달려서 웃고 있었다. 톰 브랭웬은 여자처럼 고운 피부에 검은 눈과 짧게 깎은 검은 콧수염이 난 미남이었다. 그러나 그 뛰어난 외모에도 불구하고 묘하게 천박한 분위기가 풍겼다. 묘하게 동물적인 느낌을 주는 콧구멍은 넓고 단단했으며, 잘생긴 머리통은 앞에서부터 약간 대머리가 되어 약간 성긴 머릿속이 보였다.

스크레벤스키는 여자보다 남자를 더 주의 깊게 보았다. 어슐라는 이상하고 혼란스러운 활기로 가득 차 있었다. 그것은 톰 삼촌과 함께 있을 때면 항상 느끼는 기분으로, 그때마다 그녀는 영문을 알 수 없어 어리둥절했다. 그러나 스크레벤스키를 만나자 모든 것이 사라졌다. 그녀의 눈에는 오직 숙명처럼 불가사의하게 서서 자신을 기다리고 있는 호리호리하고 변함없는 청년만이 보였다. 그는 그녀의 손이 닿지 않는 곳에, 나른하고 어쩐지 말을 연상케 하는 모습으로 서 있었다. 그 모습이 매우 남자답고 이국적으로 보였다. 그러나 그의 얼굴은 매끄럽고 부드러우며 인상적이었다. 그녀는 그와 악수했다. 그녀의 목소리는 새벽에 깜짝 놀라서 잠을 깬 새가 지저귀는 소리처럼 명랑했다.

"결혼식을 하다니, 정말 멋있지 않아요!"

그녀가 큰 소리로 말했다.

그녀의 검은 머리에는 색종이 조각들이 붙어 있었다.

스크레벤스키는 다시 혼란스러워졌다. 그는 마치 자신을 잃어버리고 있는 것 같았으며, 모든 것이 희미해지고 불분명해지며 불완전해지는 것 같았다. 그러나 그는 강하고 남자답고 당당하고 싶었다. 그는 그녀를 따라갔다.

간단하게 차를 마신 뒤 손님들은 이곳저곳으로 흩어졌다. 진짜 연회는 저녁에 있을 예정이었다. 어슐라는 스크레벤스키와 함께 건초 더미가 쌓여 있는 마당을 지나 운하 옆의 둑으로 갔다.

그들이 지나가는 길 옆으로는 새로 쌓아놓은 곡식단들이 황금색으로 빛나고, 하얀 거위 군단이 당당하게 행진하고 있었다. 어슐라는 하얀 솜털처럼 가볍게 걸었다. 스크레벤스키는 그녀 옆에서 알 수 없는 물결에 둥둥 떠다녔다. 그의 옛날 모습은 사라지고 희미한 회색의 또 다른 자아가 밀려나오고 있었다. 그들은 가벼운 이야기들을 주고받았다.

운하의 푸른 물줄기가 단풍이 든 생울타리 사이를 휘돌아서 푸른 언덕을 향해 흐르고 있었다. 왼쪽에는 탄광과 철도, 언덕 위에 자리 잡은 읍내의 집들이 검은 그림자들처럼 서 있고, 제일 꼭대기에는 교회의 첨탑이 솟아 있었다. 교회 탑의 둥근 시계가 저녁 햇살을 받아 하얗게 빛났다.

어슐라는 생각했다. '저것이 런던으로 가는 길이야. 음침하고 유혹적인 읍내 한가운데 뚫린 저 길이.' 반대쪽에는 초록색 풀밭과 강가에 늘어선 오리나무, 그루터기만 어렴풋이 드러나 보이는 밭 위로 저녁 어둠이 달콤하게 깔리고 있었다. 그곳에서 저녁은 부드럽게 빛나고, 갈매기 한 마리가 평화롭게 고독한 날개를 퍼덕거리고 있었다.

어슐라와 안톤 스크레벤스키는 운하 옆의 둑을 따라 걸었다. 생울타리에 맺힌 나무열매가 나뭇잎 위에서 진홍색으로 빛나고 있었다. 저녁 노을과 갈매기의 날갯짓과 새들의 희미한 노래가 탄광에서 들려오는 소음과 맞은편 도시에서 내뿜는 시커먼 연기와 어우러지고 있었다. 두 사람은 그 사이로 나 있는 한 줄기 푸른 수로를 따라 걸었다.

어슐라는 두 손과 얼굴이 햇볕에 짙게 그을린 그가 매우 미남처럼 보인다고 생각했다. 지금 그는 어슐라에게 말굽에 편자를 박는 방법과 도살용 소를 골라내는 방법을 배웠다는 이야기를 하고 있었다.

"군인이 되고 싶으세요?"

그녀가 물었다.

"엄밀하게 말하면 저는 군인이 아니죠."

그가 대답했다.

"하지만 전쟁을 위한 일을 하시잖아요."

그녀가 말했다.

"그렇습니다."

"전쟁에 나가고 싶으세요?"

"제가요? 글쎄요, 그건 꽤 신나는 일이겠죠. 전쟁이 일어난다면 나가고 싶군요."

묘하게 혼란된 느낌이 그녀를 덮쳐왔다. 강렬한 비현실적 감각이었다.

"왜 나가고 싶은 거죠?"

"뭔가 중요한 일을 해야 하는데, 전쟁은 진짜 중요한 일이니까요. 지금의 생활은 소꿉장난 같은 것이죠."

"하지만 전쟁에 나가서 무슨 일을 하시려구요?"

"철로를 깔고 다리를 놓겠지요, 노예처럼 땀을 흘리면서."

"하지만 당신이 만드는 것들은 전쟁이 끝나면 다시 부수어지는 것들이잖아요. 그것도 장난과 다를 게 없어보이는걸요."

"전쟁을 장난으로 본다면 그렇죠."

"그럼, 전쟁은 도대체 어떤 것이죠?"

"전투는, 그건 그 무엇보다 진지한 일입니다."

그녀는 그와 자신의 사이에서 큰 거리감을 느꼈다.

"어째서 전투가 다른 무엇보다 진지한 일인가요?"

그녀가 물었다.

"당신이 죽이느냐, 아니면 죽임을 당하느냐의 문제니까요. 그리고 죽음은 심각한 문제이고말고요."

"하지만 죽으면 모든 것이 끝이잖아요."

그녀가 말했다. 그는 잠시 동안 아무 말도 하지 않다가 대꾸했다.

"하지만 그 결과는 중요합니다. 우리가 마흐디(19세기말, 수단이 영국령이던 때의 해방군 지도자 : 역주)를 진압하느냐 못 하느냐는 중요한 문제입니다."

"당신에겐 아니에요. 저에게도 아니고요. 우린 카르툼(수단의 수도로 해방군의 본거지 : 역주)과 아무 상관이 없어요."

"당신은 살 곳이 필요하죠. 그리고 누군가는 그 살 곳을 만들어야 하구요."

"하지만 저는 사하라 사막에서 살고 싶지는 않아요. 당신은 어때요?"

그녀는 반항하듯 웃으며 말했다.

"저도 그건 싫습니다. 하지만 우린 임무를 수행하는 사람들을 도와야 합니다."

"왜 우리가 그래야 하죠?"

"우리가 아무 일도 안 한다면 어떻게 국가가 있을 수 있겠습니까?"

"하지만 우리가 곧 국가는 아니죠. 국가를 이루는 다른 사람들이 얼마든지 있는걸요."

"다른 사람들도 다 그렇게 말하겠죠."

"글쎄요, 모든 사람들이 그렇게 말한다면 국가는 있을 수 없겠죠. 하지만 저는 변함없이 제 자신으로 있겠어요."

그녀가 똑 부러지게 주장했다.

"국가가 없다면 당신 자신도 있을 수 없을 것입니다."

"어째서요?"

"당신은 모든 사람들의 먹이가 되어버릴 테니까요."

"어떻게요?"

"사람들이 와서 당신이 가진 모든 것을 빼앗을 겁니다."

"어머, 그래도 많이 가져가진 못할 거예요. 아무튼 그들이 뭘 가져가든 저는 상관없어요. 저는 돈으로 살 수 있는 모든 것을 줄 수 있는 백만장자보다는 차라리 저를 온전히 데려가 버리는 도적이 더 좋아요."

"그건 당신이 낭만주의자이기 때문입니다."

"네, 그래요. 전 낭만주의자이고 싶어요. 저는 결코 없어지지 않는 집들과 그 집에 사는 사람들이 싫어요. 그건 모두 너무나 경직되고 어리석어요. 저는 군인들도 싫어요. 그들은 딱딱한 나무토막들이에요. 정말로, 도대체 당신은 무엇을 위해 싸우죠?"

"국가를 위해 싸울 겁니다."

"그렇지만 당신이 곧 국가는 아니죠. 당신 자신을 위해서는 무엇을 하시겠어요?"

"국민으로서, 국가에 대한 의무를 다할 겁니다."

"그러면 국가가 당신의 봉사를 필요로 하지 않을 때는, 말하자면 전투가 없을 때는 무엇을 하시겠어요?"

스크레벤스키는 짜증스러웠다.

"다른 사람들이 하는 대로 하겠지요."

"뭘요?"

"아무것도 안 하는 겁니다. 다만 저를 필요로 할 때를 대비해서 준비를 하겠지요."

이제 그의 대답에는 노여움이 서려 있었다.

"당신은 개성이 없는 사람처럼 보이네요. 당신이 소속된 곳에 있는 사람들은 모두 개성이 없는 사람들 같아요. 당신에게도 개성이 있나요? 전혀 그래 보이지 않아요."

그녀가 대꾸했다.

그들은 걸어서 수문 바로 위의 부두까지 왔다. 그곳에는 선실 지붕이 붉은 색과 노란 색으로 칠해져 있고, 석탄처럼 새까맣고 긴 손잡이가 달린 빈 짐배 한 척이 매여 있었다. 마르고 시커먼 남자가 문 옆의 선실 쪽으로 기대놓은 상자에 앉아서 담배를 피우면서 때때로 숄에 싸인 아기를 어르며 저녁놀을 바라보고 있었다. 여자 하나가 선실에서 급히 나오더니 양동이를 운하에 집어넣어 물을 퍼가지고 다시 부산하게 선실로 들어갔다. 어린아이들의 목소리가 들려왔다. 선실 굴뚝에서 가느다란 푸른 연기가 피어올랐고, 요리하는 냄새가 풍겼다.

나비처럼 하얀 옷을 입은 어슐라가 배 안을 들여다보았다. 스크레벤스키도 배 안을 기웃거렸다. 남자가 그들을 올려다보았다.
"안녕하슈."
건방지고 호기심에 가득 찬 목소리로 그가 소리쳤다. 검게 그을린 그의 얼굴에서 푸른 두 눈이 유난히 번득거렸다.
"안녕하세요? 날씨가 참 좋네요."
어슐라가 명랑하게 인사했다.
"좋은 날씨군요."
그 남자가 대꾸했다.
그의 텁수룩한 콧수염 밑으로 붉은 입술이 보였다. 그가 웃을 때마다 이가 하얗게 드러났다.
"어머, 하지만……."
웃으면서 어슐라가 말을 더듬었다.
"너무 좋잖아요. 왜 아저씨는 그렇지 않다는 듯이 말씀하시죠?"
"애 보는 사람에겐 모두 다 그저 그렇다오."
"배 안을 좀 구경해도 되나요?"
어슐라가 물었다.
"말릴 사람은 아무도 없으니 구경하고 싶으면 하구려."
짐배는 맞은편 둑 부두에 정박해 있었다. 배 이름은 아나벨이었고, 주인은 러프버러에 있는 J.루스였다. 그 사내는 날카롭게 번쩍이는 눈으로 어슐라를 유심히 살펴보았다. 금발 머리카락이 그의 그을린 앞이마를 엉성하게 덮고 있었다. 꼬질꼬질한 아이 둘이 누가 떠드는지 보려고 선실 문으로 나왔다.
어슐라는 커다란 수문을 힐끗 쳐다보았다. 수문은 닫혀 있고, 수문 너머의 어둠 속에서 물이 분출했다가 떨어지는 소리가 들렸다. 수문 안쪽의 햇빛이 비치는 밝은 곳은 물이 거의 수문 꼭대기까지 차 있었다. 어슐라는 대담하게 그곳을 가로질러 부두 쪽으로 돌아갔다.

그녀는 둑에서 허리를 굽혀 선실 안을 들여다보았다. 그곳엔 불이 빨갛게 타오르고 있었고, 여자의 그림자가 보였다. 어슐라는 내려가 보고 싶었다.

"옷이 더러워질 텐데."

남자가 경고하듯 말했다.

"조심하면 돼요. 내려가도 되죠?"

그녀가 대꾸했다.

"마음대로 하슈."

그녀는 치맛자락을 움켜쥐고 한 발을 먼저 뱃전으로 내린 다음, 웃으면서 뛰어내렸다. 석탄가루가 날아올랐다.

여자가 문 쪽으로 나왔다. 그녀는 뚱뚱하고 모래 빛깔 같은 머리카락과 기묘하게 뭉툭한 코를 가진 젊은 여자였다.

"아유, 옷이 더러워질 텐데요!"

여자가 놀라기도 하고 조금 어리둥절한 듯이 웃으면서 소리쳤다.

"구경 좀 할게요. 배에서 살다니 낭만적이잖아요?"

어슐라가 말했다.

"항상 배 위에서 사는 건 아니에요."

여자가 쾌활하게 말했다.

"마누라는 러프버러에 응접실과 멋진 방이 있는 집이 있다오."

그녀의 남편이 자랑스럽게 말했다.

어슐라는 선실 안을 들여다보았다. 냄비 몇 개가 김을 뿜고 있었고, 식탁에는 접시 몇 개가 놓여 있었다. 선실 안은 매우 더웠다. 그녀는 다시 밖으로 나왔다. 남자는 아기를 어르고 있었다. 파란 눈에 생기 있는 얼굴과 황갈색 머리카락을 가진 아기였다.

"아들이에요? 딸이에요?"

그녀가 물었다.
"딸이랍니다. 어떠냐, 너 딸 맞지?"
그가 머리를 흔들며 아기에게 외쳤다. 아기가 조그만 얼굴을 이상하게 찡그리며 미소를 지었다.
"어머나! 어머, 귀여워! 정말 예뻐요, 웃으니까!"
어슐라가 외쳤다.
"제법 잘 웃는답니다."
아기 아버지가 말했다.
"이름이 뭐예요?"
어슐라가 물었다.
"아직 이름이 없어요. 아직 너무 어려서요."
남자가 말했다.
"그렇지? 이 꼬맹아."
그가 다시 아기를 향해 소리쳤다. 아기가 또 웃었다.
"아니에요. 계속 바빠서 틈이 없었어요. 출생신고도 못했지 뭐예요. 그 앤 이 배에서 태어났어요."
여자의 목소리가 들려왔다.
"하지만 아기 이름은 생각해 두셨겠죠?"
어슐라가 물었다.
"글래디스 에밀리가 어떨까 싶어요."
아기 엄마가 말했다.
"우리가 언제 그 따위 이름을 생각해 두었다는 거야."
아기 아빠가 말했다.
"시끄러워요! 그럼 당신은 생각해 둔 이름이나 있어요?"
아기 엄마가 화가 나서 소리쳤다.
"당연히 아나벨이라고 불러야지, 이 배에서 태어났으니까 말이야."

"안 돼요. 맨날 그 소리군요."
아기 엄마가 잔뜩 화가 나서 말했다. 남편은 짓궂게 히죽거리며 아내를 바라보았다.
"글쎄, 두고 보면 알겠지."
어슐라는 분노로 떨리는 여자의 음성을 듣고 남자가 결코 고집을 꺾을 사람이 아니라는 것을 알 수 있었다.
"모두 좋은 이름들이에요. 글래디스 아나벨 에밀리라고 부르면 되잖아요."
그녀가 말했다.
"아니, 미안하지만 그건 너무 길어요."
남자가 대꾸했다.
"봤죠! 저인 벽창호예요!"
여자가 소리쳤다.
"이렇게 예쁘고 잘 웃는데, 아직 이름도 없구나."
어슐라가 아기에게 나지막하게 말했다. 그리고 그녀는 덧붙였다.
"제가 좀 안아봐도 될까요?"
남자가 그녀에게 아기를 내주었다. 아기에게선 갓난아기 특유의 냄새가 났다. 그러나 아기는 무척 푸르고 큰 눈을 갖고 있었으며, 무척 기묘하게 얼굴을 찡그리며 웃었다. 어슐라는 아기가 사랑스러웠다. 그녀는 아기를 어르며 말을 걸었다. 정말 특별하고 귀여운 아기였다.
"아가씨는 이름이 뭐요?"
남자가 느닷없이 물었다.
"제 이름은 어슐라예요, 어슐라 브랭웬이요."
"어슐라!"
남자가 이상하다는 듯이 되뇌었다.
"어슐라라는 성녀가 있었어요. 아주 옛날 이름이죠."

그녀는 얼른 변명하듯이 설명을 덧붙였다.
"어이, 여보!"
그가 아내를 소리쳐 불렀다. 아무 대답이 없었다.
"이봐! 내 말 안 들려?"
그가 다시 소리쳤다.
"왜 그래요?"
짧은 대꾸가 돌아왔다.
"어슐라가 어떤 것 같아?"
그가 히죽 웃으며 말했다.
"뭐가 어떻다는 거예요?"
대답과 함께 여자가 단단히 싸울 기세로 문 앞에 나타났다.
"어슐라라는군, 이 아가씨 이름이."
남자가 부드럽게 말했다.
여자는 젊은 아가씨를 위아래로 훑어보았다. 분명 여자는 어슐라의 날씬하고 우아하며 싱싱한 아름다움과 우아한 하얀 드레스, 아기를 안은 다정한 모습 등이 마음에 드는 것 같았다.
"글쎄, 아가씨 이름은 어떻게 쓰죠?"
아기 엄마가 수줍어하며 물었다. 어슐라는 자기 이름의 철자를 불러주었다. 남자가 자기 아내를 쳐다보았다. 아기 엄마는 조금 당황하고 부끄러운 듯 얼굴을 붉혔다.
"흔한 이름은 아니네요, 어쩜!"
모험을 앞둔 사람처럼 흥분해서 여자가 소리쳤다.
"그럼 당신도 그 이름이 괜찮은 거지?"
남자가 물었다.
"아나벨보다 그 이름으로 하겠어요."
여자가 단호하게 말했다.

"나도 글래디스 에밀리보다야 그 이름이 낫구말구."
남자가 응수했다.
잠시 침묵이 흘렀다. 어슐라가 그들을 쳐다보았다.
"정말로 아기 이름을 어슐라라고 지을 건가요?"
그녀가 물었다.
"어슐라 루스요."
무언가 발견한 사람처럼 남자가 호탕하게 웃으면서 대답했다.
이제는 어슐라가 어리둥절해졌다.
"정말 멋진 이름이네요. 제가 아기에게 무언가 주어야만 될 것 같아요. 그런데 줄 만한 것이 없네요."
그녀는 하얀 드레스 차림으로 어리둥절해서 배 안에 서 있었다. 그 마른 남자는 그녀 옆에 앉아서 그녀가 신기한 물건이라도 되는 듯이, 또는 그의 얼굴을 밝혀주는 빛이라도 되는 듯이 그녀를 지켜보고 있었다. 그의 눈은 그녀를 보며 대담하게 웃고 있었다. 그러나 그 눈 속에는 그녀에 대한 깊은 경탄이 담겨 있었다.
"아기에게 제 목걸이를 줘도 될까요?"
그것은 가느다란 금줄에 자수정과 황옥, 진주, 수정을 일정한 간격으로 꿰어서 만든 작은 목걸이로, 톰 삼촌이 어슐라에게 준 것이었다. 어슐라는 그 목걸이를 무척 좋아했다. 어슐라는 목에서 목걸이를 끌러서 애정이 담긴 눈으로 바라보았다.
"비싼 건가요?"
남자가 호기심 어린 말투로 물었다.
"아마 그럴 거예요."
그녀가 대답했다.
"그 보석들과 진주는 진짜요. 그러니 3,4파운드는 나갈 거요."
스크레벤스키가 부두에 서서 말했다. 어슐라는 그가 못마땅해하고 있음을 느꼈다.
"이 목걸이를 아기에게 주고 싶어요. 괜찮죠?"
남자의 얼굴이 벌게졌다. 그는 저녁 하늘로 시선을 던졌다.
"아니, 난 그러라고 말할 수 없소."
"아가씨 부모님이 아시면 뭐라고들 하시겠어요."
여자가 문 밖으로 고개를 내밀며 호기심 어린 목소리로 소리쳤다.
"이 목걸이는 제 거예요."
어슐라는 이렇게 말하고 반짝이는 작은 목걸이를 아기 앞에서 달랑달랑 흔들었다. 아기가 작은 손가락들을 폈다. 그러나 목걸이를 잡지 못했다. 어슐라가 작은 손을 목걸이에 대주었다. 아기가 반짝이는 줄의 끝을 흔들었다. 어슐라는 목걸이를 아기에게 주었다. 서운했지만 다시 찾고 싶은 생각은 없었다.
목걸이가 아기의 손에서 미끄러져 석탄가루투성이인 배 바닥으로 떨어졌다. 남자가 조심스럽게 목걸이를 더듬어 잡았다. 어슐라는 뭉툭하고 거친 손가락들이 작게 뭉쳐진 목걸이를 집어 올리는 것을 보았다. 남자의 손등에서는 붉고 뻣뻣한 금빛 잔털이 반짝였다. 그럼에도 불구하고 마르고 힘줄이 불끈 솟은 튼튼한 손이었다. 어슐라는 남자의 손이 마음에 들었다. 남자가 목걸이를 집어 조심스럽게 석탄가루를 입으로 불어 날렸다. 남자는 자신의 단단하고 시커먼 손바닥 안에 반짝이는 작은 목걸이를 얹어서 어슐라에게 내밀었다.
"도로 가져가슈."
그가 말했다.
어슐라는 밝은 얼굴로 단호하게 말했다.
"아니에요. 그건 아기 어슐라의 목걸이에요."
그리고 그녀는 아기에게 걸어가서 아기의 따뜻하고 부드러우며 연약한 작은 목에 목걸이를 걸어주었다.

잠깐 어쩔 줄 몰라하던 아기아버지가 아기에게 허리를 숙였다.
"뭐라고? 고맙다고? 고맙단 말이지, 어슐라?"
"이제 그 애의 이름은 어슐라예요."
어머니가 고마워하는 미소를 지으며 문 안에서 말했다. 그리고 그녀는 문 밖으로 나와 아기의 목에 걸린 목걸이를 유심히 바라보았다.
"이 애는 이제 어슐라예요, 그렇죠?"
어슐라 브랭웬이 말했다.
아기 아빠는 대담하고 뻔뻔스러우면서도 뭔가 바라는 듯한 눈빛으로 친근감 있게 그녀를 올려다보았다. 그는 무엇에 홀린 듯 그녀를 좋아하게 되었다. 그러나 그는 또한 자신이 언제나 무엇에 홀리기를 잘한다는 것을 알고 있었다.
어슐라는 이제 돌아가고 싶었다. 남자는 그녀가 부두로 올라갈 수 있도록 작은 사다리를 놓아주었다. 어슐라는 어머니의 품에 안겨 있는 아기에게 입을 맞춘 다음 몸을 돌렸다. 아기 어머니가 수다스럽게 작별 인사를 했다. 남자는 사다리 옆에 말없이 서 있었다. 어슐라는 스크레벤스키 옆으로 걸어갔다. 젊은 두 사람은 햇빛을 받아 노랗게 반짝이는 물이 찰랑이는 수문 위를 가로질러 갔다. 배 위의 남자는 그들이 떠나가는 것을 지켜보았다.
"나는 저 사람들이 좋아요. 남자는 아주 점잖아요, 정말로요! 그리고 아기는 너무나 귀여워요."
그녀가 말했다.
"그 남자가 점잖다고요? 그 아내는 하녀 출신이 틀림없습니다."
스크레벤스키가 말했다. 어슐라는 움찔했다.
"하지만 저는 당당한 남자의 태도가 마음에 들었어요. 그러면서도 이면은 참으로 점잖았거든요."
어슐라는 들쭉날쭉한 콧수염을 기른 깡마르고 더러운 남자와의 만

남을 즐겁게 회상하면서 서둘러 걸었다. 그 남자는 그녀에게 유쾌하고 따스한 느낌을 주었다. 그 남자는 그녀가 자신의 인생을 풍요로운 것으로 느낄 수 있게 해주었다. 그런데 무슨 까닭인지 스크레벤스키는 마치 세상이 잿더미로 변한 듯, 그녀 주위에 무감각한 불모의 울타리를 만들어내고 있었다.

저녁 만찬에 참석하기 위해서 서둘러 집으로 돌아오는 동안 그들은 거의 이야기를 나누지 않았다. 스크레벤스키는 세 아이의 아버지인 그 깡마른 남자를 시기하고 있었다. 그 남자는 뻔뻔스러울 정도의 솔직함으로 어슐라의 여성성에 대해서, 어슐라의 육체와 영혼에 대해서 숭배를 바쳤다. 그 남자는 자신의 육체와 영혼으로써 어슐라의 육체와 영혼을 숭배했다. 그 남자는 자신이 어슐라에게 절대로 접근할 수 없음을 알고 있으면서도, 단지 이토록 완벽한 여자가 존재하고, 잠시나마 그 존재와 이야기를 주고받을 수 있다는 사실에 기뻐했었다.

그런데 왜 스크레벤스키는 여자를 그렇게 갈망할 수 없단 말인가? 왜 자신은 단 한 번도 모든 것을 다해 여자를 진심으로 원하지 못하는 것일까? 왜 여자를 사랑하지도, 또한 숭배하지도 못하며, 단지 육체적으로만 원하는 것일까?

그러나 그는 자신의 육체로써 그녀를 원할 것이고, 영혼은 느끼는 대로 내버려둘 것이다. 한편 마쉬 농장에서는 육체적인 욕망의 불꽃이 서서히 불타오르기 시작했다. 그것은 톰 브랭웬에 의해서, 또한 수줍어하는 건장한 농부인 프레드가 아름다우며 교육을 반쯤 받은 처녀와 결혼한다는 사실에 의해서 불이 붙었다. 톰 브랭웬은 자신의 비밀스러운 힘을 모두 동원해서 그 불길에 부채질하는 것처럼 보였다. 신부는 그의 매력에 강력하게 이끌리고 있었다. 그러나 한편으로 그는 바다처럼 차갑고 또한 열정적인 아름다운 금발 미녀에게 자신의 역량을 발휘하고 있었다. 그가 그녀의 재치 있는 화술을 칭찬하자, 그녀는 마치 인광처럼 더욱 재치 있게 반짝거렸다. 그녀의 초록빛 눈동자는 비밀을 담고 있는 듯했고, 두 손은 그 안에 담긴 비밀의 불꽃을 보여주려는 듯이 자개처럼 투명하게 빛났다.

만찬이 끝나고 후식을 먹는 동안, 바이올린과 플룻이 음악을 연주하기 시작했다. 모든 사람들의 얼굴이 환해졌다. 흥분의 빛이 넘쳐흘렀다. 짧은 축사들이 끝나고, 더 이상 포도주도 찾지 않게 되자, 사람들은 밖에서 커피를 마시라는 권유를 받았다. 밤공기는 따뜻했다.

별들이 빛나고 있었고, 달은 아직 뜨지 않았다. 별들 아래에 두 개의 커다란 모닥불이 붉게 타오르고, 모닥불 주위에는 등불들이 매달려 있었다. 모닥불 앞에 세운 큰 천막은 사방을 열어두었는데, 안에는 등불이 환하게 밝혀져 있었다.

젊은이들이 신비스러운 밤 속으로 몰려나갔다. 웃음소리와 대화 소리가 들리고, 커피냄새가 향기롭게 풍겼다. 농장 건물들이 배경처럼 어둠 속에 희미하게 드러났다. 거무스레한 그림자들이 서로 뒤섞여서 이리저리 돌아다녔다. 붉은 불빛이 하얀 비단 치마를 비추고, 등불은 오가는 하객들의 머리 위로 물결처럼 흘렀다.

어슐라에겐 그런 광경은 너무나 굉장했다. 그녀는 새로 태어나는 느낌이었다. 어둠이 숨을 헐떡이는 거대한 짐승의 옆구리처럼 들썩거리는 듯이 보였다. 반쯤 모습을 드러내고 있는 건초 더미들은 컴컴한 짐승의 굴 같았다. 아찔한 어둠의 파도가 그녀의 영혼으로 밀려 들어왔다. 그녀는 해방되고 싶었다. 하늘까지 올라가서 별들과 같이 반짝이고 싶었다. 달음박질쳐서 지상의 경계를 넘어서고 싶었다. 그녀는 미칠 듯이 떠나고 싶었다. 그것은 사냥개가 가죽 끈을 팽팽하게 당기면서 이름 모를 사냥감을 좇아 어둠 속으로 뛰어들려고 하는 것과 같았다. 그녀는 사냥감이었으며 동시에 사냥개였다. 열정적인 어둠이 거대하고 은밀하게 숨을 쉬고 있었다. 어둠은 그녀가 뛰어들기를 기다리고 있었다. 그런데 어떻게 시작하고, 어떻게 해방된단 말인가? 그녀는 익숙한 세상에서 미지의 세상으로 뛰어들어야만 했다. 그녀의 두 손과 두 발이 미친 듯이 떨리고, 가슴은 끈으로 묶은 듯 죄였다.

음악이 시작되었다. 그러자 어슐라의 가슴을 조이던 긴장이 풀리기 시작했다. 톰 브랭웬은 신부와 춤을 추고 있었다. 그들은 다른 세계의 사람들처럼, 물을 만난 물고기들처럼 탁월한 솜씨로 빠르고 유연하게 춤을 췄다. 프레드 브랭웬은 다른 여자와 춤을 추고 있었다. 음악이 파도처럼 흘렀다. 사람들은 한 쌍씩 차례로 깊은 춤의 물결에 휩쓸려 빨려 들어갔다.

"이리 와요."

어슐라가 한 손을 스크레벤스키의 팔에 얹으며 말했다. 그녀의 손길을 느끼는 순간, 스크레벤스키의 의식은 녹아 없어졌다. 그는 어슐라를 자신의 품 속에 안았다. 그는 확실하면서도 미묘한 자기 의지의 힘 속으로 끌어들이듯 그녀를 끌어안았다. 그들은 둘이면서 하나로 일치되어 미끄러운 풀밭 위에서 춤을 췄다. 그 움직임은 끝없이, 영원히 계속될 것만 같았다. 그의 의지와 그녀의 의지는 황홀한 춤 속에서 하나로 만나고, 두 의지는 춤 속에서 몰입했다. 그러나 그것은 두 사람의 의지가 서로 융합된 것도, 하나의 의지가 다른 의지에 굴복한 것도 아니었다. 그것은 서로 뒤얽힌 청록색의 유쾌한 흐름이었고, 그 흐름 속의 투쟁이었다.

두 사람은 깊은 정적 속으로, 깊고 깊은 물살 속으로 빨려 들어갔다. 그 깊은 물살은 그들에게 무한한 힘을 주었다. 춤추는 사람들 모두 음악의 흐름 속에서 파도처럼 물결치고 있었다. 춤추는 그림자들이 불 앞에서 어른거리고, 춤추는 발들이 소리 없이 어둠 속으로 스며들어갔다. 그것은 대홍수에 휩쓸린 지하 세계의 심연을 보는 것 같은 광경이었다.

어둠이 경이롭게 흔들리고 있었다. 밤 전체가 거대하게 천천히 진동했다. 음악은 춤의 수면에서 가볍게 노닐면서 거기에다 이상하고 황홀한 잔물결을 일으키고 있었다. 그러나 그 밑바닥에는 하나의 거대한 물결이 있어 망각의 가장자리에까지 천천히 물러갔다가는 다시 다른 가장자리를 향해 천천히 밀려오곤 했다. 그럴 때마다 가슴은 출렁이는 물결과 함께 휩쓸려갔다가, 물결이 한계에 도달했을 때는 고통으로 죄어왔다. 물결은 가장자리의 끝에서 가장 높이 솟았다가 다시 뒤로 밀려왔다.

춤이 한창 무르익었을 때, 어슐라는 자기를 바라보고 있는 어떤 시선을 의식했다. 무언가가 그녀를 보고 있었다. 강하게 이글거리는 어떤 시선이 그녀를 똑바로 쳐다보고 있었다. 그저 보고 있는 것이 아니라 똑바로 그녀를 보고 있었다. 멀리 떨어진 곳에서, 그러나 아주 가까이에서 보듯이 강렬하고 압도적인 감시의 눈길이 줄곧 그녀를 따라다녔다. 그녀가 스크레벤스키와 함께 계속 춤을 추는 동안, 그 크고 하얀 물체는 계속 그녀를 주시했다. 그 환한 계시 속에서 모든 것이 균형을 잡고 있었다.

"달이 떴군요."

안톤이 말했다. 음악이 그치자 춤을 추던 사람들은 해안에 표류해온 난파선의 파편들처럼 갑자기 여기저기로 흩어졌다. 어슐라는 고개를 돌려 언덕 위에서 그녀를 바라보고 있는 하얗고 커다란 달을 쳐다보았다. 그리고 그 달을 향해 가슴을 열었다. 그녀는 투명한 보석처럼 달빛에 투과되고 있었다. 어슐라는 자신을 내맡긴 채 보름달로 충만해서 서 있었다. 두 개의 젖가슴은 달이 지나갈 길을 만들기 위해 풀어헤쳐졌고, 몸뚱이는 파르르 떠는 아네모네처럼 활짝 벌어졌다. 달의 손길에 의한 부드럽고 부푼 초대였다. 어슐라는 달이 자기 안으로 들어와 가득 차기를 바랐다. 그녀는 달과 더욱더 많이 교감하여 그로 인해 절정에 이르기를 원했다. 그러나 스크레벤스키가 한 팔로 그녀를 감싸더니 다른 곳으로 이끌었다. 그는 그녀에게 커다란 검정 망토를 둘러주고 그녀의 손을 잡은 채 앉았다. 달빛이 이글거리는 모닥불 위에 쏟아져 내리고 있었다.

어슐라는 그 자리에 있지 않았다. 망토를 쓰고 스크레벤스키에게 한 손을 붙잡힌 채 참을성 있게 앉아 있었지만, 그녀의 발가벗은 자아는 그곳을 벗어나서 달빛과 만나고 있었다. 그녀의 가슴과 배와 허벅지, 그리고 무릎은 달빛과 부딪히며 교감을 나누는 중이었다. 그녀는 실제로 그 자리를 떠나려고 몸을 들썩이고 있었다. 옷을 벗어던지고 이 사람들의 어두운 혼돈과 무질서로부터 벗어나 언덕과 달을 향해 도망치고 싶었다. 그러나 사람들이 그녀 주위에 바위처럼, 자력을 가진 바위처럼 우뚝 서 있었고, 그래서 그녀는 실제로는 그곳을 떠날 수 없었다. 특히 스크레벤스키는 그녀를 짓누르는 자석처럼 그의 존재의 무게로 그녀를 붙잡고 있었다. 그녀는 그가 짐스럽게 느껴졌다. 막무가내로 집요하게 내리누르는 무기력한 짐처럼 느껴졌다. 그는 무기력하게 그녀를 누르고 있었다. 어슐라는 고통스러워 한숨을 쉬었다. 아! 달의 서늘함과 완벽한 자유와 밝음을 얻을 수 있다면. 자기 자신일 수 있는 홀가분한 자유, 온전히 자기가 하고 싶은 대로 할 수 있는 자유를 얻을 수 있다면. 그녀는 어서 이곳을 떠나고 싶었다. 자신이 시커멓고 불순한 자력에 의해 눌리고 있는 반짝이는 금속처럼 느껴졌다. 스크레벤스키도, 사람들도 하찮은 쓰레기에 불과했다. 아, 깨끗하고 자유로운 달빛에게로 도망칠 수만 있다면!

"오늘밤엔 내가 싫어요?"

그의 낮은 목소리가, 어둠의 목소리가 어깨 너머에서 들려왔다. 그녀는 이슬을 머금은 영롱한 달빛 속에서 마치 미친 사람처럼 두 주먹을 불끈 쥐었다.

"내가 싫어요?"

부드러운 목소리가 다시 들려왔다.

만약 이 말에 고개를 돌린다면, 자기는 죽게 될 것임을 어슐라는 알았다. 이상한 분노가 가득 밀려왔다. 모든 걸 갈기갈기 찢어버리고 싶은 분노였다. 그녀의 손이 마치 파괴의 칼날처럼 파괴적으로 느껴졌다.

"저 좀 혼자 있게 해주세요."

그녀가 말했다.

일종의 무기력함 속에 어떤 어두움이, 어떤 고집이 그에게도 밀려왔다. 스크레벤스키는 그녀 옆에 꼼짝 않고 앉아 있었다. 어슐라는 망토를 벗어던지고 은빛의 하얀 차림으로 달을 향해 걸어갔다. 그가 그녀를 바짝 뒤따랐다.

음악과 춤이 다시 시작되었다. 그는 어슐라를 독차지했다. 그녀의 가슴 속에서 격렬하고 하얗고 차가운 열정이 일었다. 그러나 그는 그녀를 꼭 끌어안고 춤을 췄다. 춤을 출 때 그의 몸은 마치 그녀 위에 살짝 얹은 무게처럼 줄곧 그녀를 누르고 있었다. 그가 어슐라를 어찌나 바싹 끌어당기는지, 그의 몸, 그녀 위로 무너지며 짓누르는 그의 무게를 느낄 수 있었다. 그것은 그녀의 생명과 에너지를 압도하며, 스크레벤스키와 더불어 그녀까지 무기력하게 만들었다. 그녀는 자신의 등을 꼭 누르는 그의 손길을 느낄 수 있었다. 그러나 그녀의 몸 속에는 여전히 차분하고 차가운, 제어될 수 없는 격정이 있었다. 그녀는 춤추는 것이 좋았다. 춤은 긴장을 풀어주었고, 일종의 황홀경 속으로 밀어넣었다. 그러나 그것은 일종의 기다림, 그녀와 그녀의 순수한 자아 사이에 끼어든 시간을 쓰는 것에 불과했다. 그녀는 자신의 몸을 완전히 그에게 내맡겨 그로 하여금 모든 힘을 자기에게 발휘하게 했다, 마치 그가 그녀를 지배하고 내리누를 수 있다는 듯이. 그녀는 그의 힘을 받아들였다. 심지어 그가 자기를 압도할 수 있다면 얼마나 좋을까 생각했다.

하지만 그녀는 소금기둥처럼 차갑고 무감동했다.
 스크레벤스키의 의지가 확고해지더니 온 힘을 다해 그녀를 끌어들이고 포섭하려고 했다. 어슐라를 잡아끌 수만 있다면! 그러나 그는 완전히 소멸해버린 것 같았다. 그녀는 달처럼 차갑고 딱딱했으며 광채로 가득 차 있었다. 그리고 달빛이 그가 잡을 수 없는 곳에 있듯이 그녀 역시 그가 닿을 수 없는 곳에 있었다. 그로서는 그녀를 붙잡을 수도 이해할 수도 없었다. 그녀에게 올가미를 씌워 그녀를 마음대로 할 수만 있다면!
 이렇게 그들은 네다섯 차례나 춤을 췄다. 그때마다 항상 스크레벤스키의 의지는 더욱 확고해지고, 그의 몸은 더욱 미묘하게 그녀의 몸에 밀착했다. 그러나 아직도 어슐라를 장악하지는 못했다. 그녀는 여전히 단단하고 빛났으며 손상되지 않은 채로 있었다. 그러나 그는 자신으로 그녀를 옭아매고 포위해야만 했다. 그림자의, 어둠의 그물 안에 그녀를 잡아넣어야 했다. 그러면 그녀는 어둠의 그물에 붙잡혀 광채를 발하는 짐승처럼 반짝일 것이었다. 그런 다음 그는 그녀를 소유할 것이고 즐길 것이었다. 그녀가 붙잡힌다면, 그는 얼마나 그녀를 즐기겠는가!
 마침내 춤이 끝났을 때, 그녀는 자리에 앉으려 하지 않고 걸어나갔다. 그는 그녀를 한 팔로 휘감은 채 자신의 발걸음에 맞추어 따라오게 했다. 그녀도 이에 순순히 응하는 것 같았다. 그녀는 한 가닥의 달빛처럼 빛났으며 칼날처럼 번뜩였다. 그는 자신을 상처입힐지도 모르는 칼날을 잡고 있는 것 같았다. 그러나 그는 그 칼날에 죽는 한이 있더라도 그녀를 놓치지 않을 셈이었다.
 그들은 낟가리가 늘어서 있는 마당을 향해 갔다. 거기에서 그는 새로 쌓은 커다란 낟가리들이 반짝거리는 빛을 내며 이상한 모습으로 변해가는 것을, 일종의 공포를 느끼며 바라보았다. 낟가리들은 검푸른

제 11 장 97

밤하늘 아래에서 어둡고 또렷한 그림자를 던지며, 정작 자신은 흐릿하고 장엄하게 서 있었다. 어슐라는 하늘거리는 거미줄처럼 낟가리들 사이에서 불타고 있는 것처럼 보였다. 그리고 낟가리는 은청색의 대기 속에서 차가운 불길처럼 피어오르고 있었다. 모든 것이 손에는 잡히지 않는, 차갑고 번쩍이는 하얀 강철 같은 불꽃이었다. 그는 자신의 머리 위로 점점 솟아오르는 옥수수 낟가리의 이 거대한 달빛 불꽃이 두려웠다. 그의 심장은 오그라들었고 구슬처럼 엉기기 시작했다. 그는 꼭 죽을 것만 같았다.

어슐라는 잠깐 동안 이 압도적인 달빛 속에 서 있었다. 그녀는 번쩍이는 힘의 광선 같았다. 그녀는 지금의 자신이 두려웠다. 그를 바라보면서, 어둡고 비현실적이며 흔들리는 그의 존재를 보면서, 그녀는 갑자기 욕정에 사로잡혔다. 그를 붙잡아 갈기갈기 찢어 없애버리고 싶은 욕망이었다. 그녀의 손과 손목이 마치 칼날같이 한없이 단단하고 강하게 느껴졌다. 그는 그녀 옆에서 그림자처럼 기다리고 있었다. 그녀는 이 그림자를 지워 버리고 싶었다. 달빛이 어둠을 없애듯이 없애버리고, 말살해버리고, 끝내버리고 싶었다. 그녀는 그를 쳐다보았다. 그녀의 얼굴은 밝게 빛났고, 생기로 가득 차 있었다. 그녀는 그를 유혹했다.

그의 마음 속에 자리 잡은 고집 때문에, 그는 한 팔로 그녀를 껴안고 컴컴한 곳으로 이끌었다. 그녀는 그가 하는 대로 순순히 따랐다. 어떻게 하는지 내버려 두자. 어떻게 하는지 한 번 내버려 두자고. 그는 그녀를 안고 낟가리에 기댔다. 밀짚이 천 개의 차갑고 날카로운 불꽃이 되어 그를 톡톡 쏘았다. 그래도 그는 고집스럽게 그녀를 안고 있었다.

그의 두 손이 대담하게 그녀를 더듬었다. 그녀의 몸을, 소금 같은 광채로 꽉 찬 몸을 더듬었다. 만약 그녀를 소유할 수만 있다면, 그는 얼마나 그녀를 즐길 것인가! 그녀의 영롱하고 차갑고 소금처럼 불붙은 몸을 그의 손으로 그물에 몰아넣을 수만 있다면, 그녀를 옭아맬 수만 있다면, 그녀를 제압할 수만 있다면, 얼마나 미친 듯이 그녀를 즐길 수 있을 것인가! 그는 교묘하게, 그리고 온 정력을 다해서 그녀를 포위하고 소유하려고 노력했다. 그러나 그녀는 여전히 소금처럼 불타고 있었고 광채를 냈으며 죽음처럼 단단했다. 그러나 그는 자기의 모든 살을 태우고 녹이는 독약에 취한 것같이 느끼면서도 여전히 완고하게 고집을 부렸고, 끝내는 자기가 그녀를 정복할 수 있을 것이라고 생각했다. 미친 듯이 그는 자기의 입으로 그녀의 입을 찾았다. 그러나 그것은 마치 어떤 지독한 죽음 속으로 얼굴을 들이미는 것과 같았다. 그녀는 그에게 몸을 맡겼고, 그는 있는 힘을 다해 그의 몸으로 그녀를 내리눌렀다. 그의 영혼은 계속 신음하고 있었다.

"날 받아줘, 날 받아줘."

그녀는 키스로 그를 받아들였고, 그녀의 키스가 그를 사로잡았다. 달빛처럼 단단하고 격렬해서 모든 것을 태워 버릴 듯한 키스였다. 그녀가 그를 파괴하고 있는 것 같았다. 그는 비틀거리면서 그녀에게 계속 키스했고, 그 상태에 머물기 위해 안간힘을 다했다.

그러나 그녀는 단단하고 격렬하게 그에게 달라붙어 있었다. 달빛처럼 싸늘하면서도 달구어진 소금처럼 불타올랐다. 마침내 그의 따뜻하고 부드러운 쇠 같은 몸이 기진해서 굴복했다. 그녀는 그를 파괴하며 더불어 맹렬하고 신랄하게 부글부글 들끓고 있었다. 마치 독하고 부식성이 강한 소금처럼 그의 존재의 마지막 알맹이를 둘러싼 채 키스로써 그를 파괴했고 또 파괴했다. 그녀의 영혼은 승리감으로 수정처럼 단단하게 굳어진 반면, 그의 영혼은 고통과 패배로 분해되었다. 그녀는 그를 붙잡고 있었다. 그는 소진되고 패배한 제물이었다. 그녀는 승리했던 것이다. 그는 이제 존재하지 않았다.

그녀는 제정신이 들기 시작했다. 대낮 같은 환한 의식이 서서히 그녀에게로 돌아왔다. 갑자기 밤이 그 원래의 평온한 실체로 되돌아갔다. 그녀는 밤이 평범하고 일상적인 것임을, 그 위대하고 가슴 부풀게 하는 초월적인 밤은 실제로 존재하지 않는다는 것을 서서히 깨달았다. 그녀는 차츰 공포에 휩싸였다. 그녀는 지금 어디에 있는가? 그녀가 느끼는 이 허무감은 무엇인가? 그 허무는 스크레벤스키였다. 그는 진실로 어디에 있는가? 또 그는 누구인가? 그는 말이 없었다. 그는 거기에 있지 않았다. 어떤 일이 일어났던가? 그녀가 미쳤던 것일까? 무슨 귀신에 씌었던 것일까? 그녀는 자신에 대한 걷잡을 수 없는 공포로 가득 찼고, 그 불타는, 부식시키는 자아가 되어서는 안 된다는 생각에 사로잡혔다. 그녀는 방금 있었던 일을 결코 기억하거나 생각해서도 안 되며, 일순간이라도 다시 일어나게 허용해서도 안 된다는 강압감에 미칠 것만 같았다. 그녀는 있는 힘을 다해서 그것을 부인했다. 있는 힘을 다해서 그 사실을 외면했다. 그녀는 착하고 사랑스러운 존재였다. 그녀의 마음은 따뜻하고, 그녀의 피는 검고 따스하며 부드러웠다. 그녀는 애무하듯 자기의 한 손을 안톤의 어깨 위에 얹었다.

"참 아름답지 않나요?"

그녀는 달래듯, 애무하듯 부드럽게 말했다. 그리고 그를 애무해서 다시 되살리기 시작했다. 그는 죽어 있었기 때문이다. 그리고 그녀는 방금 있었던 일을 그가 전혀 모르도록, 눈치 채지 못하도록 애썼다. 그녀는 그가 방금 죽었었다는 사실을 기억나게 할 만한 흔적은 하나도 남기지 않고, 그를 죽음으로부터 살려내고자 했다.

어슐라는 평상시의 따뜻한 자아를 한껏 동원했다. 그녀는 그를 어루만졌고, 그에게 사랑의 경의를 바쳤다. 그러자 서서히 그가 다른 사람이 되어 그녀에게로 돌아왔다. 그녀는 부드럽고 매력적이며 애교 있게 굴었다. 그녀는 그의 종이요, 그를 흠모하는 노예였다. 이렇게 해서 그녀는 그의 껍데기를 온전하게 회복시켰다. 그의 겉모습과 외모 전부를 회복시켰다. 그러나 알맹이는 사라진 채였다. 그의 자존심은 다시 살아났고, 그의 피는 또다시 자랑스럽게 흘렀다. 그러나 그에게는 알맹이가 없었다. 명확한 남성으로서의 알맹이를 그는 가지고 있지 않았다. 의기양양하고 자부심 넘치고 불타오르는, 진정한 남성으로서의 심장은 두 번 다시 고동치지 않을 것이다. 그는 이제 온순하고 타협적이 되었다. 자부심이 넘치며 결코 꺼질 줄 모르는 불꽃을 지닌 불굴의 존재는 절대 될 수 없을 것이다. 그녀가 그 불을 꺼뜨렸다. 그녀가 그를 부러뜨린 것이다.

그녀는 쉬지 않고 그를 애무했다. 그녀는 그가 방금 있었던 일을 기억하지 못하게 할 셈이었다. 그녀 스스로도 그 일을 기억하지 않을 것이었다.

"키스해 주세요, 안톤. 키스해 줘요."

그녀는 간청했다.

그는 어슐라에게 키스했다. 그러나 그녀는 그가 자신의 핵심을 만질 수 없다는 것을 알고 있었다. 그의 두 팔은 그녀를 감싸고 있었지만, 그 팔은 진정 그녀를 안지 못하고 있었다. 그녀의 입술에서 그의 입술을 느낄 수 있었지만, 전혀 압도당하지는 않았다.

"키스해 줘요. 키스해 줘요."

그녀가 당황해서 속삭였다.

그녀가 요구하는 대로 스크레벤스키는 그녀에게 키스했다. 그러나 그의 가슴은 텅 비어 있었다. 그녀는 그의 키스를 여러 번 받았으나 허울뿐이었다. 그녀의 영혼은 공허했고 무덤덤했다.

그녀가 고개를 돌리니 낟가리의 옆구리에 연약한 밀 이삭 하나가 달랑 매달려 있었다. 달빛에 비친 밀 이삭은 당당하고 고고했으며 아주 냉정했다. 그녀도 바로 조금 전에는 그 이삭들처럼 자부심에 차 있었다. 그러나 다시 이 무상하고 따뜻한 일상의 세계로 돌아온 그녀는 친절하고 착한 소녀가 되어야 했다. 그녀는 선과 다정함을 동경했다. 그녀는 친절하고 착하게 되고 싶었다.
 두 사람은 희뿌옇게 불타오르는 밤 가운데를 걸어 집으로 돌아갔다. 그녀는 생울타리 밑에 선명하게 피어 있는 꽃들을 보았고, 가시투성이인 생울타리에 비스듬하게 세워 놓은 하얀 낟가리들도 보았다.
 얼마나, 얼마나 아름다웠던가! 어슐라는 스크레벤스키에게서 키스를 받은 그날 밤, 자기가 얼마나 미칠 듯 행복했던가를 고통스럽게 떠올렸다. 그러나 그가 한 팔을 그녀의 허리에 감고 걸어갈 때, 그녀는 자신을 밤에게 바치듯이 고개를 옆으로 돌렸다. 신랑처럼 하얗고 당당한, 장엄하고 신성한 달이 환하게 비추는 밤이었다. 그리고 그 속에서 꽃들은 은빛으로 변모한 채 촘촘히 그림자를 드리우고 있었다.
 스크레벤스키는 집 근처 주목나무 밑에서 그녀에게 다시 키스했다. 그리고 두 사람은 헤어졌다. 그녀는 집에 들어가자, 부모와 부딪치는 것을 피해서 곧장 자기 침실로 뛰어갔다. 그곳에서 달빛이 자욱한 들녘을 내다보면서 두 팔을 힘껏, 힘껏 뻗었다. 그리고 희열과 고통을 동시에 맛보면서 상냥하고 아름다운 밤의 존재 속으로 자신을 밀어넣었다.
 그러나 슬픔이라는 상처가 있었다. 그녀가 스스로에게 상처를 입힌 것이었다. 그를 죽이는 가운데, 그녀 자신도 상처를 입은 것이었다. 그녀는 자기의 두 젖가슴을 양손으로 덮으며 보이지 않게 가렸다. 그렇게 스스로 자기 몸을 가린 채 그녀는 웅크리고 잠이 들었다.
 아침이 되자 태양은 환하게 떠올랐고, 어슐라는 원기왕성하게 춤을 추듯 일어났다. 스크레벤스키는 아직 마쉬 농장에 묵고 있었다. 오늘 그는 교회에 올 것이었다. 삶이란 얼마나 아름답고 또 얼마나 놀라운 것인가? 신선한 일요일 아침에 그녀는 정원으로 나가 바르르 떠는 노랗고 빨간 꽃들 사이에 얼굴을 묻고 흙냄새를 맡다가 거미줄을 건드려 보기도 했다. 들판에 펼쳐진 밀밭은 환상처럼 희뿌옇고 창백하게 보여 이 세상 풍경 같지 않았다. 들리지 않는 소리로 가득 찬 일요일 아침의 강렬한 정적이 온 사방을 감싸고 있었다. 그녀는 대지의 몸에서 나는 냄새를 들이마셨다. 대지는 그녀가 서 있는 바로 그 발 밑에서 힘센 허리를 뒤틀고 있는 것 같았다. 그리하여 푸르스름한 대기 속으로 땅의 강한 입김이 뿜어져 나왔고, 이 아침의 평화는 대지가 강하게 힘껏 내쉬는 그 숨결에서 나온 것이었다. 빨갛고 노란 꽃과 그루터기의 하얀 빛은 가을이 마지막으로 황홀경에 잠겨 충족과 희열에 떨며 만들어내는 움직임이었다.

교회 종이 울리고 있을 때 그가 도착했다. 어슐라는 큰 기대감을 가지고 그가 들어오는 것을 바라보았다. 그러나 그는 안정되어 있지 못했고, 그의 자존심은 아직 치유되지 못한 상처를 안고 있었다. 그는 신경을 써서 옷을 입은 듯했다. 어슐라는 그의 맞춤 양복을 의식했다.

"어젯밤은 참 아름다웠죠?"

그녀가 그에게 속삭였다.

"그래요."

그가 대꾸했다. 그러나 그의 얼굴 표정은 홀가분하고 편해지지 않았다.

그날 아침, 교회에서의 예배와 성가 합창은 의식하지도 못하는 가운데 그냥 지나갔다. 어슐라는 알록달록한 유리창의 빛과 예배자들의 모습을 보았다. 그리고 〈창세기〉를 잠깐 읽어 보았을 뿐이었다. 〈창세기〉는 성경 중 그녀가 가장 좋아하는 부분이었다.

하느님이 노아와 그 아들들에게 복을 주시며 그들에게 이르시되 생육하고 번성하여 땅에 충만하라. 땅의 모든 짐승과 공중의 모든 새와 땅에서 기는 모든 것과 바다의 모든 고기가 너희를 두려워하며 너희를 무서워하리니 이들은 너희 손에 붙이웠음이라. 무릇 산 동물은 너희의 양식이 될지라. 채소같이 내가 이것을 다 너희에게 주노라.

그러나 어슐라는 오늘 아침 이 구절에서 구체적 감동을 받지 못했다. 번성하여 땅에 충만하라는 말에도 흥미가 없었다. 그것은 짐승이 새끼를 낳는 일로, 그저 천박하게 느껴질 뿐이었다. 인간이 짐승과 물고기들의 주인 노릇을 한다는 구절에도 그녀의 마음은 냉담했다.

너희는 생육하고 번성하며 땅에 가득하여 그 중에서 번성하라.

그녀의 영혼은 이런 번성을 비웃었다.
소 한 마리가 두 마리로 번식하고 무 한 개는 열 개의 무가 된단 말이지.

하느님이 가라사대 내가 나와 너희와, 너희와 함께하는 모든 생물 사이에 영세까지 세우는 언약의 증거는 이것이라. 내가 내 무지개를 구름 속에 두었나니 이것이 나의 세상과의 언약의 증거니라. 내가 구름으로 땅을 덮을 때에 무지개가 구름 속에 나타나면, 내가 나와 너희와 혈기 있는 모든 생물 사이의 내 언약을 기억하리니 다시는 물이 모든 혈기 있는 자를 멸하는 홍수가 되지 아니할지라.

모든 혈기 있는 자를 멸한다고? 왜 하필 혈기 있는 자일까? 혈기 있는 자의 주인은 누구란 말인가? 그런데 그 대홍수는 얼마나 엄청났었을까? 아마 몇몇 숲의 요정이나 목양 신들은 겁이 나서 언덕으로, 보다 깊숙한 계곡과 숲으로 도망쳤을 것이다. 그러나 대부분은 요정들이 얘기해주지 않았다면 홍수 따위는 전혀 모른 채 즐거운 생활을 계속했으리라. 소아시아의 물의 요정들이 바닷물이 시원하게 조수에 밀리는 강 어구에서 바다의 요정들과 만나서 자매인 바다 요정에게 노아의 홍수가 일어났다는 소식을 큰 소리로 전해주는 광경을 그려보며 어슐라는 즐거워했다. 그들은 방주에 탄 노아의 얘기를 재미있게 주고받았으리라. 어떤 요정들은 자기들이 방주 벽에 매달려서 방주 안을 들여다본 얘기, 또 노아와 그의 세 아들, 셈, 함, 그리고 야벳이 앉아서 하느님이 나머지 사람들을 모두 물에 빠져 죽게 했으니 이제 그들 네 사람만이 지구에 남은 사람들의 전부요, 따라서 모든 것을 독차지하고 모든 것의 주인이 될 것이라고, 만물의 소유주 하느님에게만 종속하게 될 것이라고 얘기하는 것을 들었다는 얘기들을 전했으리라.

어슐라는 자기가 요정이었다면 하고 생각했다. 그러면 그녀는 방주의 창 밖에서 웃으며 빗방울을 가볍게 노아에게 튀겨주고는 하느님이 보시기에 노아보다 덜 중요한 다른 사람들과 홍수의 현장으로 날아갔을 것이었다.

도대체 하느님이란 무엇인가? 만약 죽은 개에 들끓는 구더기가 썩은 고기에 입을 맞추는 하느님이라면, 그렇다면 하느님이 아닌 것은 무엇이란 말인가? 그녀는 이런 하느님에 신물이 났다. 하느님에 대한 생각으로 골치를 썩는 어슐라 브랭웬 자신에 대해서도 넌더리가 났다. 하느님이 무엇이든, 그는 하느님일 테고 그녀가 그 하느님 때문에 골머리를 앓을 필요는 없는 것이었다. 그녀는 이제 멋대로 행동할 수 있는 권리를 가졌다고 느꼈다.

스크레벤스키는 그녀 옆에 앉아서 법과 질서의 목소리인 설교에 귀를 기울이고 있었다.

"너희에게는 머리털까지 다 세신 바 되었나니."

그는 이 말을 믿지 않았다. 그는 자기 것들은 자기 마음대로 할 수 있다고 믿었다. 다른 사람들에게 방해가 되지 않는 한, 자기 것은 얼마든지 자기 마음대로 할 수 있다고 믿었다.

어슐라는 그를 애무하고 그와 사랑을 나누었다. 그럼에도 불구하고 그는 그녀가 자기에게 반발하고 그의 존재를 파괴하고자 했음을 알고 있었다. 그녀는 그에게 동조하지 않고 도리어 그에게 적대적이었다. 그러나 그녀가 그에게 사랑을 베풀어주고 전적으로 그를 공경하고 있다는 사실이 그를 만족시켰다.

그녀는 그의 혼을 쏙 빼놓았다. 그들은 낭만적이며 거의 환상적인 사랑을 하고 있는 젊은 연인들이었다. 그는 그녀에게 조그만 반지를 주었다. 그들은 그 반지를 라인 포도주가 담긴 유리잔에 넣고 그 포도주를 번갈아 마셨다. 그들은 잔 밑에 가라앉은 반지가 드러날 때까지 마셨다. 그런 다음 그녀는 그 수수한 반지를 꺼내 줄에 꿰어 목에 걸었다.

떠날 무렵, 그는 어슐라에게 사진 한 장을 달라고 했다. 그녀는 매우 흥분해서 5실링을 들고 사진사에게로 달려갔다. 하지만 사진은 입이 한쪽으로 쏠린 채 다소 보기 흉하게 나왔다. 그녀는 그 사진을 보고 신기하게 여기며 찬탄해 마지않았다.

그러나 스크레벤스키는 생기발랄한 소녀의 모습만 보다가, 그런 사진을 보니 도무지 마음에 들지 않았다. 그는 사진을 간직하고 항상 기억했지만, 그것을 들여다보면 거의 참을 수 없었다. 추상적이면서 투명하고 대담한 얼굴 표정이 그의 영혼에 상처를 주는 것 같았다. 그 추상성은 분명 그와는 동떨어진 요소였다.

그러던 중 남아프리카에서 보어 전쟁이 터지자, 모두들 흥분으로 웅성거렸다. 그는 자기도 가야 할 것 같다는 편지를 그녀에게 보냈다. 그리고 과자도 한 상자 보냈다.

그녀는 그가 전쟁에 나간다는 사실에 약간 얼떨떨해했다. 어떻게 생각해야 할지 몰랐다. 전쟁은 그녀가 소설에서 읽어서 익히 잘 알고 있는 낭만적인 상황이었다. 그러나 그것이 실제로 어떠한가는 거의 이해할 수 없었다. 겉으로는 아무렇지도 않은 듯 가장했지만, 속으로는 두려움과 깊은 실망감에 사로잡혔다.

어슐라는 그가 보내준 과자를 침대 밑에 몰래 감춰두고 혼자서 몽땅 먹어치웠다. 저녁에 잘 때도 먹고 또 아침에 일어나서도 먹었다. 그럴 때마다 그녀는 죄책감을 느꼈으며 부끄럽기도 했다. 그러나 그 과자를 나누어 먹기는 싫었다.

그 과자 상자는 나중에까지 그녀의 마음에 남았다. 왜 그녀는 그 과자를 감춰놓고 혼자만 먹었던가? 왜 그랬던가? 실제로 죄의식을 느끼지는 않았다. 다만 죄의식을 가져야 한다는 것을 알고 있을 따름이었다. 그리고 그녀는 마음을 정할 수 없었다. 이제는 텅 빈 과자 상자가 무슨 기념비처럼 우뚝 서 있었다. 그것은 그녀의 십자가였다. 그 상자를 그녀는 어떻게 생각해야 할 것인가?

전쟁에 대한 생각이 그녀를 매우 불안하게 했다. 사람들이 조직적으로 서로 싸우기 시작했을 때, 어슐라는 드디어 우주의 기둥이 부서져 나가고, 온 세상이 끝없는 구덩이 속으로 굴러떨어지는구나 하고 생각했다. 밑바닥이 꺼지는 듯한 끔찍한 느낌이 그녀를 사로잡았다. 그러나 전쟁이 낭만적이니 명예롭다느니, 심지어 종교적이라는 말까지도 무성하게 나돌았다. 그녀는 도무지 갈피를 잡을 수 없었다.

스크레벤스키는 바빴으므로 어슐라를 만나러 올 수 없었다. 그녀는 어떤 다짐이나 보장 같은 것을 요구하지 않았다. 그들 사이의 관계가 어떤 다짐이나 보장으로 좌우될 수 있는 것은 아니었다. 그녀는 그것을 본능적으로 알 수 있었다. 그녀는 본질적인 실체를 신임했다.

그러나 어슐라는 고통스런 무력감을 느꼈다. 그녀는 어떤 대책도 세울 수 없었다. 그녀는 세상의 거대한 힘들이 어두운 곳에서 서투르고 둔하게 굴러가면서 서로 부딪치는 것을 어렴풋이 감지했다. 그 큰 힘들은 너무나 강대했기 때문에 거기에 스치기만 해도 사람은 먼지처럼 갈려버릴 것이었다. 무력하고, 무력하게 먼지처럼 흩날리리라! 그러나 어슐라는 안간힘을 다해 반항하고 분노하고 싸우고 싶었다. 하지만 무엇으로 싸운단 말인가?

　두 손으로 이 지구의 얼굴을 쥐어뜯고 우뚝우뚝 서 있는 언덕들을 때려눕힐 수 있겠는가? 그래도 그녀의 가슴은 싸우기를 원했다. 온 세상과 싸우고 싶었다. 그러나 그녀가 가진 수단이라곤 작은 두 손밖에 없었다.

　몇 달이 흘러 크리스마스가 왔고, 아네모네가 피었다. 코스데이 부근 숲 속에 약간 우묵한 공터가 있었는데, 그곳에서도 아네모네가 야생으로 자라났다. 그녀는 아네모네를 상자에 넣어 스크레벤스키에게 보냈다. 그는 그녀에게 감사하다는 사연을 써서 보내왔다. 그는 매우 고마워하고 그리움에 젖어 있는 것 같았다. 그녀의 눈은 점점 놀란 어린아이의 눈처럼 되었다. 그녀는 어리둥절한 상태에서 하루하루를 무력하게 보냈다. 일어나야 할 일들은 그녀의 의지와는 상관없이 일어났다.

　스크레벤스키는 자기 임무에 온 힘을 쏟으며 지내고 있었다. 그러나 가슴 밑바닥에는 그의 자아가, 자기 성취라는 진정한 소망과 열망을 가진 영혼이 죽은 듯 놓여 있었다. 그 사산된 영혼의 주검이 그의 뱃속을 무겁게 짓눌렀다. 개인적인 관계를 중요시하는 그는 누구란 말인가? 한 개인이 무슨 중요성을 가진단 말인가? 그는 국가, 근대적 인류라는 거대한 전체 사회 조직 속에서 단지 한 장의 벽돌에 불과했다. 그의 개인적 움직임은 하찮은 것이었고, 전적으로 종속적인 것에 불과했다. 전체라는 조직은 보장되어야 하며, 그것은 어떤 개인적 이유로도 파괴되어서는 안 되었다. 어떤 개인적 이유도 그와 같은 파괴를 정당화할 수 없기 때문이었다. 개인적인 유대가 뭐 중요하단 말인가? 사람은 전체 속에서, 인류가 쌓아올린 문명이란 거대한 구조 속에서 자기의 자리를 채워야 하는 것이었다. 그것이 전부였다. 전체만이 중요했다. 각각의 단위나 개인은 오직 전체를 대표하는 경우에만 중요성을 가질 뿐이었다.

그래서 스크레벤스키는 여자를 버려두고 자기의 길을 갔던 것이다. 그는 아무 불평 없이 참아야 할 것은 참고, 섬겨야 할 것은 섬겼다. 그 자신의 고유한 삶이란 면에서 그는 죽어 있었다. 그리고 그는 그 죽음에서 다시 일어설 수도 없었다. 그의 영혼은 무덤 속에 누워 있었다. 그의 삶은 세상의 정립된 기존 질서 속에 있었다. 그러나 그 역시 오감을 가지고 있었다. 그리고 그 오감은 만족되어야 했다. 이 점을 제외하면, 그는 삶이라는 거대한 기존 개념을 대표할 따름이었다. 그렇게 함으로써 그는 중요해졌고, 모든 문제를 넘어설 수 있었다.

최대 다수의 최대 행복만이 중요했다. 최대 다수의 최대 행복이 되는 것, 그것이 개인에게도 가장 큰 행복이 될 것이다. 따라서 모든 사람은 국가를 지탱하기 위해서 자신을 바쳐야 하며, 모든 사람들의 최대 행복을 위해 애써야 한다. 간혹 개인이 국가 내에서 진보를 이룰 수는 있지만, 언제나 국가를 보존한다는 전제가 따른다.

그러나 공동체의 최대 행복이 그의 영혼에 진정한 만족을 줄 수는 없었다. 그는 이 점을 알고 있었으나, 한 개인의 영혼이 그렇게 중요하다고는 생각하지 않았다. 그는 한 인간은 온 인류를 대표한다는 점에서만 중요하다고 믿었다.

그는 공동체의 최대 행복이 더 이상 평범한 개인의 최고 행복이 될 수는 없다는 사실을 깨닫지 못하고 있었다. 천성적으로 그것을 깨달을 능력이 없었다. 집단은 수백만의 사람들을 대표하기 때문에 그만큼 개인보다 수백만 배 더 중요하다고 생각했다. 공동체란 다수의 인간을 추상화한 것이지, 다수의 인간 그 자체는 아니라는 사실을 잊고 있었던 것이다. 이제 공동체의 행복이라는 말이 하나의 추상적인 공식이 되어버려서 보통 사람들에 대한 호소력이나 가치를 상실하게 되었다. 공동의 행복이란 말도 보통 사람들을 괴롭히는 구실이 되어버렸고, 천박하고 보수적인 물질주의를 대변하고 있을 뿐이었다.

그리고 최대 다수의 최대 행복이란 말은 주로 모든 계급의 물질적 번영을 의미했다. 스크레벤스키는 실상 자신의 물질적 번영에 대해서는 별 관심이 없었다. 만약 그가 무일푼의 처지였다면, 아마 기회가 오기만을 기다렸을 것이다. 그러나 그의 처지는 그렇지 않았다. 그러니 그가 어떻게 다른 모든 사람들의 물질적 번영을 위해 자신의 삶을 포기하는 데서 자기의 최고 행복을 발견할 수 있었겠는가! 자신에게 중요하지 않다고 생각되는 것이면 다른 사람들을 위해서도 모든 것을 희생할 가치가 없다고 생각했다. 그리고 개인으로서의 자기에게 가장 중요하다고 생각되는 것은 ― "아니, 아니지, 사회를 그런 관점에서 생각해서는 안 되지" 하고 그는 말했다. "아니지, 아니야. 우리는 사회가 뭘 원하는지 알고 있어. 사회는 구체적인 것을 원하지. 높은 임금, 동등한 기회, 좋은 생활조건 등이 사회가 원하는 것이야. 사회는 불분명하거나 어려운 것은 원하지 않아. 임무는 아주 간단하지. 물질적인 것, 모든 사람들의 즉각적인 안녕을 염두에 두면 되는 거야. 그게 다야."
　이렇게 해서 스크레벤스키는 일종의 무가치한 존재가 되었으며, 그것이 어슐라를 더욱 더 두렵게 했다. 어슐라는 자기가 굴복해야 할 절망적인 그 무엇이 있다고 느꼈다. 그녀는 재앙이 임박했다는 것을 느꼈다. 재앙에 대한 두려움 속에서 하루하루가 지루하게 흘렀다. 그녀는 병적으로 민감해졌으며 풀이 죽었고 근심에 싸여 있었다. 까마귀 한 마리가 하늘에서 천천히 날갯짓을 하고 있는 것만 보아도 그녀는 고통스러웠다. 그것은 좋지 않은 징조였다. 이 징조가 너무나 암울하고 강하게 다가왔기 때문에 그녀는 기절할 지경이었다.
　하지만 뭐가 문제인가? 최악의 경우 그가 떠나는 것밖에 더 있겠는가. 왜 그걸 그렇게 걱정해야 하는가? 그게 뭐 그렇게 두려운 일이란 말인가? 그것이 무엇인지 알 수 없었다. 그저 그녀는 어두운 공포에 사로잡혀 있을 따름이었다. 밤에 밖에 나가 커다란 별똥별이 번쩍이며 떨어지는 것을 보면 별들이 무서워보였고, 낮이면 어떤 질책이 자기에게 가해질 것 같았다.

　3월에 그가 편지를 보내왔다. 곧 남아프리카로 떠나게 될 것이지만, 떠나기 전에 하루 동안의 휴가를 내 마쉬 농장에 들르겠다는 내용이었다.

　마치 악몽에 시달리듯이 어슐라는 마음을 졸이며 기다렸다. 왜 이렇게 마음을 졸여야 하는지 알 수 없었다. 도무지 이해가 안 되었다. 다만 자신의 운명의 실이 팽팽하게 당겨지고 있다는 느낌이 들 뿐이었다. 그녀는 가끔 훌쩍이면서 맹목적으로 이렇게 말하곤 했다.

　"난 그를 사랑해. 정말 그를 사랑해."

　그가 왔다. 그런데 그는 왜 왔는가? 어슐라는 어떤 징표를 찾아내려고 그를 쳐다보았지만, 그는 어떤 징표도 주지 않았다. 키스조차 해주지 않았다. 그는 마치 늘 알던 다정한 친구처럼 행동했다. 겉으로 보기에는 그랬다. 그렇다면 그 속에는 무엇이 숨겨져 있는가? 그녀는 그를 기다렸다. 그가 어떤 신호를 보내주기를 바랐다.

　이렇게 그들은 온종일 망설이며 저녁때까지 서로 접촉을 피했다. 저녁이 되자, 그는 웃으며 6개월 후에 돌아와 전쟁 이야기를 들려주겠다고 하면서 그녀의 어머니와 악수를 하고 작별을 고했다.

　어슐라는 오솔길로 그를 배웅했다. 바람이 심한 밤이었다. 주목이 윙윙 소리를 내며 흔들렸다. 바람이 굴뚝들과 교회 첨탑 사이를 달려오는 것 같았다. 주위는 캄캄했다.

　바람이 어슐라의 얼굴을 스쳤고, 그녀의 옷은 몸에 찰싹 달라붙었다. 그러나 바람은 더 세게 불어왔고, 압축된 삶의 활기로 가득 차 있는 것만 같았다. 그녀는 스크레벤스키를 잃어버린 것 같았다. 강하고 급박한 그 밤에 그녀는 그를 발견할 수 없었다.

　"어디 있어요?"

그녀가 물었다.

"여기 있어요."

허공에서 목소리가 들려왔다.

그녀는 그를 더듬어 만졌다. 번개 같은 불길이 그들을 삼켰다.

"안톤?"

그녀가 불렀다.

"말해요."

그가 대꾸했다. 어슐라는 어둠 속에서 두 손으로 그를 잡았다. 그의 몸이 닿는 것을 다시 느꼈다.

"날 떠나지 말아요. 다시 돌아오세요."

그녀가 말했다.

"그럴게요."

그녀를 두 팔에 안은 채 그가 말했다.

그러나 그의 남성다운 기세는 그녀가 그의 매력이나 영향력 아래 있지 않다는 사실을 알았기 때문에 한풀 꺾여 있었다. 그는 어슐라로부터 떠나고 싶었다. 그는 내일이면 떠나갈 것이라는 사실에, 그의 인생이 다른 곳에 있다는 사실에 안도했다. 그의 삶은 다른 곳에 있었다. 그의 삶은 이미 이곳에 있지 않았다. 그녀는 그의 삶의 중심을 소유하지 못할 것이었다. 그녀는 그와는 다른 존재였다. 그들 사이에는 틈이 있었다. 그들은 서로 적대적인 세계에서 살고 있었다.

"내게 다시 돌아오겠지요?"

그녀가 다시 말했다.

"그럼요."

그가 대답했다. 그것은 그의 진심이었다. 그러나 그것은 약속을 지키기 위해서였지, 남자로서 충족감을 느끼기 위해 돌아오는 것은 아니었다.

어슐라는 그에게 키스를 하고 집 안으로 들어가 사라졌다. 스크레벤스키는 공허한 마음으로 마쉬를 향해 걸어내려갔다. 그녀와의 접촉이 그를 아프게 했고, 그를 위협했다. 그래서 그는 움츠러들었다. 그는 이제 어슐라의 영혼으로부터 해방되어야만 했다. 왜냐하면 그녀는 예언자 발람을 막아섰던 천사처럼 그의 앞을 가로막고 서서 칼을 휘두르며 그를 황야로 몰아넣을 것이기 때문이었다.

이튿날 어슐라는 그를 배웅하러 기차역에 나갔다. 그녀는 그를 쳐다보았고 그를 향해 고개를 돌렸다. 그러나 그는 줄곧 너무나 이상하고 무표정했다. 그는 너무나 냉정했다. 그녀는 그가 무표정하기 때문에 그렇게 보인다고 생각했다. 이상하게도 그는 아무것도 아닌 것 같았다.

어슐라는 창백한 얼굴로 말없이 그의 곁에 서 있었고, 그는 그런 얼굴을 차라리 보고 싶지 않았다. 생명의 뿌리에 어떤 수치가, 그녀에 대한 차갑고 치명적인 수치가 자리 잡고 있는 것 같았다.

전송 나온 이 세 사람은 역에서도 눈에 띄는 일행이었다. 털가죽 모자에 목도리를 하고 올리브색 옷을 입은 소녀가 창백하고 긴장된 얼굴로, 한 청년 옆에 격리된 듯이 꼿꼿이 서 있었다. 군인 티가 나는 청년은 접을 수 있게 되어 있는 모자에 묵직한 외투를 입고 있었는데, 보라색 스카프 위에 드러난 그의 얼굴은 다소 창백하고 내성적으로 보였으며 전체적인 모습은 평범했다. 그리고 한 중년 신사가 멋진 중산모를 검은 눈썹 위로 푹 눌러쓰고, 부드럽고 침착한 표정으로 서 있었다. 그의 모습에서는 묘하게도 혈기왕성하면서도 냉담한 분위기가 풍기고 있었다. 그는 영원한 관객이요, 코러스요, 드라마의 구경꾼처럼 보였다. 정작 그 자신의 삶에는 드라마가 없었다.

기차가 달려오고 있었다. 어슐라의 가슴이 뛰었다. 그러나 그 위에 얼어붙은 얼음이 너무나 두꺼웠다.

"안녕히 가세요."

한 손을 들어올리며 그녀가 인사했다. 그녀의 얼굴은 특유의 눈부신, 거의 어지럽기까지 한 미소를 짓고 있었다. 그가 허리를 굽혀 그녀에게 키스할 때, 그녀는 그가 무슨 짓을 하고 있나 의아해했다. 지금은 그저 악수나 하고 떠나가는 것이 어울릴 것 같았다.

"안녕히 가세요."

그녀가 다시 인사했다.

그는 작은 가방을 집어들고 그녀로부터 몸을 돌렸다. 기차를 타느라고 사람들이 부산하게 움직이고 있었다. 아, 거기에 그가 탈 열차가 있었다. 그가 자리에 앉았다. 톰 브랭웬이 문을 닫았고, 두 사람은 기적이 울리자 악수를 했다.

"잘 가게. 행운을 비네."

브랭웬이 말했다.

"고맙습니다. 안녕히 계십시오."

기차가 출발했다. 스크레벤스키는 차창 가에 서서 손을 흔들고 있었지만, 실제로는 밖에 있는 두 사람, 즉 아가씨와 온화한 표정의, 거의 여성적이라 할 만한 옷차림을 하고 있는 신사를 보고 있지는 않았다. 어슐라는 손수건을 흔들었다. 기차가 속도를 더하면서 점점 작아져갔다. 아직도 기차는 똑바로 난 철로 위를 달리고 있었다. 마침내 기차는 하얀 점이 되었다가 사라져버렸다. 기차의 뒷모습이 저 멀리 작게 보였다. 그녀는 오랫동안 플랫폼에 서 있었다. 주위가 텅 빈 듯한 느낌이었다. 자기도 모르는 사이에 입술이 떨리고 있었다. 하지만 울고 싶지 않았다. 그녀의 가슴 속은 죽은 듯 싸늘했다.

톰 삼촌은 자동판매기로 가서 성냥을 사고 있었다.

"사탕 좀 먹겠니?"

그가 돌아서며 물었다.

그때 어슐라의 얼굴은 눈물로 뒤덮여 있었다. 그리고 울음을 참느라고 입을 묘하게 아래쪽으로 찡그리고 있었다. 그러나 그녀의 가슴은 울고 있지 않았다. 가슴은 싸늘하게 굳어져 있었다.

"뭐가 좋겠니? 응?"

삼촌이 다시 물었다.

"박하사탕이 좋겠어요."

그녀는 잔뜩 일그러진 얼굴을 하고서, 이상하게 태연한 목소리로 말했다. 얼마 후 그녀는 다시 냉정을 되찾은 듯 아무렇지도 않은 표정이 되었다.

"우리 시내로 들어가자."

톰 브랭웬이 이렇게 말하면서 시내로 들어가는 열차 속으로 그녀를 밀어넣었다. 그들은 커피를 마시기 위해 찻집으로 갔다. 그녀는 거리를 오가는 사람들을 바라보며 앉아 있었다. 그녀의 가슴에는 커다란 상처가 나 있었다. 그러나 그녀의 영혼은 차가운 냉정을 되찾고 있었다.

이 상태가 며칠간 계속되었다. 마치 어떤 환멸이 그녀에게 얼어붙어 있는 듯했다. 그것은 단단한 불신이었다. 그녀의 일부가 차갑고 무감각해졌다. 그녀는 또 너무 어리고 너무 당황해서 사태를 제대로 이해할 수 없었다. 자기가 심한 고통을 당하고 있다는 사실조차 깨닫지 못했다. 그리고 너무나 깊은 상처를 받아서 그것을 있는 그대로 받아들일 수도 없었다.

그를 원할 때마다, 어슐라는 맹목적인 고통을 느꼈다. 그러나 그가 떠나간 그 순간부터 그는 그녀만의 환상의 존재가 되어버렸다. 그녀의 아픔과 열정과 동경은 모두 그를 향한 것이었다.

어슐라는 계속 일기를 썼고, 그 안에 충동적인 생각들을 적었다. 하늘에 뜬 달을 볼 때 그녀의 가슴은 부풀었고, 그러면 그녀는 집으로 돌아와 이렇게 적었다.

"내가 달이라면 어디를 비추고 싶은지 알 수 있을 텐데."

이 문장이 그녀에게는 큰 뜻을 내포하고 있었다. 이 문장 속에 그녀는 자기 청춘의 모든 고뇌와 열정과 동경을 담았던 것이다. 그녀는 어디를 가든 마음으로부터 그를 불렀고, 어디에 있든 그녀의 온몸은 그를 향한 아픔으로 떨렸다. 그녀의 영혼으로부터 발산되는 강렬한 힘이 그를 향해 끝없이, 끝없이 달려갔고, 자기 영혼이 만들어낸 창조물 속에서 그를 발견했다.

그러나 그는 누구이며 어디에 존재하는가? 오직 그녀의 욕망 안에만 존재할 뿐이었다.

얼마 후 그에게서 엽서 한 장이 왔다. 어슐라는 그것을 품 속에 넣고 다녔다. 그러나 실제로는 귀중한 것으로 느끼지 않았다. 이튿날 그녀는 그 엽서를 잃어버렸고, 며칠이 지난 후에야 엽서를 받았다는 것을 기억해 냈다. 지루한 몇 주가 지나갔다. 전쟁에 관한 불길한 소식은 계속해서 전해져왔다. 그녀는 세상 모든 일들이 하나같이 자기에게 상처만 준다고 여겼다. 그리고 영혼 속의 그 무엇인가는 차갑고 무감동하고 불변인 채로 남아 있었다.

이즈음 그녀의 생활은 언제나 부분적인 것에 불과할 뿐, 결코 완전한 삶을 살지 못했다. 그녀의 일부는 차갑게 죽어 있었다. 그러나 그녀는 미치도록 예민해서 그런 자신을 견딜 수 없었다.

길거리에서 꾀죄죄하고 눈이 충혈된 노파가 구걸을 했을 때, 어슐라는 소스라치게 놀라며 더러운 물건이라도 피하듯 얼른 도망쳤다. 그 노파가 그녀의 등 뒤에 대고 심한 욕설을 퍼부어대자, 어슐라는 움찔했고 광기어린 고통으로 사지를 떨었다. 그녀는 이러한 자신을 참을 수 없었다. 눈이 충혈된 노파를 생각할 때마다 일종의 광기가 그녀의 몸과 머리를 불길처럼 엄습했다. 그럴 때면 그녀는 죽고 싶은 심정이었다.

이런 상태에서 성적 욕망은 점점 달아올라서 일종의 병처럼 되어버렸다. 그녀는 너무 긴장되고 민감해져서 까칠까칠한 양털이 몸에 살짝 닿기만 해도 신경이 찢어지는 듯했다.

제 12 장
수치

어슐라는 학교를 이제 두 학기만 더 다니면 되었다. 그녀는 대학 입학 자격시험을 위해 공부하는 중이었다. 그것은 지루한 일이었다. 행복에서 멀어지면 어슐라는 거의 지성을 발휘할 수 없기 때문이다. 완강한 고집과 점점 다가드는 운명에 대한 의식으로 마지못해 공부에 매달려 있을 뿐이었다. 어슐라는 머지않아 스스로 책임을 지는 사람이 되고 싶었다. 그래서 입시준비에 방해를 받을까봐 두려웠다. 완전한 독립, 완전한 사회적 독립뿐만 아니라, 어떤 개인적인 권위로부터도 완전한 독립을 바라는 옹골찬 의지로 단조롭게 공부를 지속했다. 왜냐하면 어슐라는 항상 여성으로서 자신의 몸값을 잘 알고 있었기 때문이었다. 그녀는 언제나 여자였다. 그녀가 인간이기 때문에 가질 수 없는 것은 다른 모든 사람들도 가질 수 없는 반면, 여자이기 때문에 남자들이 가질 수 없는 것을 가질 수 있었다. 어슐라는 자신의 여성성 속에서 남모르는 부유함과 비축된 힘을 느꼈으므로 그녀는 항상 자유의 몸값을 지니고 있는 셈이었다.

하지만 어슐라는 이 마지막 자산을 끝까지 감추어 두었다. 그보다 다른 것들을 먼저 시도해 봐야만 했다. 모험을 해야 하는 신비스런 남자들의 세계가, 공동체의 일꾼으로서 일상적인 작업과 의무와 존재를 가질 수 있는 세계가 있었다. 그 세계에 대해서 어슐라는 미묘한 반감을 갖고 있었지만, 또한 이 남자들의 세계를 정복하고 싶었다.

그러므로 어슐라는 부지런히 공부했다. 결코 전념하지는 않았지만, 그렇다고 결코 포기하지도 않았다. 어떤 과목은 꽤 좋아하기도 했다. 영어, 라틴 어, 프랑스 어, 수학과 역사가 그녀가 배워야 할 과목이었다. 어슐라는 일단 프랑스 어와 라틴 어를 읽는 방법을 배우고 나면, 구문構文을 배우는 걸 지겨워했다. 가장 끔찍한 일은 영문학을 시시콜콜 공부하는 것이었다. 어째서 읽은 내용을 외워야만 한단 말인가? 수학의 어떤 면, 예를 들면 그 냉철한 절대성 같은 것은 그녀를 매혹시키기도 했으나, 실제 계산은 지겹기 짝이 없었다. 역사상의 어떤 인물들은 그녀의 호기심을 불러일으키고 생각에 잠기게 만들었으나, 정치사는 분노를 일으켰고 역대 수상들은 증오스러웠다. 그저 아주 이따금씩만 어슐라는 공부를 통해 지식을 얻고, 영혼이 고양되며, 커지는 듯한 날카로운 느낌을 받곤 했다. 어느 날 오후, 〈뜻대로 하세요〉를 읽고 있을 때, 어슐라는 한 순간 온몸의 혈관을 통해 라틴 어로 된 이 소절을 들었고, 로마 인의 몸 속에서 어떻게 피가 고동쳤는가를 깨달았다. 그 이후로는 마치 직접 만나기라도 한 듯이 로마 인을 잘 알고 있는 것처럼 느껴졌다. 어슐라는 또한 영문법의 변칙을 좋아했는데, 이는 말과 문장이 살아 있는 움직임을 추적하는 듯한 기쁨을 주었기 때문이었다. 그리고 수학에서 대수에 나오는 기호들은 보는 것만으로도 매혹되었다.

이 시기의 어슐라는 너무나 복잡하고 혼란스런 감정에 빠져 있었기에 그녀의 얼굴 표정은 기묘하면서도 어리둥절하고, 반쯤 겁먹은 것처럼 보였다. 마치 언제 어디에서부터 무엇이 튀어나와 그녀를 붙잡을지 모르겠다는 듯한 표정이었다.

아주 사소한 사실도 그녀에게 무한한 열정을 불러일으키곤 했다. 가을의 작은 갈색 봉오리 속에, 앞으로 9개월 후에나 피어날 여름날의 꽃들이 완벽하고 섬세한 모습을 갖추고 자그맣게 접힌 채 기다리고 있다는 사실을 알았을 때, 번쩍이는 승리감과 애정이 그녀를 덮쳤다.

"이 세상에 나무가 있는 한, 난 결코 죽을 수 없어."

어슐라는 커다란 물푸레나무를 우러르며 그 앞에 서서 열정적으로 속삭였다.

그녀에게 직접적인 위협으로 다가오는 것은 오히려 사람들이었다. 이 당시 그녀의 삶은 형체를 갖추지 못한 채 고동치고 있었으며, 본질적으로는 모든 접촉으로부터 움츠러들어 있었다. 어슐라는 다른 사람들에게 뭔가를 주었지만, 결코 자기 자신이 되지는 못했다. 왜냐하면 그녀에겐 자아라는 것이 없었기 때문이었다. 그녀는 나무나 새, 하늘 앞에서는 두려워하거나 부끄러워하지 않았다. 하지만 사람들 앞에서는 극심하게 움츠러들었고, 자신이 그들처럼 명확하고 고정되어 있지 않다는 사실에 수치스러워했다. 그녀는 형태도 존재도 없이, 그저 딱 잘라 말할 수 없는, 흔들리는 감정 덩어리에 불과했다.

이 시기에 구드런은 그녀에게 커다란 위안과 보호막이 되어주었다. 이 어린 소녀는 모든 접근을 불신하는, 유연하면서도 퉁명스런 한 마리 짐승이었다. 여학생들 사이의 친밀한 관계에서 발생하는 질투심이나 사소한 비밀 따위에는 아예 관심이 없었다. 학교 여학생들은 결국 모두가 심술궂고 믿을 수 없는, 길들여진 척하지만 길들여지지 않은 고양이들이므로, 귀엽든 어떻든 간에 그 길들여진 척하는 고양이들과는 전혀 상관하지 않았다.

이런 점이 어슐라에게는 커다란 버팀목이 되었다. 그녀는 누구든 자기를 싫어한다는 생각이 들면, 아무리 하찮게 여기는 사람이라 해도 괴로워 견딜 수 없었다. 어떻게 이 세상 누군가가 어슐라 브랭웬, 그녀를 싫어할 수 있단 말인가? 이런 질문은 그녀를 두렵게 만들었고, 도저히 대답도 나오지 않았다. 그럴 때면 어슐라는 구드런의 자연스럽고도 거만한 무관심에서 피난처를 찾았다.
 구드런이 그림에 소질이 있다는 사실이 드러나자, 모든 공부에 무관심한 그녀의 문제도 해결되었다. 구드런에 대해서는 "깜짝 놀랄 만큼 그림을 잘 그린다"는 한 마디 말이면 그만이었다.
 어느 날 문득 어슐라는 담임선생인 잉거 선생과 그녀 사이에 묘한 감정이 존재한다는 것을 깨달았다. 잉거 선생은 스물여덟 살의 아름다운 아가씨였다. 두려움을 모르는 듯이 보이고, 누군가에게 의존한다는 것 자체를 커다란 비극으로 여기는 전형적인 현대 여성이었다. 그녀는 영리했으며, 자신이 하는 일에 대해 전문가였고, 정확하고 민첩하고 지도력이 있었다.
 맑고 단호하면서도 우아한 잉거 선생의 모습은 어슐라에게 언제나 기쁨을 안겨주었다. 잉거 선생은 머리를 높이 들고 몸을 약간 뒤로 젖힌 채 걸어다녔다. 윤기 나는 갈색 머리카락을 머리 위로 틀어 올린 모습이야말로 진정한 고상함을 보여준다고 어슐라는 생각했다. 잉거 선생은 언제나 말끔하고 몸에 잘 맞는 멋진 블라우스와 고급 스커트를 입고 다녔다. 그녀에 관한 모든 것이 너무나 질서정연하고 깨끗하며 고상한 정신을 보여주었기 때문에 그녀가 가르치는 반에 앉아 있는 것만으로도 커다란 기쁨이었다.
 그녀의 목소리는 투명하고 또랑또랑하게 울려퍼졌으며, 망설임 없이 섬세하게 변화했다. 그녀의 눈은 푸르고 맑고 당당했다. 한 마디로 불굴의 의지를 가진, 인품이 훌륭하고 꼼꼼하게 자기 관리를 잘 하는 사람이라는 인상을 주었다. 하지만 그녀에게서는 왠지 말할 수 없이 가슴 아픈 통렬함이 느껴졌는데, 특히 고독하고 거만하게 꼭 다문 입술은 커다란 연민을 불러일으켰다.
 이 여선생님과 소녀 사이에 묘한 감정이 생겨나기 시작한 것은 스크레벤스키가 떠난 이후부터였다. 그리고는 이따금 무언의 친밀감이 서로 한 번도 사귀어본 적이 없는 두 사람을 결속시켜 주었다. 물론 이전에도 두 사람은 언제나 좋은 친구 사이였다. 하지만 그것은 여선생과 학생 사이에 늘 있는 직업적인 관계였으며, 학급에서도 별로 눈에 띄는 것은 아니었다. 하지만 이제는 또 다른 감정이 흘렀다. 그들이 교실에 함께 있을 때면 서로를 의식했고, 그 외에 다른 모든 사람들은 거의 배제되다시피 했다. 위니프레드 잉거는 어슐라가 듣는 수업에서 열렬한 기쁨을 느꼈고, 어슐라는 잉거 선생이 교실에 들어설 때면 자신의 모든 인생이 다시 시작되는 듯한 기분을 느꼈다. 사랑스럽고 은밀한 친밀감을 느끼는 선생님 앞에서, 이 여학생은 마치 모든 것을 풍요롭게 만드는 태양 빛에 휩싸인 듯 앉아 있었다. 그 태양의 황홀한 열기는 그녀의 혈관 속으로 곧장 쏟아져 들어오는 것이었다.

잉거 선생님이 계실 때, 소녀의 황홀경은 최고조에 달했고 언제나 점점 더 달아올랐다. 집에 돌아가면 어슐라는 여선생님을 생각하며 자신이 그녀에게 무엇을 줄 수 있을까, 어떻게 하면 자기보다 나이 많은 이 여인의 사랑을 받을 수 있을까 생각하며 한없이 몽상에 빠졌다.

잉거 선생은 뉴넘에서 공부한 문학사였다. 또한 목사의 딸로 좋은 집안 출신이었다. 하지만 어슐라가 가장 열렬히 숭배하는 것은 그녀의 운동선수처럼 다부진, 곧고 멋진 몸매와 굽힐 줄 모르는 자존심이었다. 그녀는 남자들만큼이나 자유롭고 당당했지만, 여성으로서의 섬세함도 갖추고 있었다.

아침에 학교를 향해 떠날 때면 어슐라의 가슴은 활활 불타올랐다. 사랑하는 사람을 향해 떠나는 발걸음은 얼마나 경쾌하고, 그 가슴은 얼마나 뜨거운지. 오, 잉거 선생님. 그 곧고 균형 잡힌 등과 튼튼한 허리, 자유롭게 움직이는 깨끗한 팔다리!

어슐라는 잉거 선생이 자신을 좋아하는지 아닌지 알고 싶어 항상 안달이었다. 하지만 두 사람은 아직 분명한 표시를 주고받은 적이 없었다. 물론 잉거 선생도 분명히, 분명히 그녀를 사랑하고 좋아했다. 적어도 학급의 다른 학생들보다는 그녀를 더 좋아하는 게 분명했다. 그렇지만 결코 확실하진 않았다. 잉거 선생이 그녀를 전혀 좋아하지 않을 수도 있었다. 어슐라는 열정에 불타는 마음으로, 잉거 선생과 이야기를 하거나 만질 수만 있다면 분명히 알 수 있을 것이라고 생각했다.

여름 학기가 되었고, 그와 더불어 수영 교실이 열렸다. 잉거 선생은 수영 수업을 맡았다. 어슐라는 열정으로 온몸이 떨리고 눈이 흐릿해질 지경이었다. 머지않아 그녀의 희망이 현실로 이루어질 것이다. 수영복을 입은 잉거 선생을 보게 되는 것이다.

고대하던 그날이 왔다. 거대한 수영장 안에서는 희미한 에메랄드 빛 물이 반짝이고 있었다. 사랑스럽게 빛을 발하는 물은 관처럼 하얀 대리석 안에 담겨져 있었다. 머리 위로는 햇살이 부드럽게 쏟아지고, 거대한 초록색의 맑은 물은 누군가 수영장 가장자리에서 물 속으로 뛰어들 때마다 출렁거렸다.

어슐라는 몸을 가눌 수 없을 만큼 덜덜 떨면서 옷을 벗고, 꼭 끼는 수영복을 입었다. 그리고 탈의실 문을 열었다. 수영장 안에는 두 명의 여학생들이 들어가 있었다. 선생님은 아직 나타나지 않았다. 어슐라는 기다렸다. 문이 열리고, 잉거 선생이 들어왔다. 마치 그리스 소녀처럼 주홍색 튜닉을 걸치고 허리를 꼭 동여맨 채 머리에는 붉은 비단 손수건을 두르고 있었다. 그 모습이 얼마나 사랑스러운지. 그녀의 무릎은 눈부시게 하얗고 튼튼하고 당당했으며, 그녀의 몸매는 마치 다이아나 여신 같았다. 잉거 선생은 곧장 수영장 가장자리로 걸어오더니 무심한 동작으로 뛰어들었다. 잠깐 동안 어슐라는 하얗고 매끈하고 강한 어깨와 자유롭게 헤엄치는 팔을 지켜보았다. 그리고는 자신도 물 속으로 뛰어들었다.

아, 이제 어슐라는 사랑스런 선생님과 같은 물 속에서 헤엄을 치고 있었다. 어슐라는 도발적으로 팔다리를 움직이며 멋지게 혼자 수영을 했다. 그렇지만 채워지지 않은 갈망이 있었다. 어슐라는 상대를, 바로 그녀를 만지고, 느끼고 싶었다.
"어슐라, 경주하자."
매끄러운 목소리가 들려왔다.
어슐라는 화들짝 놀랐다. 힐끗 뒤를 돌아보았을 때, 그녀를, 바로 그녀를 향하고 있는 여선생님의 따뜻하고 환한 얼굴을 보았다. 선생님이 그녀의 존재를 알아본 것이다. 그녀만의 독특한, 아름답고 깜짝 놀라게 하는 웃음소리를 내면서 어슐라는 헤엄을 치기 시작했다. 여선생님은 수월하게 팔다리를 저으며 막 앞서 나가고 있었다. 어슐라는 선생님의 뒤로 돌려진 머리와 하얀 어깨 위에서 찰랑이는 물과 뿌옇게 발장구치는 튼튼한 다리를 볼 수 있었다. 그녀는 열정으로 두 눈이 먼 채 헤엄쳤다. 오, 저 탄탄하고 하얗고 멋진 육체는 얼마나 아름다운가. 아, 저 쭉 뻗은 팔다리는 얼마나 경이로운가. 저것을 붙잡을 수만 있다면, 그녀의 작은 가슴 사이에 품고 꼭 껴안을 수만 있다면! 아, 선생님이 가늘고 새까만 내 몸을 경멸하지 말았으면! 나도 선생님처럼 유능하고 용감할 수 있다면.
어슐라는 열심히 헤엄치고 있었지만, 이기고 싶어서가 아니라 오직 선생님과 경주하고 싶은, 그래서 선생님 곁으로 가까이 다가가고 싶은 마음 때문이었다. 두 사람은 이제 거의 수영장 끝에 다다랐다. 그 끝은 꽤 깊었다. 잉거 선생은 쇠막대기를 잡고 빙그르 몸을 돌리더니 물 속에서 어슐라의 허리를 와락 끌어안았다. 그리고 한동안 몸을 꼭 붙이고 있었다. 두 여인의 육체는 서로 맞닿은 채 한동안 가슴을 헐떡이다가 곧 떨어졌다.
"내가 이겼네."
잉거 선생이 깔깔 웃었다.

잠깐 긴장이 흘렀다. 어슐라는 심장이 너무 세차게 뛰어서 난간을 꼭 붙잡은 채 꼼짝도 할 수 없었다. 확확 팽창되고 뜨겁게 달아오른 그녀의 새빨간 얼굴이 마치 태양을 바라보듯 여선생에게로 향했다.

"안녕."

잉거 선생은 이렇게 말하고 다른 학생들을 향해 헤엄쳐 갔다. 그리고 그들에게 직책상 형식적인 관심을 보였다.

어슐라는 눈앞이 혼미했다. 아직도 자신의 몸에 밀착되어 다가오던 선생님의 몸의 감촉이, 오직 그것만이, 오직 그것만이 느껴질 뿐이었다. 나머지 수영 시간은 꿈결처럼 지나가 버렸다. 그만 물에서 나오라는 신호가 떨어지자, 잉거 선생은 어슐라를 향해 수영장을 가로질러 왔다. 주홍색의 얇은 튜닉이 그녀의 몸에 짝 달라붙어 우아하고 곧고 선이 뚜렷한 몸매가 모두 드러났다.

"너랑 경주해서 정말 재밌었어, 어슐라."

잉거 선생이 말을 걸었다.

"너도 재밌었니?"

어슐라는 자기 감정을 숨기지 못한 채 빨갛게 달아오른 얼굴로 그저 웃기만 할 뿐이었다.

이제 무언중에 사랑을 고백한 셈이었다. 하지만 좀더 진척이 되려면 시간이 필요했다. 어슐라는 황홀한 기쁨과 긴장 속에서 계속 기다렸다.

어느 날 어슐라가 혼자 있을 때, 여선생이 가까이 다가오더니 손가락으로 그녀의 뺨을 살짝 건드리며 어렵게 말을 꺼냈다.

"토요일 날 차 마시러 오겠니, 어슐라?"

어슐라는 감격해서 얼굴이 빨개졌다.

"소어에 있는 자그마하고 예쁜 방갈로에 가자. 난 가끔 거기서 주말을 보내거든."

제 12 장 **125**

어슐라는 제 정신이 아니었다. 토요일이 올 때까지 기다릴 수 없었다. 그녀의 머릿속은 활활 타올랐다. 아, 지금이 토요일이라면, 지금이 토요일이라면.

마침내 토요일이 되자, 어슐라는 집을 나섰다. 잉거 선생은 소우레이에서 그녀를 만났다. 두 사람은 방갈로까지 약 3마일 정도를 걸어갔다. 구름이 잔뜩 낀, 따뜻하고 눅눅한 날씨였다.

방갈로는 비탈진 강둑 위에 세워진 방 두 개짜리 조그만 오두막이었다. 집 안에 있는 물건들은 하나같이 세련되고 훌륭했다. 두 사람은 둘만의 오붓한 시간을 즐기며 차를 마시고 이야기를 나누었다. 어슐라는 10시까지만 집에 돌아가면 되었다.

무슨 주문에라도 걸린 듯 대화는 저절로 연애에 대한 이야기로 흘러갔다. 잉거 선생은 어슐라에게 아이를 낳다가 죽은 한 친구에 대한 이야기를 들려주었다. 그리고 매춘에 대한 이야기와 남자들과의 경험담을 털어놓았다.

방갈로의 작은 베란다에서 이런 저런 이야기를 나누다보니 벌써 밤이 찾아왔다. 밖에는 따뜻한 보슬비가 내리고 있었다.

"좀 갑갑하구나."

잉거 선생이 말했다.

그들은 저 멀리 들판을 가로질러 달려가는 기차를 보았다. 어스름한 어둠 속에 기차 불빛이 파랗게 빛났다.

"천둥이 칠 것 같아요."

어슐라가 말했다.

천둥이 칠 것 같은 조짐이 계속되면서 밤이 찾아왔다. 두 사람은 어둠에 휩싸였다.

"나는 가서 수영이나 해야겠어."

잉거 선생이 시커먼 구름처럼 어두운 방을 나서며 말했다.

"밤중에요?"

어슐라가 물었다.

"수영하기는 밤이 제일 좋아. 너도 가겠니?"

"저도 그러고 싶어요."

"여긴 아주 안전해. 이 땅은 사유지거든. 방갈로 안에서 옷을 벗고 나가는 게 좋겠다. 그래야 비를 맞아도 걱정 없지. 그리고 재빨리 뛰어가자꾸나."

어슐라는 수줍어하며 쭈뼛쭈뼛 방갈로 안으로 들어가 옷을 벗기 시작했다. 등잔불을 낮추어놓고, 어슐라는 어두운 구석에 서 있었다. 반대편 의자 옆에서는 잉거가 옷을 벗고 있었다.

잠시 후에 나이 든 처녀의 벌거벗은 그림자가 어린 처녀에게로 다가갔다.

"준비됐니?"

그녀가 물었다.

"잠깐만요."

어슐라는 말이 제대로 나오지 않았다. 또 다른 벌거벗은 여인은 말없이 옆에 서 있었다. 어슐라는 준비가 되었다.

그들은 용감하게 어둠 속으로 나갔다. 부드러운 밤공기가 살갗을 스쳤다.

"길이 안 보여요."

어슐라가 말했다.

"여기야."

목소리가 들렸다. 그리고 어른거리는 희미한 그림자가 옆으로 다가오더니 손을 내밀어 그녀의 팔을 붙잡았다. 좀더 나이든 여인이 자기보다 젊은 여인을 꼭 껴안은 채 길을 걸어내려갔다. 물가에 이르자, 여인은 두 팔로 그녀를 끌어안고 키스했다. 그리고 품에 안아 번쩍 들어

올리더니 부드럽게 속삭였다.

"널 물 속으로 데려갈 거야."

어슐라는 미칠 듯한 열정을 불러일으키는 사랑스런 가슴에 이마를 기댄 채 여선생의 품에 가만히 안겨 있었다.

"널 집어넣을 거야."

위니프레드 잉거가 말했다. 하지만 어슐라는 자기 몸으로 선생님의 몸을 휘감았다.

잠시 후에 후끈 달아오른 두 사람의 뜨거운 몸 위로 달콤하고 상쾌한 비가 쏟아져 내리기 시작했다. 순식간에 얼음처럼 차가운 빗줄기가 두 사람을 세차게 내리쳤다. 그들은 쾌감을 느끼며 비를 맞고 서 있었다. 어슐라는 자신의 가슴과 배와 팔다리를 타고 흘러내리는 빗줄기를 한껏 받아들였다. 온몸이 싸늘해졌다. 마치 깊이를 알 수 없는 어둠이 다시 돌아온 것처럼, 깊이를 헤아릴 수 없는 심오한 침묵이 그녀의 내부에서 점점 더 크게 부풀어 올랐다.

뜨거운 열기가 사라지자, 어슐라는 마치 잠에서 깨어난 듯 오싹 한기가 들었다. 그녀는 자신을 싸늘하게 식은 무생물처럼 느끼며 재빨리 집 안으로 달려 들어갔다. 도망치고 싶었다. 환한 빛이, 다른 사람의 존재가, 수많은 사람들과의 외적인 관계가 그리웠다. 무엇보다도 자연스런 주변 환경 속에 자신을 매몰시키고 싶었다.

어슐라는 여선생과 헤어져 집으로 돌아왔다. 토요일 밤을 즐기러 나온 사람들로 북적거리는 기차역에 도착하자, 어슐라는 기뻤다. 사람들이 붐비는 환한 열차에 앉아 있는 것도 즐거웠다. 단 하나, 혹시라도 아는 사람을 만날까봐 그것이 두려울 뿐이었다. 아무와도 이야기를 나누고 싶지 않았다. 그녀는 홀로, 모든 것에서 벗어나 있었다.

사람들과 불빛으로 들끓는 이 소란과 야단법석은 단지 내부의 거대한 어둠과 텅 빈 공허를 둘러싼 가장자리 지대일 뿐이었다. 어슐라는 이 소란스럽고 환하게 빛나는 지대에 간절히 도달하고 싶었다. 왜냐하면 그녀의 내부에는 텅 빈 현실이라는 어두운 공간만이 자리 잡고 있었기 때문이다.

잠깐 동안 잉거 선생님도 사라졌다. 그녀는 오직 어두운 공허일 뿐이었다. 어슐라는 망각과 소명의 지하 세계를 걸어다니는 그림자처럼 자유로웠다. 여선생의 존재가 사라지고 그녀에게서 벗어나게 된 것이 너무나 기뻤다. 그것은 일종의 무기력하고 무감각한 기쁨이었다.

하지만 아침이 되자, 또다시 사랑이 고스란히 되살아나 뜨겁게, 뜨겁게 불타올랐다. 어슐라는 어제 일을 떠올렸다. 그리고 더 많은 것을, 언제나 좀더 많은 것을 원했다. 선생님과 함께 있고 싶었다. 선생님과 떨어져 있는 것은 삶에서 배제되는 것과 마찬가지였다. 왜 오늘은, 오늘은 그녀에게 찾아갈 수 없는 걸까? 선생님은 다른 곳에 있는데, 왜 그녀는 코스데이에서 짜증스럽게 서성거리고 있어야만 하는가? 어슐라는 책상 앞에 앉아서 열정에 가득 찬 열렬한 연애편지를 썼다. 그러지 않고는 견딜 수 없었다.

두 여자는 절친한 사이가 되었다. 두 사람의 인생이 갑자기 하나로 융합되어 결코 떨어질 수 없게 된 것 같았다. 어슐라는 위니프레드의 오두막집으로 찾아갔고, 그곳에서 보내는 시간 동안에만 유일하게 살아 있는 느낌이 들었다. 위니프레드는 물을 아주 좋아해서 수영이나 보트 타기를 즐겼다. 그 외에도 다양한 운동 클럽에 속해 있었다. 두 아가씨들은 강에서 여러 번 가벼운 보트를 타며 꿈결 같은 오후를 보냈다. 노를 젓는 것은 언제나 위니프레드였다. 그녀는 어슐라를 돌봐주며 뭔가를 해주거나, 그녀의 인생을 채워주고 풍요롭게 해주는 데서 기쁨을 발견하는 것 같았다.

그러므로 여선생과 가깝게 지내는 몇 달 동안, 어슐라는 빠르게 성장했다. 위니프레드는 과학적인 교육을 받았고, 똑똑한 사람들을 많이 알았다. 그녀는 어슐라도 자신과 같은 수준의 사고에 도달하길 원했다.

두 사람은 종교를 가져다가 거기에서 경직된 교리와 위선을 제거했다. 위니프레드는 종교를 완전히 인간화했다. 어슐라도 점차 자신이 알고 있는 모든 종교가 인간의 열망을 둘러싼 특정한 의복에 불과하다는 생각을 가지게 되었다. 열망만이 진짜였다. 의복은 거의 민족적 취향이나 필요의 문제였다. 그리스의 종교에는 벌거벗은 아폴로가 있고, 기독교에는 하얀 옷을 입은 그리스도가 있다. 불교에는 왕자가, 이집트의 종교에는 오시리스가 있다. 각각의 종교들은 지역적인 것이지만, 종교는 보편적이다. 기독교 또한 한 지역의 특정 종교일 뿐이다. 아직까지 지역 종교들이 보편 종교로 동화되는 예는 없었다.

종교에는 사랑과 공포라는 두 가지 강력한 동기가 있다. 공포라는 동기는 사랑이란 동기만큼이나 강력하다. 기독교는 공포로부터 벗어나기 위해 십자가를 받아들였다. "나에게 최악으로 대하라. 그러면 나는 더 이상 최악의 것을 두려워하지 않으리니." 하지만 두려워하는 것이 반드시 모두 악일 필요는 없는 것처럼, 사랑하는 것이 모두 다 선일 필요는 없다. 두려움은 숭배가 되고, 숭배는 동일화에 대한 복종이다. 사랑은 승리감을 낳고, 승리감은 동일화에 대한 기쁨이다.

어슐라는 종교에 대해 수많은 이야기를 나누고, 많은 글의 요점을 파악했다. 철학적으로 인간의 욕망은 모든 진리와 선의 판단 기준이 된다는 결론을 내렸다. 진리는 인간성 너머에 있는 것이 아니라, 인간의 정신과 감정의 산물일 뿐이었다. 그러므로 진정 아무것도 두려워할 것이 없었다. 종교에서 두려움이라는 동기는 기본이었으나, 이제는 몰록 숭배처럼 힘을 숭배하는 고대 종교인들에게나 남아 있는 것이었다. 계몽된 영혼을 지닌 우리는 힘을 숭배하지 않는다. 힘은 돈과 나폴레옹 같은 어리석음으로 퇴락했다.

어슐라는 몰록에 대해 꿈꾸지 않을 수 없었다. 그녀의 신은 유순하지도, 점잖지도 않았다. 어린 양도, 비둘기도 아니었다. 그녀의 신은 사자이며 독수리였다. 사자나 독수리가 힘을 지녔기 때문이 아니라, 강하고 자부심이 넘치기 때문이었다. 그들은 언제나 자기 자신일 뿐, 양치기의 수동적인 가축이거나 사랑하는 여인의 애완동물도, 사제의 희생물도 아니었다. 어슐라는 유순하고 수동적인 양들과 단조로운 비둘기들의 죽음에 질렸다. 만약 양이 사자와 함께 평화롭게 누울 수 있다면, 물론 양에게는 엄청난 영광이겠지만, 사자의 담대한 심장은 조금도 오그라들 필요가 없는 것이다. 그녀는 사자의 위엄과 냉정함이 좋았다.

어슐라는 도대체 양들이 어떻게 사랑을 할 수 있을지 알 수 없었다. 양들은 오직 사랑받기만 할 수 있을 뿐이다. 양들은 단지 두려워하며, 두려움에 복종하여 희생자가 되거나 혹은 사랑에 복종하여 사랑받는 자가 될 수 있을 뿐이다. 그리고 그 어느 쪽이든 수동적이었다. 분노하며 파괴적인 연인들, 두려움이 승리감보다 크거나 승리감이 두려움보다 큰 순간이 아니라, 두려움도 절대적이고 승리감도 절대적인 그런 순간을 추구하는 연인들은 양이나 비둘기가 될 수 없었다. 어슐라는 사자나 혹은 야생마처럼 사지를 쭉 뻗었으며 그녀의 심장은 담대하게 자신의 욕망을 추구했다. 비록 천 번의 죽음으로 고통 받게 되더라도, 죽음에서 다시 일어설 때에는 여전히 사자의 심장을 지니고 있을 것이다. 그녀는 더욱더 맹렬한 사자가 되어, 자신이 이 세상과 다르다는 것을, 그녀의 것이 아닌 이 투쟁하는 거대한 우주와는 분리된 존재라는 것을 알고 더욱더 확신에 가득 찰 것이다.

위니프레드 잉거는 또한 역시 여성 운동에 관심이 있었다.

"남자들은 더 이상 아무것도 하지 못해. 그들은 행동할 수 있는 능력을 상실했어."

여선생은 말했다.

"남자들은 요란을 떨며 떠들어대지만, 속 빈 강정일 뿐이야. 모든 걸 낡고 무능한 사상에 맞추려고 들지. 그들에게 있어 사랑은 이미 죽어 버린 이상에 불과해. 남자들은 누군가를 찾고 그 사람을 사랑하는 것이 아니라, 자신의 이상을 찾고 '당신은 나의 이상입니다'라고 말하지. 결국 그들이 껴안는 건 자기 자신일 뿐이라고. 마치 나란 존재가 한 남자의 이상인 듯이! 오직 한 남자가 나에게서 자신의 이상을 발견하기 때문에 내가 존재하기라도 한다는 듯이! 나는 그 남자에게 속아서 그의 이상을 실현하기 위한 도구로 내 육체를 내어주고 한낱 그의 죽은 이론의 기구가 되어버리는 거야. 하지만 남자들은 공연히 시끄럽기나 하지, 행동할 능력이 없어. 그들은 모두 불능이라서 여자를 취할 수도 없어. 번번이 자신의 이상만을 추구하다가 그것을 차지할 뿐이지. 마치 배가 고프단 이유로 자기 몸뚱이를 삼키려고 하는 뱀과 같아."

어슐라는 이 새로운 친구를 통해 다양한 남자들과 여자들을 소개받았다. 높은 교육을 받고 불만에 찬 사람들이었다. 그 지역의 점잔빼는 사교계에서 조용히 활동하면서 겉으로 드러난 행동만큼이나 양순한 듯이 보이지만, 마음 속에서는 분노와 광기가 끓고 있었다.

이 소녀가 자신도 모르게 휩쓸려 들어간 이곳은 혼돈처럼, 세상의 종말처럼 참으로 이상한 세계였다. 이 세계를 완전히 이해하기에는 어슐라는 너무 어렸다. 하지만 여선생님에 대한 사랑을 통해서 이 세계는 그녀에게 주입되었다.

시험 기간이 지나고 학기가 끝났다. 기나긴 방학이 돌아온 것이다. 위니프레드 잉거는 런던으로 떠났다. 어슐라는 코스데이에 홀로 남겨졌다. 끔찍하게 내버려진 채 거의 독약과도 같은 절망감이 그녀를 사로잡았다. 무슨 짓을 해도, 무언가가 되어도 아무런 소용이 없었다. 다른 사람들과는 아무런 관계도 맺을 수 없었다. 어슐라는 고립되고 죽은 것 같았다. 그녀에게는 오직 암흑 같은 분열 외에 달리 길이 없었다. 하지만 이 엄청난 분열의 위협에도 불구하고, 어슐라는 여전히 그대로였다. 언제나 자기 자신 그대로일 수밖에 없다는 것이 그녀가 겪는 모든 고통의 가장 끔찍한 원인이었다. 어슐라는 결코 거기서 벗어날 수 없었다. 자기 자신을 벗어던질 수 없었던 것이다.

어슐라는 여전히 위니프레드 잉거에게 집착했다. 하지만 일종의 혐오감 같은 것이 밀려왔다. 그녀는 여선생을 사랑했지만, 다른 여자와의 접촉으로 인해서 뭔가 죽을듯한 무겁고 끈끈한 느낌이 그녀를 짓누르기 시작했던 것이다. 때때로 어슐라는 위니프레드가 추하고 더럽다는 생각이 들었다. 그녀의 여성스런 엉덩이는 너무 크고 촌스러웠으며, 그녀의 발목과 팔은 너무 두꺼웠다. 어슐라는 축축한 진흙이 끈덕지게 달라붙는 것 같은 이런 관계 대신, 좀더 섬세한 강렬함을 원했다. 진흙이 다른 것에 달라붙는 이유는 순전히 자기 안에 독자적인 생명력이 없기 때문이다.

위니프레드는 여전히 어슐라를 사랑했다. 그녀는 이 소녀의 순수한 열정을 사랑했고, 끊임없이 그녀를 도와주었다. 그녀를 위해서라면 무엇이든 망설이지 않았다.

"나와 함께 런던에 가자꾸나."

그녀는 어슐라에게 간청했다.

"너에게 멋진 여행이 되도록 해줄게. 재밌는 일도 많이 하게 될 거야."

"싫어요."

어슐라는 뚱하게 고집을 부렸다.

"전 런던에 가고 싶지 않아요. 혼자 있고 싶어요."

위니프레드는 이 말뜻을 금방 알아차렸다. 어슐라가 서서히 자기를 멀리하고 있다는 걸 알았다. 이 순수하고 꺼질 줄 모르는 젊은 소녀의 열정이 나이 든 여인과의 일탈적인 생활에 빠져드는 것을 더 이상 받아들이지 못하는 것이다. 위니프레드는 이런 날이 올 줄 알고 있었다. 하지만 그녀는 너무나 자존심이 강했다. 그녀의 가슴 밑바닥은 절망의 어두운 나락이었다. 위니프레드는 어슐라가 자신을 버릴 것이라는 사실을 확실히 깨달았다.

그것은 마치 인생의 종말처럼 느껴졌다. 하지만 너무나 절망한 나머지 화를 낼 수도 없었다. 위니프레드는 현명하게도 어슐라에게 남아있는 사랑을 소모시키지 않고 사랑하는 소녀를 혼자 남겨둔 채 런던으로 떠났다.

2주일 쯤 지나자, 어슐라의 편지는 다시 다정하고 애정으로 가득 차게 되었다. 때마침 톰 삼촌이 함께 지내자며 어슐라를 초대했다. 삼촌은 요크셔에서 커다란 새 탄광을 운영하고 있었다. 위니프레드랑 함께 갈까?

요즘 어슐라는 위니프레드를 결혼시킬 궁리를 하고 있었다. 위니프레드가 톰 삼촌과 결혼하길 원했던 것이다. 위니프레드도 이 사실을 알고 있었다. 그러므로 자기는 위기스톤에 갈 거라고 말했다. 이제는 운명이 어떻게 흘러가든 내버려두었다. 더 이상 할 수 있는 일이 아무것도 없기 때문이었다. 톰 브랭웬도 어슐라의 의도를 알고 있었고, 그 또한 욕망의 종착지에 도달해 있었다. 하고 싶었던 일은 다 해보았다. 그리고 결국 남은 것은 허물어진 죽은 영혼뿐이었다. 한없이 너그러운 톰의 관대함은 그것을 감추기 위한 가면이었다. 그는 세상의 어떤 것에 대해서도 더 이상 아무런 관심이 없었다. 남자든, 여자든, 신이든, 인간이든 전부 마찬가지였다. 그는 모든 것이 공허한 평정 상태에 도달했다. 더 이상 어떤 것도, 자신의 육체도, 영혼도 그의 관심을 끌지 못했다. 그저 자신의 삶을 고스란히 보존하고 싶을 뿐이었다. 오직 살아 있다는, 이 단순하고도 피상적인 사실만이 끈덕지게 유지될 뿐이었다. 하지만 그는 여전히 건강했고, 살아 있었다. 그러므로 어떻게든 매

순간을 채워나가야만 했다. 그것은 그의 변함없는 신념이었다. 그렇다고 본능적인 낙천주의 같은 것이 아니었다. 이는 그의 천성이 낳은 필연적인 산물이었다. 자신의 인생에서 전적으로 사적인 일에 있어서는 ─ 어떤 양심의 가책이나 별다른 생각도 없이 ─ 하고 싶은 대로 했다. 그는 선도, 악도 믿지 않았다. 매 순간이 마치 제각기 흩어진 작은 섬과 같아서, 시간으로부터 분리되고, 시간에 의해 아무런 제약도 받지 않는 텅 빈 백지였다.

톰은 붉은 벽돌로 새로 지은 커다란 저택에서 살고 있었다. 그의 집은 위기스톤이라고 불리는, 똑같이 생긴 붉은 벽돌집이 줄지어 서 있는 주택 단지 밖에 있었다. 위기스톤은 생긴 지 겨우 7년밖에 되지 않았다. 원래는 농사를 부업으로 하는 건강한 시골 마을의 변두리에 열 한 가구 정도가 모여 살던 작은 부락이었다. 그러다가 위대한 석탄의 시대가 열렸다. 일 년 만에 위기스톤이 생겨났고, 다섯 개의 방을 갖춘 얄팍하고 현실감 없는 분홍색 집들이 줄지어 들어섰다. 거리는 마치 순수한 추악함의 표본처럼 보였다. 회색빛의 포장도로와 아스팔트 도로가 담과 유리창과 문이 끝없이 이어지는 공동주택들 사이로 뻗어 있었다. 이 새로 지은 벽돌집 통로는 그 시작도, 끝도 알 수 없었다. 모든 것이 뚜렷한 형태도 없이, 계속해서 반복되었다. 아주 이따금 팔기 위해 내놓은 야채나 사소한 식료품들이 창문가에 널려 있을 뿐이었다.

마을의 한가운데에는 넓고 볼품없는 공터나 혹은 사람들이 밟아서 다져진 시커먼 흙바닥의 장터가 똑같이 생긴 공동주택에 둘러싸여 있었다. 때가 타서 점점 새까매지고 있는 새 벽돌, 작은 타원형의 창문들, 타원형의 문들이 끝없이 이어지다가, 문득 한 모퉁이에 번지르르하게 치장한 커다란 술집이 서 있고, 다시 광장 한 켠 어디쯤에 불투명한 커다란 창문이 있는 짙은 초록색 건물이 한 채 서 있었는데 그것은 우체국이었다.

이곳은 왠지 폐허와 같은 이상한 적막감이 감돌았다. 삼삼오오 짝을 지어 어슬렁거리거나, 일터를 향해 포장된 도로를 무거운 걸음으로 걸어가는 광부들의 모습은 살아 있는 사람이 아니라 유령들처럼 느껴졌다. 휑한 거리의 딱딱함과 모든 것이 아무런 특징도 없이 획일적인 황량한 풍경은 삶보다는 죽음을 연상케 했다. 만남의 장소도, 중심도, 동맥도, 유기적인 어떤 구성도 없었다. 그것은 마치 피부병처럼 급속도로 퍼져가는 붉은 벽돌 안에 혼돈의 새로운 근거지처럼 놓여 있을 뿐이었다.

바로 이곳을 막 벗어난 작은 언덕 위에 톰 브랭웬의 커다란 붉은 벽돌집이 서 있었다. 언덕 가장자리에 세워진 이 집의 현관에서 내려다보면 재 구덩이와 변소와 불규칙하게 늘어선 집들의 뒷모습이 무의미한 쓰레기통처럼 보였다. 사소한 일들이 벌어지는 각 집들은 나머지 다른 집들의 사소한 행위들의 결집에 의해 더욱 지저분해 보였다. 좀 더 떨어진 곳에서는 거대한 탄광이 밤이나 낮이나 돌아가고 있었다. 그리고 이 마을 전체를 두 줄기의 구불거리는 시냇물과 가시덤불과 히스로 뒤덮인 초원이 둘러싸고 있었으며, 저 멀리에는 좀더 우거진 숲이 있었다.

이 모든 풍경이 너무나도, 너무나도 비현실적이었다. 톰 브랭웬은 이곳에 온 지 2년이 되었지만 아직도 이곳의 현실성이 믿겨지지 않았다. 이곳은 마치 기괴한 꿈과 같았다. 추하고 죽은 듯한, 무정형의 분위기가 구체적인 현실로 나타난 것 같았다.

자동차가 작고 허름한 역으로 어슐라와 위니프레드를 마중 나왔다. 자동차 밖으로 지나가는 풍경이 두 사람에게는 뭔가 끔찍하고 생경한 것의 시작처럼 보였다. 이곳은 영원히 지속되는 혼돈, 굳어지고 고정되어버린 혼돈의 한 순간이었다. 어슐라는 그곳에 있는 수많은 남자들에 매혹되었다. 길거리에 모여 서 있는 남자들, 한 패가 되어 걸어 다니는 네다섯 명의 남자들. 앞뒤로 뛰어다니는 개들. 그들은 모두 제대로 옷을 갖추어 입고 있었으며, 대부분 수척한 편이었다. 그들의 태도에서 풍겨나는 끔찍할 정도로 쓸쓸한 평온함이 그녀를 매혹시켰다. 마치 더 이상 아무런 희망도 없지만, 그래도 여전히 살아서 완전히 죽어버린 껍데기 속에 열정을 품고 있는 생물처럼, 그들은 낯설고 고독한 위엄을 풍기며 무의미하게 지나다니고 있었다. 마치 그들 모두 딱딱하고 뾰족한 조개껍데기 속에 갇혀 있는 것 같았다.

충격과 놀라움 속에서 어슐라는 톰 삼촌의 집에 도착했다. 삼촌은 아직 집에 없었다. 그의 집은 소박하지만 잘 꾸며져 있었다. 방을 나눈 벽을 뜯어내고 집의 앞쪽을 몽땅 커다란 서재로 만들었는데, 서재 한쪽 끝은 그의 과학 연구를 위한 공간이었다. 실험실이자 독서실로 나무랄 데 없이 멋진 방이었다. 하지만 어쩐지 딱딱하고 기계적인 행위, 기계적이지만 불안정한 행위와 똑같은 느낌이 풍겼다. 창 밖으로는 끔찍하게 추상적인 마을 풍경이 보였고, 그 너머로는 푸른 들판과 거친 시골 풍경이 펼쳐졌다. 그리고 반대편에는 거대하고 정밀한 탄광이 있었다.

그들은 구부러진 도로를 걸어올라오는 톰 브랭웬을 보았다. 예전보다 더 뚱뚱해지기는 했지만, 이마 위로 중산모를 멋지게 눌러쓴 그의 모습은 남자답고 잘생겼으며, 다른 어떤 활동적인 남자들만큼이나 호기심을 불러일으켰다. 그는 혈색이 좋았으며, 언제나 그렇듯이 완벽하게 건강했다. 그는 다소 넋 나간 사람처럼 걷고 있었다.

톰 브랭웬이 서재로 들어왔을 때, 위니프레드는 깜짝 놀랐다. 그의 외투는 몸에 꼭 맞았고, 머리는 정수리까지 벗겨졌지만 번쩍거리지는 않았다. 오히려 늘 가려져 있던 부분을 벗겨놓은 것 같았다. 그의 검은 눈동자는 촉촉하고 기운이 없었다. 그는 부끄러워 그늘 밑에 서 있는 듯 보였다. 그의 악수는 너무나 부드러우면서도 너무나 힘차서 가슴까지 서늘해질 지경이었다. 위니프레드는 그가 두려웠고 반발심이 일면서도, 동시에 마음이 끌렸다.

그는 운동선수처럼 체격이 다부지고 두려움이 없는 듯이 보이는 이 아가씨를 바라보았다. 그리고 자신과 똑같이 타락한 어두운 면이 있음을 간파했다. 순간 그는 그들이 동족임을 알아보았다.

그의 태도는 거의 외국 사람처럼 예의 바랬지만, 다소 냉정했다. 그는 여전히 넓은 코를 갑자기 찡그리고 날카로운 이빨을 드러내며 동물처럼 기묘하게 웃었다. 매끄럽고 아름다운 피부와 거의 왁스를 바른 듯한 안색 덕분에 이상하고 혐오스런 상스러움과 다소 퇴폐적인 느낌, 굵은 넓적다리와 허리에서 드러나는 천박함이 감추어졌다.

위니프레드는 그가 어슐라에 대해서 약간은 비굴하고, 약간은 교활하기도 한 존경심을 품고 있음을 알아차렸다. 그 때문에 어슐라는 자부심과 당혹감을 동시에 느꼈다.

"여기는 보이는 것만큼이나 그렇게 끔찍한 곳인가요?"

어린 소녀가 잔뜩 긴장한 눈빛으로 물었다.

"보이는 그대로란다. 아무것도 감추는 건 없어."

"사람들은 왜 그렇게 우울하죠?"

"사람들이 우울하든?"

그가 회답했다.

"말할 수 없이, 말할 수 없이 슬퍼보였어요."

어슐라가 격한 목소리로 말했다.

"난 그런 것 같지 않구나. 그 사람들은 그냥 당연하게 받아들일 뿐이야."

"뭘 받아들인다는 거죠?"

"이런 거, 이 탄광과 이곳 전부 말이다."

"왜 여길 바꾸지 않는 거죠?"

어슐라가 열정적으로 항의했다.

"그 사람들은 이 탄갱과 장소를 자신들에게 맞게 바꾸기보다는, 차라리 자기 자신을 이 탄갱과 장소에 맞게 바꿔야만 한다고 믿기 때문이지. 그게 더 쉽거든."

그가 말했다.

"그리고 삼촌도 거기에 동의하시는군요."

조카는 더 이상 참지 못하고 버럭 화를 냈다.

"삼촌은 살아 있는 사람들이 이런 끔찍한 상황들을 경험하고 적응해야만 한다고 생각하시는 거죠. 우린 저 탄갱 없이도 잘 지낼 수 있어요."

삼촌은 불편한 듯이 냉소적인 미소를 지었다. 어슐라는 또다시 그에 대한 적개심을 느꼈다.

"난 저 사람들의 생활이 그렇게 나쁜 것 같지 않은데."

에밀 졸라 풍의 비극의 전문가답게 위니프레드 잉거가 말했다.

그는 공손하게, 하지만 다소 무관심하게 고개를 돌렸다.

"아닙니다. 저들의 생활은 상당히 비참하죠. 탄광 구덩이는 아주 깊고 뜨거우며, 어떤 곳은 습기가 가득합니다. 사람들은 곧잘 폐병으로 죽어갑니다. 하지만 상당히 높은 임금을 받고 있죠."

"너무 끔찍하군요!"

위니프레드 잉거가 소리쳤다.

"그렇습니다."

그는 엄숙하게 대답했다. 탄광 관리자로서 그토록 존경을 받게 된 것도 바로 그의 이런 엄숙하고 단호하고 자신감 넘치는 태도 때문이었다.

이때 가정부가 들어와서 어디서 차를 마시겠느냐고 물었다.

"정원의 정자로 가져다줘요, 스미스 부인."

금발 머리의, 아름다운 젊은 여자가 방을 나갔다.

"저 여자는 결혼을 하고서 가정부 일을 하나요?"

"미망인이란다. 얼마 전에 남편이 폐병으로 죽었지."

브랭웬은 잠깐 음산하게 킬킬거렸다.

"남편은 장모 집의 거실에서 병치레를 했어. 그 집에는 대여섯 명의 다른 식구들도 살고 있었는데, 아주 천천히 죽어갔어. 어느 날 내가 저 여자에게 남편이 죽으면 너무 괴롭지 않겠느냐고 물었더니 이렇게 말하더군. '글쎄요. 그 양반이 워낙 빨리 죽고 싶어 안달을 해서요. 뭘 해도 좋아하지 않고, 가만히 있는 법도 없고, 항상 오도방정 난리를 치면서 자기도 어떻게 해야 좋을지 통 모른답니다. 그러니 아예 죽으면 어떤 면에서는 속 편할 것 같아요. 자기나 남들이나 모두 다를 위해서 말이죠.' 두 사람은 결혼한 지 2년밖에 되지 않았고, 사내아이가 한 명 있었거든. 그래서 혹시 결혼 생활이 행복하지 않았느냐고 물었어. '아니요. 처음엔 아주 잘 살았지요. 그이가 병이 나기 전까지는 말이죠. 네, 아주 편하게 잘 지냈어요. 그렇고말고요! 하지만 아시다시피, 그저 그러려니 하고 살아야죠. 제 아버지와 오빠 두 명도 똑같이 그런 식으로 세상을 떠났는걸요. 그러니 체념해야지요.'"

"체념하기엔 너무 끔찍한 일이군요."

위니프레드가 부르르 떨며 말했다.

"그렇죠."

톰 브랭웬이 차갑게 미소지었다.

"하지만 그게 이 사람들이 사는 방식이랍니다. 저 여자는 금방 다시 결혼할 겁니다. 이 남자, 혹은 저 남자와 말이죠. 그건 별로 문제가 되지 않아요. 저들은 모두 다 그냥 광부들이니까요."

"그게 무슨 뜻이죠?"

어슐라가 물었다.

"모두 다 그냥 광부들이라니요?"

"우리들이 그들을 그렇게 보듯이 여자들도 그들을 그렇게 본다는 거야. 저 여자의 남편은 존 스미스로, 석탄 싣는 사람이었어. 우리는 그를 석탄 싣는 사람으로 알았고, 그도 자신을 그렇게 여겼지. 부인도 그가 자기 직업을 대표한다는 걸 알고 있었어. 결혼과 가정은 짧은 막간극幕間劇일 뿐이야. 여자들은 이 사실을 충분히 알고 있고, 중요하게 여기지. 그러니까 이 남자든, 저 남자든 아무런 상관이 없는 거야. 오직 탄광만이 중요하지. 석탄 구덩이를 둘러싸고 그 주변에서는 항상 막간극이 벌어질 거야. 무수한 막간극이."

톰 브랭웬은 그 시뻘건 혼돈을, 위기스톤의 딱딱하고 형체가 없는 혼돈을 돌아보았다.

"모든 남자들이 자기만의 짧은 막간극을 벌이지. 가정을 말이야. 하지만 탄갱은 모든 남자들을 다 가져가지. 여자들은 그러고 나서 남은 것을 가지는 거야. 이 남자나 혹은 저 남자의 나머지를. 그게 누구든 전혀 중요하지 않아. 진짜 중요한 건 저 탄갱이 전부 차지하니까 말이야."

"그건 어디나 마찬가지예요."

위니프레드가 언성을 높였다.

"남자들을 차지하는 건 사무실이나 가게나 사업이죠. 여자들은 가게가 미처 소화하지 못하고 남긴 찌꺼기를 가지고 말이죠. 도대체 가정에서 남자란 뭐죠? 그저 무의미한 살덩어리, 서 있는 기계, 작동을 멈춰버린 기계에 불과하지 않은가요?"

"남자들은 자신들이 팔렸다는 걸 알고 있는 겁니다."

톰 브랭웬이 말했다.

"그런 거죠. 남자들은 자신들이 직업에 팔렸다는 걸 알지요. 그러니 여자들이 목청이 터져라 떠들어댄들 뭐가 달라지겠습니까? 남자들은 일에 팔렸어요. 그러니 여자들은 더 이상 애쓰지 말아야 해요. 그저 얻을 수 있는 거나 얻으면 되지요."

"여기 사람들은 아주 엄격한가요?"

잉거 선생이 물었다.

"오, 아닙니다. 스미스 부인에게는 자매가 둘 있는데, 모두 남편을 바꿨지요. 뭐 그렇다고 아주 특별한 사람들도 아닙니다. 남자한테 관심이 많은 것도 아니죠. 그냥 탄갱에서 남은 걸 주워 먹고 사는 겁니다. 아주 부도덕해질 만큼 그 문제에 관심이 있는 것도 아닙니다. 도덕적이든, 부도덕적이든 모두 다 똑같으니까요. 중요한 건 오직 임금뿐입니다. 영국에서 가장 도덕적이라는 공작님께서 이 탄갱에서 1년에 2십만 파운드를 벌지요. 그러니 이 도덕을 끝까지 간직하는 겁니다."

어슐라는 어둡고 신랄한 마음으로 자리에 앉은 채 두 사람의 대화를 듣고 있었다. 비록 세상 돌아가는 상황을 한탄하고 있었지만, 그들에겐 어딘가 잔인한 데가 있었다. 그리고 거기에서 잔인한 만족감을 느끼고 있는 것 같았다. 이 탄광은 그들의 거대한 애인이었다. 어슐라는 창 밖으로 시선을 돌려 악마처럼 거만한 탄광을 바라보았다. 하늘에서는 탄광의 거대한 바퀴가 깜박이고 있었고, 그 옆으로 지저분하고 산만한 마을의 집들이 늘어서 있었다. 그것은 초라한 막간극들의 더미였다. 진짜 중심 무대는 탄광이었고, 그것만이 모든 것의 존재 이유였다.

이 얼마나 끔찍한 일인가! 인간의 육체와 인생이 탄광이라는 기계적인 괴물의 노예가 되다니. 거기에는 무시무시한 매혹이 도사리고 있었다. 아찔하고 변태적인 만족이 있었다. 잠깐 동안 어슐라는 눈앞이 어질어질했다.

하지만 곧 다시 정신을 차린 그녀는 말할 수 없이 커다란 외로움을 느꼈다. 그 속에서 그녀는 슬프지만 자유로웠다. 어슐라는 떠났다. 더 이상 우리 모두를 구속하고 있는 거대한 탄광, 거대한 기계에 종속되지 않을 것이다. 그녀는 영혼으로부터 그에 대항하고, 그 힘을 부인했다. 그것은 단지 공허하고 무의미한 것이었다. 어슐라는 그것이 무의

하다는 것을 알고 있었다. 하지만 탄광을 보고 있노라면, 그것이 무의미하다는 인식을 계속 유지하면서 거기서 벗어나기 위해서는 엄청나고 필사적인 노력이 필요했다.

하지만 톰 삼촌과 잉거 선생님은 군중들 속에 섞여서 이 괴물과 같은 상태를 냉소적으로 비난하면서도 여전히 거기에 매달렸다. 마치 애인을 비난하면서도 그녀에 대한 사랑에서 벗어나지 못하는 남자처럼. 어슐라는 톰 삼촌이 지금 벌어지고 있는 일들을 확실히 인식하고 있다는 걸 알고 있었다. 하지만 그녀의 비난과 비판에도 불구하고, 여전히 저 거대한 기계를 원한다는 사실 또한 잘 알고 있었다. 삼촌이 유일하게 행복한 순간은, 유일하게 순수한 자유를 느끼는 순간은 바로 저 기계를 섬기고 있을 때였다. 바로 그 순간에만, 오직 저 기계가 그를 사로잡는 그 순간에만 삼촌은 자기 자신에 대한 증오에서 벗어나 어떤 냉소나 비현실감도 없이 온전하게 행동할 수 있었다.

삼촌의 진정한 연인은 저 기계였다. 위니프레드의 진정한 연인 또한 기계였다. 그녀는 불순한 추상성, 물질의 기계성을 숭배했다. 거기, 바로 거기, 기계에서만, 기계에 대한 봉사를 통해서만 그녀는 인간 감정이라는 방해물과 타락으로부터 자유로울 수 있었다. 살았든 죽었든 간에 모든 물질을 장악하고 있는 괴물 같은 메커니즘 속에서만, 그것에 대한 봉사 속에서만, 위니프레드는 완벽한 조화와 불멸, 그리고 절정에 도달할 수 있었다.

어슐라의 가슴은 증오로 터질 것만 같았다. 할 수 있다면 저 기계를 부숴 버리고 싶었다. 그녀의 영혼이 움직일 수 있다면 저 거대한 기계를 산산조각낼 것이다. 저 탄광을 파괴할 수만 있다면, 그래서 위기스톤의 모든 사람들을 노동으로부터 해방시킬 수 있다면 그렇게 했을 것이다. 몰록 같은 저런 기계를 섬기게 하느니 차라리 굶주린 배를 안고 땅을 파헤치며 풀뿌리를 찾는 편이 나을 것이다.

어슐라는 톰 삼촌이 밉고, 위니프레드가 미웠다. 그들은 다 함께 차를 마시러 정자로 내려갔다. 들판 가장자리, 잘 꾸며진 정원 끝에 자리 잡은 정자는 몇 그루의 나무들에 둘러싸인 쾌적한 곳이었다. 톰 삼촌과 위니프레드는 어슐라를 얕잡아보며 비웃는 것 같았다. 그녀는 우울하고 서글펐다. 하지만 절대로 고집을 꺾지 않았다.

위니프레드에 대한 차가운 마음은 결코 사라지지 않았다. 이제 그들 사이가 끝났다는 것을 알고 있었다. 어슐라는 선생에게서 비열하고 추한 행동을 보았다. 무기력하고 질척거리는 선생의 몸뚱이는 선사시대의 거대한 도마뱀을 연상시켰다. 어느 날 톰 삼촌이 지글지글 끓는 햇빛 아래를 걸어와 잔뜩 더워진 몸으로 집에 들어왔다. 그의 이마와 머리에서 땀이 비 오듯 쏟아지고, 손은 축축하고 뜨거워서 악수를 할때 숨이 막혔다. 톰 브랭웬의 마음 속에도 늪지와 같은 무엇이 있었다. 늪지와 똑같이 찝찌름하고 구역질나는 속성이, 끈적끈적한 습기와 팽창이 있었다. 그곳에서는 삶과 부패가 하나였다.

언제나 건조하고 생기발랄하게 타오르는 어슐라에게, 그는 혐오스런 존재였다. 그녀의 본질 자체가 그를 멀리하는 것처럼 여겨졌다.

이 몇 주 동안 어슐라는 훌쩍 성장했다. 2주 동안 위기스톤에 머물러 있으면서 증오에 몸을 떨었다. 모든 것이 온통 회색빛의, 메마른 먼지투성이였고 활기가 없고 추악했다. 그래도 어슐라는 머물렀다. 그곳에서 머무르면서 위니프레드로부터 벗어났다. 어슐라는 여선생과 삼촌에 대한 증오심과 혐오감으로 두 사람을 함께 밀쳐두었다. 그 두 사람은 그녀에게 대항하듯 서로에게 이끌렸다.

영혼 깊숙이 신랄하고 완고해진 어슐라는 위니프레드가 삼촌의 연인이 되었다는 사실을 알았다. 그녀는 기뻤다. 두 사람 모두를 사랑했지만, 이제는 두 사람 모두에게서 벗어나고 싶었던 것이다. 그들의 눅눅하고 달콤 쌉싸름한 타락이 그녀의 입맛에는 역겹고 구역질났다. 어떻게든 이 악취나는 대기에서 벗어나고 싶었다. 어슐라는 두 사람의 곁에서, 그 기묘하고도 말랑말랑하게 반쯤 썩은 상태에서 영원히, 영원히 떠나고 싶었다. 그곳에서 달아날 수만 있다면 무슨 짓이든 할 수 있을 것 같았다.

어느 날 위니프레드는 열정에 불타서 어슐라의 침대로 들어왔다. 그리고 내켜하지 않는 어슐라를 두 팔로 껴안고 품에 꼭 끌어안은 채 말했다.

"어슐라, 내 사랑—나, 브랭웬 씨랑 결혼할까? 그럴까?"

이 매달리는 듯한 끈적끈적한 질문은 어슐라를 견딜 수 없이 짓눌렀다.

"삼촌이 청혼을 하셨나요?"

어슐라는 온 힘을 다해 역겨움을 눌렀다.

"그 사람이 나에게 청혼을 했단다. 너는 내가 그 사람과 결혼하길 원하니, 어슐라?"

위니프레드가 물었다.

"그래요."

어슐라가 대답했다. 위니프레드의 두 팔이 더욱더 힘차게 그녀를 끌어안았다.

"네가 그럴 줄 알았어, 내 귀여운 것. 나는 그 사람과 결혼할 거야. 너도 그 사람을 좋아하지, 그렇지?"

"전 삼촌을 끔찍하게 좋아해요. 어렸을 때부터 그랬어요."

"나도 알아, 알고말고. 네가 삼촌을 얼마나 좋아하는지 눈에 보이는 걸. 그 사람은 독립적인 남자야. 다른 사람들과는 다른 어떤 면을 가지고 있어."

"그래요."

어슐라가 맞장구쳤다.

"하지만 그 사람은 너와는 달라. 아, 어슐라. 그 사람은 너처럼 좋지는 않아. 그에게는 왠지 혐오스러운 데가 있어. 그 굵은 허벅지하며……."

어슐라는 가만히 입을 다물고 있었다.

"하지만 난 그 사람과 결혼할 거야. 그게 최선이니까. 이제 날 사랑한다고 말해주렴."

위니프레드는 이 소녀에게서 일종의 애정 고백을 억지로 받아냈다. 그리고는 한숨을 쉬며 자기 방으로 돌아가서 흐느껴 울었다.

이틀 후에 어슐라는 위기스톤을 떠났고, 잉거 선생은 노팅엄으로 갔다. 잉거 선생과 톰 브랭웬은 약혼했다. 삼촌은 마치 그 약혼이 자신의 가치를 입증해 주기라도 하는 듯이 자랑하고 다녔다.

브랭웬과 위니프레드 잉거는 다음 학기까지 약혼 기간을 유지하다가 결혼했다. 이제 브랭웬은 아이를 원할 나이가 되었다. 그는 자식을 갖고 싶었다. 결혼이나 가정적인 안정은 그에게 아무런 의미가 없었다. 다만 자신의 씨를 번식시키고 싶을 뿐이었다. 그는 자신이 뭘 하고 있는지 잘 알고 있었다. 그에게는 점점 커져가는 무기력감과 안식처를 찾으려는 본능이 있었다. 그곳에서 그는 철저하고 깊은 무관심 속으로, 완전한 무감각함 속으로 빠져들 것이다. 그는 남편, 아버지, 탄광 경영자와 같은 기계적인 삶에 몸을 내맡겼다. 그저 온기가 도는 진흙 덩어리가 자신을 작동시키는 거대한 기계에 의해 하루, 또 하루 반복되는 행위를 되풀이할 뿐이었다. 위니프레드로 말하자면, 교육받은 여자였고 그와 똑같은 부류였다. 그녀는 그의 훌륭한 동반자가 될 것이다. 그야말로 그의 천생배필이었다.

제 13 장
남자의 세계

어슐라는 코스데이로 돌아와 어머니와 싸웠다. 학창 시절은 끝났다. 대학 입학 자격시험도 통과했다. 이제는 집으로 돌아와 학교 졸업 후 결혼할 때까지의 공백기를 맞이할 수밖에 없었다.

처음에 그녀는 이 공백기가 긴 방학을 맞은 것과 비슷하리라고 생각했다. 그저 자유롭게 느껴질 것만 같았던 것이다. 그러나 그녀의 영혼은 혼란에 휩싸여 맹목적이 된 채 고통으로 둔해졌다. 자신에 대해 생각해볼 의지도 남아 있지 않았다. 당분간 그녀는 그저 되는 대로 흘러가야 할 판이었다.

얼마 가지 않아 어슐라는 자신이 어머니에게 반항하고 있음을 깨달았다. 이 무렵의 어머니는 이 소녀를 끊임없이 화나게 하고 미치게 할 수 있는 힘이 있었다. 이미 일곱 명의 아이들이 있었음에도 불구하고 브랭웬 부인은 다시 아이를 가졌다. 이번이 아홉 번째 출산이었다. 아이들 중 한 명이 어려서 디프테리아로 죽었던 것이다.

어머니가 아이를 가졌다는 사실 그 자체가 맏딸을 화나게 했다. 브랭웬 부인은 애를 낳는 데서 너무나 커다란 만족감과 충족감을 느꼈다. 그리고 즉각적이고 물질적이고 평범한 것들 외에는 다른 어떤 것의 존재도 인정하지 않았다. 하지만 영혼의 불꽃이 한창 이글거리는 어슐라는 자기가 파악할 수 없는, 심지어는 분간할 수도 없고, 마음에 품을 수도 없는 어떤 미지의 이상에 도달하려는 청춘의 고뇌로 괴로워했다. 그녀는 자기 앞을 막아서는 모든 어둠을 상대로 미친 듯이 싸우고 있었다. 그런데 이 어둠의 일부가 어머니였다. 어머니처럼 모든 것을 물리적인 사고의 고리 안으로 제한한 채 그 외에 다른 모든 것의 실재를 거부하며 자족하는 것은 끔찍스러운 일이었다. 브랭웬 부인은 아이들이나 집, 그리고 동네의 사소한 소문 외에는 아무 일에도 신경쓰지 않았다. 그리고 그녀는 어떤 일에도 감동하지 않았고, 자기 가까이에 있는 다른 어떤 것도 살아 있게 내버려두지 않았다. 그녀는 임신을 해서 뚱뚱한 몸으로 어기적거리며 마음 편히 이리저리 돌아다니고, 보잘것없는 위엄을 지닌 채 자신의 시간을 마음대로 쓰고 즐겼다. 그리고 항상, 항상 아이들을 위해 일했고 그렇게 함으로써 온전한 여자로서의 충족감을 얻게 된다고 믿었다.

이렇게 오랫동안 계속해서 애를 낳는 생활 때문에 그녀는 젊고 미성숙한 상태로 머물렀다. 그녀는 구드런이 태어났을 때보다 조금도 더 늙지 않은 것 같았다. 그 여러 해 동안 아이들의 탄생 외에는 아무 일도 일어나지 않았고, 아기들의 몸뚱이 외에는 아무것도 그녀의 관심 대상이 되지 않았다. 아이들이 철이 들고 자기 자신의 성취를 위해 고뇌하기 시작하면, 그녀는 그 아이들을 던져버렸다. 그러나 집안에서는 여전히 지배적인 위치를 점하고 있었다. 브랭웬은 아내와의 관계로 계속 일종의 몽롱한 육체적 열에 들뜬 상태였다. 두 사람 모두 강한 개성이라든가 개인으로서 어떤 뚜렷한 면모라곤 전혀 없이, 자식들을 낳고 기르는 육체적 열기로만 가득 차 있었다.

어슐라는 이 사실에 얼마나 분개했는지! 그녀는 이 돼지우리 같은 가정의 폐쇄적이고 물질적이며 제한된 생활에 맞서 싸웠다. 그러나 브랭웬 부인은 여전히 냉정하고 침착하게 흔들림이 없는 모습으로 육체적인 모성의 지배를 유지했다.
 종종 싸움이 벌어졌다. 어슐라는 자기에게 중요한 것들을 위해 끝까지 싸웠다. 그녀는 동생들이 덜 거칠고, 덜 사납게 굴기를 바랐다. 또 집안에 자기만의 장소를 갖고 싶었다. 그러나 그녀의 어머니는 그녀를 자꾸자꾸 밑으로 끌어내리는 것이었다. 새끼 낳은 짐승의 교활한 본능을 모두 동원해서, 브랭웬 부인은 어슐라의 열정과 생각, 말을 조롱하고 멸시했다. 어슐라는 집안에서 모든 활동과 일에 대해 남성과 동등한 여성의 권리를 주장해 보려고 했다.
 "그렇지. 저기 구멍 난 양말짝들이 잔뜩 쌓여 있구나. 그걸 네 활동 분야로 하렴."
 어머니가 말했다.
 어슐라는 양말 꿰매는 일이 딱 질색이었다. 그래서 이런 식으로 쏘아붙이면 넌더리가 났다. 그녀는 어머니가 한없이 미웠다. 강요된 집안일로 2,3주일을 보내고 나자, 어슐라는 집이 지긋지긋했다. 사방에서 느껴지는 천박함과 사소함, 그리고 표피적인 무의미함이 그녀를 미치게 만들었다. 그녀는 이야기했고, 자신의 생각을 쏟아놓았으며, 아이들의 행동을 고쳐주려고 잔소리를 했다. 새끼 낳는 것밖에 모르는 어머니에 대해서는 말없는 경멸감으로 등을 돌려 버렸다. 어머니 역시 그녀를 얕보는 듯한 무관심으로 대했다. 마치 그녀가 심각하게 받아줄 필요가 없는, 잘난 체하는 아이라는 듯한 태도였다.
 브랭웬이 이따금 이 싸움에 휘말려들기도 했다. 그는 어슐라를 사랑했다. 그러므로 딸을 야단칠 때에는 언제나 수치심 내지는 거의 배신감까지 느꼈다. 그렇기 때문에 더욱더 사납고 가혹하게 몰아붙였고, 어슐라가 하얗게 질려 입을 다물 때까지 포악하게 굴었다. 그럴 때면 그녀의 감정은 마음 속에서 죽어버리는 듯했고, 그녀의 성미 또한 딱딱하게 얼어붙는 듯했다.

브랭웬 자신도 변화의 단계에 접어들고 있었다. 몇 해를 보낸 끝에, 그 또한 자유를 향해 도망칠 구멍을 찾기 시작했다. 20년 동안 그는 레이스 도안사로서 직장 생활을 계속해 왔다. 아무 흥미도 느낄 수 없는 일이었지만, 자기에게 운명적으로 주어진 일인 것처럼 생각되었기 때문이다. 하지만 딸들이 성장해서 점점 옛 형식을 거부하게 됨에 따라 브랭웬 역시 자유로워졌다.

그는 끊임없이 활동하는 사람이었다. 그는 마치 두더지처럼 맹목적으로 자기를 덮고 있는 땅 속을 뚫고 나갔다. 그리고 자기의 삶을 지배하고 있는 물질적 요소로부터 벗어나기 위해 쉬지 않고 일했다. 그는 천천히, 더듬거리며, 모색하듯이 개성적 표현과 형식을 향해 다가갔다.

마침내 20년이 지난 뒤, 그는 목공예로 돌아갔다. 아내에게 구애를 하던 시절에 만들다 내버려둔 아담과 이브의 목판화에서부터 시작했다. 그는 이제 비전이 없는 대신 지식과 기술을 가지고 있었다. 그는 자기의 젊었을 때의 생각이 유치했음을 알 수 있었다. 그 당시에는 비현실적인 세계 속에서 살고 있었던 것이다. 이제 그는 현실에 대한 인식 속에서 새로운 힘을 얻었다. 그는 자기가 마치 실재하는 듯, 진짜 사물을 다루고 있는 듯 느꼈다. 그는 여러 해 동안 코스데이에서 일해 오면서 교회에서 사용할 오르간을 제작했고, 목공예품을 수선했다. 그러는 가운데 서서히 평범한 노동의 아름다움을 깨닫기 시작했다. 이제 그는 자기 표현으로 목공예 일을 다시 시작하고 싶어진 것이었다.

그러나 막상 작업에 착수하려니 쉽지 않았다. 항상 너무 바빴고, 너무 불확실하며, 머릿속이 어수선했다. 그는 머뭇거리면서 모형제작을 공부하기 시작했다. 그리고 놀랍게도 자신이 그것을 할 수 있다는 사실을 발견했다. 그리하여 진흙이나 석고로 아름다운 모형들을 제작해 냈다. 그것들은 정말 아름다웠다. 그는 도나텔로(이탈리아의 조각가 : 역주) 풍의 높은 양각으로 어슐라의 두상을 제작하기 시작했다. 최초의 열정 속에서 그는 자기 욕망의 아름다운 암시를 얻었다. 그러나 좀처럼 정신집중이 되지 않았다. 약간 떨떠름한 기분으로 그는 포기하고 말았다. 그는 다른 작품의 모사나 고전 작품의 모티브를 선택해서 무늬를 만드는 일을 계속했다. 그는 젊었을 때 프라 안젤리코를 좋아했던 것처럼 이제는 델리 로비아와 도나텔로를 좋아했다. 그의 작품에서는 초기 이탈리아 조각가들의 작품에서처럼 신선함과 순진한 긴장감이 느껴졌다. 그러나 그것은 어디까지나 모작에 불과했다.

모형 만들기에서 한계에 이르자, 그는 이제 그림 쪽으로 주의를 돌렸다. 우선 다른 아마추어 화가들이 으레 그러하듯 수채화를 그려보았다. 그런대로 괜찮은 결과가 나왔지만, 큰 흥미를 느끼진 못했다. 다음에는 자신이 애지중지하는 교회를 한두 장 그려보았는데, 이 그림들에서도 모형에서처럼 긴장감이 나타나 있긴 했으나 어쩐지 현대 회화의 분위기와는 어울리지 않는 것 같았다. 무슨 주장이라도 하듯 우뚝 솟아 있는 교회 속에서 그는 어떤 의미도 찾아낼 수 없었다. 그래서 그는 그림에서도 손을 뗐다.

그는 다시 보석 세공 쪽으로 눈을 돌렸다. 벤베누토 첼리니(이탈리아의 조각가, 금세공인. 그의 자서전이 유명하다 : 역주)의 책을 읽고 장식품의 모작에 열중했다. 은과 진주, 맥석脈石으로 펜던트를 만들기 시작했다. 그가 먼저 만든 작품들은 처음으로 발견한 분야에 대한 정열이 서린 탓으로 매우 아름다웠다. 그러나 뒤에 만든 작품들은 좀더 모방적이었다. 그는 아내를 시작으로 해서, 자기 집안의 여자들에게 펜던트를 하나씩 만들어주었다. 그 다음에는 반지와 팔찌도 만들었다. 나중에는 두들기고 끌로 깎아서 만드는 금속 공예품에 손을 댔다. 어슐라가 학교를 졸업할 무렵, 그는 예쁘장한 은그릇을 만들고 있었다. 그는 그 속에서 얼마나 큰 기쁨을 느꼈던가! 그 그릇에 대해서 색정 같은 것을 느꼈을 정도였다.

이 무렵, 그와 현실 외부 세계를 이어주는 유일한 길은 겨울 야간학교뿐이었다. 이 야학이 그를 국가 교육과 접촉시켰다. 그는 교육에 대한 기사를 읽었고, 실제로 교육 정책을 지켜보았다. 하지만 나머지 다른 일에 대해서는 까맣게 잊고 있었고, 아주 무관심했다. 전쟁에 대해서조차 무관심했다. 그에게는 국가가 존재하지 않았다. 그는 자기만의 은밀한 은신처에 은거하고 있었다. 그곳은 국적도 없고, 어느 편도 없는 그런 곳이었다.

어슐라는 신문을 통해 남아프리카에서 벌어지고 있는 전쟁에 대해서 어렴풋이 알고 있었다. 신문을 읽으면 그녀는 비참해졌다. 그래서 될 수 있는 대로 그런 것들에 대해 무관심하려고 애썼다. 그러나 거기에는 스크레벤스키가 나가 있었다. 그는 이따금씩 그녀에게 엽서를 보내왔다. 그러나 그녀는 마치 그가 있는 곳을 향해 서 있는, 창문도 없고 출구도 없는 벽과 같았다. 그녀는 자기 기억 속의 스크레벤스키에게 매달렸다.

위니프레드 잉거에 대한 사랑은 그녀의 삶을 비틀어놓았었다. 마치 스크레벤스키가 속했던 뿌리와 토양으로부터 그녀의 삶을 비틀어 뽑아낸 것 같았다. 그녀는 물도 받아먹지 못한 채 이식되었다. 그는 이제 추억 속의 사람에 불과했다. 그녀는 위니프레드가 떠나고 난 후 기묘한 열정으로 그에 대한 기억을 되살려냈다. 그는 그녀에게 있어 실제적 삶의 상징 같은 존재였다. 그를 통해서만 온전한 자아, 즉 위니프레드를 사랑하기 전, 죽음과 같은 마비가 덮쳐오기 전, 그리고 이 잔혹한 이식이 있기 전의 자아로 돌아갈 수 있을 것처럼 생각되었다. 그러나 그런 기억마저도 상상력의 소산이었다.

그녀는 둘이 함께 지내던 시절의 그와 자신을 꿈꾸었다. 하지만 그 이후의 그에 대해서는 꿈꿀 수 없었다. 그가 지금 하고 있는 일, 그가 지금 그녀와 갖고 있는 관계에 대해서는 꿈을 꿀 수 없었다. 다만 이따금 그가 떠났을 때 자신이 얼마나 잔혹한 고통을 겪었던가를 생각하며 울곤 했다. 아, 그때는 얼마나 가슴이 아팠던가! 그녀는 그때 일기에 적었던 다음과 같은 구절을 생각했다.

"만약 내가 달이라면, 비출 곳을 알 수 있으련만!"

아, 그 당시의 자기를 회상한다는 것은 커다란 아픔이었다. 죽은 자아를 기억해내는 것이기 때문이었다. 그 모든 것이 위니프레드를 만난 후에 죽어버렸던 것이다. 그녀는 자기의 젊고 사랑스런 자아의 시체를 알고 있었다. 그것이 묻힌 무덤도 알고 있었다. 그러나 그녀가 애도하는 그 젊고 사랑스런 자아는 존재하지도 않았던 것이다. 그것은 그녀의 상상력이 만들어낸 존재에 지나지 않았다.

그녀의 마음 속 깊숙한 곳에는 아직도 차가운 절망이 변함없이 남아 있었다. 이제 아무도 그녀를 사랑하지 않을 것이고, 그녀 역시 어느 누구도 사랑하지 못할 것이다. 위니프레드 이후 사랑이라는 실체가 그녀 안에서 죽어버렸던 것이다. 그 시체 같은 것이 그녀 안에 자리 잡고 있었다. 그녀는 살아갈 것이고, 생활을 계속해갈 것이다. 그러나 어떤 연인도 갖지 않을 것이고, 그녀를 사랑할 사람도 없을 것이다. 그녀 스스로도 연인을 원치 않을 것이었다. 욕망의 가장 생생한 작은 불꽃이 영영 꺼지고 만 것이다. 그녀의 진정한 자아와 사랑을 간직하고 있었던 생기 넘치는 작은 싹이 죽임을 당한 것이다. 물론 그녀는 하나의 식물로서 계속 성장할 것이다. 자그마한 꽃들을 피우기 위해 최선을 다할 것이다. 그러나 꽃이 피기도 전에 봉오리가 죽어버렸다. 따라서 그녀의 모든 성장은 희망의 시체를 운반하는 것에 불과했다.

아이들로 붐비는 비좁은 집안에서 비참한 몇 주일이 흘렀다. 이런 삶이 도대체 무슨 의미가 있는가? 그것은 답답하고 속절없으며 와해되고 하잘것없는 그 무엇이었다. 아무런 가치도, 중요성도 없는 어슐라 브랭웬이 일케스턴이라는 답답한 테두리 안의 코스데이라는 보잘것없는 마을에서 살고 있는 것이다. 아무 가치도 없고 평가받지도 못하는 열일곱 살의 소녀 어슐라 브랭웬, 어느 누구를 원하지도 않고, 어느 누구도 원하지 않는, 그리고 자기 자신의 죽어버린 가치를 스스로 의식하고 있는 어슐라 브랭웬이 목숨을 부지하고 있을 뿐이었다. 그것은 생각만 해도 참을 수 없는 일이었다.

그러나 그녀의 완강한 자존심은 여전히 고개를 숙이지 않고 있었다. 그녀는 더럽혀질 수도, 사랑받을 수 없는 시체가 될 수도, 다른 사람들이 마련하는 음식으로 연명하는, 속속들이 썩은 나무둥치가 될 수도 있었다. 그러나 그녀는 그 누구에게도 굴복하지는 않을 것이었다.

어슐라는 집에서 이와 같은 생활을 계속할 수는 없다는 것을 서서히 깨닫게 되었다. 그것은 어떤 역할도 맡지 못한 채 아무런 의미도, 가치도 없이 보내는 생활이었다. 학교에 다니는 동생들마저 그녀를 아무짝에도 쓸모없는 무용지물이라고 경멸했다. 뭔가를 해야만 했다.

아버지는 그녀가 어머니를 도와서 할 일이 얼마든지 있다고 말했지만, 양친들로부터 그녀가 얻을 수 있는 것이란 고작해야 따귀를 얻어맞는 것뿐이었다. 그렇지만 그녀는 현실적인 인간이 못 되었다. 언제나 허황된 일을 생각하곤 했다. 집에서 도망쳐나가 남의 집 하녀가 될까도 생각했고, 어떤 남자에게 자기를 데려가 달라고 간청해 볼까도 생각했다.

그녀는 고등학교 때의 은사에게 편지를 써서 충고를 구했다. 얼마 후 회답이 왔다.

어슐라, 초등학교 교사가 되는 건 어떻겠니? 만약 그럴 생각이 없다면, 나도 네가 뭘 해야 될지 잘 모르겠구나. 너는 대학 입학 자격을 얻었으니까, 어떤 학교에서건 예비 교사로 일할 수 있단다. 봉급은 연봉이 50파운드쯤 되겠지. 네가 뭔가 해야겠다는 생각에는 나도 전적으로 동감이다. 인류라는 커다란 집단 속에서 너도 하나의 유용한 일원이라는 것을 배우게 될 게다. 인류가 수행하고자 하는 대과업의 일익을 담당하게 될게다. 그리고 다른 어떤 데서도 얻을 수 없는 만족과 자족을 얻게 될게다.

어슐라는 가슴이 철렁 내려앉았다. 그것은 생각만 해도 차갑고 쓸쓸한 만족이었다. 그러나 그녀의 냉정한 의지는 잠자코 그 제안에 동의하고 있었다. 그것은 바로 그녀가 원하던 바였다.
편지는 계속되었다.

넌 감성적인 기질을 가지고 있단다. 민첩하고 자연스럽게 반응하지. 그런 만큼 인내력과 자제심만 배울 수 있다면, 너라고 훌륭한 교사가 되지 말란 법은 없는 것 같다. 적어도 일단 부딪혀볼 수는 있지. 예비교사로 1,2년만 근무하면 그 후엔 사범대학에 갈 수 있을 테고, 거기서 학위를 얻을 수도 있을 거야. 무엇보다도 당부하고 싶은 말은 학위를 따겠다는 생각으로 공부를 계속하라는 것이다. 그래야 이 사회에서 자격과 지위를 확보할 수 있단다. 또 그렇게 공부를 계속함으로써 네 앞길을 선택할 수 있는 안목도 갖게 되겠지.
난 내 제자들 중 한 사람이 경제적 자립을 획득하는 걸 자랑스럽게 생각한단다. 그것은 겉으로 보이는 것보다 훨씬 큰 의미를 갖는 것이지. 내 제자들 중 또 한 사람이 자신의 길을 스스로 선택할 수 있는 자유의 수단을 마련했다는 사실을 정말 기쁘게 될게다.

편지는 전체적으로 침울하고 절망적으로 들렸다. 어슐라는 그것이 싫었다. 그러나 어머니의 경멸과 아버지의 거친 태도가 그녀의 급소를 찔러 아프게 했다. 그녀는 이렇게 빈둥빈둥 놀면서는 도저히 체면을 지킬 수 없다는 것을 알고 있었다. 어머니의 동물적인 판단이 가시처럼 아프게 자기를 찌르고 있음을 느꼈다.

 마침내 그녀는 말해야만 했다. 어느 날 저녁, 그녀는 마음을 다부지게 먹고 몰래 집에서 나와 작업실로 갔다. 망치로 금속을 두드리는 소리가 들렸다. 문을 열자, 아버지가 고개를 들었다. 아버지의 얼굴은 젊었을 때처럼 발그레했고 정열로 번득였다. 짧게 깎은 검은 콧수염이 커다란 입술을 뒤덮고 있었고, 검은 머리카락은 늘 그렇듯이 짧게 다듬어져 있었다. 그러나 그에게는 어딘가 멍한 데가, 일종의 인간적인 것들로부터 분리된 도구적 소외감이 있었다. 그는 일꾼이었다. 그는 딱딱하고 표정 없는 딸의 얼굴을 힐끗 쳐다보았다. 그의 가슴과 뱃속에서부터 뜨거운 분노가 솟았다.

 "이번에는 뭐냐?"

 아버지가 말했다.

 "저— 저."

 어슐라는 아버지를 바라보지 않고 시선을 외면한 채 대꾸했다.

 "직장에 다니면 안 될까요?"

 "직장에 다녀? 왜?"

 그의 목소리는 너무나 강하고 즉각적이었으며 파르르 떨렸다. 그 목소리를 듣자 그녀는 화가 치밀었다.

 "전 지금과는 다른 생활을 원해요."

 아버지는 격렬한 분노 때문에 일순간 피가 멎는 것 같았다.

 "다른 생활?"

 그가 되뇌었다.

 "아니, 무슨 다른 생활을 원한단 말이냐?"

 그녀는 머뭇거렸다.

 "이렇게 집안일이나 하며 빈둥거리는 것과는 다른 생활 말이에요. 그리고 저도 돈을 좀 벌고 싶어요."

딱딱하고 사나운 묘한 말투와 그를 무시하는 듯한, 자신만만한 젊음의 패기가 그를 더욱 더 노엽게 했다.
"도대체 어떻게 해서 돈을 벌겠다는 거니?"
그가 물었다.
"전 교사가 될 수 있어요. 대학 입학 자격시험에 합격해서 자격을 얻었거든요."
그는 그 대학 입학 자격시험이 저주스러웠다.
"그래서 그 대학 입학 자격시험이란 걸로 얼마나 벌 수 있다는 거냐?"
그는 조롱하는 투로 물었다.
"1년에 50파운드요."
그녀가 대답했다. 그는 말문이 막혔다. 통제력이 그의 손을 떠난 것이다.
그는 자기 딸들을 직장에 내보내지 않아도 된다는 것에 대해 은근한 자부심을 가져왔다. 아내의 돈과 또 자신의 돈으로, 그들에겐 1년에 400파운드의 수입이 있었다. 그리고 나중에 필요하면 자금을 끌어모을 수도 있었다. 그는 자신의 노후를 걱정하지 않았다. 그때쯤이면 딸들은 모두 귀부인이 되어 있을 것이었다.
1년에 50파운드라면 일주일에 1파운드였다. 그만하면 그녀가 독립해서 살아가는 데는 충분한 돈이었다.
"도대체 네가 어떤 선생이 될 것 같으냐? 네 동생들에 대해서도 참을성이라고는 눈곱만큼도 없는 네가 그 많은 아이들을 다룰 수 있겠니? 내 생각에 넌 더러운 공립학교 아이들을 싫어할 것 같은데."
"그 아이들이라고 다 더러운 건 아니에요."
"그렇다고 다 깨끗하지도 않지."
작업실 안에는 침묵이 흘렀다. 램프가 그의 앞에 놓인 달아오른 은 그릇과 망치, 도가니, 끌 위를 비추고 있었다. 브랭웬은 고양이를 연상시키는 듯한 묘한 표정을 지은 채 서 있었다. 어떻게 보면 미소 같았지만 미소는 아니었다.

"한 번 해봐도 되죠?"

그녀가 말했다.

"너야 하고 싶은 건 뭐든지 하고, 원하는 덴 어디든 갈 수 있잖니."

그녀의 얼굴은 굳어져 무표정했으며 냉담했다. 딸의 그런 얼굴을 볼 때마다 브랭웬은 미쳐버릴 것 같았다. 그는 꼼짝도 하지 않고 서 있었다.

어떤 감정도 나타내지 않은 채 그녀는 냉랭하게 돌아서서 작업실을 나갔다. 그는 작업을 계속했지만, 모든 신경이 곤두서서 요란한 소리를 내고 있었다. 잠시 후 그는 연장을 내려놓고 집으로 갔다.

노여움과 경멸이 섞인 짜증스런 말투로 그는 아내에게 얘기했다. 어슐라도 옆에 있었다. 짧은 언쟁 끝에 브랭웬 부인은 우월감과 무관심이 담긴 어조로 다음과 같이 말을 맺었다.

"그게 어떤 건지 자기가 깨닫게 내버려두세요. 곧 넌더리를 내고 말 테니까요."

그 문제는 그런 상태로 유야무야되었다. 그러나 어슐라는 마음대로 행동해도 좋다고 판단을 내렸다. 며칠 동안은 아무것도 하지 않았다. 일자리를 찾는 일에 선뜻 나설 수 없었던 것이다. 새로운 접촉과 새로운 환경에 대한 수줍음과 예민함 때문에 자꾸만 움츠러들었다. 마침내 어떤 고집스러움이 그녀를 내몰았다. 마음에는 쓸쓸함이 가득 했다.

그녀는 일케스턴에 있는 무료 도서관에 가서 '여교사' 란 잡지를 통해 학교 주소를 알아낸 다음, 응시 원서를 보내달라는 편지를 써 보냈다. 이틀 후 그녀는 이른 아침부터 집배원을 기다렸다. 예상했던 대로 세 개의 봉투가 왔다.

그 봉투들을 가지고 침실로 올라가는 동안, 그녀의 가슴은 고통스럽게 뛰었다. 손이 떨려서 기입해야 할 긴 신청서를 제대로 볼 수 없을 정도였다. 모든 항목은 너무나 냉혹하고 사무적이었다. 그러나 그대로 기입하지 않을 수 없었다.

성명(성을 먼저 쓸 것):

떨리는 손으로 그녀는 '브랭웬 어슐라'라고 썼다.

나이 및 생년월일:

한참 생각한 후에 그녀는 그 난을 채웠다.

자격증 및 취득 일자:

그녀는 약간의 자부심을 느끼며 썼다.

런던 대학 입학 자격시험 합격

경력 및 근무처:

'없음'이라고 쓰면서 그녀는 가슴이 덜컥 내려앉았다.
그 외에도 쓸 것이 많았다. 석 장의 신청서 양식을 모두 채우는 데 두 시간이 걸렸다. 그런 다음, 교장선생님과 목사님이 써준 추천장을 베껴써야 했다.
마침내 모든 준비가 끝났다. 그녀는 세 개의 긴 봉투를 봉인한 다음,

일케스턴으로 내려가서 부쳤다. 그녀는 이 일에 관해서 부모님들에게 아무 말도 하지 않았다. 세 개의 긴 봉투에 우표를 붙여 우체국에 있는 우체통에 집어넣자, 마치 자기가 이미 어머니와 아버지의 손이 미칠 수 없는 곳에 와 있는 듯한 느낌이 들었다. 외부의 더 큰 활동의 세계, 즉 남자들이 만들어놓은 세계와 연결된 듯한 느낌이었다.

집에 돌아오는 길에 그녀는 평소의 버릇대로 옛날의 화려했던 꿈을 다시 꾸었다. 그녀가 보낸 신청서 중 한 장은 켄트의 길링험으로 가는 것이었고, 또 한 장은 킹스턴어폰템스로, 또 한 장은 더비셔의 스완위크로 가는 것이었다.

'길링험'은 너무나 아름다운 이름이었고, 켄트는 영국의 정원이라 불리우는 지방이었다. 그녀는 보리밭 가에 위치한 유서 깊은 마을 길링험에서, 오후의 부드러운 햇빛이 비추는 가운데 학교에서 나와 정문 옆 플라타너스 그늘 속으로 해서, 조는 듯한 한길을 내려와 오두막집으로 향하는 자신을 그려보았다. 오두막 주위를 둘러싼 나무울타리 사이로는 수레국화가 푸른 꽃망울을 내밀고 있고, 길의 양옆에는 꽃을 피운 프록스가 빽빽하게 서 있었다.

어슐라가 방에 들어서자, 은빛 머리의 가냘픈 귀부인이 상아같이 하얀, 섬세한 두 손을 쳐들며 일어섰다.

"오, 선생님! 어서 오세요!"

"무슨 일이죠? 웨더롤 부인."

프레데릭이 집에 와 있었다. 아니, 그의 씩씩한 발걸음 소리가 계단에서 울리고 있었다. 그의 커다란 구두와 푸른 바지, 그리고 제복을 입은 모습이 보였다. 이어 독수리의 얼굴처럼 깨끗하고 날카로운 그의 얼굴이 나타났다. 그의 두 눈은 낯선 바닷빛으로 빛나고 있었다. 그가 식당으로 내려올 때, 아, 그의 영혼 속에는 먼 바다의 낭만이 깃들어 있었다.

이런 꿈이 집까지 1마일을 걷는 동안 적당히 증폭되면서 계속되었다. 이제 그녀는 킹스턴어폰템스로 상상의 방향을 돌렸다.

킹스턴어폰템스는 런던 바로 남쪽에 위치한 유서 깊은 곳이었다. 그곳은 대도시에 속해 있지만, 혈통이 좋고 품위 있는 사람들이 평화로운 삶을 살아가고 있었다. 거기서 그녀는 오래된 대저택 '퀸 앤 하우스'에 살고 있는 훌륭한 가문의 여자아이들을 만난다. 퀸 앤 하우스의 잔디밭은 완만한 경사를 이루며 강으로 이어져 있다. 그 장엄하고 평화로운 분위기 속에서 그녀와 영혼이 통하는 친구들로 둘러싸인다. 그들은 그녀를 친자매처럼 사랑했고, 온갖 고상한 생각들을 그녀와 나눈다.

어슐라는 다시 행복해졌다. 환상 속에서 그녀는 가련하게 잘린 날개를 펼치고 파란 창공을 향해 날아올랐다.

하루하루가 지나갔다. 그녀는 부모와 말을 하지 않았다. 그러던 차에 길링험에서 그녀의 신청서가 반송되어 왔다. 그녀를 원치 않는 것이었다. 스완위크에서도 마찬가지였다. 달콤한 희망에 뒤이어 거절의 쓰라림이 찾아온 것이다. 그녀의 영롱한 깃털이 다시 먼지에 파묻혔다.

그런데 10여일 후에 킹스턴어폰템스로부터 통지서가 왔다. 다음 목요일에 그 도시의 교육청에 와서 교육위원회의 면접을 보라는 통지였다. 심장이 멎는 듯했다. 그녀는 교육위원회에서 자신을 받아줄 것을 알았다. 하지만 막상 집을 떠날 날이 임박해 오자 무서웠다. 그녀의 가슴은 두려움과 긴장으로 떨렸다. 그러나 이미 마음 속으로는 목표가 정해져 있었다.

그녀는 그날 하루를 멍하니 보냈다. 이 소식을 어머니에게 얘기하고 싶지 않아서 아버지가 돌아오시기만을 기다렸다. 긴장과 두려움이 그녀를 강하게 짓눌렀다. 그녀는 킹스턴에 가는 것이 두려웠다. 안이했던 몽상들은 막상 현실로 다가오자 감쪽같이 사라져버렸다.

그러나 오후가 지나가자 달콤한 꿈이 되살아났다. 킹스턴어폰템스,

그 도시의 이름이 아주 위엄 있게 들렸다. 역사의 그림자와 장엄한 발전의 멋이 그녀를 감싸는 것 같았다. 왕궁들은 풍상에 시달려 검게 퇴색되어 있으리라. 한때 왕들이 머물던 곳. 그러나 그녀에게는 여전히 왕들이 머무는 곳이었다. 리처드 왕, 헨리 왕, 월지 왕, 엘리자베스 여왕. 천국을 연상시키는 넓은 잔디밭에는 기품 넘치는 나무들이 우뚝우뚝 서 있고, 맑은 물로 씻긴 테라스 계단으로는 이따금 백조들이 올라오기도 하리라. 그녀는 아직도 물 위로 떠다니는 엘리자베스 여왕의 당당하고 화려한 거룻배를 볼 수 있었다. 배가 상륙할 계단에는 진홍색의 카펫이 깔렸고 자줏빛 벨벳 망토를 걸친 신사들이 모자를 벗고 햇빛을 받으며 양쪽에 무리지어 서서 대기하고 있었다.

"달콤한 템스 강이여, 내 노래가 끝날 때까지 부드럽게 흘러라."

저녁이 되어 아버지가 집에 돌아왔다. 언제나 그렇듯이 아버지는 혈색이 불그레하고 민첩했으며 또 초연했다. 아버지는 그녀의 환상보다도 더 비현실적이었다. 그녀는 아버지가 차를 마시는 동안 기다렸다. 아버지는 차를 쭉 들이키고는 빵을 크게 한 입 베어 물고 우물거렸다. 짐승이 먹이를 대하는 그런 방종한 태도로 무의식적으로 먹고 있었다.

아버지는 차를 다 마시자마자 곧장 교회로 갔다. 성가대 연습을 위해서였다. 그리고 오르간의 음조를 시험해 보고 싶어했다.

그녀가 아버지를 뒤따라 들어가자, 큰 문의 빗장이 요란스레 삐걱거렸다. 하지만 오르간 소리가 더욱 크게 울렸기 때문에 그는 그녀가 왔는지도 모르고 있었다. 오르간으로 찬송가를 연습 중이었다. 그녀는 촛불 사이로 아버지의 조그만 흑옥 같은 머리와 기민한 얼굴, 그리고 오르간 의자에 털썩 앉은 마른 몸매를 보았다. 그의 얼굴은 고정된 채 빛나고 있었고, 팔다리의 움직임은 그와는 동떨어진 듯 낯설어보였다. 오르간 소리는 마치 기둥의 받침돌에서 나오는 것 같았고, 기둥 속에서 흐르는 수액 같았다.

잠시 후 음악이 그치고 정적이 깃들었다.
"아빠!"
그녀가 불렀다.
그는 마치 유령이라도 만난 듯이 주위를 두리번거렸다. 어슐라가 촛불이 비치는 곳에 희미하게 서 있었다.
"또 뭐냐?"
여전히 지상 위를 떠도는 듯한 태도로 그가 물었다. 그에게 말을 한다는 것이 어렵게 느껴졌다.
"자리를 얻었어요."
그녀가 억지로 입을 떼었다.
"뭘 얻었다고?"
오르간 연주의 흥이 깨지는 걸 못내 아쉬워하면서 그가 대꾸했다. 그는 앞에 놓인 악보를 덮었다.
"취직할 데가 생겼다고요."
여전히 넋이 나간 듯한 상태로 마음내켜하지 않으면서 그가 그녀에게 고개를 돌렸다.
"그래? 그게 어딘데?"
그가 말했다.
"킹스턴어폰템스예요. 목요일에 교육위원회의 면접을 보러 가야 해요."
"목요일에 가야 한다고?"
"네."
그녀는 아버지에게 편지를 건네주었다. 그는 촛불 빛 아래에서 편지를 읽었다.

더비셔, 코스데이, 주목나무 집 어슐라 브랭웬 양

안녕하십니까? 다음 목요일, 10일 오전 11시30분까지 상기 사무실로 나오시기 바랍니다. 윌링버로우 그린 초등학교의 보조 교사직에 대해 귀하가 낸 취업 신청에 관련된 위원회의 면접이 있을 예정입니다.

브랭웬으로서는 이 낯설고 공식적인 편지를 이해하기가 매우 어려웠다. 잠시 전까지 찬송가가 울리던 조용한 교회 안에서 브랭웬은 편지 내용을 파악하려고 애썼다.
"이걸 가지고 지금 날 성가시게 굴 필요는 없잖니, 안 그러니?"
그가 편지를 돌려주면서 짜증스럽게 말했다.
"전 목요일에 가봐야 해요."
그녀가 말했다.
그는 꼼짝 않고 앉아 있었다. 그러다가 다시 악보에 손을 뻗쳤고, 공기가 들어가는 소리가 나더니, 마침내 그가 두 손을 건반 위에 얹자 나팔 소리 같은 오르간의 긴 선율이 피날레처럼 울렸다. 어슐라는 돌아서서 교회 밖으로 나왔다.
그는 다시 오르간에 자신을 내맡겨보려고 애썼다. 그러나 그렇게 할 수 없었다. 다시 그런 상태로 돌아갈 수 없었다. 줄곧 어떤 실 같은 것이 그를 끌어당기고 있었다. 비참하게 어떤 다른 곳으로 그를 당기고, 또 당겼다.
그래서 성가대 연습을 마치고 집으로 돌아왔을 때, 그의 얼굴은 어두웠고 그의 가슴은 텅 비어 있었다. 그러나 그는 아이들이 잠자리에 들 때까지는 아무 말도 하지 않았다. 어슐라만이 폭풍전야 같은 분위기를 눈치 채고 있었다.
마침내 그가 입을 뗐다.
"그 편지 어디 있니?"
그녀는 편지를 아버지에게 드렸다. 그는 앉은 채 그 편지를 읽었다.

'다음 목요일에 상기 사무실로 나오시기 바랍니다.' 그것은 어슐라에게 보낸 차갑고 공식적인 통지였다. 아버지와는 아무 상관도 없는 편지였던 것이다. 그렇다! 이제 그녀는 별개의 사회인으로서 존재하는 것이었다. 이 통지에 답변해야 할 사람은 그녀이지 아버지가 아니었다. 아버지에게는 간섭할 권리마저 없는 것이었다. 그의 가슴은 분노로 굳어졌다.

"넌 우리 등 뒤에서 꼭 이런 짓을 해야 했니?"

그가 조롱하듯 말했다. 그녀의 심장이 뜨거운 아픔으로 뛰었다. 어슐라는 자기가 자유롭다는 것을 알았다. 그녀는 이미 아버지에게서 떨어져 나온 것이다. 그는 패배한 것이다.

"아버지가 저보고 '해보라'고 말씀하셨잖아요."

그녀가 되쏘았다. 그러나 거의 사과하는 듯한 말투였다.

그에게는 그 말이 들리지 않았다. 그는 앉아서 편지를 들여다보고 있었다.

킹스턴어폰템스 교육청 — 그리고 이어 코스데이 주목나무 집, 어슐라 브랭웬 양이라고 타이프로 쳐져 있었다. 그것은 아주 완벽하고 결정적인 문건이었다. 그는 그 편지의 수신인으로서 어슐라가 차지한 새로운 위치를 실감하지 않을 수 없었다. 그것이 그의 영혼을 납덩이처럼 짓눌렀다.

"안 돼, 넌 못 가."

그가 마침내 입을 열었다.

어슐라는 소스라치게 놀랐지만 뭐라고 항의할 말을 찾을 수 없었다.

"네가 런던 반대편으로 춤을 추며 가게 될 거라고 생각했다면, 그건 오산이야."

"왜 못 가죠?"

그녀는 즉시 가겠다는 의지를 굳히며 소리쳤다.

"내가 안 된다고 했으니까."

그가 말했다. 그리고는 브랭웬 부인이 아래층으로 내려올 때까지 침묵이 이어졌다.

"이것 좀 봐요, 여보."

그가 편지를 아내에게 건네주었다.

그녀는 머리를 뒤로 젖히고 타이프로 친 편지를 읽었다. 외부 세계로부터의 두통거리를 예상하는 듯한 몸짓이었다. 그녀의 시선이 묘하게 곁눈질하듯 움직였다. 마치 다정한 모성적 자아를 닫아 버리는 듯한 시선이었다. 그리고 아무 뜻도 없는 몽환 상태 같은 것이 대신 그 자리를 차지하는 것이었다. 이렇게 아무 뜻도 없는 태도로 그녀는 편지를 훑어보았다. 그 편지의 내용을 받아들이지 않으려고 조심하는 듯한 태도였다. 그녀는 편지의 내용을 냉담하고 피상적인 정신으로 파악했다. 그녀의 다정다감한 자아는 닫혀 있었다.

"그게 어떤 자리죠?"

그녀가 물었다.

"킹스턴어폰템스로 가서 선생이 되고 싶다는군. 1년에 50파운드를 받고."

"오, 그렇군요."

어머니는 그것이 마치 낯선 어떤 사람에 관한 달갑지 않은 사실인 양 말했다. 그녀는 냉담하게 딸이 가는 것을 허락할 것이었다. 브랭웬 부인은 오직 자기의 가장 어린 자녀와 더불어 살기만을 원했다. 이제 맏딸은 한낱 방해물이었다.

"그 앨 그렇게 먼 데론 못 보내."

아버지가 말했다.

"난 내가 원하는 곳으로 가야 해요. 그리고 그곳은 좋은 곳이라고요."

어슐라가 소리쳤다.

"네가 그곳에 대해 뭘 안다고 그래?"
아버지가 거칠게 말했다.
"아버지께서 못 간다고 말씀하시면, 그들이 너를 필요로 하느냐 않느냐는 것은 문제가 안 되는 거야."
어머니가 침착하게 말했다.
어슐라는 어머니가 얼마나 미웠던지!
"나보고 한 번 해보라고 말씀하셨잖아요? 이제 일자리가 생겼으니 난 가야겠어요."
"그렇게 멀리 보낼 수는 없어."
아버지가 말했다.
"일케스턴에서 자리를 구해보지 그래? 그러면 집에서 다닐 수 있을 텐데."
구드런이 거들었다. 싸움을 싫어하는 구드런은 어슐라의 불편한 태도를 이해할 수 없었지만 언니 편을 들지 않을 수 없었다.
"일케스턴엔 일자리가 없어. 그리고 난 당장 취직하고 싶고."
어슐라가 외쳤다.
"이리저리 찾아봤으면 일케스턴에서도 자리를 구할 수 있었을 거야. 그런데 넌 거만을 떨면서 제멋대로만 하지."
그녀의 아버지가 말했다.
"넌 물론 당장 떠나 버리겠지."
그녀의 어머니가 매우 신랄한 어조로 말했다.
"그렇지만 아마 다른 사람들도 네 그 고약한 성미를 오래 참아내지는 못할 걸. 넌 네 자신을 너무 과대평가하고 있어."
딸과 어머니 사이에는 순수한 증오의 감정만이 흘렀다. 끈질기게 침묵이 이어졌다. 어슐라는 자기가 그 침묵을 깨야 한다는 것을 알았다.
"하여튼 그들이 내게 편지를 보냈으니 난 가야만 해요."

그녀가 말했다.

"어디서 돈을 얻어 가지고 갈래?"

아버지가 물었다.

"톰 삼촌이라면 주실 거예요."

그녀가 말했다. 다시 침묵이 이어졌다. 이번에는 그녀 쪽이 의기양양해졌다.

그러자 마침내 그녀의 아버지가 고개를 들었다. 그의 얼굴은 멍했다. 그는 중요한 말을 하려고 정신을 가다듬고 있는 듯했다.

"하여간 널 그렇게 먼 데로 보내진 않겠어. 내가 이곳에 자리가 없는지 버트 씨에게 알아보겠다. 네가 런던 저쪽에 가서 혼자 살도록 내버려두진 않겠어."

"하지만 전 킹스턴으로 가야 해요. 나를 불렀다고요."

어슐라가 말했다.

"그 사람들은 너 없이도 해나갈 수 있을 거야."

그가 말했다.

그녀는 눈물이 터져나오기 직전이었다. 바들바들 입술을 떨며 아무 말도 하지 않았다.

"좋아요."

마침내 그녀가 낮고 긴장된 어조로 말했다.

"이번만은 아버지 말씀을 따르겠어요. 하지만 난 취직해야 돼요. 집에서 이러고 있을 순 없어요."

"아무도 네가 집에서 이러고 있으라고 하진 않아."

아버지는 노여움으로 얼굴이 새파래지면서 느닷없이 소리쳤다.

어슐라는 더 이상 말하지 않았다. 그녀의 마음은 딱딱하게 굳어지고, 입가에는 오만한 미소가 떠올랐다. 그리고 다른 모든 가족들에 대해서 적대적인 무관심을 보였다. 이런 모습을 보면 아버지는 딸을 죽여 버리고 싶었다. 그녀는 노래를 부르며 응접실로 들어갔다.

> C'est la mere michel qui a perdu son chat
> Qui cri par la fenetre qu'est qui le lui rendra—
> (미셸 아주머니는 고양이를 잃어버렸네.
> 그녀는 창문가에서 소리치네. 누가 그 고양이를 돌려주겠느냐고.)

다음 며칠 동안 어슐라는 명랑하고 다부진 태도로 혼자 콧노래를 부르며 동생들과 사이좋게 지냈다. 그러나 부모님에 대한 그녀의 마음은 싸늘하고 딱딱하게 굳어져 있었다. 그들은 더 이상 서로 아무 말도 하지 않았다.

냉담하면서 명랑한 척하는 상태는 나흘 동안 지속되었다. 그러고나자 그런 기분이 깨지기 시작했다. 그래서 그녀는 저녁에 아버지에게 말을 걸었다.

"제 취직 자리 좀 알아보셨어요?"
"버트 씨에게 부탁했다."
"뭐라고 하셨지요?"
"내일 위원회 모임이 있대. 금요일에 내게 알려줄 거야."

그래서 어슐라는 금요일까지 기다렸다. 결국 킹스턴어폰템스는 짜릿한 꿈이 되어버렸다. 여기서 그녀는 냉혹하고 힘든 현실을 느낄 수 있었다. 결국 이렇게 되리라는 것을 그녀는 알고 있었다. 이 삭막하고 제한된 현실 외에는 어떤 일도 성취될 수 없다는 것을 알았기 때문이었다. 그녀는 일케스턴에서 교사가 되고 싶지는 않았다. 일케스턴을 잘 알고 있고 또 싫어했기 때문이었다. 그녀는 자유로워지고 싶었다. 그러나 그녀는 가능한 곳에서 자기의 자유를 구해야만 했다.

금요일이 되자, 아버지는 브린슬리 스트리트 초등학교에 교사 자리가 하나 비었다고 말했다. 굳이 취업 신청을 내지 않아도 그 자리는 즉시 확보해 둘 수 있다는 것이었다.

그녀는 심장이 멎는 듯했다. 브린슬리 스트리트 초등학교는 가난한 구역에 있는 학교였고, 일케스턴의 가난한 집 아이들이 어떻다는 것은 이미 잘 알고 있었기 때문이었다. 아이들은 그녀의 등 뒤에다 고함을 질러댔고, 돌을 던지기도 했다. 그렇지만 선생이 되면 그녀는 권위를 지니게 될 것이었다. 그것은 전혀 미지의 세계였다. 그녀는 흥분을 느꼈다. 메마르고 황량한 벽돌 건물까지도 어떤 매력을 풍기는 듯 느껴졌다. 그 벽돌의 숲은 너무나 딱딱하고 추했으며 무자비하다고 할 정도로 흉측해서 약간의 감상적인 기분마저 남기지 않고 뺏어 버릴 지경이었다.

그녀는 어떻게 하면 그 작고 추한 아이들이 자기를 사랑하게 될까 생각해 보았다. 아주 자상하고 친절하게 아이들을 대해야지. 선생들은 하나같이 너무 딱딱하고 비인간적이었다. 선생과 학생 사이의 관계는 생기가 없었다. 그녀는 모든 일을 다정하게 인간적으로 처리할 것이다. 자신을 헌신하고, 자신이 가진 모든 것을 아이들에게 주고 또 주어 아이들을 아주 행복하게 해줄 참이었다. 그러면 아이들도 그녀를 이 세상 그 어느 교사보다도 더 좋아하게 될 것이었다. 크리스마스가 오면 아이들에게 예쁜 크리스마스 카드를 보낼 것이며 또 교실에서 아주 즐거운 파티를 열 생각이었다.

교장인 하비 씨는 키가 작고 뚱뚱한 사람이었는데, 그리 품위가 있어 보이는 사람은 아니라고 그녀는 생각했다. 그러나 그녀는 그에게 우아함과 세련됨이 어떤 것이라는 것을 보여줄 것이고, 그는 머지않아 그녀를 매우 높이 평가하게 될 것이다. 그녀는 학교의 빛나는 태양이 될 것이고, 아이들은 조그만 야생화처럼 활짝 피어날 것이며, 키 크고 억센 식물 같은 다른 교사들도 보기 드문 꽃을 피울 것이다.

월요일 아침이 왔다. 9월 말이었는데, 가랑비가 내렸다. 얇은 베일처럼 그녀를 감싸는 가랑비 덕분에 어슐라는 한결 호젓한 기분을 느낄 수 있었다. 이제 그녀는 새로운 땅을 향해 걸어나갔다. 과거의 세계는 지워져버렸다. 새 세계를 가리고 있던 장막은 찢어질 것이다. 도시락 가방을 들고 비가 내리는 언덕을 걸어내려가면서 꼬옥 두 손을 움켜쥐었다.

얇은 가랑비를 통해서 그녀는 거무스레하고 거대한 산처럼 보이는 도시를 보았다. 그녀는 그 도시 속으로 들어가야 했다. 그녀는 혐오감과 흥분된 충족감을 동시에 느꼈다. 그러나 마음이 위축되기도 했다.

그녀는 전차 종점까지 와서 전차를 기다렸다. 이곳에서 전차가 출발하는 것이었다. 그녀 뒤에는 노팅엄 행 기차역이 있었다. 동생 테레사가 그곳에서 30분 전에 노팅엄에 있는 학교로 갔다. 뒤로는 그녀가 어렸을 때 다니던 교회에서 운영하는 조그만 학교가 있었다. 그때는 외할머니가 살아 계셨다. 외할머니는 2년 전에 세상을 떠나셨다. 마쉬에는 지금 낯선 여자가 프레드 외삼촌과 조그만 아기와 함께 살고 있었다. 그녀의 뒤에는 코스데이가 있었고, 검은 딸기가 생울타리에서 익고 있었다.

역에서 전차를 기다리면서, 어슐라는 순식간에 어린 시절로 되돌아갔다. 자기를 놀리시던 멋진 턱수염과 푸른 눈의 외할아버지. 체구가 듬직하셨던 그분은 물에 빠져 돌아가셨다. 그리고 종종 어슐라가 이 세상 어느 누구보다 사랑했다고 말하는 외할머니. 그 조그만 교회학교, 필립스네 사내아이들. 그 중 하나는 지금 근위 기병연대의 군인이 되어 있고, 또 하나는 광부가 되었다. 그녀는 뜨거운 마음으로 과거에 대한 생각에 몰두했다.

그러나 어린 시절을 떠올리며 몽상에 잠겨 있을 때, 전차가 덜커덩거리며 모퉁이를 돌아오는 소리가 들렸다. 그리고 전차가 그녀의 시야 속으로 들어왔고, 소리도 점점 가까워졌다. 마침내 전차는 종점의 둥근 선로 위를 천천히 돌아오더니 그녀 앞에 우뚝 멈췄다. 회색 그림자 같은 사람들이 저쪽 선로 끝에 내렸고, 차장이 막대기를 돌리면서 물웅덩이 속을 걸어왔다.

그녀는 축축하고 을씨년스런 전차에 올랐다. 새카만 바닥은 눅눅하고, 차창에는 김이 서려 있었다. 그녀는 긴장감을 느끼며 좌석에 앉았다. 드디어 그녀의 새로운 인생이 시작된 것이다.

다른 승객 하나가 올라왔다. 남루하고 황갈색의 젖은 옷을 입은 모양이 잡역부인 듯했다. 어슐라는 전차가 바로 떠나지 않는 것이 참기 어려웠다. 벨이 울리더니 전차가 앞으로 덜컥 움직였다. 그런 다음 축축한 거리를 조심스레 내려가기 시작했다. 그녀는 이제 새로운 인생 속으로 실려 들어가고 있었다. 그녀의 가슴은 고통과 긴장으로 타는 듯했다. 마치 무언가가 그녀의 생살을 떼어내고 있는 듯했다.

전차는 자주, 너무나 자주 정차하는 것 같았다. 그러면 젖은 외투를 입은 사람들이 올라와서 무릎 사이에 우산을 끼운 채 말없이 우울하게 그녀의 맞은편 자리에 줄지어 앉았다. 차창에는 더욱 많은 김이 서려서 밖이 거의 내다보이지 않았다. 그녀는 이 생명이 없는 유령 같은 사람들과 함께 기차 안에 갇힌 셈이었다. 그러나 아직도 그녀는 자기가 그 사람들과 똑같은 존재라는 생각이 들지 않았다. 차장이 차표를 끊어주면서 걸어왔다. 그의 가위질 소리가 울릴 때마다 공포심으로 가슴이 저렸다. 그러나 그녀의 차표는 분명히 다른 사람들의 것과는 달랐다.

그들은 모두 일터로 가는 중이었다. 어슐라 역시 일터로 가는 중이었다. 결국 그녀의 차표도 다른 사람들의 것과 똑같은 것이었다. 그녀는 그들과 어울리려고 애쓰면서 앉아 있었다. 그러나 두려움이 뼛속까지 스며드는 듯했다. 알 수 없는 무서운 손아귀가 자기를 움켜쥐고 있는 듯했다.

바스 거리에서 전차를 갈아타야 했다. 그녀는 오르막길을 쳐다보았다. 그것은 마치 자유로 통하는 길처럼 보였다. 그녀는 상점들을 향해 걸어올라가던 그 수많은 토요일 오후를 생각했다. 그땐 얼마나 자유롭고 홀가분했던가!

아, 그녀가 탈 전차가 조심스레 언덕 밑으로 미끄러져 내려오고 있었다. 그녀는 앞으로 나가는 한 걸음, 한 걸음이 두렵게 느껴졌다. 전차가 와서 멎었고, 그녀는 서둘러 올라탔다.

차가 달릴 때 그녀는 계속 고개를 이리저리 돌리며 밖을 내다보았다. 그 거리를 잘 몰랐기 때문이었다. 마침내 긴장으로 달아오른 가슴을 안은 채 그녀는 몸을 떨면서 일어섰다. 차장이 퉁명스럽게 벨을 울렸다.

어슐라는 이제 보잘것없고 비에 젖은 좁은 거리를 걸어내려가고 있었다. 거리는 텅 비어 있었다. 학교는 비에 젖어 시커멓게 빛났고, 난간이 둘러쳐진 아스팔트 마당 안에 낮게 웅크린 모양으로 서 있었다. 건물은 때가 끼어 꾀죄죄했고 소름끼쳤으며 메마른 풀들이 희미하게 창문을 통해 보였다.

그녀는 아치형 현관문으로 들어섰다. 건물 전체가 교회의 건축 양식을 모방해서 지은 탓인지 위협적인 분위기를 자아내고 있었다. 위엄을 보이려고 그렇게 지은 모양이지만, 왠지 천박하게 권위를 부리려는 태도처럼 보였다. 포석을 박은 현관 바닥에는 누군가 걸어간 발자국이 나 있었다. 건물 안은 사람의 기척이 거의 없이 조용했다. 마치 죄수가 걸어들어오기를 기다리고 있는 텅 빈 감옥 같았다.

어슐라는 어두운 굴 속 같은 곳에 자리 잡은 교무실을 향해 걸어갔다. 그리곤 머뭇거리며 문을 두드렸다.

"들어와요!"

노크 소리에 놀란 듯한 남자의 목소리가 외쳤다. 마치 감방 안에서 울려나오는 소리 같았다. 그녀는 햇볕이라고는 절대 들지 않을 듯한,

어두컴컴한 작은 방으로 들어갔다. 가스등이 알몸을 드러낸 채 환하게 밝혀져 있었다. 바싹 마른 사내 하나가 셔츠 바람으로 테이블 위의 등사판에서 종이를 문지르고 있었다. 그는 좁고 날카로운 얼굴을 들어 어슐라를 올려다보더니, "어서 오십시오" 하고 말했다. 그리고는 다시 고개를 돌려 등사판에서 종이를 떼어내 등사된 자주색 글씨를 들여다보더니 둘둘 말린 종이를 옆에 있는 종이 더미 위에 놓았다.

어슐라는 홀린 듯이 그를 지켜보았다. 가스등 빛과 컴컴한 어둠, 그리고 좁은 방, 이 모든 것이 비현실적으로 보였다.

"아주 날씨가 고약한 아침이지요?"

그녀가 말했다.

"네, 좋은 날씨는 아니군요."

그 남자가 대꾸했다.

그러나 이 안에 있으면 아침이고 날씨고 전혀 문제가 될 것 같지 않았다. 이곳은 시간이 존재하지 않는 것 같았다. 그는 일에 정신이 팔려 건성으로 말을 했는데, 마치 메아리를 듣는 듯했다. 어슐라는 뭐라고 해야 할지 생각이 나지 않아서 우의를 벗었다.

"제가 너무 일찍 왔나요?"

어슐라가 물었다.

그 사내는 먼저 작은 괘종시계를 힐끗 보더니 다음에 그녀를 쳐다보았다. 그의 시선이 문득 바늘 끝처럼 날카로워진 것 같았다.

"25분이군요. 당신이 두번째로 온 사람이군요. 오늘 아침에는 내가 제일 먼저 왔지요."

그가 말했다.

어슐라는 조심스레 의자 가장자리에 걸터앉았다. 그리고는 그의 가늘고 붉은 손이 종이의 하얀 표면을 등사기로 밀다가 잠시 멈추고 종이의 한 귀퉁이를 잡아당겨 힐끗 보고는 다시 문지르는 것을 지켜보았다. 테이블 위에는 도르르 말린 등사된 종이가 수북이 쌓여 있었다.

"그렇게 많이 등사해야 하나요?"

어슐라가 물었다.

그 사내는 다시 날카로운 눈초리로 올려다보았다. 나이는 서른 살이나 서른세 살쯤 되어 보였다. 홀쭉하고 파리한 안색에 긴 코와 날카로운 얼굴을 갖고 있었다. 푸른 색 눈은 칼날처럼 날카로우면서도 꽤 아름답다고 어슐라는 생각했다.

"예순세 장이오."

그가 대꾸했다.

"그렇게나 많이요!"

그녀가 부드럽게 말했다. 문득 생각나는 게 있었다.

"하지만 그게 다 선생님 학급에서 쓸 건 아니겠죠?"

그녀는 이렇게 덧붙였다.

"왜 아니라고 생각하죠?"

그가 거친 말투로 대꾸했다.

어슐라는 자기를 무시하는 듯한 그의 태도에 다소 겁이 났다. 사정없이 뱉어 버리는 그의 말투가 두려웠던 것이다. 그녀에게는 전혀 새로운 것이었다. 지금까지는 이런 대접을 받아본 적이 없었다. 마치 그녀가 전혀 중요하지 않다는 듯한 태도였다. 그녀는 기계를 상대로 얘기하고 있는 듯한 느낌마저 들었다.

"너무 많군요."

그녀가 동정하듯 말했다.

"선생님도 아마 비슷한 숫자를 맡게 될 겁니다."

그가 말했다. 이게 어슐라가 들은 대답의 전부였다. 그녀는 어떻게 생각해야 할지 몰라서 멍하니 앉아 있었다. 그래도 그녀는 그가 좋았다. 그는 꽤 퉁명스러워 보였다. 어딘지 괴팍하면서도 칼날같이 날카로운 데가 있어 그녀의 마음을 끌면서도 동시에 겁을 먹게 했다. 아주 냉정했지만, 본성은 그렇지 않은 것 같았다.

문이 열리더니 28세쯤 되어 보이는 키가 작고 젊은 여자가 들어왔다. 여자가 크게 외쳤다.

"오, 어슐라 선생! 아주 일찍 오셨군요. 글쎄, 계속 그렇게 하진 못할 거예요. 그건 윌리엄슨 선생님의 옷걸이고, 이게 선생님 거예요. 5학년 담임교사는 항상 이걸 사용하게 되어 있거든요. 모자를 벗지 그래요."

바이올렛 하비 선생은 어슐라의 우비를 못에서 벗겨내더니 약간 아래쪽에 있는 못으로 옮겨 걸었다. 그녀는 이미 모자의 핀을 잡아 뽑아서 코트 안으로 우겨 넣었다. 그리고는 납작하게 눌린 곱슬곱슬한 갈색 머리를 쓸어 올리면서 어슐라에게 말했다.

"참 고약한 아침이지요! 아주 고약해요! 제가 이 세상에서 제일 싫어하는 게 바로 비 오는 월요일 아침이에요. 아이들은 진창길을 마구 철버덕거리고 — 그걸 누가 말리겠어요."

그녀는 신문지로 싼 꾸러미에서 검은 앞치마를 꺼내더니 그걸 허리에 둘렀다.

"앞치마 가져왔지요?"

그녀가 어슐라를 힐끗 쳐다보며 말했다.

"오, 꼭 있어야 할 텐데. 4시 반쯤엔 당신의 꼴이 어떻게 될지 상상도 못할 거예요. 분필가루에다 잉크, 아이들의 더러운 발. 아이 한 명을 저희 집으로 보내 가져다 달라고 할게요."

"아, 괜찮아요."

어슐라가 말했다.

"아니, 별 일도 아닌데요."

하비 선생이 소리쳤다.

어슐라의 가슴이 덜컥 내려앉았다. 모두들 너무 독단적이고 제멋대로인 듯했다. 이렇게 극성스럽고 변덕스러우며 독단적인 사람들과 어떻게 함께 지낼 수 있을까? 그런데 하비 선생은 테이블에 있는 남선생에게는 한 마디도 하지 않았다. 그저 그를 무시해 버리고 있었다. 어슐라는 이 두 교사들의 사이가 냉담하고 거칠며 무례하다는 걸 눈치챘다.

두 여선생들이 복도로 나갔다. 몇 명의 아이들이 벌써 현관에서 재잘거리고 있었다.

"짐 리처즈."

하비 선생이 딱딱하고 권위적인 목소리로 불렀다. 소년 하나가 수줍어하면서 앞으로 나왔다.

"너 우리 집에 심부름 좀 갔다 오지 않을래?"

하비 선생이 명령조이면서도 나긋나긋하고 얼러대는 듯한 목소리로 말했다. 그녀는 대답을 기다리지 않았다.

"가서 우리 어머니에게 학교에서 쓰는 앞치마를 하나 보내달라고 해줘. 브랭웬 선생님께서 입을 거라고."

소년은 수줍은 목소리로 "네, 선생님" 하고 중얼거리더니 출발하려고 했다.

"애, 이리 와. 지금 뭐 하러 가는 거지? 우리 어머니에게 뭐라고 할 거지?"

하비 선생이 소리쳤다.

"학교에서 쓰는 앞치마······."

소년이 더듬거렸다.

"하비 부인, 하비 선생님께서 브랭웬 선생님이 쓸 앞치마를 하나 더 보내달라고 하셨어요. 그 선생님이 안 갖고 오셨기 때문이래요, 라고 말해야지."

"네, 선생님."

고개를 푹 숙인 채 소년은 중얼거리더니 출발하려고 했다. 하비 선생은 그의 어깨를 다시 붙잡아 세웠다.
"가서 뭐라고 말하라고 했지?"
"하비 부인, 하비 선생님께서 브랑긴 선생님이 쓸 앞치마를 달래요."
소년은 매우 수줍어하면서 중얼거렸다.
"브랭웬 선생님이야!"
하비 선생은 아이의 등을 떠밀며 깔깔 웃었다.
"저런, 내 우산을 갖고 가는 게 좋겠다. 잠깐 기다려."
소년은 마지못해 하비 선생의 우산을 받아들고 출발했다.
"너무 오래 걸리면 안 된다."
하비 선생이 그의 등 뒤에다 대고 소리쳤다. 그리고는 어슐라에게 몸을 돌리고 쾌활하게 말했다.
"저 아이는 신경을 좀 써야 해요. 하지만 보다시피 나쁜 아이는 아니에요."
"그런 것 같군요."
어슐라는 작은 목소리로 맞장구쳤다.
문의 빗장이 찰칵 소리를 냈고, 그들은 큰 방으로 들어갔다. 어슐라는 그곳을 힐끗 둘러보았다. 딱딱하고 긴 침묵이 관료적이고 싸늘했다. 중간쯤에 유리 칸막이가 있었는데, 거기에 달린 문들이 열려 있었다. 괘종시계의 똑딱거리는 소리가 울려퍼졌고, 하비 선생의 목소리도 이중으로 메아리쳤다.
"이건 대형 교실이에요. 5학년, 6학년, 7학년용이죠. 선생님 교실도 여기예요. 5학년이니까."
그녀는 커다란 교실의 제일 끝쯤에 섰다. 줄지어 있는 긴 걸상 앞에 자그마하고 높은 교사용 탁자가 있었고, 맞은편 벽에는 두 개의 높은 창문이 나 있었다.

어슐라에게 그것은 매혹적이면서도 끔찍한 광경이었다. 교실을 비추고 있는, 이 세상의 것 같지 않은 이상한 빛이 그녀의 개성까지 바꿔놓은 것 같았다. 그녀는 비 오는 날 아침이기 때문에 그렇거니 생각했다. 그녀는 위쪽을 올려다보았다. 딱딱하고 답답한 대기 속에 갇혀 있다는 끔찍한 생각이 들었기 때문이었다. 일상적인 날의 느낌은 완전히 사라졌다. 그녀는 창문 유리에 줄무늬가 있고 불투명하다는 것을 깨달았다.

이제 그녀는 감옥 속에 들어와 있는 것이었다. 그녀는 색깔이 바랜 희미한 녹색과 초콜릿 색의 벽을, 볼품없는 제라늄 꽃이 뿌연 유리에 기대어져 있는 커다란 창문들을, 그리고 줄지어 늘어서 있는 긴 책상들을 바라보았다. 더럭 겁이 났다. 이것이 새로운 세계, 새로운 삶이었다. 이제 그 속으로 뛰어들어야 하는 것이었다. 그러나 어슐라는 여전히 흥분한 상태로 자기가 쓸 교사용 책상에 달린 의자로 올라가 앉아보았다. 의자는 높아서 두 발이 바닥에 닿지 않았다. 그래서 가름대에 발을 얹어야 했다. 그곳에 높이 올라앉은 그녀는 이제 직장인이었다. 이 모든 것들이 얼마나, 얼마나 이상한지! 코스데이 위로 몰아치는 안개비와는 얼마나 다른지! 그녀가 자란 마을을 생각하니 왈칵 향수가 몰려왔다. 지금 그곳은 너무나 멀고 아득하게만 느껴졌다.

그녀는 여기, 딱딱하고 냉엄한 현실 속에 있었다. 그렇다. 이것이 바로 현실이었다. 오늘 전까지는 전혀 몰랐던 이 세계를 '현실'이라고 불러야 한다는 게 참으로 이상했다. 지금 이 세계는 두려움과 혐오감으로 그녀를 가득 채우고 있었다. 그녀는 이곳에서 도망치고 싶었다. 그러나 이것이 현실이었다. 그리고 코스데이, 그렇게도 사랑스럽고 아름답고 자기 자신처럼 친숙한 코스데이는 부차적인 현실에 불과한 것이다. 감옥 같은 이 학교가 바로 현실이었다. 그렇다면 여기에서 그녀는 당당하게 마치 학생들의 여왕처럼 앉아 있어야 할 것이었다. 여기에서 아이들에게 빛과 기쁨을 가져다주는 사랑받는 교사가 된다는 그녀의 꿈을 실현해야 할 것이었다. 그러나 그녀 앞에 놓인 책상들은 뾰족한 모서리로 그녀의 마음에 상처를 주었으며, 그녀를 움츠러들게 했다. 그녀는 기대에 부풀었던 자기가 바보스럽게 느껴졌다. 그녀는 애정과 관용을 가지고 왔으나, 이곳은 그러한 감정이나 너그러움을 원하는 곳이 아니었다. 그래서 그녀는 새로운 분위기에 마음이 심란하고 소외된 사람처럼 거절당한 느낌이 들었다.

그녀는 의자에서 내려와 하비 선생과 함께 다시 교무실로 되돌아왔다. 사람이 자기의 개성마저 변화시켜야 하다니 참 묘한 느낌이 들었다. 그녀는 아무것도 아니었다. 그녀 안에는 현실이 없었다. 현실은 모두 그녀 밖에 있었다. 그래서 그녀는 자신을 거기에 적응시켜야 하는 것이었다.

하비 교장선생은 교무실 안에서 문이 열린 커다란 책장 앞에 서 있었다. 책장 안에는 연분홍색 압지, 번쩍거리는 새 책, 분필 상자, 여러 색의 잉크병들이 잔뜩 들어 있었다. 마치 보물창고처럼 보였.

교장은 키가 작고 건장한 사람이었다. 잘생긴 머리통에 턱은 두툼했지만 얼굴이 미남이었다. 이마와 눈썹이 잘생긴 데다가 콧수염이 훌륭했다. 그는 일에 몰두하고 있는 듯 어슐라가 들어오고 있는 것을 알아차리지 못했다. 다른 사람의 존재를 의식하지 못할 정도로 일에 몰두해 있는 그의 태도는 왠지 모욕감을 주었다.

잠시 멍하게 넋을 잃고 있던 그는 탁자에서 시선을 돌리더니 어슐라에게 인사했다. 그의 갈색 눈이 유쾌하게 번뜩였다. 그가 어찌나 남자답고 확고부동한 듯 보였는지, 어슐라는 한 번 떠밀어보고 싶었다.

"비가 와서 고생했군요."

그가 어슐라에게 말했다.

"아뇨, 괜찮아요. 워낙 그런 데 익숙하거든요."

초조하게 짧은 웃음을 지으며 그녀가 대답했다.

그러나 그는 이미 듣고 있지 않았다. 그녀의 말이 우스꽝스런 재잘거림처럼 들렸다. 그는 어슐라를 거들떠 보지도 않았다.

"여기다 서명하세요. 그리고 출퇴근 시간도 적으세요."

교장은 마치 어린애에게 타이르듯 말했다.

어슐라는 출근부에 이름을 써넣고 물러서 있었다. 아무도 더 이상 그녀에게 주목하지 않았다. 어슐라는 뭔가 할 말을 찾으려고 궁리했지만 허사였다.

"이제 애들을 교실로 들여보내야겠소."

하비 교장이 자기 시험지들을 바삐 정리하고 있던 홀쭉한 남자에게 말했다.

그 보조교사는 교장의 말은 들은 척도 하지 않고 자기가 하던 일을 계속했다. 교무실 안의 분위기가 긴장되었다. 마지막 순간에 브런트 선생은 코트를 걸쳤다.

"선생님은 여학생들 현관으로 가보세요."

교장선생이 친절하면서도 상대방을 무시하는 듯한 온화한 태도로 어슐라에게 말했다. 순전히 사무적이면서 명령하는 듯한 태도이기도 했다.

그녀는 밖으로 나갔다. 하비 선생과 또 다른 여교사가 현관에 있었다. 아스팔트로 된 마당에는 비가 내리고 있었다. 단조로운 종소리가 머리 위에서 음울하고 건조하게, 그러면서도 끈질기게 땡땡땡 울리다가 그쳤다. 이어 브런트 선생의 모습이 보였다. 그는 모자도 쓰지 않은 채 학교 운동장 저쪽 문 옆에 서서 호각을 날카롭게 불며 비가 내리는 음울한 거리를 내려다보고 있었다.

남학생들이 떼를 지어 저벅저벅 다가왔다. 그들은 요란한 발소리와 목소리를 내며 선생님들 옆을 지나 운동장 너머에 있는 남학생용 현관을 향해 뛰어갔다. 여학생들은 다른 현관을 통해 걷거나 뛰어들어가고 있었다.
 어슐라가 서 있는 현관은 여학생들이 내는 소음으로 시끄러웠다. 그들은 코트와 모자를 벗어 못이 삐죽삐죽 나와 있는 선반에 걸고 있었다. 비에 젖은 옷 냄새가 풍기고, 떠드는 소리와 발걸음 소리가 요란했다. 아이들은 젖어서 늘어진 머리를 추슬러 올리기도 했다.
 여학생들의 수가 점점 불어나면서 선반의 못 주위에서 나는 소음과 소란은 더욱 격렬해졌다. 여학생들은 현관에 몇 명씩 무더기로 모여 서서 지껄이고 있었다. 그러자 바이올렛 하비 선생이 손뼉을 크게 치면서 찢어지는 듯한 목소리로 외쳤다.
 "조용히 해요, 학생들! 조용히 해요!"
 그리고 잠시 기다렸다. 소음은 약해졌지만 완전히 가라앉지는 않았다.
 "내 말 못 들었어요?"
 하비 선생이 날카롭게 외쳤다.
 이제 거의 완전하게 조용해졌다. 이따금 좀 늦은 학생이 현관으로 달려들어와서 코트를 급하게 벗는 소리가 들렸다.
 "반장들 — 제 자리에."
 하비 선생이 날카로운 목소리로 명령했다.
 앞치마를 두른 긴 머리채의 여학생들이 둘씩 짝을 지어 현관으로 나와 섰다.
 "4학년, 5학년, 6학년— 정렬!"
 하비 선생이 외쳤다.
 한바탕 소동이 일어나더니, 서서히 둘씩 나란히 선 3열 종대로 변했다. 학생들은 싱글싱글 웃으며 통로에 서 있었다. 옷걸이 선반이 있는 데서는 다른 선생들이 저학년 학생들을 정렬시키고 있었다.
 어슐라는 자기 담당인 5학년 옆에 서 있었다. 그들은 어깨를 흔드는

가 하면 머리를 쓸어올리기도 하고, 옆 사람을 팔꿈치로 쿡쿡 찌르며 몸을 비비 꼬고 멍청히 바라보다가 싱글싱글 웃는가 하면, 옆자리 아이와 소근소근 얘기를 하고 있는 아이도 있었다.

날카로운 호루라기 소리가 들렸다. 그러자 제일 상급반인 6학년 아이들이 하비 선생을 따라서 출발했다. 어슐라가 5학년 아이들을 데리고 그 뒤를 따랐다. 그녀는 좁은 통로에서 싱글싱글 웃는 여학생들과 나란히 서서 기다렸다. 자기가 도대체 무엇인지 그녀는 알 수 없었다.

문득 피아노 소리가 들리면서 6학년 아이들이 큰 교실로 우르르 몰려들어갔다. 남학생들은 또 다른 문으로 이미 들어가 있었다. 피아노는 계속 행진곡을 연주했고, 5학년 아이들이 커다란 교실의 문을 향해 뒤따라갔다. 하비 교장이 책상 너머 저쪽에 서 있는 것이 보였다. 브런트 선생은 교실의 다른 쪽 문을 지키고 있었다. 어슐라의 학급 아이들이 서로를 밀며 들어갔다. 그녀는 그들 가까이에 서 있었다. 그들은 힐끗 돌아보며 멋쩍게 웃더니 또 서로 밀었다.

"계속 앞으로."

어슐라가 말했다. 그들은 키득거렸다.

"계속 가요."

어슐라가 말했다. 피아노가 계속 연주되고 있었기 때문이었다.

여학생들은 교실 안으로 흩어져 들어갔다. 그때 저쪽 자기 책상에서 뭔가에 열중하고 있는 듯했던 하비 교장이 고개를 들며 호령했다.

"정지!"

모두들 멈췄고 피아노도 그쳤다. 다른 문을 통해서 이제 막 들어오기 시작하던 남학생들이 뒤로 떠밀려나갔다. 브런트 선생의 거칠고 낮은 목소리가 들리더니, 곧이어 교실 저 아래로부터 하비 교장의 으르렁대는 외침이 들려왔다.

"누가 5학년 여학생들에게 그렇게 들어오라고 했죠?"

어슐라는 얼굴이 새빨개졌다. 여학생들은 빈정거리듯 그녀를 힐끗 쳐다보았다.

"제가 그랬습니다, 하비 교장선생님."

그녀가 안간힘을 다해 똑똑한 목소리로 말했다. 일순간 침묵이 흘렀다. 잠시 후 하비 교장이 멀리서 으르렁거렸다.

"5학년 여학생들, 자기 자리로 되돌아가라."

여학생들은 비난하는 듯이, 아니면 조롱하는 듯이 슬쩍 어슐라를 올려다보았다. 그들은 뒤로 되밀려나왔다. 어슐라의 심장이 수치심으로 인한 고통으로 딱딱하게 굳어졌다.

"앞으로 갓!"

브런트 선생의 목소리가 들렸고, 여학생들은 남학생들의 행렬과 박자를 맞추면서 걸어나갔다.

어슐라는 자기 학급의 학생들과 마주 보았다. 55명의 남학생과 여학생들이 줄지어 놓인 책상을 채우고 서 있었다. 그녀는 자기가 전혀 존재하지 않는 듯 느껴졌다. 그녀가 차지하는 공간도 없었고, 전혀 실체도 없었다. 다만 아이들의 무리와 마주하고 있을 뿐이었다.

교실 저 아래에서 기관총탄처럼 쏟아져나오는 질문이 들려왔다. 그녀는 어찌할 바를 모른 채 자기 학급 앞에 서 있었다. 그녀는 고통스럽게 기다렸다. 한 무리의 아이들, 50명의 낯선 얼굴들이 적의에 찬 눈으로 그녀를 뜯어보고 있었다. 언제라도 비웃을 태세였다. 그녀는 마치 얼굴들의 불길 위에서 고문을 받고 있는 듯했다. 그런데 그녀는 온 사방으로 그들에게 노출되어 있는 것이다. 말할 수 없이 지루하고 고통스러운 시간이 1초 1초 흘러갔다.

그러나 그녀는 용기를 끌어모았다. 브런트 선생이 속셈 문제를 내는 소리가 들렸다. 그녀는 자기 학급에 아주 가까이 서 있었으므로 목소리를 지나치게 높일 필요도 없었다. 더듬거리며 자신없는 목소리로 그녀는 말했다.
"모자 한 개에 2페니 반이면 모자 일곱 개 값은 얼마지요?"
그녀의 첫마디를 듣자, 학급 아이들의 얼굴에 웃음이 떠올랐다. 그녀는 얼굴이 새빨개졌고 안절부절 못했다. 그러나 몇몇 아이들의 손이 칼날처럼 솟아올랐다. 그녀는 답을 말해보라고 지명했다.
하루가 말할 수 없이 느리게 흘러갔다. 그녀는 어찌할 바를 몰랐다. 그저 아무 준비도 없이 아이들에게 노출된 기분이었다. 어느 조그만 건방진 소녀가 물어보는 말에 대답해 주며 수업을 시작했을 때, 어슐라는 어떻게 수업을 이끌어가야 할지 전혀 몰랐다. 아이들이 오히려 그녀의 선생이었다. 그녀는 아이들에게 끌려갔다. 브런트 선생의 목소리는 계속해서 들려왔다. 마치 기계처럼 딱딱하고 높은 비인간적인 목소리로 그는 쉬지 않고 가르쳤다. 다른 것은 모두 잊어버린 것 같았다. 그런데 어슐라는 비인간적으로 숫자가 많은 아이들 앞에서 항상 궁지에 몰렸다. 그녀는 그 궁지에서 벗어날 수 없었다. 그곳에는 50명의 아이들이라는 한 집단이 그녀의 명령을 기다리고 있었다. 그 명령은 아이들이 증오하고 분개하는 명령이었다. 이런 상황 때문에 어슐라는 숨을 쉴 수 없을 것 같은 느낌이었다. 질식할 것만 같았다. 그것은 너무나 비인간적인 상황이었다. 너무나 수가 많아서 학생들이 아이들로 보이지 않았다. 그들은 하나의 대부대였다. 그녀는 한 아이에게 얘기하듯 얘기할 수 없었다. 그들은 개별적인 아이들이 아니라 집단이고 비인간적인 존재였기 때문이었다.
점심시간이 되었다. 어슐라는 멍하니 넋을 잃은 채 외톨이가 된 심정으로 점심을 먹으러 교무실로 들어갔다. 지금까지 삶이 이토록 낯설게 느껴지기는 처음이었다. 마치 모든 것이 지옥에 있는 듯한, 딱딱하고 악의적인 체제로 되어 있는 어떤 끔찍하고 낯선 나라에서 방금 빠져나온 것처럼 생각되었다. 그렇지만 진짜로 자유로워진 것은 아니었다. 오후가 어떤 속박처럼 다가오고 있었다.

　첫주일은 뭐가 뭔지 모르는 가운데 지나갔다. 그녀는 아이들을 어떻게 가르쳐야 할지 몰랐다. 앞으로도 결코 알 수 있을 것 같지 않았다. 하비 교장은 이따금 그녀의 학급으로 내려와서 수업하는 광경을 지켜보았다. 그가 위협적이고 당당한 태도로 옆에 서 있을 때면, 그녀는 자기가 너무나 무능하고, 너무나 비현실적으로 느껴졌다. 존재하지 않는 중성적인 것이 되어 허공에 둥둥 떠다니는 것처럼 느껴지기도 했다. 그러나 하비 교장은 눈가에 온화한 듯하면서도 예리한 미소를 띤 채 지켜보며 서 있었다. 그것은 정말 위협적인 태도였다. 그는 아무 말도 하지 않고 그녀로 하여금 수업을 계속하게 했다. 그녀는 마치 넋이 나간 것 같았다. 그러다가 교장이 가 버렸는데, 그렇게 가는 것 또한 조롱처럼 느껴졌다. 그 학급은 그의 학급이었다. 어슐라는 하잘 것 없는 대용품에 불과했다. 그는 매질도 했고 사정없이 아이들을 나무라기도 했다. 그래서 아이들에게서 미움도 받았다. 그러나 그는 주인이었다. 그녀는 비록 상냥하고 항상 학급에 대해 마음을 썼지만, 그래도 아이들은 하비 교장의 것이었지 그녀의 것은 아니었다. 어떤 불가항력적인 조직의 원천이라도 되는 듯, 그는 모든 권능을 혼자 독차지하고 있었다. 그리고 학급의 아이들도 그의 권능을 인정했다. 학교에서 문제가 되는 것은 오직 그 권능뿐이었다.

　어슐라는 곧 그를 두려워하게 되었다. 그녀의 두려움의 밑바닥에는 증오의 씨앗이 싹트고 있었다. 그를 경멸했지만 그래도 그는 그녀의 주인이었기 때문이다. 하지만 얼마 후에는 익숙해지기 시작했다. 다른 선생들도 모두 그를 미워했고, 그들끼리 서로 그에 대한 증오심을 부채질하고 있었다. 왜냐하면 그는 그들과 아이들의 주인이었기 때문이다. 그는 황소처럼 우뚝 서서 이 학교 전체에 대한 자기의 권위를 절대적인 것으로 만들고 있었다. 학교에 대한 맹목적인 권위를 유지하는 것이 그가 살아가는 단 한 가지 이유인 듯싶었다. 학생들은 물론 선생들까지도 그의 신하들이었다. 다만 선생들도 어느 정도 그들 나름의 권위를 지니고 있었기 때문에 교장은 본능적으로 그들을 혐오했다.

어슐라는 그의 총애를 받는 교사가 될 수 없었다. 처음부터 그녀는 그와 정면으로 대립하는 위치에 섰던 것이다. 그녀는 또한 바이올렛 하비 선생과도 대립했다. 그러나 하비 교장은 그녀에게는 너무나 힘든 상대였다. 그는 그녀가 장악할 수 없는 어떤 것, 그녀가 상대하기에는 너무나 강한 어떤 것이었다. 그녀는 처음에는 젊고 명랑한 소녀가 보통 남자에게 접근하듯이 약간의 기사도적인 호의를 기대하면서 그에게 접근해 보았다. 그러나 그녀가 젊은 아가씨라는 사실, 여자라는 사실은 무시되거나 혹은 그녀를 경멸하는 조건으로 이용될 뿐이었다. 그녀는 자기가 무엇인지 또는 무엇이어야 하는지 알지 못했다. 그녀는 자기 본래의 다정다감하고 친절한 자신으로 남아 있고 싶었다.

어슐라는 가르치는 일을 계속했다.

그녀는 3학년 담임인 매기 스코필드 선생과 사귀었다. 스코필드 선생은 스무 살 정도 된 얌전한 처녀로, 다른 선생들과는 잘 어울리지 않았다. 그녀는 꽤 예쁘고 생각이 깊었으며, 더 아름다운 다른 세상에서 살고 있는 듯했다.

어슐라는 학교에 점심을 싸가지고 갔는데, 두번째 주가 되었을 때부터 스코필드 선생의 교실에서 점심을 먹었다. 3학년 교실은 조금 동떨어진 곳에 있었는데, 양쪽으로 운동장을 향해 창문이 나 있었다. 이 소란스러운 학교에서 이 같은 피난처를 찾을 수 있다는 것은 굉장한 위안이 아닐 수 없었다. 거기에는 국화꽃과 단풍이 심겨진 화분이 몇 개 있었고, 나무열매가 꽂힌 큼직한 화병도 있었다. 벽에는 예쁘고 조그만 그림들도 걸려 있었다. 그뢰즈(프랑스의 화가 : 역주)의 그림과 레이놀즈(영국의 초상화가 : 역주)의 〈순수의 시대〉를 사진으로 복사한 그림들이었는데, 무척 친근감을 주었다. 어슐라는 넓은 창문과 좀더 작고 깨끗한 책상들, 그림과 꽃들로 장식된 이 방이 당장 마음에 들었다. 마침내 이곳에서 그녀가 반응할 수 있는 작은 인간적인 체취를 찾아낸 것이다.

그날은 월요일이었다. 그녀가 학교에 온 지도 이제 일주일이 되었고, 그래서 주위 환경에도 어느 정도 익숙해지고 있었다. 그러나 내면으로는 여전히 완전한 이방인처럼 느끼고 있었다. 그저 매기와 점심을 같이 먹을 시간만을 고대할 뿐이었다. 그 시간이 하루 중 가장 빛나는 순간이었다. 매기는 매우 강인했고, 다른 사람들과는 거리를 두고 지내면서 인생의 어려운 행로를 천천히, 그러나 자신있게 걸어가고 있었다, 마음 속으로는 꿈을 간직한 채. 이에 반해 어슐라는 기계적으로 수업을 계속하면서 무의미한 미로를 통과하듯 하고 있었다.

어슐라의 반 아이들은 정오가 되면 무질서하게 교실 밖으로 뛰쳐나갔다. 그녀는 아이들이 하는 대로 내버려두는 자신의 너그럽고 부드러운 태도 때문에 다른 교사들의 불만이 날로 쌓여가고 있다는 것을 아직 깨닫지 못하고 있었다. 아이들은 우르르 나가 버렸고, 그녀는 마침내 그들로부터 벗어났다. 그것이 전부였다. 그녀는 교무실로 걸음을 재촉했다.

브런트 선생이 조그만 난로 옆에 웅크리고 앉아서 조그만 라이스푸딩을 오븐 안으로 밀어넣고 있었다. 자리에서 일어난 그는 포크로 난로 옆 시렁에 있는 스튜 냄비 안을 조심스레 찔러보았다. 그런 다음 냄비 뚜껑을 다시 덮었다.

"다른 분들은 아직 수업이 안 끝났나요?"

어슐라는 자기 일에 열중하고 있는 그에게 쾌활한 목소리로 물었다.

그녀는 늘 명랑하고 쾌활한 태도를 취하며 모든 교사들을 유쾌하게 대하려고 노력했다. 집안으로 보나, 재산으로 보나 자신이 단연 거위들 틈에 낀 한 마리 백조라고 생각했기 때문이었다. 이 무렵에는 자기가 이 추레한 학교에서 한 마리 고고한 백조 같은 존재라는 오만이 아직 사라지지 않고 있었다.

"아직 안 끝났소."

브런트 선생은 짤막하게 대꾸했다.

"내 점심이 데워졌는지 모르겠네."

어슐라는 이렇게 말하며 오븐 쪽으로 허리를 굽혔다. 응당 브런트 선생이 자신을 위해 도시락을 찾아주려니 하는 기대를 약간 갖고 있었다. 그러나 그는 모른 체했다. 그녀는 배가 고팠다. 그래서 자기의 브라슬 스프라우츠(양배추의 일종 : 역주), 감자, 고기 등이 먹을 수 있을 만큼 데워졌나 보려고 손가락을 솥 안에 살짝 넣어보았다. 하지만 아직 데워지지 않았다.

"이렇게 점심을 싸오는 게 즐겁다고 생각하지 않으세요?"

그녀가 브런트 선생에게 말했다.

"난 잘 모르겠소."

그는 냅킨을 테이블 한 귀퉁이에 펴면서 쳐다보지도 않은 채 말했다.

"집까지 가시기가 너무 먼 모양이죠?"

"그렇소."

그가 말했다. 그리고는 자리에서 벌떡 일어서더니 그녀를 바라보았다. 그렇게 사납고 날카로우며 새파랗게 빛나는 눈은 생전 처음이었다. 그는 점점 더 사나운 기세로 그녀를 쏘아보았다.

"브랭웬 선생, 나 같으면 아이들을 좀더 단단히 단속할 거요."

그가 위협적으로 말했다. 어슐라는 움찔했다.

"그런가요?"

그녀가 부드럽게 대꾸했다. 그러나 공포 어린 목소리였다.

"제가 너무 안 엄한 모양이죠?"

그녀를 쳐다보지도 않은 채 그가 다시 입을 열었다.
"왜냐하면! 당신이 그 아이들을 빨리 휘어잡지 못하면 아이들이 당신을 기어오를 것이기 때문이오. 아이들은 당신을 깔아뭉개고, 당신의 말을 듣지 않게 될 거요. 그러면 하비 교장이 당신을 해고하겠죠. 대개 그렇게 되고 마니까요. 당신은 6주일도 버티지 못할 거요."
그리고는 그는 입 안에 음식을 가득 퍼 넣었다.
"빨리 애들을 휘어잡지 못하면, 애들을 잡지 못하면……."
"아, 그렇지만……."
어슐라는 분하고 억울해서 간신히 입을 떼었다. 마음 깊은 곳에는 공포가 자리 잡고 있었다.
"하비 교장은 당신을 도와주지 않을 거요. 틀림없이 그럴 겁니다. 그는 당신이 하는 걸 그냥 지켜볼 거요. 점점 더 사정이 악화돼서 당신이 그만두고 나가거나 혹은 그가 당신을 내보내게 될 때까지 말이오. 하기야 이건 나와는 아무 상관 없는 일이오. 당신이 맡았던 학급에 선생이 비게 되면 내가 귀찮아질지는 모르겠지만."
어슐라는 그 남자의 목소리에서 힐난하는 어조를 듣고 마치 고발당한 듯한 느낌이 들었다. 그러나 아직도 그녀에게는 학교가 분명한 현실이 아니었다. 그녀는 그것을 피하고 있었다. 그것은 현실이었지만 그녀와는 상관없는 현실이었다. 그래서 그녀는 브런트 선생의 비난에 대항해서 싸웠다. 그 사실을 현실로 받아들이고 싶지 않았다.
"설마 그렇게 끔찍할까요?"
그녀는 떨면서도 제법 상냥한 목소리로 말했다. 그러나 그 목소리에서는 우월감을 감추며 짐짓 겸손해 하는 기색이 풍겼다. 자기가 떨고 있다는 걸 겉으로 드러내기는 싫었기 때문이었다.
"끔찍하다고요?"
남선생은 다시 감자 쪽으로 얼굴을 돌리며 말했다.

"글쎄, 뭐가 끔찍한지 난 모르겠수다."
"전 너무 무서운걸요. 아이들이 그렇게까지……."
어슐라가 말했다.
"뭐가요?"
그 순간 하비 선생이 들어오면서 물었다.
"네, 브런트 선생님 말씀이 제가 제 학급을 단단히 다잡아야 한다고 그러는군요."
그리고 그녀는 불안스레 웃었다.
"아, 그렇지요. 아이들을 가르치려면 규율을 잡으셔야죠."
하비 선생이 딱딱하고 우월감 넘치는 어투로 케케묵은 말을 늘어놓았다.
어슐라는 대꾸하지 않았다. 그들 앞에서는 자기가 무슨 소리를 해도 소용이 없을 것이라고 느꼈다.
"살아남고 싶으면 그렇게 해야죠."
브런트 선생이 말했다.
"그래요, 선생이 질서 하나 유지하지 못한다면 뭣에 쓰겠어요?"
하비 선생이 말했다.
"그리고 그 일은 당신 혼자서 해내야 하는 거요."
브런트 선생의 목소리가 예언자의 처절한 외침처럼 높아졌다.
"어느 누구도 당신을 도와주지 못할 거요."
"아, 맞아요!"
하비 선생이 맞장구쳤다.
"도와주려 해도 도와줄 수 없는 사람들이 있는 법이지요."
그리고 그녀는 떠났다.
그 적의에 넘치는 경박한 분위기, 교장을 미워하면서도 굴종하는 인간들의 태도가 정말 끔찍스러웠다. 겁 많고 굽실거리면서 수치심으로

앙심을 품은 듯한 브런트 선생이 무서웠다. 어슐라는 도망치고 싶었다. 그저 이곳을 떠나고 싶을 뿐, 이곳을 이해하고 싶은 생각은 없었다.

그때 스코필드 선생이 들어왔다. 그녀와 더불어 좀더 평온한 분위기도 실려 들어왔다. 어슐라는 어떤 확인이라도 받으려는 듯 즉시 이 새로 등장한 인물에게로 몸을 돌렸다. 매기는 이 모든 더러운 권위의 체제 안에서도 자기 자신을 잃지 않고 있었다.

"덩치 큰 앤더슨이 여기 있나요?"

매기가 브런트 선생에게 물었다. 그들은 두 학생들에 관해서 냉랭하고 사무적으로 뭔가 이야기를 나누었다.

이윽고 스코필드 선생이 자기 점심 도시락을 들고 나가자, 어슐라도 자기 것을 들고 그녀를 뒤따랐다. 쾌적한 3학년 교실에는 식탁보가 깔려 있었고, 식탁 위에는 두세 송이의 장미가 꽂힌 꽃병이 놓여 있었다.

"여긴 정말 훌륭해요. 전혀 다른 곳으로 만들어놓으셨네요."

어슐라가 쾌활하게 말했다. 그러나 그녀는 아직도 두려웠다. 학교의 분위기가 그녀를 내리누르고 있었다.

"그 커다란 교실, 아, 정말이지 거기에서 지내는 건 괴로운 일이죠."

스코필드 선생이 말했다.

그녀 역시 진절머리난다는 말투였다. 그녀도 위로는 교장을 모시고 아래로는 학급을 거느린 우두머리 하인이라는 수치스러운 입장에서 살고 있는 것은 마찬가지였다. 그녀는 자기가 언제라도 그 어느 쪽으로부터 공격을 당할지 모른다는 사실을 알고 있었다. 아니, 동시에 양쪽에서 공격해 올지도 몰랐다. 학교 당국자들은 학부모들의 불평에 귀를 기울이게 마련이고, 따라서 양편이 합세해서 어설픈 권위를 가진 교사를 몰아세우기 일쑤였기 때문이다.

큼직한 누런 콩과 갈색 국물이 섞인 맛있는 요리를 쏟아놓으면서도, 매기 스코필드 선생은 경직되고 억누르는 듯한 태도를 보였다.

"야채로 만든 찜 요리예요. 좀 들어보겠어요?"
스코필드 선생이 말했다.
"아주 먹음직스러운데요."
어슐라가 말했다.
이 맛깔스럽고 정갈한 음식 옆에 놓으니 어슐라가 가져온 점심은 거칠고 추하게 보였다.
"저는 야채 요리를 한 번도 먹어본 적이 없어요. 하지만 아주 훌륭해 보이는데요."
그녀가 말했다.
"사실 저도 진짜 채식주의자는 아니에요. 단지 고기를 학교에 가져오고 싶지 않아서요."
매기가 말했다.
"그래요, 저도 고기를 가져오긴 싫어요."
어슐라가 말했다.
그리고 다시 한 번 그녀의 영혼이 이 새로운 세련됨과 새로운 자유로움에 반응하며 떨리는 것을 느꼈다. 만약 야채 요리가 모두 이만큼 훌륭하다면 다소 불결한 육식은 하지 않고도 얼마든지 견딜 수 있겠다고 생각했다.
"참 맛있는데요!"
그녀가 외쳤다.
"그렇죠."
스코필드 선생은 이렇게 말하고 어슐라에게 요리법을 설명해 주었다. 두 처녀는 각자 신상에 관한 얘기를 털어놓기 시작했다. 어슐라는 약간 자기 자랑을 섞어가며 고등학교 시절과 대학 입학 자격시험에 붙은 얘기를 했다. 그리고 이 보잘것없는 학교에서 아주 비참한 기분으로 지내고 있다고 말을 맺었다. 스코필드 선생은 생각에 잠긴 듯한 얼굴로 귀를 기울였다. 예쁘지만 다소 우울해 보이는 얼굴이었다.
"이보다 더 좋은 자리를 구할 순 없었나요?"
그녀가 마침내 물었다.
"전 여기가 어떤 곳인지 몰랐어요."
어슐라가 머뭇거리며 대답했다.
"저런!"
스코필드 선생은 이렇게 말하면서 안 됐다는 듯이 고개를 돌렸다.
"정말 이곳이 그렇게 끔찍스런 곳인가요?"
어슐라가 낯을 약간 찡그리며 두려운 듯 물었다.
"그럼요. 정말 있을 곳이 못 되죠."
스코필드 선생이 딱 잘라 말했다.
어슐라는 가슴이 철렁했다. 심지어 스코필드 선생까지도 지독한 속박을 당하고 있다는 것을 알았기 때문이었다.
"교장이 문제예요. 만약 그 큰 교실에 다시 돌아가면 난 아마 못 견딜 거예요. 브런트 선생의 목소리하며 하비 교장은…… 정말 생각만 해도……."
그녀는 깊은 상처라도 받은 듯 고개를 돌렸다. 그녀가 감당할 수 없는 어떤 것들이 있는 모양이었다.
"하비 교장이 정말 그렇게 나쁜가요?"
어슐라가 용기를 내어 두려운 질문을 던졌다.
"교장! 말도 마세요. 아랫사람을 못 살게 구는 심술꾸러기예요."
스코필드 선생이 어두운 시선을 들어올리며 말했다. 그녀의 눈에는 고뇌와 경멸의 불길이 타오르고 있었다.
"그 사람에게 복종하고 사이가 틀어지지 않는 동안은 그렇게 나쁘게 굴진 않지요. 하지만 정말 너무 치사해요! 양편을 상대로 싸워야 하거든요. 그 얼간이들은 또……."

그녀는 말을 잇지 못했고 어투는 점점 신랄해져갔다. 그녀도 꽤나 시달림을 받았던 게 분명했다. 그녀의 영혼은 굴욕감으로 상해있었다. 어슐라도 함께 고통을 느꼈다.
"하지만 이곳이 왜 그렇게 끔찍한 거죠?"
그녀가 힘없이 물었다.
"여기에선 어떤 일도 할 수 없어요."
스코필드 선생이 말했다.
"한편에선 교장이 반대하고, 또 다른 편에선 교장의 충동질을 받은 아이들이 방해하지요. 아이들은 한 마디로 형편없어요. 모든 걸 일일이 시켜야 해요. 모든 걸 다 선생이 해야 한다니까요. 뭘 가르치려면 강제로 주입시켜야 해요. 그게 이곳의 실정이지요."
어슐라는 맥이 쭉 풀리는 걸 느꼈다. 왜 자기가 그 모든 일을 떠맡아야 한단 말인가? 그 배우기 싫어하는 55명의 아이들에게 왜 자기가 억지로 배움을 강요해야 한단 말인가? 그러면서 등 뒤로는 항상 그 추하고 맹렬한 질투심을 감당해야 하다니. 호시탐탐 그녀를 아이들의 밥으로 만들려는 그 무리들, 권위의 약한 대표자인 그녀를 갈가리 찢어 버리고 싶어하지 않는가. 자기가 맡은 일에 대한 커다란 두려움이 그녀를 사로잡았다.
그녀는 브런트 선생, 하비 선생, 스코필드 선생, 그리고 그 외의 여러 선생들을 생각했다. 그들 모두 이 많은 아이들을 훈련이 잘된, 기계 같은 틀 속에 억지로 집어넣고, 이 전체 틀을 복종과 차렷의 자동적인 상태로 만든 다음, 각종 지식을 억지로 받아들이게끔 하는 무자비한 과업을 마지못해서 하고 있지 않은가. 그러므로 첫번째로 가장 큰 과업은 60명의 아이들을 하나의 정신, 하나의 존재 상태로 만드는 것이었다. 이런 상태는 학생들의 의지 위에 군림한 교사의 의지와 전체 학교 당국의 의지를 통해 자동적으로 만들어져야 하는 것이었다. 중요한 것은 우선 교장과 교사들이 하나의 통일된 의지를 가져야만 했다. 그래야 그 의지가 아이들의 의지를 하나로 통일시킬 수 있을 테니까.

그러나 교장은 편협하고 배타적인 사람이었다. 교사들의 의지가 그의 의지와 합치될 수 없었다. 교사들의 독자적인 의지는 종속되기를 거부했다. 그러자 사태는 혼돈에 빠졌고, 누구의 권위가 존속할 것인가를 결정하는 최종적인 판단이 아이들 스스로에게 맡겨졌다.

그래서 각자 개별적인 의지들이 존재했고, 각 교사는 자신의 권위를 행사하려고 최대한의 노력을 경주하고 있었다. 아이들이란 결코 교실에 가만히 앉아서 지식을 받아들이는 데 순순히 동의하지 않는 법이다. 아이들이란 보다 강력하고 현명한 의지에 의해 강제적으로 이끌려야만 했다. 이 의지에 대항해서 아이들은 항상 저항하려고 애쓸 것이다. 따라서 학생수가 많은 학급을 맡은 교사가 첫번째로 주력해야 할 일은 학생들의 의지를 교사 자신의 의지와 일치시키는 것이었다. 그런데 이 일을 성취하는 유일한 길은 교사가 사적인 자아를 포기하고 법칙의 체계를 따라가는 것뿐이다. 어떤 계산된 결과를 성취하기 위해서, 즉 어떤 지식을 전달하기 위해서 말이다.

그런데 어슐라는 어떤 강압도 사용하지 않고 모든 일을 인격적으로 처리하는, 최초의 현명한 교사가 되겠다고 생각했다. 그녀는 자기 자신의 능력을 전적으로 믿었던 것이다.

따라서 그녀는 아주 깊은 혼란에 빠지게 되었다. 우선 그녀가 자기 학급 아이들에게 제시하는 관계 방식이란 아주 똑똑한 한두 명의 학생들이나 이해하고 받아들일 수 있는 것이었다. 그러므로 대다수의 학생들은 소외감을 느끼며 그녀에 대해 반감을 갖게 되었다. 둘째로 그녀는 하비 교장이라는 확립된 권위에 반대하는 입장에 섰다. 결국 학생들은 안심하고 그녀를 깎아내릴 수 있었던 것이다. 그녀는 이같은 사실을 모르고 있었다. 그러나 그녀의 본능은 서서히 그녀에게 경고했다.

어슐라는 브런트 선생의 목소리 때문에 고통 받았다. 귀에 거슬리는 그 거친 목소리, 증오에 차고 단조로운 그 목소리가 계속 울려왔다. 언제 들어도 똑같은 그 단조로운 목소리 때문에 그녀는 미칠 지경이었다. 그 사나이는 계속해서 돌아가는 기계였다. 그러나 그의 자아는 항상 억제된 가운데서도 마찰을 빚고 있었다. 그 증오심 — 그것은 정말 끔찍스러웠다! 나도 저렇게 되어야 한단 말인가? 몸서리쳐지는 일이지만, 그럴 수밖에 없다는 걸 어슐라도 느낄 수 있었다. 그녀도 똑같이 되어야 하는 것이다. 개인적인 자아는 억눌러 버리고 하나의 도구, 하나의 추상적 개념으로 변해서 학급이라는 주어진 대상을 가지고 작업하여, 그들에게 매일 일정량의 지식을 주입해야 한다는 정해진 목표를 성취해야 했다. 그녀는 이런 일에 굴복할 수 없었다.

그러나 서서히 꼼짝 못 하게 하는 사슬이 조여 오는 것을 그녀는 느꼈다. 태양이 그 빛을 잃어가고 있었다. 종종 노는 시간에 밖으로 나가서 시시각각으로 변모하는 구름이 떠 있는 맑은 하늘을 쳐다볼 때면, 그것이 마치 환상처럼, 그려진 풍경의 일부인 것처럼 느껴졌다. 그녀의 마음은 너무나 어둡고 또 가르치는 일에 너무 짓눌려 있었기 때문에 그녀의 사적인 자아는 은폐된 채 감옥에 갇혀 있는 격이었다. 그녀는 사악하고 파괴적인 의지에 예속되어 있었다. 그런데 어떻게 하늘이 빛날 수 있겠는가? 하늘도 없었고, 문 밖의 눈부시게 환한 풍경도 없었다. 다만 학교의 내부만이 실재하고 있었다. 딱딱하고 구체적이며 현실적이고 사악한 학교만이 있을 뿐이었다.

그러나 어슐라는 아직은 학교가 그녀를 완전히 압도하는 것을 허용치 않았다. 그녀는 늘 말했다.

"이건 영원한 것이 아니야. 언제고 끝나버릴 거야."

그녀는 항상 그 학교를 초월한 자신의 모습을 그려볼 수 있었고, 그곳을 떠났을 때를 그려볼 수 있었다. 일요일이나 휴일이면 그녀는 코스데이나 너도밤나무 잎이 떨어져 있는 숲 속을 거닐면서 성 필립스 교회 부속학교를 생각할 수 있었다. 그리고 의지의 힘으로 자기 머릿속에 나지막하게 웅크린 더럽고 조그만 건물이 하늘 아래 초라하게 솟아 있는 반면, 자신은 거대한 너도밤나무 숲에 둘러싸여 있는 장면을 그릴 수 있었다. 그런 오후는 광대하고 경이로웠다. 게다가 반 아이들은 멀리 떨어진 아무 의미도 없는 작은 대상들에 불과했다. 그러니 그들이 그녀의 자유로운 영혼을 어찌 구속할 수 있겠는가? 어슐라가 너도밤나무 잎사귀를 발로 차면서 걸어갈 때에는 학생들에 대한 생각은 잠깐 스치고 지나가는 바람처럼 멀리 사라져버렸다! 그러나 그녀의 의지는 항상 그들에 대항해서 긴장하고 있었다.

그들은 줄곧 그녀를 뒤쫓았다. 지금까지 자신을 둘러싼 아름다운 것들에 대해 이토록 열정적인 애정을 느껴본 적은 한 번도 없었다. 저녁에 전차 꼭대기에 앉아서 황혼에 물드는 장엄한 하늘을 바라보고 있노라면 가끔 학교에 대한 생각은 어디론가 멀리 사라지기도 했다. 그리고 그녀의 가슴과 양손은 그 아름다운 석양을 갈망했다. 그 갈망은 거의 고통에 가까우리만치 치열했다. 그녀는 그 석양을 향해 달려가고 싶었다. 그토록 아름다운 일몰을 보며 하마터면 큰 소리로 울음을 터뜨릴 뻔했다.

그녀는 매인 몸이기 때문이다. 그녀가 자기 자신에게 '그까짓 학교, 떠나버리면 그만이지' 하고 말한다고 해서 문제가 해결되는 것은 아니었다. 그래도 학교는 엄연히 존재하고 있기 때문이었다. 학교는 무거운 추처럼 그녀의 마음을 짓누르며 그녀의 행동을 통제하고 있었다. 씩씩하고 자신만만한 처녀가 학교를, 또 자기와 학교와의 관계를 아무리 부인해 봤자 헛일이었다. 그녀는 여전히 브랭웬 선생이었고, 5학년 담임교사였으며, 이제 이 일이 그녀의 존재에서 가장 중요한 부분이었다.

마치 심장 위를 떠돌며 언제라도 덮칠 듯이 위협하고 있는 어둠처럼 끊임없이 그녀의 마음 속을 맴도는 한 가지 생각은 바로 자신의 인간성이 타락했다는 것이었다. 어슐라는 기를 쓰고 자기는 사실 학교 교사가 아니라고 부정해 보았다. 그런 것은 바이올렛 하비 같은 사람들이나 하라고 하자. 그녀 자신은 그 따위 비난 같은 것에 초연하고 싶었다. 그러나 아무리 그래봐야 헛일이었다.

그녀 속에서 어떤 틀림없는 계기판이 기계적으로 아니라는 대답을 가리키고 있는 것 같았다. 그녀는 자기가 맡은 일을 제대로 수행할 능력이 없었다. 그렇지만 단 한 순간도 죽을 것 같은 인식의 무게로부터 벗어날 수는 없었다.

어슐라는 바이올렛 하비에게 열등감을 느꼈다. 하비는 훌륭한 교사였다. 그녀는 학급의 질서를 유지한 채 학생들에게 아주 능률적으로 지식을 주입시킬 수 있었다. 어슐라가 아무리 자기가 바이올렛 하비보다 훨씬, 훨씬 더 우월하다고 주장해 봐야 소용없는 일이었다. 그녀는 자기가 하지 못하는 일을 바이올렛 하비는 훌륭히 해내고 있다는 것을 알고 있었다. 더욱이 그 일은 그녀의 능력을 시험하는 시금석 같은 것이었다. 그녀는 무엇인가가 끊임없이 그녀를 내리누르며 파멸시켜가고 있다고 느꼈다.

그녀는 이 몇 주 동안 그 사실을 부정하려고 애썼다. 자기는 여전히 자유롭다고 믿으려고 했다. 하비에 대해 열등감을 느끼지 않고, 자신의 우월감을 지키려고 노력했다. 그러나 묵직한 그 무엇이 그녀를 짓누르고 있었다. 하비는 그 무게를 감당할 수 있었지만, 그녀 자신은 감당할 수 없었다.

그녀는 굴복하지는 않았지만, 결코 성공하지 못했다. 그녀의 학급 형편은 더욱 악화되어 가고 있었고, 그녀는 교사로서의 자기 위치가 더욱더 불안해지고 있음을 깨달았다. 포기하고 다시 집으로 들어가야

옳을까? 직장을 잘못 선택했다고 말하고 물러나 버려야 한단 말인가? 그녀의 삶 자체가 시험대에 올라 있었다.

그녀는 고집스럽게 맹목적으로 버티면서 결정적 위기가 다가오기를 기다렸다. 마침내 하비 교장이 그녀를 닦달하기 시작했다. 그에 대한 두려움과 증오심이 날로 커져갔다. 그녀는 교장이 자기를 괴롭히다가 결국 파괴하려 한다고 생각했다. 교장이 그녀를 들볶기 시작한 것은 그녀가 자기 학급을 제대로 이끌어가지 못하기 때문이었고, 그녀의 학급이 학교를 구성하고 있는 사슬 중에서 가장 약한 고리였기 때문이었다.

교장의 트집 중 하나는 그녀가 맡은 학급이 너무 시끄러워서 교실 다른 쪽 끝에서 7학년을 담당하고 있는 하비 교장의 수업에 지장을 준다는 것이었다. 어느 날 아침 그녀는 학생들 사이를 걸어다니며 작문 지도를 하고 있었다. 어떤 아이들은 귀와 목에 때가 새카맣게 끼어 있었고, 옷에서는 불쾌한 냄새가 났다. 그러나 그쯤은 참을 수 있었다. 그녀는 아이들 사이를 오가면서 잘못된 문장을 고쳐주었다.

"여러분, '그들의 털은 갈색이다' 라는 문장에서, '그들의' 의 철자를 어떻게 쓰지요?"

그녀가 물었다.

잠깐 침묵이 흘렀다. 이 무렵 남학생들은 항상 그녀의 말을 실실 웃으며 받아넘기고 있었다. 이미 모두 그녀의 권위를 조롱하기 시작했던 것이다.

"네, 선생님, t—h—e—i—r라고 씁니다."

한 아이가 조롱하는 듯한 말투로 크게 대답했다.

그때 마침 하비 교장이 옆을 지나가고 있었다.

"힐, 일어나!"

그가 큰 소리로 외쳤다. 모두 흠칫 놀랐다. 어슐라는 힐이라는 그 소년을 바라보았다. 그 아이는 분명히 가난한 집 아이였고, 다소 교활한 데가 있어 보였다. 숱이 적은 빳빳한 머리카락이 일부 이마 위로 삐죽 곤두서 있었고, 나머지 머리카락은 빈약한 머리통에 찰싹 달라붙어 있었다. 안색은 창백하고 핏기가 없었다.

"누가 너보고 대답하라고 했지?"

하비 선생이 호령했다.

소년은 죄지은 표정으로 시선을 한 번 올렸다가 내리깔더니 교활하고 냉소적인 침묵을 지키고 있었다.

"저, 교장선생님, 전 질문에 대답했는데요."

마침내 그가 대꾸했다. 여전히 겸손한 듯하면서도 오만한 태도였다.

"내 책상 옆에 가 있거라."

소년이 교실 저편으로 걸어갔다. 커다란 검정색 웃옷은 축 늘어졌고, 무릎이 약간 굽은 가느다란 다리는 거지의 걸음걸이를 연상시켰다. 거추장스럽게 큰 신발을 질질 끌며 걸어갔다. 어슐라는 기어가듯이 슬금슬금 교실 저편으로 가고 있는 소년을 바라보았다. 그 소년도 자기 반 학생들 중 하나가 아닌가!

책상 옆에 도달한 소년이 교활한 웃음이 담긴 얼굴로 몰래 훔쳐보듯이 이쪽을 돌아다보고는 7학년의 큰 아이들에게 슬쩍 곁눈질을 했다. 그런 다음에 헐렁한 옷을 입은 창백한 소년은 육중한 교장의 책상 밑에서 어슬렁거렸다. 가느다란 한 쪽 다리를 삐딱하게 구부리고 한 발을 옆으로 내민 채 양손은 헐렁한 웃옷의 축 늘어진 주머니 속에 찔러 넣고 있었다.

어슐라는 다시 다른 아이들에게 주의를 돌리려고 애썼다. 그 소년은 참으로 끔찍했다. 하지만 동시에 그 소년에 대해 강한 연민의 정도 느꼈다. 비명이라도 지르고 싶은 심정이었다. 그 아이에게 벌을 주는 것은 그녀의 소관이 아닌가. 하비 교장은 칠판 위에 쓴 그녀의 글씨를 쳐다보더니 학급을 향해 돌아섰다.

"펜 내려놔."
아이들은 펜을 내려놓고 올려다보았다.
"팔짱 껴."
아이들은 책을 밀어놓고 팔짱을 꼈다.
어슐라는 뒷줄 한가운데 서서 발에 못이라도 박힌 듯이 꼼짝할 수 없었다.
"무엇에 대해 작문하고 있지?"
교장이 물었다. 손들이 일제히 올라갔다.
"저요."
누군가가 대답하려는 열성이 지나친 나머지 먼저 입을 열었다.
"너보고 대답하라고 하진 않았어."
하비 교장이 말했다. 그는 성량이 풍부하고 음악적인 목소리를 내려고 애썼다. 그러나 항상 끝에 가서는 그 듣기 싫은 위협적인 억양이 따르기 마련이었다. 그는 꼼짝 않고 서 있었다. 덥수룩한 검은 눈썹 밑에서 번쩍이는 그의 두 눈은 학급 전체를 응시하고 있었다. 그렇게 서 있는 그에게는 어딘지 매혹적인 데가 있었다. 다시 한 번 그녀는 비명을 지르고 싶었다. 모든 게 삐걱거리며 허물어지는 것 같았다. 그녀는 자기의 심정이 어떤지조차 분간할 수 없었다.
"어디, 앨리스, 대답해 봐."
그가 말했다.
"토끼에 대해섭니다."
한 여학생이 또랑또랑 대답했다.
"5학년으로서는 너무 쉬운 주제로군."
어슐라는 자신의 무능함에 대해 수치심을 느꼈다. 온 학급 앞에서 벌거벗고 서 있는 기분이었다. 동시에 모든 것이 모순되는 듯한 이상한 기분에 시달렸다. 검은 눈썹과 반듯한 이마, 튼튼한 턱과 풍성한 콧수염을 지닌 하비 교장은 너무나 듬직하고 남자답게 우뚝 서 있었다. 어느 모로 보나 남성적인 힘과 맹목적이고 본질적인 아름다움을 지닌 사람이었다. 그녀는 틀림없이 남자로서의 그를 좋아했을 것이다. 그런데 그런 그가 여기에서 다른 모습을 하고 허락 없이 입을 열었다는 사소한 이유 때문에 소년을 괴롭히며 서 있는 것이었다. 그러나 그는 좀스럽게 수선을 떠는 사람은 아니었다. 그는 어떤 잔혹하고 완고한 악한 영혼을 지니고 있는 것 같았다. 자신의 그릇에 비해 너무나 작고 하잘것없는 임무에 얽매어 있는 것이다. 하지만 밥벌이를 위해 할 수 없이 그 임무를 수행했다. 오직 이 맹목적이고 완고하며 일괄적인 의지력이 아니라면, 자신을 통제할 수 없었을 것이다. 그는 해야만 하기 때문에 이 일을 계속하고 있는 것이다. 그의 직분이란 아이들에게 단어의 철자를 올바르게 쓰게 하고, 문장의 앞에서는 대문자를 쓰고 문장이 끝나면 마침표를 찍게 하는 것이었다. 그러므로 그는 제 정신을 잃을 때까지 항상 자신을 억압하며, 짓눌린 증오심을 갖고 이 일에 전념하는 것이다.

작달막한 키에 미남이며 힘이 넘치는 그가 그렇게 서서 자기 학급을 가르치는 모습을 보고 어슐라는 가슴이 아팠다. 그가 그런 일을 하고 있는 것이 몹시 가엾어보였던 것이다. 그는 훌륭하고 힘차며 거친 영혼을 지니고 있었다. 그런 그가 왜 토끼에 관한 작문 따위에 신경을 써야 하는가? 그러나 그는 강한 의지력으로 학급 앞에 서서 저런 하잘것없는 일에 정신을 쏟고 있는 것이다. 본래의 자기답지 않게 쩨쩨해지고 야비해지는 것이 이제는 습관처럼 된 것이다. 어슐라는 교장이라는 그의 지위가 부끄럽다고 생각했다. 그리고 그에게서 족쇄에 묶인 심술궂음을 보았다. 그 심술궂음은 결국 사악한 분노로 타오를 것이며, 그래서 밧줄에 묶여 있는 고집스럽고 힘센 짐승처럼 될 것이다. 그것은 정말 참을 수 없는 일이었다. 귀에 거슬리는 목소리는 그녀에겐 고문이었다. 그녀는 긴장해서 조용히 앉아 있는 학급을 둘러보았다. 아이들은 단정하고 경직되며 중성적인 결정체로 변한 것 같았다. 그에게는 아이들을 자기의 의지 아래에 단단히 결집시켜 말이 없는 결정체로 만들 수 있는 권능이 있었다. 그의 야성적인 의지가 절대적인 힘으로 아이들을 고정시키는 것이었다. 그녀도 그 아이들을 자기 의지에 굴복시키는 법을 배워야 했다. 기필코 배워야 했다. 그것이 그녀의 책무이고, 학교란 그런 곳이기 때문이었다. 하비 교장은 학급을 질서정연하게 하나로 응집시켰다.

그러나 강하고 능력 있는 남자인 그가 그와 같은 목적에 자기의 모든 힘을 사용하고 있는 꼴은 정말 보기 역겨웠다. 거기에는 어딘가 끔찍스러운 데가 있었다. 그의 눈에 나타난 온화한 듯한 묘한 빛은 정말 사악하고 추했으며, 미소는 상대방을 고문하는 듯한 것이었다. 그는 객관적인 인물이 될 수 없었다. 명확하고 순수한 목적을 지닐 수도 없었다. 다만 자기 자신의 난폭한 의지를 행사할 수 있을 뿐이었다. 그는 자기가 해마다 아이들에게 강요해 온 교육에 대해 어떤 신념도 가지고 있지 않았다. 그러므로 그는 다른 사람을 괴롭혀야 했다. 단지 괴롭힐 뿐이었다. 계속 그렇게 하다보니 자기의 힘차고도 건강한 본성마저 수치심으로 고문을 당하며 괴로워했다. 그는 너무나 맹목적이고 추하며 또 제정신이 아니었다. 어슐라는 교장이 자기 학급에 서 있는 동안 정말 참을 수 없었다. 모든 게 잘못되어 있었고 추했다.

수업이 끝나고 하비 교장은 저쪽으로 물러갔다. 교실 저쪽 끝에서 회초리 소리가 들려왔다. 그녀는 심장이 멎는 듯했다. 정말 참을 수 없었다. 그 소년이 매를 맞고 있다는 사실을 정말 감당할 수 없었다. 메스꺼웠다. 이 학교, 이 고문의 장소에서 뛰쳐나가야겠다는 생각이 들기까지 했다. 그리고 교장이 미웠다. 증오스러웠다. 그 야만성, 그는 수치도 모르는 것일까? 교장이 이 같은 잔학행위를 계속하도록 놔둬서는 안될 것 같았다. 잠시 후 힐이 훌쩍거리며 엉금엉금 되돌아왔다. 그의 훌쩍거리는 소리는 처량했고, 그 소리를 들으니 그녀는 가슴이 찢어지는 것 같았다. 그녀가 자기 학급의 규율을 제대로 유지했더라면, 이런 일은 결코 일어나지 않았으리라. 허락 없이 힐이 대답을 외치지도 않았을 테고, 그러면 매를 맞지도 않았으리라.

어슐라는 수학 수업을 시작했다. 그러나 수업에 정신을 쏟을 수 없었다. 힐이라는 그 소년은 손가락을 빨며 뒤쪽 책상에 엎드려 훌쩍거리고 있었다. 시간이 매우 길게 느껴졌다. 그 아이에게 다가가서 말을 걸 용기가 생기지 않았다. 그 아이에게 부끄러웠다. 그러면서도 한편으로는 그렇게 엎드려 훌쩍거리고 있는 그 아이를 용서할 수 없었다. 그 소년은 콧물과 눈물로 온통 젖어 있었다.

그녀는 돌아다니며 아이들의 계산을 고쳐주었다. 그러나 아이들의 수가 너무 많아서 아이들을 하나하나 다 봐줄 수 없었다. 그리고 힐이 계속 마음에 걸렸다. 마침내 그 소년은 울기를 그치고 두 손에 머리를 댄 채 엎드리고서 조용히 장난하고 있었다. 그러다가 그녀를 올려다보았다. 아이의 얼굴은 온통 눈물로 더러워져 있었으나 두 눈은 깨끗하게 씻겨 묘한 표정을 담고 있었다. 마치 비온 뒤의 하늘같이 파리하게 보였다. 그 소년에게서는 어떤 악의도 찾아볼 수 없었다. 아이는 이미 아까의 일을 잊어버리고 정상적인 상태로 돌아갈 준비가 되어 있었다.

"힐, 이제 공부하도록 해요."

그녀가 말했다.

아이들은 수학 문제를 가지고 장난질치고 있었다. 그들이 서로 답을 보고 베끼고 있다는 것을 그녀는 알고 있었다. 그녀는 칠판에 또 하나의 덧셈 문제를 썼다. 그녀는 학급을 완전히 한 바퀴 돌 수 없었다. 그래서 다시 몇몇 학생들 옆에 서서 지켜보았다. 어떤 아이들은 계산을 끝냈고, 어떤 아이들은 그렇지 못했다. 그녀는 어떻게 해야 하는 것일까?

　마침내 휴식 시간이 되었다. 그녀는 공부를 중지시키고 이렇게 저렇게 아이들을 교실 밖으로 내보냈다. 아이들이 나간 교실 안은 쓰다가 찢어버린 공책, 부러진 자, 질겅질겅 씹어놓은 펜 등으로 어지럽혀 있었다. 그녀는 역겨움으로 가슴이 내려앉는 것 같았다. 비참한 느낌이 점점 더 깊어졌다.

　어려움은 매일같이 계속되었다. 점수를 매겨야 할 공책들은 산같이 쌓였고, 고쳐주어야 할 틀린 답들이 무수히 기다리고 있었다. 정말 하기 싫은 따분한 일거리였다. 게다가 수업은 더욱더 어려워지고 있었다. 학생들의 작문 내용이 보다 생기 있어졌고 보다 재미있어졌다고 자랑스럽게 여길라치면, 아이들의 글씨가 점점 더 엉망이 되어가고 공책은 더럽고 지저분했다.

　그녀는 최선을 다해 애써보았지만 아무 소용이 없었다. 그러나 그런 것쯤 대수롭게 생각지 않으려고 했다. 그까짓 일을 왜 대수롭게 여겨야 한단 말인가? 아이들에게 글씨를 깨끗이 쓰도록 가르치는 데 실패했다고 해서 그까짓 게 뭐 그리 대단한 일이겠는가 하고 그녀는 혼자 생각했다. 아이들이 글씨를 못 쓰는 게 왜 내 탓이란 말인가?

　월급날이 되었다. 그녀는 4파운드 2실링 1페니를 받았다. 그날 그녀는 매우 기분이 우쭐했다. 그렇게 많은 돈을 가져보기는 생전 처음이었다. 더욱이 그 돈은 그녀 스스로 번 돈이었다. 그녀는 전차 이층 좌석에 앉아서 그 금화를 만지작거렸다. 혹시 잃어버리면 어쩌나 걱정되었다. 그 돈이 있음으로 해서 든든하고 힘이 생기는 것 같았다. 집에 오자 그녀는 어머니에게 말했다.

　"엄마, 오늘이 월급날이에요."
　"그러니?"
　어머니는 시큰둥하게 대꾸했다.

어슐라는 50실링을 테이블 위에 놓았다.
"내 하숙비예요."
그녀는 말했다.
"알았다."
어머니는 돈을 그대로 내버려둔 채 대수롭잖게 대꾸했다.
어슐라는 기분이 상했다. 그러나 어쨌든 자기 몫의 비용을 지불한 것이다. 자유로워진 기분이었다. 자기가 얻어먹은 것에 대한 값을 지불했기 때문이었다. 더구나 그러고도 자기 손에 아직 32실링이란 돈이 남아 있었다. 이 돈은 한 푼도 쓰고 싶지 않았다. 그녀는 본래 씀씀이가 헤픈 편이었음에도 자기가 번 이 금화를 없앤다는 것은 너무나 아까웠기 때문이다.
그녀는 이제 부모에게서 독립한 것이다. 이제 단순히 윌리엄과 안나 브랭웬의 딸에 그치는 존재가 아니었다. 독립적인 존재가 된 것이다. 자신의 생활비를 버는 존재가 된 것이다. 이제 일하는 사회의 중요한 일원이었다. 그녀는 한 달에 50실링이면 자기의 하숙비로는 충분하다고 믿었다. 만약 어머니가 자식들 모두에게서 한 달에 50실링씩 받는다면 어머니의 수입은 월 20파운드가 될 것이며, 옷을 사주지 않아도 되니 그만하면 괜찮은 수입일 것이다.
어슐라는 부모에게서 독립했다. 이제는 다른 곳에 예속되어 있었다. 교육위원회 — 이것이야말로 그녀에게는 중요한 의미를 갖는 존재였다. 저 멀리에 있는 화이트홀(런던의 관청이 몰려 있는 곳 : 역주)이야말로 자기의 궁극적인 집이라고 그녀는 느꼈다. 정부의 어느 장관이 교육 문제에 대한 최고의 통제권을 갖고 있는지도 알게 되었다. 아버지와 자기 사이에 어떤 관계가 있듯이, 어떤 면에서는 그 장관도 자기와 관계를 맺고 있다는 생각이 들었다.
그녀에게는 이제 또 하나의 자아와 또 다른 책임이 있었다. 그녀는 이제 윌리엄 브랭웬의 딸 어슐라 브랭웬만이 아니었다. 그녀는 또한 성 필립스 초등학교 5학년 담임교사이기도 했다. 5학년 담임교사이고, 다른 어떤 누구도 아니라는 것은 이제 엄연한 기정사실이었다. 그녀는 이 사실로부터 도망칠 수 없기 때문이었다.

그렇다고 교사로서 성공한 것은 아니었다. 그것이 그녀의 두려움이었다. 여러 주일이 지나면서 자유롭고 쾌활했던 어슐라 브랭웬은 사라져버렸다. 자기 학급을 제대로 운영하지 못한다는 생각을 떨쳐버리지 못하는 같은 이름의 처녀가 있을 따름이었다. 주말이면 그 같은 사실에 강력하게 반발하는 순간이 있었다. 자유의 달콤함을 맛보거나, 아침에 한가로이 여유를 부리며 자수대 앞에 앉아 비단 색실로 수를 놓을 때면 미칠 듯이 기뻤다. 그렇지만 감옥이 항상 그녀를 기다리고 있지 않은가! 이것은 잠시 동안의 휴식이었다. 사슬에 얽매인 그녀의 마음은 이 사실을 너무나 잘 알고 있었다. 그래서 그녀는 재빨리 흘러가는 주말의 시간들을 붙잡으려고 안간힘을 썼고, 다소 미친 듯이 광폭하게 그 시간들로부터 마지막 한 방울의 달콤함까지 짜내려고 발버둥 쳤다.

어슐라는 이 상태가 자기에게 고문이라는 사실을 아무에게도 얘기하지 않았다. 선생 노릇이 얼마나 지겨운 일인가를 구드런에게도, 또 부모에게도 털어놓지 않았다. 그러나 일요일 밤이 되어 월요일 아침이 임박했음을 느낄 때면, 그녀는 무서운 예감으로 온몸이 꼿꼿해지는 것이었다. 긴장과 고문이 다시 가까이 닥쳤기 때문이었다.

그녀는 그 야만스러운 학교에서, 또 인원수가 많고 난폭하기 짝이 없는 학급을 잘 가르칠 수 있으리라고 믿지 않았다. 그것은 결코 불가능한 일이었다. 그러나 만약 실패한다면 그녀는 어떤 식으로든 굴복해야만 했다. 자신은 남자들의 세계를 감당할 수 없노라고 인정해야 할 것이다. 그 세계 속에서 자기 자리를 차지할 수 없노라고 인정하고, 하비 교장 앞에 무릎을 꿇어야 할 것이다. 그렇게 되면 그녀는 앞으로 평생 남자들 세계의 속박으로부터 해방될 수 없을 것이며, 책임 있는 일을 하는 위대한 세계의 자유를 영영 성취하지 못할 것이다.

그런데 매기는 이미 그 세계에서 자기의 자리를 굳혀놓고 있었다. 그녀는 하비 교장과 동등한 위치에까지 올라가 있으며, 그에게서 해방되어 있었다. 그녀의 영혼은 항상 시라는 아득한 계곡과 숲 사이 빈터에서 노닐고 있었다. 매기는 자유로웠다. 그러나 매기의 자유에서도 어딘지 예속의 기미가 느껴졌다. 남성으로서의 하비 씨는 새침한 매기를 싫어했다. 그러나 교장으로서의 하비 씨는 자기 학교 교사로서의 스코필드 선생을 존중했다.

그러나 지금의 어슐라에게 매기는 부러움과 찬미의 대상일 뿐이었다. 그녀로서는 매기가 도달한 수준까지 도달하는 것이 급선무였다. 그녀는 우선 발판부터 마련해야 했다. 이미 하비 교장의 땅에 발을 들여놓았으니 계속 그 자리를 지켜나가야 했다. 왜냐하면 하비 교장이 이제 그녀에게 규칙적으로 공격을 가하면서 그녀를 학교에서 쫓아내려 하고 있기 때문이었다. 그녀는 반을 통솔할 수 없었다. 그녀의 학급은 소란한 시장바닥 같았고, 학교 안에서도 취약지구였다. 따라서 그녀는 물러나야 하고, 보다 쓸모 있는 사람, 규율을 잡을 수 있는 어떤 사람이 대신 들어와야 한다는 것이었다.

교장은 이미 그녀만 보면 화를 내는 게 버릇이 되어 있었다. 그는 오직 그녀가 떠나기만을 바랐다. 그녀는 이곳에 와서 몇 주가 지날수록 점점 더 나빠졌고, 전혀 좋아지지 못했다. 학교 안에서의 그의 생활이요, 육체적 활동의 소산인 그의 교육 체계가 어슐라가 끼어든 바로 그 지점에서 공격과 위협을 받고 있었다. 따라서 그녀는 그의 신체를 위협하고 있는 위험물이었다. 자기에게 타격을 가하고, 자기를 쓰러뜨릴지도 모르는 존재였다. 그러므로 그는 그녀를 반대하라는 강력한 본능의 요구에 따라 맹목적이고 단호하게 그녀를 쫓아내는 일에 나선 것이다.

힐이라는 소년을 벌할 때처럼 교장에게 학생이 잘못을 범했다는 이유로 어슐라 학급의 아이에게 벌을 줄 때면, 그는 다른 학급의 아이들의 경우보다 더 무겁게 벌을 주었다. 거기엔 그 아이가 잘못을 범하도록 허용한 나약한 교사 때문에 그 아이가 한 대 맞을 것을 두 대 맞게 된다는 의미가 있었다. 그러나 아이가 어슐라에게 잘못을 저지른 경우에는 가볍게 벌을 주었다. 마치 그녀에게 잘못을 저지른 것은 그리 대단한 일이 못된다는 태도였다. 아이들은 이 사실을 금방 눈치채고 이 기준에 따라 처신했다.

가끔 하비 교장은 느닷없이 들이닥쳐 아이들의 연습장을 검사하곤 했다. 한 시간 내내 학급을 돌며 연습장 하나하나를 들어 한 장 한 장 검사하는 것이었다. 그럴 때면 어슐라는 아이들을 매개로 해서 간접적으로 그녀에게 던져지는 갖가지 잔소리와 질책을 들으며 옆에 서 있는 수밖에 없었다. 그녀가 부임한 이래 아이들의 작문 공책이 더욱더 어수선해지고 더러워진 것은 사실이었다. 하비 교장은 그녀가 부임하기 전의 페이지와 부임한 이후의 페이지를 지적하면서 무섭게 화를 내곤 했다. 여러 아이들에게 공책을 들고 앞에 나가 있으라고 했다. 벌벌 떨며 쥐죽은 듯 조용한 교실을 완전히 한 바퀴 돌고난 뒤, 그는 공책이 가장 지저분한 아이들을 다른 아이들이 지켜보는 앞에서 호되게 매질했다. 그리고 정말 무섭게 분노를 터뜨리며 아이들을 질책했다.

"학급이 이렇게 엉망이 되다니 믿을 수가 없군! 이건 정말 창피한 일이야! 이렇게 되도록 너희들을 내버려두었다니 생각할 수도 없는 일이야! 월요일 아침마다 내가 와서 공책을 검사하도록 하겠다. 그러니 너희들은 감독할 사람이 없으니까 전에 배운 것을 잊어버려도 괜찮다고 생각지 마라. 3학년 수준으로 퇴보하도록 내버려두진 않을 테니까. 내가 월요일 아침마다 공책을 검사할 테다."

 그런 다음 그는 창백하게 떨고 있는 학급 아이들을 어슐라에게 남겨둔 채 회초리를 들고 화를 내며 가버렸다. 아이들의 얼굴은 공허한 분노와 두려움과 비참함으로 딱딱하게 굳어 있었다. 그들의 영혼은 교장에 대해서가 아니라 어슐라에 대한 노여움과 경멸로 가득 차 있었다. 그들은 어린이들 특유의 차갑고 비인간적인 원망을 가득 담은 채 그녀를 바라보았다. 그녀가 어떤 상투적인 얘기를 해봤자 그들에게 먹혀들 수는 없었다. 그녀가 어떤 명령을 내리면 그들은 무례하게 제멋대로 복종했다. '교장선생님만 없으면 우리가 당신 말을 들을 것 같아?' 마치 그렇게 말하고 있는 듯한 태도였다. 그녀는 매를 맞아 울고 있는 소년들을 제자리로 돌려보냈다. 그들 역시 속으로는 그녀와 그녀의 권위를 비웃고 있다는 것을 알고 있었다. 그들이 벌을 받은 것은 그녀가 나약하기 때문이라고 그들은 생각하고 있을 것이다. 그녀는 이같은 사정을 속속들이 알고 있었기 때문에 매질과 그 고통에 대한 혐오감이 더욱 고통스럽게 느껴졌고, 그것은 스스로에 대한 도덕적 심판이 되어 깊은 상처를 주었다.

 그녀는 그 다음 일주일 동안 아이들의 공책을 철저히 검사하고, 조금이라도 잘못이 있으면 벌을 주어야 했다. 그녀의 영혼이 그렇게 해야 한다고 냉정하게 결정내렸다. 적어도 그날 하루만은 그녀의 개인적 욕망은 죽어야 했다. 학교 안에서는 더 이상 사적인 면을 내세워서는 안 되었다. 오직 5학년 담임교사여야 했다. 그것이 그녀의 의무였다. 학교에서 그녀는 5학년 담임교사 외에 아무것도 아닌 것이다. 어슐라 브랭웬이란 존재는 일체 지워져야 하는 것이다.

 그래서 싸늘해지고 마음을 굳게 닫아, 마침내 소원해지고 무감정하게 된 어슐라는 더 이상 아이들을 보지 않았다. 아이의 눈빛이 어떻게 춤을 추며 흔들리는지, 그 아이가 얼마나 기묘하고 어린 영혼을 가졌는지, 그래서 자기가 생각하는 바를 마음껏 써오기만 하면 글씨체 따위로 괴롭히지 말아야 한다는 것은 생각하지도 않았다. 아이들은 보지 않고 오직 해야 할 과업만을 보았다. 아이들에게가 아니라 아이들이 해야 할 과제물에만 시선을 고정한 그녀는 이제 이전 같으면 공감하고 이해하며 용서했을 일을 벌하고, 이전 같으면 전혀 무관심하게 보아 넘겼을 일을 칭찬할 만큼 냉담해졌다. 그러나 이제 어떤 일에도 흥미 같은 건 느낄 수 없게 되었다.

이렇게 냉담하고 공식적이 되어 아이들과 어떤 인간적 관계도 갖지 못한다는 것은 충동적이고 명랑한 열일곱 살의 소녀에게는 고통이었다. 월요일에 그 고통스런 일을 겪고 난 후 2,3일 동안은 그녀도 그런대로 버틸 수 있었다. 학급을 다루는 데도 어느 정도 성공할 수 있었다. 그러나 이것은 그녀에게는 자연스러운 상태가 아니었다. 그래서 그녀의 긴장은 풀어지기 시작했다.

그러자 또 다른 시련이 닥쳤다. 학급 아이들에게 돌아갈 펜이 부족했던 것이다. 어슐라는 하비 교장에게 아이를 보내 더 타오도록 했다. 그랬더니 교장이 몸소 나타났다.

"펜이 모자란다구요? 브랭웬 선생?"

그녀에 대한 노여움을 미소 속에 감춘 채 그가 물었다.

"네, 여섯 개가 부족한데요."

그녀가 멈칫거리며 대답했다.

"글쎄, 어째 그럴까?"

그가 위협적인 어조로 말했다. 다음에 그는 학급을 둘러보며 말했다.

"오늘 여기 나온 학생이 모두 몇 명이죠?"

"52명입니다."

어슐라가 대답했다. 그러나 교장은 들은 척도 않고 자기가 직접 학생수를 세었다.

"52명이군."

그가 말했다.

"여기 펜이 모두 몇 개 있지, 스테이플스?"

이제 어슐라는 잠자코 있었다. 그녀가 대꾸를 한다 해도 교장은 그녀의 말에 귀를 기울이지 않을 것이었다. 교장이 반장에게 물었기 때문이었다.

"거 아주 이상한 일인걸."

교장이 분노가 담긴 웃음을 띠고 쥐죽은 듯 조용한 학급을 둘러보며 말했다. 아이들은 멍하니 넋을 잃은 표정으로 그를 올려다보고 있었다.

"며칠 전만 해도 이 학급에는 60개의 펜이 있었는데, 지금은 48개밖에 없다. 60에서 48을 빼면 얼마지, 윌리엄스?"

이 질문에는 악의에 찬 긴장감이 서려 있었다. 해군 제복 스타일의 옷을 입은, 얼굴이 족제비 같은 말라깽이 소년이 후다닥 일어섰다.

"네, 선생님!"

그가 대답했다. 그러더니 비굴한 미소가 천천히 그의 얼굴에 퍼졌다. 이 학생은 답을 몰랐던 것이다. 교실 안에는 긴장된 정적감이 흘렀다. 소년은 고개를 떨궜다. 잠시 후 그는 다시 고개를 들었다. 그의 시선에 다소 의기양양한 빛이 나타나 있었다.

"열둘입니다."

그가 말했다.

"정신 바짝 차리고 있어야지."

교장이 다소 위협적으로 말했다. 소년은 자리에 앉았다.

"60에서 48을 빼면 12이지. 그렇다면 열두 개의 펜이 문제로군. 스테이플스, 그래 그 펜을 찾아보았나?"

"네, 교장선생님."

"그럼 다시 찾아봐."

오랫동안 펜을 찾느라고 술렁거렸다. 두 개의 펜이 발견되었다. 그러나 여전히 열 개의 펜이 행방불명이었다. 그러자 벼락이 떨어졌다.

"지저분하고, 공부도 엉망이고, 행동도 형편없더니 이제 도둑질까지 해?"

교장이 노발대발하기 시작했다.

"이 학교에서 가장 행동이 나쁘고, 가장 지저분한 학급이 되는 것만으론 부족해서 거기다 도둑질까지 한단 말이지? 참 이상한 일이지! 펜이 공중으로 녹아 없어질 수는 없지. 펜이 흔적도 없이 사라져버리는 법은 없거든. 그렇다면 그 열 개의 펜이 어떻게 됐을까? 어딘가 있을 게 틀림없지. 그 펜들이 어떻게 되었지? 그 펜들을 찾아내야 돼. 5학년에서 찾아내야지. 5학년이 잃어버린 거니까. 꼭 찾아내야지."

어슐라는 가만히 서서 귀를 기울이고 있었다. 가슴이 돌덩이처럼 얼어붙는 듯했다. 너무나 화가 나서 미칠 것만 같았다. 교장에게 대들어 그만하라고 말하고 싶은 충동을 느꼈다. 그 빌어먹을 펜 때문에 법석 좀 그만 떨라고 말해주고 싶었다. 그러나 그녀는 그렇게 하지 못했다. 그렇게 할 수 없었다.

그 후부터는 아침저녁으로 매 시간이 끝날 때마다 그녀는 펜의 수를 세게 했다. 그래도 여전히 펜들이 없어지고 있었다. 연필과 지우개도 없어지기 일쑤였다. 그녀는 없어진 물건을 찾을 때까지 아이들을 집에 보내지 않았다. 그러나 하비 교장이 교실에서 나가기만 하면 소년들은 이리저리 뛰어다니며 소리를 지르다가 마침내 떼를 지어 교실에서 나가 버렸다.

이것은 위기가 다가오고 있음을 뜻했다. 그녀는 이 사실을 하비 교장에게 얘기할 수 없었다. 얘기하면 교장은 아이들에게 벌을 주겠지만, 그는 그 벌의 원인이 그녀에게 있다는 것을 은연중에 밝힐 것이며, 그러면 아이들은 불복종과 조소로 그녀에게 앙갚음을 할 게 뻔했다.

이미 그녀와 아이들 사이에는 무서운 적대감이 자랄 대로 자라나 있었다. 저녁에 잔무를 처리하느라고 교실에 남아 있다가 나올라치면 소년들이 그녀 등 뒤에 숨어서 소리를 질렀다.

"브랭웬, 브랭웬, 잘난 척만 하는."

그녀가 토요일 아침에 구드런과 함께 일케스턴에 갔을 때, 그녀는 등 뒤에서 외치는 소리를 들었다.

"브랭웬, 브랭웬."

그녀는 못 들은 척했지만, 길거리에서 조롱을 받는다는 수치심에 얼굴이 빨개졌다. 코스데이 출신의 어슐라 브랭웬은 어디에서든 5학년 담임교사라는 신분으로부터 벗어날 수 없었다. 한 번은 모자에 맬 리본을 사러 나갔더니 또 아이들이 등 뒤에서 놀리며 쫓아왔다. 그녀가 가르치려고 애썼던 그 소년들이 이제 그녀를 그렇게 조롱하고 있었던 것이다.

그러던 어느 날 저녁, 그녀가 읍을 벗어나 시골길로 접어들려고 하는데 어디선가 돌이 날아왔다. 그러자 수치심과 분노가 끓어올라 더 이상 참을 수 없었다. 그녀는 모른 체하고 계속 걸었지만 제정신이 아니었다. 어두웠기 때문에 돌을 던진 사람이 누구인지는 알 수 없었다. 누구인지 알고 싶지도 않았다.

그녀의 영혼 속에서 변화가 일어나고 있었다. 앞으로는 결코, 절대로 자기 반 아이들을 인간적으로 대하지 않으리라 마음먹었다. 한 인간으로서는, 어슐라 브랭웬으로서는 그 아이들과 접촉조차 하지 않으리라. 인격적으로는 전혀 무관한 채 단지 5학년 담임교사로서만 대하리라. 마치 성 필립스 초등학교에는 전혀 발을 들여놓은 적도 없는 것처럼 아이들과 멀어지리라. 그들 모두를 깨끗이 지워 버리리라. 자신을 그들로부터 멀리 떼어놓고 그저 학생들로서만 대하리라.

이렇게 어슐라의 얼굴은 점점 더 굳게 닫혀갔다. 자신을 아이들에게 내주려고 마음을 활짝 열고 다정하게 찾아왔던 젊은 처녀 선생의 껍질이 벗겨지고, 노출된 영혼은 딱딱하고 무감각한 덮개로 덮였다. 어슐라는 주어진 체제에 따라 기계적으로 움직였다.

그 이튿날 그녀는 자기 반 아이들이 거의 눈에 들어오지 않았다. 오직 자기의 의지와 이 학급에 대해 자기가 어떻게 해야 한다는 것만 느꼈을 뿐이다. 그녀는 이 학급을 장악해서 복종시켜야 했다. 이젠 학생들의 양식에 호소한다는 건 더 이상 소용없는 일이었다. 재빨리 돌아가는 그녀의 정신이 이것을 감지했다.

선생으로서 그녀는 학생인 그 아이들을 모두 장악해서 복종시켜야 했다. 그녀는 그렇게 하기로 마음먹었다. 그밖의 모든 것은 포기할 생각이었다. 그녀는 무정하고 냉혹해졌으며, 아이들이 돌을 던진 사건이 있은 후로는 아이들에게는 물론 자기 자신에게까지 일종의 복수심 같은 것을 느끼고 있었다. 그런 모욕을 당한 후, 그녀는 하나의 인격체로서의 자신을 포기해 버렸다. 아이들을 지배하는 선생이면 그것으로 족했다. 이제 마음은 정해졌다. 싸워서 정복하는 것이다.

그때쯤 그녀는 학급 안의 어떤 아이들이 자기의 적인가를 알게 되었다. 어슐라가 가장 미워하는 아이 중 하나는 윌리엄스였다. 그 아이는 일종의 저능아였다. 사실 저능아란 말은 좀 지나친 말일지도 모른다. 그 아이는 책을 유창하게 읽을 수 있었고, 교활한 지능이 다분히 있었다. 그러나 가만히 있지 못했다. 그리고 또 민감한 처녀인 그녀로서는 정말 정나미가 떨어지는 질병 같은 것을 지니고 있었다. 한 마디로 교활하면서도 창백하고 퇴화된 듯한 아이였다. 그 아이는 자기 성질을 못이겨 그녀에게 잉크병을 집어던진 적도 한 번 있었고, 수업이 끝나기도 전에 멋대로 집으로 가버린 적도 두 번이나 있었다. 성질이 고약하기로 이름난 아이였다.

가끔씩 그는 처녀 선생인 그녀에게 웃음을 보내면서 비위를 맞추려고 알짱거리는 때가 있었다. 그러나 이런 행동 때문에 그녀는 그 아이가 더욱 싫었다. 그 아이에겐 거머리 같은 데가 있었다.

그녀는 어떤 아이가 가지고 있던 가느다란 대나무 회초리를 뺏어두었다. 그리고 적당한 때에 이걸 사용하기로 마음먹었다. 어느 날 아침, 작문시간에 그녀는 윌리엄스에게 물었다.

"왜 이렇게 공책에 얼룩자국을 냈지?"

"선생님, 잘못해서 펜에서 잉크가 떨어져버렸어요."

그 아이는 슬픈 어조로 대답했다. 그 아이의 특기인 꾸민 목소리였다. 다른 아이들은 웃음을 참느라고 킥킥거렸다. 윌리엄스는 타고난 배우였으므로 자기의 말을 듣는 사람들의 감정을 미묘하게 만족시켜 주는 능력을 지니고 있었다. 특히 그는 다른 아이들을 충동질해서 다 함께 담임선생을 조롱하도록 만드는 데 능숙했다. 혹은 그가 무서워하지 않는 어떤 권위라도 조롱했다. 이 아이에게는 이런 범죄적 본능이 있었다.

"그럼 남아서 한 장 깨끗이 새로 쓰도록 해라."

그녀가 말했다.

이것은 그녀의 일반적인 형평성에서 어긋나는 처사였다. 소년은 조롱하면서 이 처사에 분개했다. 열두 시에 그녀는 몰래 빠져나가는 소년을 붙잡았다.

"윌리엄스, 자리에 되돌아가 앉아."

그녀가 말했다.

그리고 어슐라도 거기 앉았다. 소년은 어슐라의 맞은편에 있는 뒷줄 책상에 앉아서 틈틈이 그녀를 흘끔흘끔 올려다보았다.

"선생님, 전 심부름을 가야 해요."

소년은 무례하게 말했다.

"공책을 이리 가지고 와."

어슐라가 말했다.

소년은 공책으로 책상을 탁탁 치면서 다가왔다. 그는 한 줄도 쓰지 않은 채였다.

"돌아가서 끝까지 써."

어슐라가 말했다. 그리고 그녀는 자기 책상 앞에 앉아 아이들의 필기를 고쳐주었다. 온몸이 분노로 떨렸고, 정신이 산란했다. 한 시간 동안 소년은 자기 자리에 앉은 채 몸을 뒤틀며 기분나쁘게 히죽거렸다. 한 시간 동안 그는 겨우 다섯 줄을 썼을 뿐이었다.

"이제 시간이 너무 늦었으니 나머지는 집에 가서 써오도록 해."

어슐라가 말했다.

소년은 거만한 걸음걸이로 통로를 걸어내려갔다.

다시 오후 수업시간이 되었다. 윌리엄스는 거기에 앉아 그녀를 힐끗힐끗 바라보고 있었다. 그녀의 가슴은 마구 두근거렸다. 자기가 소년과 싸움을 벌이고 있다는 것을 알았기 때문이었다. 그녀는 소년을 주시했다.

지리 시간에 그녀가 회초리로 지도를 가리키고 있는 동안, 소년은 계속해서 그 희끄무레한 머리를 책상 밑으로 쑤셔넣으며 다른 소년들의 주의를 끌고 있었다.

"윌리엄스."

그녀가 용기를 내어 불렀다. 이제 그에게 말을 해야 할 결정적인 순간이 되었기 때문이었다.

"뭘 하고 있지?"

소년이 얼굴을 들었다. 적의가 서린 두 눈이 반쯤 웃고 있었다. 그에게는 어쩐지 근본적으로 기분나쁜 그 무엇이 있었다. 어슐라는 움찔했다.

"아무것도 아녜요."

소년이 의기양양한 태도로 대꾸했다.

"뭘 하고 있었지?"

그녀는 되풀이해서 물었다. 맥박이 빨라지며 숨이 막히는 것 같았다.

"아무것도 아녜요."

소년은 되풀이해서 같은 말로 대꾸했다. 거만하고 불평이 담긴, 그리고 희극배우 같은 목소리였다.

"또다시 그런 짓을 하면 널 하비 교장선생님께 보낼 테니 그리 알아."

그녀가 말했다.

그러나 이 소년은 하비 교장에게조차 만만치 않은 상대였다. 고집이 세고 교활하며 종잡을 수 없는 아이였다. 그가 성질을 못 이겨 악을 써대면, 교장은 이 아이보다도 아이를 자기에게 보낸 교사를 더 미워했다. 이 소년을 보기만 해도 비위가 상했기 때문이었다. 이 사실을 윌리엄스도 알고 있었다. 그는 얼굴에 기분나쁜 웃음을 띠었다.

어슐라는 수업을 계속하려고 다시 지도를 향했다. 그러나 교실 안은 계속 술렁거렸다. 윌리엄스의 태도가 다른 아이들에게 전염되었던 것이다. 서로 싸움질을 하는 소리가 들렸다. 그녀는 속으로 떨었다. 이 아이들이 모두 자기에게 대든다면 자기는 패할 수밖에 없을 것이기 때문이었다.

"선생님."

어떤 아이가 당황한 목소리로 불렀다.

그녀는 돌아섰다. 그녀가 좋아하는 소년들 가운데 하나가 찢어진 셀룰로이드 옷깃을 들고 어쩔 줄 몰라하고 있었다. 그녀는 그 아이의 불평을 들으면서 자신의 무력감을 느꼈다.

"라이트, 앞으로 나와."

그녀가 말했다. 그녀의 온몸이 사시나무처럼 떨리고 있었다. 몸집이 크고 말이 없는 소년(나쁜 아이는 아니지만 매우 다루기 힘든 아이였다)이

축 늘어진 걸음걸이로 앞으로 나왔다. 그녀는 윌리엄스가 라이트를 향해 계속 얼굴을 찡그리고, 또 라이트가 자기 뒤에서 싱글싱글 웃고 있다는 것을 알면서도 수업을 계속했다. 그녀는 두려웠다. 그녀는 다시 지도를 향해 돌아섰지만 두려웠다.

"선생님, 윌리엄스가 —."

날카로운 비명소리가 들렸다. 뒷줄에 앉은 소년 하나가 아파서 이마를 찡그린 채 일어서 있었다. 그의 얼굴에는 조롱하는 듯한 미소와 윌리엄스에 대한 분노가 동시에 나타나 있었다.

"선생님, 저 애가 꼬집었어요."

그는 자기 다리를 문질렀다.

"윌리엄스, 앞으로 나와."

그녀가 말했다.

쥐새끼 같은 그 녀석은 차디찬 미소를 띤 채 꼼짝 않고 앉아 있었다.

"앞으로 나오라니까."

그녀가 마음을 다잡고 다시 말했다.

"싫어요."

소년이 소리쳤다. 그리고 독이 오른 쥐처럼 이빨을 드러내고 기분 나쁘게 웃었다. 어슐라의 영혼 속에서 뭔가가 딸깍 하는 소리를 냈다. 얼굴과 시선이 굳어졌다. 그녀는 아이들 사이로 곧장 걸어갔다. 소년은 어슐라가 눈을 부릅뜨고 노려보자 몸을 움츠렸다. 그녀는 그에게로 곧장 다가가서 한 팔을 잡고 그를 자리에서 끌어냈다. 아이는 의자를 잡고 늘어졌다. 이것은 그와 그녀 사이의 전쟁이었다. 그녀의 본능이 갑자기 냉정해지고 민첩해졌다. 그녀는 발길질과 발버둥으로 반항하는 그를 움켜쥐고 앞으로 끌고 나갔다. 아이는 몇 번이나 그녀를 발로 찼으며, 지나가면서 손에 닿는 대로 의자를 잡고 늘어졌다. 그러나 그녀는 그를 계속 끌고 나갔다. 학급의 모든 아이들이 흥분해서 일어나 있었다. 그녀도 그것을 보았지만 거기에 대해서는 아무 조치도 취하지 않았다.

그녀는 자기가 손을 놓으면 이 소년이 문을 향해 도망칠 것임을 알고 있었다. 전에도 교실을 빠져나가 집으로 돌아간 적이 있었기 때문이었다. 그녀는 한 손으로 책상에서 회초리를 집어들어 그를 향해 내리쳤다. 그는 몸뚱이를 비틀며 발길질을 했다. 그녀는 하얗게 질린 그의 얼굴을 내려다보았다. 그의 두 눈은 마치 물고기의 눈처럼 무표정했다. 그러나 증오와 끔찍한 두려움으로 가득 차 있었다.

그녀는 그를 증오했다. 그녀로서는 마구 몸을 뒤트는 이 끔찍스러운 아이를 다루기가 힘에 부치는 것 같았다. 그러나 계속 두려워하다가는 그가 그녀를 압도해 버릴 것 같았기에 그녀는 자꾸자꾸 회초리를 내리쳤다. 마음이 평온해졌다. 그러는 동안 아이는 무언지 알아들을 수 없는 소리를 지르며 발버둥질과 발길질로 대항하고 있었다. 한 손으로 겨우 그를 붙잡은 채 그녀는 이따금 회초리로 내리쳤다. 아이는 미친 듯이 몸을 뒤틀었다.

그러나 고통스런 매질이 결국 몸부림치는 아이의 사악하고 비겁한 용기를 압도한 듯, 비명과 같은 긴 흐느낌과 함께 아이는 축 늘어졌다. 그녀는 그를 놓아주었다. 그러자 아이가 곧장 그녀에게 대들었다. 이를 하얗게 드러낸 채 눈이 번뜩거렸다. 일순간 그녀의 가슴이 공포로 얼어붙었다. 이 아이는 정말 야수와 같았다. 다음 순간 그녀는 그를 다시 붙잡았고, 회초리가 다시 그에게 떨어졌다. 두세 번 아이는 몸을 뒤틀며 그녀를 향해 발길질했다. 그러나 다시 회초리가 아이의 기를 꺾어놓았다. 그는 짐승이 울부짖는 듯한 비명을 지르더니 마룻바닥에 털썩 주저앉았다. 그렇게 쓰러진 채 마치 싸움에 진 야수처럼 비명을 질러댔다.

이 소동이 거의 끝나갈 무렵 하비 교장이 달려왔다.

"무슨 일이오?"

그가 으르렁거렸다.

어슐라는 자기 속에서 뭔가가 폭발하려고 하는 듯한 느낌이었다.

"이 아이를 좀 때려줬습니다."

그녀는 씩씩거리며 겨우 이 말을 뱉어냈다. 교장은 분노로 숨이 막힌 채 속수무책으로 서 있었다. 그녀는 마룻바닥에서 몸을 뒤틀며 비명을 지르고 있는 아이를 내려다보았다.

"일어나."

그녀가 소리쳤다. 아이는 몸을 뒤틀며 그녀에게서 물러났다. 그녀는 잠시 교장의 존재를 의식했으나 곧 잊어버렸다.

"일어나라니까."

그녀가 다시 소리쳤다.

소년이 벌떡 일어섰다. 아이의 비명소리가 미친 듯한 흐느낌으로 변했다. 아이는 광란상태에 빠져 있었다.

"저기 난방기 옆에 가서 서 있어."

그녀가 말했다.

소년은 마치 기계가 움직이듯이 흐느끼면서 난방기 쪽으로 갔다.

교장은 아무 말도 못하고 멍하니 서 있었다. 그의 안색은 노래졌고 양손이 팔딱팔딱 경련하고 있었다. 그러나 어슐라는 그에게서 멀지 않은 곳에 꼿꼿이 서 있었다. 지금은 아무도 그녀를 건드릴 수 없었다. 그녀는 하비 교장을 넘어선 곳에 있었다. 그녀는 마치 죽도록 욕을 당한 사람 같았다.

교장은 뭐라고 중얼거리면서 돌아서서 교실 저쪽으로 내려갔다. 잠시 후에 교실 저쪽 끝에서 그가 자기 반을 향해 미친 듯이 화를 내며 고함을 지르는 소리가 들렸다.

소년은 난방기 옆에서 심하게 흐느끼고 있었다. 어슐라는 학급 아이들을 바라보았다. 50개의 창백하고 조용한 얼굴이 그녀를 지켜보고 있었다. 1백 개의 동그란 눈들이 그녀에게 고정된 채 주의를 집중하고 표정 없는 시선을 보내고 있었다.

"역사책을 나눠 줘라."

그녀가 분단장들에게 말했다.

죽음 같은 정적이 흘렀다. 가만히 서 있는 그녀의 귀에 괘종시계가 째깍거리는 소리와 책 더미를 꺼내는 소리가 들렸다. 이어서 책상 위에서 책이 펄럭거리는 소리가 희미하게 들렸다. 아이들은 조용히 책을 전달하고 있었다. 그들의 손이 한결같이 움직이고 있었다. 이제 그들은 소란스러운 패거리가 아니라 각자 단절된 조용한 존재로 분리되어 있었다.

"125쪽을 펴고 그 장을 읽어요."

어슐라가 말했다.

여러 권의 책이 동시에 펼쳐지는 소리가 들렸다. 아이들은 지시된 쪽을 찾아서 고분고분 고개를 숙이고 책을 읽을 채비를 갖췄다. 그리고 이어서 기계적으로 책을 읽어나갔다.

어슐라는 부들부들 떨면서 자기 의자가 있는 데로 걸어가서 앉았다. 소년은 여전히 흐느끼고 있었다. 브런트 선생의 귀에 거슬리는 목소리와 하비 교장의 으르렁거리는 소리가 유리 칸막이를 뚫고 들려왔다. 이따금 한 쌍의 시선이 책에서 잠깐 벗어나서 그녀 위에 머물며 그녀의 눈치를 살피다가 다시 책으로 떨어지곤 했다.

그녀는 꼼짝도 하지 않고 가만히 앉아 있었다. 그녀의 시선은 아이들을 향해 있었으나 아무것도 보고 있지 않았다. 그녀는 아주 침착하고 기운이 없었다. 책상에 놓인 손을 들어올릴 힘도 없을 것 같았다. 이렇게 앉아 있다가는 다시 움직일 수도, 명령을 내릴 수도 없을 것 같이 느껴졌다. 4시 15분이었다. 수업시간이 끝나서 자기 혼자 남게 되는 순간이 거의 두려울 지경이었다.
 학급의 아이들은 곧 다시 긴장을 풀고 원래의 편안한 기분을 되찾기 시작했다. 윌리엄스는 아직도 울고 있었다. 브런트 선생이 수업을 끝마치기 위해 아이들에게 지시를 내리고 있었다. 어슐라가 교단에서 내려섰다.
 "네 자리로 돌아가거라, 윌리엄스."
 그녀가 말했다.
 소년은 소매로 얼굴을 닦으면서 발을 질질 끌며 교실을 가로질러 갔다. 그리고 자리에 앉으면서 그녀를 힐끗 쳐다보았다. 그의 두 눈은 아직 새빨갰다. 이제 그는 패배한 생쥐 같았다.
 마침내 아이들은 집으로 갔다. 하비 교장이 뚜벅뚜벅 걸어서 복도를 지나갔다. 그는 그녀 쪽을 보지도, 또 말을 걸지도 않았다. 그녀가 책장을 잠그고 있는데, 브런트 선생이 머뭇거리며 다가왔다.
 "클라크와 레츠도 똑같이 휘어잡는다면 이제 아무 일 없을 거요, 브랭웬 선생."
 그가 말했다. 그의 푸른 눈은 묘한 동지애를 담은 채 내려다보고 있었고, 그의 긴 코는 그녀를 향하고 있었다.
 "그럴까요?"
 그녀는 신경질적으로 웃었다. 누가 자기에게 얘기를 거는 것이 달갑지 않았다.
 그녀가 화강암이 깔린 보도를 딸깍거리며 걷고 있을 때, 소년들이 자기 뒤를 따라오고 있음을 의식했다. 무언가가 날아오더니 가방을 들고 있는 그녀의 손에 와 맞았다. 굴러가는 것을 보니 감자였다. 손이 아팠지만 그녀는 아무렇지도 않은 척했다. 곧 전차를 탈 것이다.
 그녀는 두려웠고 또 이상한 느낌이 들었다. 마치 모욕을 당하는 꿈을 꾸듯이 아주 이상하고 추한 느낌이었다. 이 사실을 누구에게 얘기

하느니 차라리 죽는 편이 낫겠다는 생각이 들었다. 그녀는 부어오른 자기 손을 내려다볼 수 없었다. 그녀의 내부에서 무엇인가가 부서졌다. 이제 그녀는 위기를 넘긴 것이었다. 윌리엄스의 기를 꺾긴 했지만 그러기 위해서 상당한 값을 치러야 했다.

그냥 집으로 가기에는 너무 마음이 산란했으므로 그녀는 읍 중심가에서 전차를 내려 조그만 찻집으로 갔다. 그 찻집의 어둡고 좁은 좌석에서 그녀는 차를 마시고, 버터를 바른 빵을 먹었다. 차 맛도 빵 맛도 느낄 수 없었다. 차를 마신다는 것이 그저 그녀의 존재를 이어가기 위한 기계적인 행동에 불과했다. 그 어둡고 비좁은 찻집에서 그녀는 맥없이 앉아 있었다. 그저 무의식적으로 그녀는 상처를 입은 손등을 어루만지고 있을 뿐이었다.

마침내 그녀가 집으로 향했을 때는 서쪽 하늘이 붉게 물들어 있었다. 그녀는 자기가 왜 집으로 가고 있는지도 몰랐다. 그녀에게는 집으로 가야 할 이유가 아무것도 없었다. 그저 평상시처럼 태연한 척해야만 할 것이다. 속을 털어놓을 수 있는 상대도, 도피할 수 있는 곳도 없었다. 그녀는 이 붉게 물든 황혼 아래서 홀로 견뎌야만 했다. 자기를 파괴하려 하는 인간성의 공포를 혼자 견디며 그것과 싸워야만 했다. 그럴 수밖에 없는 일이었다.

이튿날 아침, 그녀는 다시 학교에 가야만 했다. 그녀는 잠자리에서 일어나 자신에게조차 아무 소리 하지 않고 기계적으로 학교를 향해 걸음을 옮겼다. 그녀는 더 크고 강하고 야비한 의지의 손아귀에 들어 있었다.

학급은 상당히 조용했다. 그러나 그녀는 아이들이 기회만 있으면 달려들 태세를 갖춘 채 자기를 관찰하고 있음을 느낄 수 있었다. 만약 그녀가 조금이라도 약한 면을 보이면 학급 아이들은 본능적으로 그녀에게 달려들 것이라는 걸 알아챘다. 그러나 그녀는 냉정을 유지하며 한껏 경계 태세를 취하고 있었다.
 윌리엄스는 결석했다. 오전이 반쯤 지났을 때, 문을 두드리는 소리가 들렸다. 누군가 교장을 만나고 싶어한다는 것이었다. 하비 교장이 나갔다. 그는 무거운 발걸음으로 화를 내면서 신경질적으로 나갔다. 교장은 성난 학부형들을 두려워했다. 잠시 후, 그가 다시 교실 안으로 들어왔다.
 그는 큰 사내애들 중 하나를 소리쳐 불렀다.
 "스터지스, 이 앞에 나와 서서 누구든 떠들면 그 사람 이름을 적어. 브랭웬 선생, 이리 오시겠어요?"
 그는 그녀에게 앙갚음하려는 사람처럼 보였다.
 어슐라는 그의 뒤를 따라갔다. 휴게실에 깡마른 여자 하나가 있었다. 희멀건 피부에 썩 나쁘지 않은 회색 옷과 자주색 모자를 쓰고 있었다.
 "버논 때문에 찾아왔습니다."
 그 여인이 세련된 어조로 말했다. 그 여인에게는 아주 세련되고 깔끔한 분위기가 느껴졌는데, 이상하게도 거지를 연상케 하는 거동이 뒤섞여 있었다. 마치 몸 속에서 무언가가 썩고 있는 듯이, 접촉하기가 불쾌하게 느껴졌다. 그 여인은 귀부인도 아니었고, 그렇다고 노동자의 아내도 아니었다. 그 여인은 사회와 격리된 존재였다. 옷차림을 보아 가난한 사람은 아닌 게 분명했다.
 어슐라는 그 여인이 윌리엄스의 어머니라는 것을 직감했다. 윌리엄스의 이름이 버논인 모양이었다. 그녀는 윌리엄스가 늘 깨끗한 해군복을 잘 차려입고 있었음을 기억했다. 그 아이에게서도 — 지금 이 여인에게서 느낄 수 있는 것 같은 — 마치 시체마냥 묘하고 반투명한 역겨움이 있었다.
 "전 오늘 그 애를 학교에 보낼 수 없었습니다."
 여인이 우아한 척하면서 말을 이었다.

"어젯밤 집에 돌아올 때부터 몹시 아팠거든요. 아주 심하게 아팠지요. 의사를 불러와야겠다고 생각했습니다. 그 앤 심장이 약하거든요."

여인은 창백하고 시체 같은 눈으로 어슐라를 바라보았다.

"그래요? 전 몰랐는데요."

어슐라가 대꾸했다.

그녀는 반감과 불안감을 동시에 느끼며 꼼짝 않고 서 있었다. 더부룩한 콧수염에 우람하고 남성적인 하비 교장이 눈가에 추한 미소를 살짝 띤 채 옆에 서 있었다. 여인은 음험하게 말을 계속했다. 정이 가는 태도는 아니었다.

"심장이 나쁘답니다. 어렸을 적부터 심장병을 앓았지요. 가끔 학교를 빠지는 것도 그 이유 때문이지요. 그래서 그 애를 때리는 건 아주 나쁩니다. 그 앤 오늘 아침 몹시 앓았습니다. 전 돌아가는 길에 의사선생님을 찾아갈 참입니다."

"그럼, 지금 그 애는 누구와 함께 있습니까?"

교장의 굵은 목소리가 교활하게 끼어들었다.

"네, 절 도와주러 오는 아줌마와 함께 있어요. 그 아줌마는 그 애의 병을 잘 알지요. 하지만 집으로 가는 길에 의사선생님을 모시고 가야겠어요."

어슐라는 못 박힌 듯 서 있었다. 그녀는 그 속에서 막연한 위협을 느꼈다. 그러나 그 여인은 그녀에게는 너무나 낯선 존재로 느껴져서 좀처럼 이해할 수 없었다.

"그 애 말이 매를 맞았다고 하더군요."

여인이 말을 계속했다.

"그리고 침대에 눕히려고 옷을 벗겨보니 몸에 자국이 있더군요. 전 그 자국을 의사선생님께도 보일 수 있습니다."

하비 교장이 어슐라를 바라보았다. 그녀보고 답변하라는 눈치였다.

그녀는 뭔가 알 것 같았다. 이 여인은 자기 아들에 대한 폭행 혐의로 그녀를 고소하겠다고 으름장을 놓고 있는 것이었다. 아마 돈을 원하고 있는지도 몰랐다.

"제가 그 앨 때렸습니다. 너무나 말썽을 부렸거든요."

그녀가 말했다.

"그 애가 말썽을 부렸다면 죄송합니다. 하지만 그 앤 몹시 심하게 맞은 게 분명해요. 전 그 자국을 의사선생님께 보일 수도 있습니다. 그렇게 아이를 때리는 일이 허용되어 있진 않을 겁니다. 이 사실이 널리 알려지면 좋지 않겠지요."

"제가 그 애를 때리는 동안 그 앤 계속 제게 발길질을 했어요."

어슐라가 말했다. 화가 치밀어 올랐다. 자기의 처사에 대해 구차한 변명을 하고 있는 게 역겨웠다. 두 여자들의 싸움이 재미있다는 듯이 눈가에 웃음을 띠고 옆에 서 있는 교장이 밉살스럽게 느껴졌다.

"그 애가 그런 못된 행동을 했다면 죄송합니다."

여인이 말했다.

"그러나 저는 그 애가 그런 매질을 당할 만큼 나쁜 짓을 했다고는 생각하지 않습니다. 또 사실 의사선생님께 치료비를 낼 여유도 없고요. 교장선생님, 선생님이 아이들을 그렇게 때리는 것이 허용되어 있나요?"

교장은 아무 대답도 하지 않았다. 어슐라는 자신이 역겨웠다. 하비교장의 교활함과 악의 또한 역겹게 느껴졌다. 그 밉살스러운 여인이 그녀의 이런 기분을 알아차린 모양이었다.

"이런 일이 생기면 저에겐 큰 부담이 되지요. 또 저는 그 애가 올바로 행동하게끔 하려고 상당히 애쓰고 있지요."

어슐라는 여전히 아무 대꾸도 하지 않았다. 그녀는 더러운 종이조각이 바람에 날리고 있는 아스팔트 운동장을 내다보고 있었다.

"그리고 아이를 그렇게 때리는 것은 허용되어 있지 않아요. 특히 몸이 약한 아이에게 그런 매질을 해서는 안 되는 거 아닌가요?"
 어슐라는 무표정한 얼굴로 운동장을 바라보고 있었다. 마치 그 여인의 얘기를 듣고 있지 않은 듯했다. 그녀는 이 모든 일이 역겨웠다. 이젠 감각기능도 멈추고, 사는 것도 그만둬버리고 싶었다.
 "물론 그 애가 가끔 말썽을 부린다는 건 저도 알고 있지만, 매질은 너무 심했습니다. 아이의 몸이 온통 매 자국으로 덮여 있어요."
 하비 교장은 끈질기게 꼼짝 않고 서 있었다. 눈가에는 엷은 냉소적인 미소를 띤 채 서서 이 일이 끝나기를 기다리고 있는 눈치였다. 그는 자신이 이 상황을 해결할 주인이라고 생각했다.
 "그리고 그 앤 몹시 아팠어요. 오늘은 그 애를 학교에 보낼 수 없었어요. 머리를 제대로 가눌 수도 없었으니까요."
 그래도 어슐라는 대꾸하지 않았다.
 "교장선생님, 그 애가 결석한 이유를 아시겠지요?"
 그녀는 하비 교장을 향해서 말했다.
 "네, 알고말고요."
 교장은 즉각적으로 거칠게 말했다. 어슐라는 남성의 승리를 과시하는 그가 싫었다. 그녀는 모든 것이 역겨웠다.
 "교장선생님, 그 애의 심장이 약하다는 사실을 잊지 않도록 유념해 주셔야겠어요. 그런 일이 있고 나서부터 몹시 아프답니다."
 "네, 그렇게 하겠습니다."
 교장이 말했다.
 "그 애가 말썽을 부린다는 건 저도 알아요."
 그 여인은 이제 교장을 향해서만 말하고 있었다.
 "하지만 매질은 하지 않고 벌을 주셨으면 좋았을 텐데요. 그 앤 사실 몸이 약하거든요."
 어슐라는 평정을 잃기 시작했다. 하비 교장은 아주 당당하게 버티고

서 있었다. 마치 송어를 간질이듯이 여인은 그에게 아첨하며 그를 간질이고 있었다.
"교장선생님, 전 그 애가 오늘 아침 왜 학교에 못 왔는지 그걸 설명하러 왔을 뿐입니다. 아시겠지요?"
그녀가 손을 내밀었다. 하비 교장은 놀라움과 노여움을 느끼며 그 손을 잡았다가 놓았다.
"안녕히 계세요."
그녀가 이렇게 말하면서 장갑을 낀 가냘픈 손을 어슐라에게 내밀었다. 그녀는 밉상은 아니었고, 묘하게 환심을 사는 방법을 터득하고 있었다. 매우 역겹지만 효과적인 방법이었다.
"안녕히 계십시오, 교장선생님. 고맙습니다."
회색 의상에 자줏빛 모자를 쓴 그녀는 이상하게 머뭇거리는 걸음걸이로 운동장을 가로지르고 있었다. 어슐라는 그녀에 대해 묘한 동정심과 반감을 동시에 느꼈다. 그녀는 몸서리를 치며 다시 교실 안으로 들어갔다.
그 이튿날 아침, 윌리엄스가 나타났다. 그 어느 때보다 창백한 얼굴로, 여전히 해군복을 깨끗하고 단정하게 입고 있었다. 그는 옅은 미소를 지으며 어슐라를 힐끗 바라보았다. 기가 죽은 듯하면서도 교활해 보이는 그는 그녀가 말이라도 한 마디 걸면 금방 어떻게 할 듯한 태도였다. 그에게는 몸서리를 치게 하는 그 무엇이 있었다. 그런 아이에게 손을 댔다는 생각만 해도 혐오스러웠다. 노는 시간이 되자 그의 형이 문 밖에 서 있었다. 키가 크고 호리호리하며 창백한 15세의 젊은이였다. 그는 마치 신사라도 되는 듯이 모자를 들고 인사했다. 그러나 그에게도 억눌린 교활함이 있었다.
"저 사람이 누구죠?"
어슐라가 물었다.

"윌리엄스의 형이에요."
바이올렛 하비 선생이 거칠게 말했다.
"그 애 어머니가 어제 여기 다녀갔지요?"
"네."
"그 여자가 오는 건 좋지 않아요. 능히 말썽을 일으키고도 남을 만한 인물이거든요."
어슐라는 이런 거친 비방에 몸을 움츠렸다. 하지만 왠지 모호하면서도 두려운 매혹 같은 것이 있었다. 아, 모든 일이 얼마나 추하고 답답해 보이는가! 그녀는 머뭇거리며 걷던 이상한 여인과 이상하고 교활한 소년들이 가엾다고 느꼈다. 그녀의 학급에 있는 윌리엄스라는 아이는 어딘가 잘못된 아이임에 틀림없었다. 이 모든 일이 얼마나 불쾌하게 느껴지는지!
이런 싸움은 계속되었고, 그녀는 역겨움을 느꼈다. 그녀는 몇 명의 소년들을 더 굴복시킨 후에야 자신의 위치를 확립할 수 있었다. 그리고 하비 교장은 그녀를 거의 남자를 미워하듯 미워했다. 그녀는 이제 자기를 놀려대는 큰 아이들을 잡는 길은 매질뿐이라는 걸 알게 되었다. 반면 하비 교장은 될 수 있는 대로 이런 아이들에게 매질을 하지 않으려 했다. 콧대 세고 건방진 애송이 여교사를 미워하고 있기 때문이었다.
"자, 라이트, 이번엔 뭘 잘못했지?"
교장은 벌을 받으라고 5학년 반에서 그에게 보내진 소년에게 부드럽게 이렇게 말하곤 했다. 그리고는 그 아이가 빈둥거리며 서서 시간을 보내도록 내버려두는 것이었다.
그래서 어슐라는 더 이상 교장에게 호소하지 않기로 했다. 화가 치밀어오를 때면 직접 회초리를 들고 건방지게 구는 아이들의 머리고, 귀고, 손이고 가릴 것 없이 매질했다. 그래서 결국 아이들은 그녀를 두려워하게 되었고, 그녀는 아이들을 통솔할 수 있었다.

그러나 어슐라는 이 일로 인해서 정신적으로 많은 대가를 치러야 했다. 마치 커다란 불꽃이 그녀를 감싸고 지나가면서 가장 민감한 부분을 태워 버린 것만 같았다. 어떤 형태로든 남에게 육체적 고통을 가해야 한다는 것을 생각만 해도 몸서리쳤던 그녀가 이제는 손수 회초리를 들고 아이들과 싸울 만큼 둔감해졌던 것이다. 아이들의 감정을 상하게 하고, 그들에게 아픔을 주는 일을 서슴지 않게 된 것이었다. 그러고 난 다음에는 아이들이 우는 소리와 비참한 기분을 감내해야만 했다. 이런 대가를 치름으로써 그녀는 학급의 질서를 잡을 수 있었던 것이다.

때로는 미칠 것 같기도 했다. 아이들의 공책이 좀 지저분하고 또 말을 듣지 않는다는 게 뭐 그리 대단한 문제란 말인가? 그녀는 실상 아이들에게 이렇게 매질을 가하여 기를 죽이고, 이렇게 울며 죽어지내게 하느니보다 차라리 학교의 모든 규칙에 불복종하도록 내버려두고 싶었다. 자신과 아이들이 이렇게 비참해지느니 차라리 아이들의 모욕과 무례한 짓을 수천 번이라도 참는 편이 나을 것 같았다. 어슐라는 이성을 잃고 아이를 매질하며 맞섰던 것을 뼈아프게 후회했다.

그러나 그럴 수밖에 없는 일이었다. 그녀는 그렇게 하고 싶지 않았지만 그러지 않을 도리가 없었다. 오, 이렇게 야만적이 될 수밖에 없는 이 조직에 왜 발을 들여놓았던가? 왜 교사가 되었던가? 왜? 왜?

아이들은 그녀로 하여금 어쩔 수 없이 매를 들게 했다. 그녀는 결코 아이들을 가엾게 여기지 않았다. 처음에는 친절과 사랑으로 그들을 대했었다. 그런데 그들이 그녀를 갈기갈기 찢어 버리려 했던 것이다. 그들은 하비 교장을 택했다. 그러므로 그들에게 하비 교장뿐만이 아니라 그녀의 존재 역시 알려야 했던 것이다. 교장보다 우선 그녀에게 그들을 복종시켜야 했던 것이다. 그녀가 있으나마나 한 존재가 될 수는 없었기 때문이다. 아이들에게도, 하비 교장에게도, 또 그녀 주위의 모든 사람들에게도 그런 취급을 당할 수는 없는 노릇이었다. 죽어지내거나 자유를 구속당하고 싶은 생각은 추호도 없었다. 자기 자리를 지키지 못한다거나 자기의 책무를 수행하지 못한다는 소리도 듣고 싶지 않았다. 끝까지 싸워서 이 일의 세계, 남자의 세계에서도 자기의 자리를 수호하고 싶었다.

그녀는 이제 어린 시절의 생활과는 결별한 셈이었다. 기계적 사고가 지배하는 직장이라는 세계로 뛰어든 이방인이었다. 그녀와 매기는 작은 식당에서 점심을 먹거나 가끔 차를 마시면서 인생과 사상에 대해 토론했다. 매기는 열렬한 여성 참정권론자로 투표의 힘을 믿고 있었다. 반면 어슐라에게는 투표라는 것이 결코 현실로 느껴지지 않았다. 그녀 내면에는 투표권과 같은 기계적인 체제의 한계를 훨씬 뛰어넘는, 종교와 삶에 대한 열정적이고도 묘한 인식이 있었다. 그러나 그 기초적이고 유기적인 인식은 아직 형태나 표현력을 갖추지 못하고 있었다.

매기에게 그렇듯이 그녀에게도 여성 해방은 현실적인 것이었고, 어떤 깊은 의미를 지니고 있었다. 어슐라는 어떤 부분에서는, 어떤 일에서는 자신이 자유롭지 못하다고 느꼈다. 그녀는 자유롭고 싶었다. 그래서 저항감을 느꼈다. 일단 자유로워지면 어디엔가 도달할 수 있을 것 같았기 때문이다. 아, 그곳은 멋지고 실감나는 어떤 곳, 그녀의 내부 깊은 곳에서 느끼고 있는 어떤 곳이었다.

자신의 생활비를 벌기 위해 사회로 뛰어나옴으로써 그녀는 이미 자신을 해방하는 방향으로의 힘차고 매정한 한 발을 내디딘 것이었다. 그러나 더 많은 자유를 누리게 될수록 자유가 얼마나 절실한 것인가를 더욱 깊게 인식하게 될 뿐이었다. 그녀는 많은 일들을 하고 싶었다. 위대하고 아름다운 책들을 읽음으로써 자신을 풍요롭게 하고 싶었고, 또 아름다운 것들을 보고 그 기쁨을 영원히 간직하고 싶었다. 그녀는 또 크고 자유로운 사람들을 알고 싶었다. 그녀에게는 항상 무어라고 꼬집어 말할 수 없는 소망이 남아 있었다.

그것은 매우 어려운 일이었다. 해야 할 일이 너무 많았고, 감당하고 극복해야 할 것도 너무 많았다. 사람은 자기가 어디로 가고 있는지 몰랐다. 그것은 맹목적으로 싸우는 싸움이었다. 그녀는 이 성 필립스 초등학교에서 쓰라린 고통을 겪었다. 그녀는 멍에를 쓰고 자유를 잃어버린 어린 암망아지와 같은 꼴이었다. 아, 그 길들여짐에 따르는 고통과 괴로움과 치욕이여! 이 고통과 괴로움과 수치가 그녀의 영혼 속으로 파고들었다. 그러나 결코 굴복하지 않을 생각이었다. 이와 같은 굴레를 결코 오랫동안 쓰고 있을 수는 없었다. 하지만 그 굴레에 대해 알고 싶었다. 그것을 파괴해 버리기 위해서 그녀는 그것에 얼마쯤 봉사할 생각이었다.

그녀와 매기는 함께 갖가지 모임에 갔다. 노팅엄에서 벌어진 대규모 투표권 쟁취 모임에도 갔고, 음악회, 극장, 미술전시회에도 갔다. 어슐라는 돈을 저축해서 자전거를 한 대 샀고, 두 처녀는 자전거를 타고 링컨, 사우드웰, 그리고 더비셔까지 여행했다. 그들은 이야기할 것이 끝없이 많았다. 새로운 것을 보고 발견하는 것은 커다란 기쁨이었다.

그러나 어슐라는 위니프레드 잉거에 대해서는 한 마디도 하지 않았다. 그것은 결코 공개해서는 안 될, 인생의 비밀스런 일면이었다. 그녀는 그 일에 대해 생각조차 하지 않았다. 그것은 그녀로서는 열 힘이 없는, 닫힌 문이었다.

일단 가르치는 일에 익숙해지자, 어슐라는 서서히 자기 자신의 새로운 삶을 가지기 시작했다. 그녀는 18개월 후에는 대학에 갈 생각이었다. 그리고 대학에 가면 학위를 따게 될 것이고, 그리고 어쩌면 훌륭한 여성이 되어 어떤 운동을 이끄는 지도자가 될지도 모르는 일이었다. 어쨌든 그녀는 18개월 후에 대학에 갈 생각이었다. 이제 문제가 되는 것은 오직 일, 일뿐이었다.

그리고 대학에 갈 때까지 그녀는 이 성 필립스 초등학교에서 가르치는 일을 계속해야만 했다. 그것은 그녀를 파괴하는 일이었지만, 이제 그녀는 자기 생활을 송두리째 망치지 않고도 그것을 감당해 나갈 수 있었다. 그녀는 한동안 이 생활에 굴종하리라 마음먹었다. 적어도 이제는 분명한 시한이 마련되어 있었다.

마침내 교실에서 하는 수업 자체도 거의 기계적인 것이 되었다. 그래도 가르친다는 것은 항상 긴장의 연속이었다. 사람을 기운 빠지게 하고, 지치게 하며, 항상 부자연스러운 것이었다. 그러나 가르치는 일에 몰두하는 것도 나름대로 기쁨이 있었다. 너무나 많은 업무와 돌봐야 할 너무나 많은 학생들, 너무나 많은 할 일들에 파묻혀 자기 자신을 잊을 수 있었기 때문이다. 일이 습관처럼 되고, 그녀의 개인적인 영혼은 거기서 떠나 다른 곳에서 성장을 하게 되자, 거의 행복감마저 느낄 수 있었다.

이 2년 동안 아이들을 가르치면서 갖가지 일과 싸우다보니 그녀의 진정한 개별적 자아는 더욱 단단해졌고, 더욱 일관성 있게 되었다. 학교는 그녀에게는 언제나 감옥이었다. 그러나 그것은 그녀의 야성적이고 혼돈된 영혼을 단단하고 독립적인 것으로 변화시킨 감옥이었다. 몸이 건강하고 피곤하지 않을 때는 가르치는 일이 싫지 않았다. 오히려 오전의 일 속으로 뛰어들어 자기의 모든 힘을 바쳐 일을 처리해 나가는 것을 즐겼다. 그녀에게 그것은 힘겨운 운동 같은 것이었다. 그녀의 영혼은 다른 곳에서 쉬고 있었다. 영혼이 다시 힘을 축적하는 동면의 시간이었다. 그러나 수업시간은 너무 길었고, 부과된 과업은 너무 무거웠으며, 학교의 딱딱한 분위기가 그녀에게는 너무나 부자연스러웠다. 그녀는 지쳐 살이 빠질 지경이었고, 몸이 바들바들 떨렸다.

어슐라는 아침에 산사나무 꽃이 이슬을 머금고 있는 것을 보면서 학교로 왔다. 작은 분홍빛 열매들이 이슬이 담긴 사발 안에서 헤엄치고 있는 것 같았다. 종달새들이 지저귀며 산뜻한 햇빛 속으로 날아올랐고 들판은 기쁨에 넘쳐 있었다. 도회의 회색 먼지 속으로 뛰어든다는 것은 이러한 자연에 대한 모독이었다.

그래서 그녀는 학교에 와서도 가르치는 일에 자신을 내맡기기가 싫었다. 초여름의 즐거운 시골 풍경을 동경하고 있는 자기의 에너지를 50명의 아이들을 휘어잡아서 그들에게 단편적인 수학 지식을 주입하는 일에 돌리기가 싫었다. 머리가 좀 멍해졌다. 억지로 그 모든 것을 잊을 수 없기 때문이었다. 창가의 화병에 꽂힌 미나리아재비와 독미나리꽃이 그녀를 목장으로 안내했다. 그녀의 마음은 실국화가 우거진 풀에 반쯤 잠겨 있고, 울긋불긋한 개똥지빠귀가 지저귀는 풀밭으로 달려갔다. 그러나 그녀의 앞에는 50명의 아이들의 얼굴이 있었다. 그 아이들은 뿌연 풀밭 속에 피어 있는 커다란 국화꽃같이 보였다.

그녀의 얼굴에 생기가 돌았고, 그녀의 가르침은 약간 비현실적으로 흘러갔다. 그녀의 눈에는 아이들이 거의 보이지 않았다. 그녀는 두 개의 세계, 초여름에 꽃이 피어 있는 자신의 세계와 직장이라는 또 다른 세계 사이에서 갈팡질팡하고 있었다. 그녀만의 빛이 그녀와 아이들 사이를 가로막았다.

그렇게 오전 시간이 묘한 거리감과 정적 속에서 흘러갔다. 점심시간이 되자, 그녀와 매기는 창문을 모두 열어놓고 즐겁게 점심식사를 했다. 식사를 마치고 그들은 성 필립스 교회 묘지로 산책을 나갔다. 묘지에는 붉은 산사나무 아래 그늘진 곳이 있었다. 여기서 그들은 얘기를 나누었고, 셸리와 브라우닝의 시, 그리고 여성과 노동에 관한 책을 읽었다.

점심시간이 끝나 학교로 되돌아왔을 때도 어슐라의 마음은 여전히 묘지와 그 그늘진 곳에 가 있었다. 산사나무의 분홍빛 꽃잎이 해변의 작은 조개껍데기처럼 흩어져 있었고, 때때로 교회의 종소리가 맑게 울려퍼졌으며, 가끔 새가 큰 소리로 지저귀고, 한편에서는 매기의 목소리가 낮고 달콤하게 계속 들려오던 그곳을 그녀는 잊지 못했다.

이즈음 그녀의 영혼은 즐거웠다. 너무나 즐거워서 자기의 기쁨을 가져다가 여기저기 뿌리고 싶을 정도였다. 그녀는 이 기쁨의 여운으로 학생들 역시 즐겁게 했다. 어슐라에게 이런 날 오후의 아이들은 학교에 공부하러 온 학생들이 아니었다. 아이들은 꽃들이었고, 새들이었고, 작은 짐승들이었으며, 그냥 아이들이었다. 다만 그들은 5학년 학생들은 아니었다. 그녀는 아이들에 대한 아무런 책임도 느끼지 않았다. 이렇게 되면 가르친다는 것이 하나의 놀이가 되어버리는 것이었다. 그들이 셈을 틀리게 한다고 해서 그것이 어떻단 말인가? 그녀는 아름다운 시구를 낭독했다. 연대가 딸린 역사를 가르치는 대신에 아름다운 옛날이야기를 해주곤 했다. 문법에 대해서라면, 아이들은 별로 어렵지 않은 구문 분석은 할 수 있었다. 전에 해본 적이 있기 때문이었다.

그녀는 어린 사슴처럼 뛰어놀리라.
기쁨에 겨워 초원을 달리고
산 속의 샘을 찾으리라.

그녀는 이 구절이 마음에 들었기 때문에 외워서 칠판에 적었다.

이렇게 황금 같은 오후가 지나면, 그녀는 즐거운 마음으로 집으로 향했다. 학교에서의 하루를 마치고, 자유로이 코스데이의 이글거리는 저녁 속으로 뛰어드는 것이었다. 그녀는 걸어서 집으로 돌아가는 것이 좋았다. 그러나 오늘만은 학교에서 가르치는 일을 한 것이 아니었다. 학교의 붉은 산사나무 꽃 아래에서 놀았다고 해야 옳을 것이었다.

그러나 이런 식으로 계속할 수는 없는 일이었다. 기말시험이 다가오고 있는데 그녀의 학급은 이에 대한 준비가 되어 있지 않았다. 이 즐거운 자아로부터 자신을 끌어내 온 힘을 다해 이 무거운 짐처럼 느껴지는 아이들로 하여금 공부를 열심히 하도록 강제로 내몰아야 한다는 사실이 그녀는 짜증스러웠다. 아이들은 공부하기를 싫어했고, 그녀는 강제로 공부시키는 게 싫었다. 그러나 어떤 제2의 양심 같은 것이 그녀를 괴롭히고 있었다. 그 양심은 그녀에게 일을 제대로 못하고 있다고 일깨워주고 있었다. 이것이 그녀를 미치도록 짜증스럽게 했다. 그녀는 그 짜증을 교실에서 쏟았다. 그 다음에는 싸움과 증오와 폭력의 하루가 뒤따르게 되었다. 그런 날이면 그녀는 아픈 마음에 갇힌 채 집으로 향해야 했다. 황금 같은 오후를 영영 빼앗겨버리고, 자신은 어둡고 무거운 장소에 감금된 채 일을 잘못 했다는 양심의 가책에 묶여 있는 듯한 느낌이었다.

지금이 여름이라는 것, 뜸부기는 저녁때까지 울고, 종달새가 하늘로 날아오르며, 해지기 전 다시 한 번 더 지저귀리라는 사실이 무슨 소용이 있는가? 그녀의 기분이 엉망이고, 오직 학교에서의 짐스런 일과 수치만을 기억해야 하는 이 판국에 그것이 다 무슨 소용이겠는가?

그녀는 여전히 학교를 혐오했다. 여전히 그녀는 울음을 터뜨렸고, 학교라는 조직의 가치를 믿지 않았다. 아이들은 왜 배워야만 하고, 그녀는 왜 가르쳐야만 하는가? 그것은 너무나 고달프고 괴로운 일이었다. 삶을 이 어리석고 인위적인, 의무의 수행으로 만들어 버리다니 이무슨 바보 같은 짓인가? 그것은 모두 인위적인, 너무나 부자연스러운 일이었다. 학교, 셈, 문법, 기말시험, 학적부 — 모두 쓸데없는 것들이었다!

그녀가 왜 이 세계에 순응해야 하는가? 이 세계가 자신의 삶을 지배하도록 허용한 채 따뜻한 태양과 발랄하고 힘찬 생명의 세계를 무가치한 것으로 만들어 버리도록 해야 하는 이유는 무엇인가? 그녀는 이 메마르고 폭군적인 인간 세계의 포로가 되고 싶지 않았다. 그녀는 그 세계에 대해 신경 쓰지 않을 생각이었다. 그녀의 반이 기말시험에서 성적이 나쁘다 한들 그것이 무슨 상관인가? 내버려둬라. 그것이 뭐가 중요한가?

 그렇지만 막상 시험을 치고 자기 학급의 성적이 나쁘다는 사실을 알자 어슐라는 침울해졌다. 여름방학의 기쁨이 사라져버리고 우울한 기분에 사로잡혔다. 그녀는 이러한 체계와 일의 세계로부터 결코 벗어날 수 없었으며, 행복한 들판 속으로 들어갈 수도 없었다. 그녀는 자기가 일하고 있는 세계에서 자신의 자리를 가지고 있어야 했고, 그곳에서 완전한 권리를 가진 인정받는 사람이 되어야만 했다. 지금 그녀에게 있어 이것은 태양이나 들판이나 시보다도 더 중요했다. 그러나 그렇게 생각할수록 더욱 그런 세계와 반목할 뿐이었다.

 여름방학 동안 줄곧 생각해 보니, 햇빛 속에서 놀며 수영도 하고 만족해 하는 행복한 자신 본래의 모습을 유지하면서, 한편으로는 학급 아이들의 좋은 성적도 내는 교사가 된다는 것은 매우 어려운 일이었다. 그녀는 더 이상 교사생활을 하지 않아도 될 때를 꿈꾸었다. 하지만 막연하게나마 자신의 생애에서 영원히 책임질 일은 이미 정해졌음을 알고 있었다. 그리고 지금 가장 중요한 것은 일을 하는 것이었다.

 가을이 지나고 겨울이 눈앞에 다가왔다. 어슐라는 점점 저 일의 세계, 소위 삶에 정착해 갔다. 미래를 알 수는 없었지만, 대학이 가까이 있었다. 그녀는 대학에 간다는 생각에 집착했다. 수업료를 면제받고 대학에 가서 2, 3년 실습을 할 것이다. 이미 원서는 제출했고, 내년에 입학해도 좋다는 약속을 받았다.

 그녀는 학위를 얻기 위한 공부를 계속할 것이다. 프랑스 어, 라틴 어, 영어, 수학, 그리고 식물학 수업을 들을 것이다. 저녁에는 일케스턴에 있는 학원에 가서 공부했다. 정복해야 할 세계가 있었고, 얻어야 할 지식, 취득해야 할 자격이 있었다. 내면에서 우러나온 욕구가 그녀를 내몰았기 때문에 그녀는 열심히 공부했다. 지금은 이 세상에서 자기의 자리를 차지하겠다는 하나의 욕망 앞에 모든 것이 종속되어 있었다. 하지만 그것이 어떤 자리인지는 물어보지 않았다.

어슐라는 자신이 교사로서는 별로 성공하지 못할 것임을 알고 있었다. 그렇다고 실패하지도 않을 것이다. 그녀는 초등학교 교사 일을 싫어했지만, 마지못해 해나가고 있었다.

매기는 성 필립스 학교를 그만두고 더 마음에 맞는 직장을 얻어 갔다. 두 처녀의 우정은 변함이 없었다. 두 사람은 저녁에 학원에서 만나 공부하면서 서로 강한 희망을 북돋워주었다. 그들은 앞으로 무엇이 될 것이며, 궁극적으로 무엇을 원하는지 알지 못했다. 그러나 무언가를 배우고, 알고, 일하기를 원한다는 것은 알고 있었다.

그들은 사랑과 결혼, 또 결혼 생활에서 여성의 지위에 관해 이야기했다. 매기의 말로는 사랑이란 법칙도 없이 예기치 않게 피어나는 인생의 꽃이기에, 피면 그것을 잡아야만 하고, 피어 있는 짧은 기간 동안 그것을 즐겨야만 한다고 말했다.

어슐라는 이 생각이 못마땅했다. 아직도 안톤 스크레벤스키를 사랑한다고 생각했다. 그러나 그가 자신을 받아들일 만큼 강력하지 못한 것을 용서할 수 없었다. 그는 그녀를 거부했다. 그렇다면 어떻게 그를 사랑할 수 있을까? 어떻게 사랑이 절대적일 수 있는가? 그녀는 사랑이 하나의 방법이요 수단이지, 매기가 생각하는 것처럼 목적 그 자체라고 생각하지는 않았다. 그리고 사랑의 길은 항상 찾을 수 있다고 생각했다. 그러나 사랑은 우리를 어디로 인도하는가?

"이 세상에 우리가 사랑할 수 있는 남자는 여러 명일 거야. 단 한 명만 있는 건 아니라고."

어슐라가 말했다.

그녀는 스크레벤스키를 생각하고 있었다. 위니프레드 잉거에 대해서는 마음이 텅 비어 있었다.
 "하지만 사랑과 열정은 구분해야만 해."
 매기가 말했다. 그리고 약간 멸시하는 투로 덧붙였다.
 "남자들은 여자들에게 쉽게 열정은 가지겠지만 그렇게 쉽게 사랑하려고 하지는 않을 거야."
 "그래."
 거의 광적인 고통스런 표정으로 어슐라는 힘주어 이야기했다.
 "그래, 열정은 사랑의 일부분일 따름이야. 오래 지속될 수 없으니까 굉장해 보이는 거야. 그렇기 때문에 열정은 결코 행복할 수 없는 거야."
 그녀는 슬픔을 좋아하고, 만물이 덧없다고 생각하는 매기와 달리 기쁨, 행복, 그리고 영원한 것을 갈망했다. 어슐라는 인생에서 심한 고통을 받았으나, 매기는 항상 혼자였고, 항상 욕망을 억제했다. 그리하여 거의 그녀의 낙이 되어버리다시피 한 무겁고 엄숙한 슬픔을 품고 살아갔다. 어슐라가 성 필립스 학교에서 보낸 마지막 겨울 동안 두 처녀들 사이의 우정은 절정에 달했다. 어슐라가 매기의 근원적인 외로움 때문에 고통받으면서도 또한 가장 즐긴 것도 바로 이 겨울 동안이었다. 매기 또한 인생의 한계와 맞서 싸우는 어슐라의 투쟁에 기뻐하기도 하고, 괴로워하기도 했다. 그리고 매기가 갇힌 채 머물러 있는 그 인생의 방식으로부터 어슐라가 떨어져나가자, 두 사람은 멀어지기 시작했다.

제 14 장
넓어지는 세계(2)

　매기네 가족인 스코필드 일가는 벨코트 저택 뒤의 농장을 겸하고 있는 정원사의 커다란 오두막에 살고 있었다. 벨코트 저택은 너무 습기가 차서 살 수 없었다. 그래서 스코필드 일가는 농장 관리인, 사냥터관리인, 그리고 농부 역할까지 모두 맡아서 하고 있었다. 아버지는 사냥터 관리인 겸 목축 일을 했고, 장남은 저택의 넓은 정원을 이용해 채소를 재배해 시장에 내다 팔았으며, 둘째 아들은 농사와 채소 재배를 했다. 코스데이와 마찬가지로 이곳도 대가족이었다.
　어슐라는 매기의 오빠들로부터 숙녀 대접을 받으며 이곳 벨코트에서 지내는 것이 무척 좋았다. 그들은 미남이었다. 장남은 스물여섯 살로 정원사였다. 키는 그다지 크지 않았으나 갈색의 밝고 온화한 눈을 가진 건장하고 체격이 좋은 남자였으며, 갈색이 도는 얼굴에 멋진 콧수염을 길게 길렀는데, 어슐라와 이야기할 때는 언제나 그 수염을 손으로 잡아당겼다.
　어슐라가 가까이 가면 그들은 언제나 그녀에게 열중했기 때문에 그녀는 매우 기분이 좋았다. 그녀가 나타나면 그들의 눈은 반짝거렸으며, 장남인 앤소니는 자기의 콧수염을 배배 꼬았다. 그녀는 가벼운 웃음과 수다만으로도 그들을 마음대로 조종할 수 있다는 것을 깨달았다.

그들은 그녀의 생각을 좋아했으며, 그녀가 정치나 경제에 관해 열심히 이야기할 때는 그녀를 뚫어지게 쳐다보았다. 그리고 그럴 때면 어슐라는 자신을 뚫어지게 쳐다보는 앤소니의 눈동자가 마치 사티로스의 눈처럼 광채를 발한다는 것을 알았다. 그는 그녀가 하는 이야기를 듣는 것이 아니라 그녀 자체를 듣고 있었으며, 그 사실이 그녀를 흥분케 했다.

어슐라가 그와 함께 온실에 가서 녹색의 예쁜 나무와 잎사귀 속에서 흔들거리는 분홍색 프리뮬러와 보라, 진홍, 회색으로 나부끼는 국화꽃을 둘러볼 때면 앤소니는 마치 목양 신처럼 즐거워했다. 그녀는 갖가지 것에 대하여 물어보았고, 그는 그녀의 웃음을 자아내는, 이상하게 현학적인 태도로 매우 상세하고 자세히 대답했다. 하지만 어슐라는 그가 하는 일에 대하여 진짜로 관심이 있었다. 그의 눈은 농장 대문에 매어있는 염소의 눈빛과 같은 이상한 빛을 띠고 있었다.

어슐라는 그와 함께 따뜻한 지하실로 내려갔다. 컴컴한 그곳에서는 대황의 노랗고 작은 순들이 이미 돋아나고 있었다. 그는 어두운 땅바닥을 등불로 비춰보았다. 그녀는 매듭 같은 대황의 순이 굵은 빨간색의 대 위로 부드러운 흙을 뚫고 불꽃처럼 솟아나오는 것을 보았다. 그는 그녀에게로 얼굴을 돌렸다. 그의 두 눈과 히힝거리며 희미하고 음악적인 웃음을 지을 때 드러나는 치아가 불빛을 받아 번쩍였다. 그 모습은 매력적이었다. 말의 울음같이 약간 음악적으로 웃는 앤소니의 웃음소리가 새롭게 들렸다. 그의 콧수염은 말려 올라가 있었고, 두 눈은 차갑고 침착하며 도도한 웃음으로 빛나고 있었다. 그의 동작에는 약간의 기고만장함이 나타나 있었고, 그녀는 순순히 따르며 그것을 받아들일 수밖에 없었다. 그러나 그는 매우 겸손했고, 목소리는 다정했다. 그녀가 담을 넘어야 할 때는 발을 딛을 수 있도록 손을 내밀었다. 어슐라가 그의 힘세고 튼튼한 손 위에 발을 올려놓으면, 그의 팔은 그녀의 무게로 힘차게 떨렸다.

그녀는 마치 최면술에 걸린 듯 그를 의식했다. 보통때는 그와 전혀 관계가 없었다. 그러나 그가 온화하고 조용한 모습으로 집에 들어와 차갑게 빛나는 눈빛으로 그녀를 쳐다볼 때는 홀린 것 같았다. 그의 눈 속에는 염소의 창백한 회색 눈과 같이 대낮과는 상관없는 달빛처럼 차갑게 굳은 빛만이 있는 것 같았다. 그래서 그녀는 바짝 긴장했지만, 그녀의 사고는 서서히 소멸해 가는 별처럼 희미했다. 그 대신 오직 감각만이 남아서, 모든 감각이 살아 움직였다.

일요일에 앤소니를 만났는데, 그는 어슐라에게 감동을 주려는 듯 정장을 빼입고 있었다. 그녀는 정장으로 차려입은 그의 우스꽝스런 모습을 오랫동안 잊지 못했다.

하지만 어슐라는 앤소니 문제로 매기에게 항상 약간 미안한 마음을 갖고 있었다. 불쌍한 매기는 마치 배신당한 것처럼 저만치 떨어져 있었다. 매기와 앤소니는 본능적으로 서로에게 적이었다. 결국 어슐라는 애정과 연민을 품고 친구에게로 돌아가야만 했다. 이러한 어슐라를 매기는 다소 냉랭하게 받아들였다. 그때부터 염소같이 행동하며 차갑게 빛나는 유머를 가진 앤소니 대신에 시와 책과 공부를 가까이하며 지냈다.

어슐라가 벨코트에 머물던 어느 날 아침에 눈이 내렸다. 철쭉 덤불 위로 하얀 눈이 뒤덮였다.

"우리 나가볼까?"

매기가 제안했다. 이제 매기는 선배처럼 굴던 태도를 약간 누그러뜨리고, 친구에 대해서도 약간 겸손해 하고 조심스럽게 대했다.

그들은 대문을 열고 나와 정원을 거닐었다. 사방은 온통 은세계였으며, 다만 나무와 숲만이 얼어서 하늘 아래 시커멓게 서 있었다. 두 처녀는 덧문이 닫힌 조용한 저택을 지나 눈 위에 발자국을 내면서 마차길로 나아갔다. 뜰아래 멀리서 어떤 남자가 눈길을 가로질러 건초를

한 아름 안은 채 오고 있었다. 작고 까무잡잡한 그 모습은 마치 무심결에 움직이는 어떤 동물 같았다.

어슐라와 매기는 졸졸 흐르는 차가운 개울 쪽으로 계속 내려갔다. 개울은 냇가의 눈을 둥그렇게 녹여가면서 시커멓게 흐르고 있었다. 개똥지빠귀 한 마리가 반짝이는 눈으로 그들을 힐끗 보고는 주홍과 회색 빛이 도는 깃털을 퍼덕이며 울타리 쪽으로 사라졌다. 다음에는 화려하게 얼룩 무늬가 있는 푸른 박새들이 서로 싸우고 있는 것을 보았다. 그동안 개울은 혼자 소리를 내며 차갑게 흘러가고 있었다.

두 처녀는 눈 덮인 풀밭을 지나 수면이 얄팍하게 얼어붙은 인공 양어장으로 갔다. 거기에는 굵은 줄기에 담쟁이덩굴이 감긴 큰 나무가 한 그루 있었다. 그 나무는 양어장을 거의 뒤덮을 정도로 가지가 무성했다. 어슐라는 신나게 이 나무 위로 올라가서 새파란 담쟁이 잎사귀와 시커먼 열매 사이에 앉았다. 어떤 잎사귀들은 밖으로 내밀어진 푸른 창처럼 끄트머리에는 눈이 붙어 있었고, 그 아래로는 얼음이 달려 있었다.

매기는 책을 꺼낸 다음 낮게 뻗은 가지에 앉아서 콜리지의 시 《크리스타벨》을 읽기 시작했다. 어슐라는 반쯤 귀를 기울이며 듣고 있었다. 온몸에 전율이 흘렀다. 이때 앤소니가 자신만만하고 약간 의기양양한 걸음걸이로 눈길을 가로질러 오고 있는 것이 보였다. 단호한 자신감이 넘치는 미소를 띤 그의 얼굴은 눈과 대조되어 검고 딱딱하게 보였다.

"안녕하세요."

그녀가 그를 불렀다.

그의 얼굴에 곧 반응이 나타났다. 그는 약간 떨리는 듯한 동작으로 대답을 하려고 얼굴을 들었다.

"안녕하세요? 그곳에 있으니 마치 새 같군요."

그가 말했다. 어슐라의 웃음소리가 울려 퍼졌다. 갈대 피리같이 폐부를 찌르는 듯한 그의 독특한 목소리 때문이었다. 그녀는 앤소니를 생각하고 있지는 않았지만, 그의 세계 속에서 그와 관계를 맺으며 살고 있는 듯했다. 어느 날 저녁, 그녀는 오솔길을 내려오면서 그를 만났다. 그들은 나란히 걸었다.

"이곳은 너무 멋져요."

그녀가 소리쳤다.

"그래요? 좋아하신다니 기쁩니다."

그가 말했다. 그의 목소리에는 묘한 자신감이 흘렀다.

"네, 나는 이곳을 사랑해요. 이렇게 아름다운 곳에서 살면서 정원에서 무엇인가를 가꾸면서 산다면 더 이상 바랄 것이 뭐가 있겠어요. 마치 에덴동산 같아요."

"그래요?"

그는 약간 웃으면서 되물었다.

"네, 그래요. 그렇게 나쁘진 않죠."

그는 머뭇거렸다. 순간 그의 눈빛이 맑아지더니 동물적인 표정으로 그녀를 뚫어지게 바라보았다. 그녀의 영혼 속에서 무엇인가가 솟아올랐다. 그녀는 앤소니가 자기와 함께 사는 것이 어떻겠느냐고 제안하리라는 것을 알았다.

"여기에서 나와 함께 살지 않겠습니까?"

그가 신중하게 물었다. 그녀는 두려움에 주춤했다. 뭔가 그녀에게 방종한 짓을 제안하는 듯한 느낌이 들었던 것이다.

그들은 대문에 도착했다.

"어떻게요? 당신은 이곳에서 혼자가 아니잖아요?"

그녀가 물었다.

"결혼하면 되지요."

차갑게 반짝이는 교묘하고 이상한 그의 어투가 햇빛을 냉각시켜 달빛으로 바꾸는 것 같았다. 모든 본질적인 것들이 변화된 것 같았다. 그림자와 춤추는 달빛이 진짜고, 모든 차갑고 비인간적이며 반짝이는 감각이 진실인 것 같았다. 그녀는 그 제안을 자신이 받아들이고 말 것 같은 공포를 느꼈다. 그녀는 어쩔 수 없이 그를 받아들이게 될 것이었다. 그의 손이 그들 앞의 대문으로 뻗어나왔다. 그녀는 가만히 서 있었다. 그의 얼굴은 갈색으로, 건강했고 자신만만해 보였다. 그녀는 어떤 모욕을 당하는 것 같았다.

"안 돼요."

그녀가 저도 모르게 대답했다. 그는 그 말울음 같은 웃음소리를 이번에는 슬프고 비통하게 내면서 짧게 웃고는 대문의 빗장을 열었다. 하지만 대문을 열지는 않았다. 잠시 동안 두 사람은 나무의 보랏빛 잔가지 사이에서 떨고 있는 노을빛을 바라보았다. 그녀가 눈을 들어 보니 갈색의 단단하고 잘생긴 그의 얼굴이 분노와 치욕과 굴욕감으로 빛나고 있었다. 마치 자기가 패배했음을 알고 있는 동물 같았다. 그녀의 가슴은 그에 대한 연민과 그의 구혼이 매혹적이라는 생각과 또 어떤 슬픔과 달랠 수 없는 고독감에 휩싸였다. 그녀의 영혼은 한밤중에 울고 있는 어린아이였다. 하지만 그에게는 영혼이란 게 없었다. 아, 그런데 왜 그녀에겐 영혼이 있는가? 그렇다면 그가 더 깨끗한 사람이다.

그녀는 몸을 돌려 그로부터 돌아섰다. 그리고 이상하게 장밋빛으로 불타는 동녘 하늘을 바라보았다. 어둠이 깔려 푸르게 물든 눈 위로 드리워진 장밋빛 하늘에서 달이 노랗고 사랑스럽게 솟아나고 있었다. 이 모든 것은 얼마나 아름다운가! 또 얼마나 사랑스러운가! 그는 이 광경을 보지 않았다. 그는 이 광경과 하나가 되어 있었다. 그러나 그녀는 이것을 보고 혼연일체가 되었다. 그녀가 그 광경을 보았다는 사실이 그들을 그만큼 무한히 갈라놓았다.

그들은 각자 다른 운명을 따르면서 묵묵히 길을 따라 내려갔다. 나무들이 점점 더 컴컴해 보였고, 눈은 환상의 세계에서처럼 희미하게 비칠 뿐이었다. 그녀는 아무 생각 없이 그와 거리를 유지하며 나란히 걸으면서 그에게 말을 건넸다. 그는 무거운 발걸음을 터벅터벅 옮기고 있었다. 낮은 희미하게 빛을 내면서 눈 덮인 저녁으로 넘어가 버렸다. 그는 그녀를 위하여 정원 대문을 조용히 열었고, 그녀는 그를 대문 밖에 놓아둔 채 자신만의 기쁨의 세계로 들어갔다.

그런데 이튿날 그녀가 이러한 괴로운 느낌에서 벗어나고 있을 때, 아니 벗어나고자 애쓰고 있을 때 매기가 와서 말했다.

"네가 오빠를 원치 않는다면 앤소니 오빠가 너를 사랑하게 내버려두지 않았을 거야. 어슐라, 그것은 나쁜 짓이야."

"하지만 매기, 오빠가 나를 사랑하게 만든 것은 내가 아냐."

어슐라가 당황하고 속이 상해서 소리쳤다. 마치 그녀가 어떤 비열한 짓을 한 것 같은 느낌이었다.

그렇지만 앤소니를 좋아하는 것은 사실이었다. 그 후로도 일생 동안 때때로 그에 대한 생각과 그가 구혼하던 광경에 대한 생각에 사로잡히곤 했다. 그러나 그녀는 나그네였다. 지상을 떠돌아다니는 나그네였다. 반면 그는 자신의 감각을 충족시키면서 살아가는 고독한 존재였다.

그녀는 자신이 나그네라는 사실에 대해 어쩔 수 없었다. 그러나 앤소니는 그렇지 않다는 것을 잘 알고 있었다. 아, 자기는 끝없이 계속 길을 가야만 했다. 그녀가 지금 더 가까이 다가가고 있는 그 목표를 향해서 말이다.

그녀는 성 필립스 초등학교에서 두 번째이자 마지막 학기를 보내고 있었다. 10월, 11월, 12월, 그리고 1월로 세월이 흐름에 따라 그녀는 달력에 표시를 해두었다. 그리고 여름휴가로 보내기 위해 나머지 달수에서 한 달을 빼 놓았다. 그녀는 자신이 원을 따라 돌고 있다고 생각했다. 다만 아직은 완성을 해야 하는 반원일 뿐이지만. 그렇게 되면 나는 법을 배워 공중으로 날아올라간 새처럼 그녀도 활짝 열려진 세계 속에 놓일 것이었다.

그녀의 앞에는 대학이 기다리고 있었다. 대학은 그녀에게 알려지지 않은 넓고도 넓은 세계였다. 대학을 가면 그녀는 자신이 알고 있는 인생의 모든 구속에서 벗어나게 될 것이다. 아버지도 이사를 하려는 참이었고, 그들 모두 코스데이를 떠날 예정이었다.

브랭웬 씨는 주변 환경에 대해서는 개의치 않았다. 그는 레이스 도안 일이 자신에게 개인적으로는 별 의미가 없다는 것을 알고 있었다. 단지 그 일로 돈을 벌 뿐이었다. 그는 무엇이 자신에게 크게 의미 있는 일인지 알지 못했다. 안나 브랭웬이 늘 옆에 있기에 그의 정신은 항상 육체적 열정으로 가득 차 있었고, 그는 언제나 더듬거리며 본능에서 본능으로 움직이고 있었다.

그러다가 노팅엄 교육위원회에서 신설한 수공手工교사직에 응시하라는 제안을 받았을 때, 그것은 마치 무덥고 음침한 세계에서 벗어나 탁 트인 공간으로 가는 것과 같았다. 그는 자신감에 차서 기대를 갖고 원서를 보냈다. 그는 자신의 초자연적 운명을 믿는 사람이었다. 지루한 일을 어쩔 수 없이 매일 하다보니 그의 근육은 다소 굳어졌고, 불그레하고 예민했던 얼굴은 약간 생기를 잃고 있었다. 이제 그는 여기서 벗어날 것이었다.

그는 새로운 기대감으로 가득 차 있었으며, 아내도 그 뒤를 따랐다. 그녀도 이제는 기꺼이 이사하려고 했다. 코스데이에 싫증이 났던 것이다. 그 집은 자라나는 어린애들을 생각할 때 너무 비좁았다. 그리고 그녀도 나이가 마흔 가까이 되자, 모성애라는 잠에서 깨어나기 시작하면서 점점 외부를 향하여 열정이 쏠렸다. 자식들이 커가면서 내는 시끄러운 소리가 그녀를 무감각한 상태에서 일깨웠다. 그녀 역시 자신의 인생을 만들어나가야만 했다. 그녀는 자식들을 모두 데리고 이사할 준비가 되어 있었다. 만약 아이들을 옮겨야 한다면 지금 하는 편이 더 나을 것이다. 왜냐하면 막내를 낳았고, 막내 또한 무럭무럭 자라날 것이기 때문이었다.

그러므로 그녀로서는 보기 드물게, 편안한 태도로 남편과 장래 계획과 정리에 대해 이야기했다. 변화가 다가오고 있었지만, 그 변화의 방법에 대해선 정말 무관심했다. 마치 '이런 식으로 오지 않으면 저런 식으로 변화가 오겠지' 하는 식이었다.

집안이 온통 소란해졌다. 어슐라는 잔뜩 흥분했다. 드디어 아버지도 사회적으로 어느 정도 지위가 있는 사람이 될 것이다. 지금까지 그는 사회적 지위와 신분도 없는 변변치 못한 사람이었다. 그런데 이제 그는 노팅엄의 미술 수공교사가 될 것이다. 이것은 실로 하나의 신분을 가지는 일이요, 지위를 갖는 일이었다. 그는 자기 일에 있어 전문가가 될 것이다. 그는 비범한 사람이었다. 어슐라는 이제야 비로소 식구들 모두가 사회적으로 발을 붙이게 되었다고 생각했다. 아버지는 자신의 재능을 발휘할 것이다. 그녀가 알고 있는 사람들 중에서 그 누가 아버지처럼 아름다운 것들을 손으로 빚을 수 있단 말인가? 그녀는 아버지가 새로운 직장에서 잘 해낼 것이라고 생각했다.

그들은 이사할 것이다. 이제 온 식구가 살기에 너무 비좁아진 이 코스데이의 오두막을 떠날 것이다. 그들 모두가 태어난 곳, 항상 똑같은 규칙만 지켜야 했던 코스데이를 떠날 참이었다. 그들을 마을의 다른 소년 소녀들과 마찬가지로 여겨온 사람들은 그들이 다른 식으로 자랄 것이라는 것은 생각할 수도 없었을 것이다. 마을 사람들은 '어틀러 브랭웬'을 그들 중 한 사람으로 생각했고, 가정에서와 마찬가지로 마을에서도 일정한 지위만 주었다. 그들의 이러한 유대는 아주 강력한 것이었다. 그러나 코스데이가 허용하고 이해한 바를 뛰어넘으려 하는 이 마당에, 그녀와 옛 친구들과의 관계는 속박이 될 뿐이었다.

"어이, 어슐라, 우째 지낸담?"
　고향 사람들은 그녀를 보면 이런 식으로 말했다. 그리고 이 물음은 어슐라에게 예전과 같은 목소리, 예전과 같은 대답을 요구했다. 어슐라 또한 이들에게 다정하게 대답하고, 똑같이 행동해야 한다고 생각했다. 그러나 한편으로는 이렇게 해야 하는 것에 대해 강한 거부감이 들었다. 십 년 전의 그녀와 지금의 그녀는 달랐다. 마을 사람들은 지금의 그녀, 앞으로의 그녀에 대해 알 수도 없고, 인정하지도 않을 것이다. 그들은 그것을 자신들을 넘어서는 무엇으로 생각했으며, 그 때문에 기분이 상했다. 그들은 그녀가 거만하고 잘난 척하는 여자라고 말했으며, 발에 안 맞는 신발을 신는 여자라고 말했다. 그리고 서로 다 알고 지내는 처지에 그렇게 가식적으로 굴 필요가 뭐 있느냐고 수군거렸다. 그들은 그녀가 태어났을 때부터 그녀를 알고 있었고, 그녀에 대해 이런저런 얘기를 했다.
　이렇게 되자 어슐라는 함께 살아온 사람들과 자신이 전혀 다르게 느껴져 부끄러웠다. 이제 더 이상 마을 사람들과 마음 편하게 지낼 수 없다는 사실에 마음이 상했다. 그렇다고 하지만 연은 연실이 허락하는 한 바람을 타고 높이 올라갈 것이다. 연은 실을 당기고 또 당기며 팽팽히 올라갈 것이며, 다른 모든 사람들이 기분 나쁘게 생각한다 하더라도, 연 날리는 사람은 연이 높이 날아갈수록 기쁠 것이다. 코스데이는 그녀에게 족쇄를 채우고 있었고, 그녀는 이곳을 떠나 원하는 대로 자신의 연을 높이 날리고 싶었다. 이곳을 떠나 자유롭게 허리를 쭉 펴고 서기를 원했다.
　그래서 아버지가 새로운 일자리를 얻어 가족이 이사하리라는 것을 알았을 때, 그녀는 경중경중 뛰며 기쁨의 노래를 부르고 싶은 심정이었다. 그녀는 이제 코스데이의 낡은 껍질을 벗어던지고 푸른 창공으로 춤추며 날아오를 것이다. 마음껏 춤추며 노래하고 싶은 심정이었다.

제 14 장 **251**

　어슐라는 그녀가 살게 될 새로운 장소에 대해 상상해 보았다. 그곳에서는 고상하고 교양 있는 사람들과 사귀게 될 것이며, 지방의 귀족과 함께 생활하며 커다란 자유를 누릴 것이다. 부유하고 긍지가 있으며 순박한 여자친구도 상상해 보았다. 그들은 하비 교장과 같은 사람을 결코 경험해 본 적도 없을 것이며, 매기처럼 굴욕적인 경멸과 두려움이 섞인 말투로 이야기하지도 않으리라.
　이제 떠날 때가 다가오자, 그녀는 코스데이에서 사랑한 모든 것에 뜨거운 관심을 쏟았다. 그리고 가장 좋아했던 장소를 두루 찾아가보았다. 그 중에서 야생 아네모네 꽃을 찾느라 들어가본 장소가 있었다. 저녁 무렵이었고, 땅거미가 내린 초원은 신비롭기 짝이 없었다. 숲으로 들어갔을 때, 골짜기에는 새로 베어낸 떡갈나무 하나가 찍혀 넘어져 있었다. 개암나무 밑에서는 하얀 꽃잎들이 수없이 반짝이고 있었고, 그 주위에는 뾰족하고 황금빛이 도는 나무조각들이 널려 있었다. 검푸른 아네모네 잎사귀들이 보이지 않는 곳에서 따끔따끔 찔렸으며, 고개 숙인 작은 꽃들도 눈에 띄지 않게 피어 있었다.
　어슐라는 기쁨에 들떠 꽃 몇 송이를 꺾었다. 황금빛 나무조각들이 태양처럼 빛났고, 반짝이는 아네모네 꽃들은 밤하늘에 새로 뜬 별과 같았다. 그곳에서 홀로 그녀는 그토록 눈부신 황혼 속에서 다정한 작은 꽃들과 대지에 뿌려진 햇살처럼 빛나는 나무조각을 찾아내어 말할 수 없이 행복했다. 그녀는 쓰러진 나무 위에 앉아 한동안 멍하니 있었다.
　마침내 집으로 돌아가기 위해 어슐라는 보랏빛 어둠에 물든 숲을 떠나 탁 트인 오솔길로 들어섰다. 길 위에서는 바퀴 자국에 고인 물이 보석처럼 빛나고 있었다. 주위의 대지는 검고, 머리 위의 하늘은 보석 같았다.
　아, 이 얼마나 놀라운 광경인가? 너무 놀라운 광경이었다. 그녀는 이 벅찬 감동과 짜릿한 순간을 마구 달리고 노래하며 소리쳐 외치고 싶었지만, 아무리 달리고 노래 부르고 소리친다 해도 가슴 깊은 곳에 담긴 것은 표현할 수 없었다. 그러므로 어슐라는 쓸쓸한 고독감에 사로잡혀 조용히 입을 다물었다.

　부활절에 그녀는 다시 매기네 집에 가서 며칠을 보냈다. 그러나 그녀는 사람의 눈을 피했고 부끄러움을 탔다. 앤소니를 보자 자꾸 예전 일이 생각났다. 그의 눈은 무엇인가를 갈망하는 빛을 띠고 있었고 아름다웠다. 그녀도 그를 확실히 느끼기 위해서 보고 또 보았다. 그러나 그녀 자신은 이미 다른 곳에 마음이 가 있었다. 자신이 다른 사람이 된 듯했다.

　어슐라는 봄과 싹트는 꽃봉오리로 관심을 돌렸다. 담 옆에는 회녹색을 띤 작은 꽃봉오리가 가득 달린 큰 배나무가 있었다. 그녀는 기쁨에 사로잡혀 나무 앞에 섰다. 그리고 가슴 속 깊은 곳에서 어떤 깨달음이 찾아왔다. 연한 녹색과 흰색의 구름 뒤에는 그토록 수많은 꽃봉오리들이 줄지어 서 있고, 무한한 햇빛이 쏟아지고 있지 않은가.

　황홀하고 풍요로운 몇 주일이 이렇게 지나갔다. 코스데이에 있는 배나무는 파도가 물거품을 일으키듯이 오두막집의 가장자리를 따라서 꽃을 활짝 피웠다. 그 다음에는 나무와 덤불 아래의 팽팽한 땅 위에 물결처럼 푸른 도라지꽃이 하나둘 피기 시작했다. 푸른 도라지꽃이 피고 또 피더니, 마침내 푸른 도라지꽃 천지가 되었다. 연녹색 잎들이 피어올랐고, 작은 새들은 쉴 새 없이 지저귀며 날아다녔다. 그러다가 어느새 꽃잎이 떨어져 없어졌다. 이제 여름이었다.

　올해 방학에는 바닷가에 가지 않기로 했다. 이번 방학 때에는 코스데이에서 이사를 해야 한다.

　그들은 윌리 그린 근처에서 살게 되었는데, 그곳이 브랭웬의 활동 중심지가 될 것이었다. 윌리 그린은 번창한 탄광 지역의 변두리에 있는 조용하고 오래 된 읍이었다. 이 읍에는 양지 바른 들판 곳곳에 이상하게 생긴 옛날 집들이 조용히 서 있었으며, 한창 발전하고 있는 탄광의 소도시인 벨도버에 비해, 이 읍은 일종의 휴식처와 유원지 역할을 하고 있었다. 일요일 아침, 술집이 문을 열기 전까지는 이곳이 광부들의 즐거운 산책 장소였다.

윌리 그린에는 문법학교가 있었는데, 브랭웬은 일주일에 이틀만 학교에 나가게 되어 있었다. 또 이 학교에서는 여러가지 실험적인 교육이 행해지고 있었다.

어슐라는 윌리 그린의 구석 지역인 사우스웰과 셔우드 숲이 가까운 쪽에 살고 싶었다. 그곳은 매우 아름답고 낭만적인 곳이었다. 그러나 세상으로 나온다는 것은 어디까지나 세상으로 나와 산다는 것을 의미하는 것이었다. 윌 브랭웬은 현대적이 되어야만 했다.

그는 아내의 돈으로 벨도버의 신흥 주택가에 빨간 벽돌로 지은 큰 집을 마련했다. 이 집은 죽은 탄광 지배인의 미망인의 별장이었는데, 큰 교회 가까이 있는 새로 생긴 조용한 작은 골목에 있었다.

어슐라는 좀 섭섭했다. 결국 고급 주택가가 아니라, 음산하고 작은 마을의 빨간 벽돌로 새로 지은 교외 주택으로 이사왔기 때문이었다.

하지만 브랭웬 부인은 행복했다. 방들은 무척 넓었다. 아래층엔 매우 쾌적한 서재 외에도 훌륭한 식당과 응접실, 부엌이 있었다. 모든 시설이 놀랄 만큼 좋았다. 미망인은 상당히 사치스러운 생활을 해왔던 것 같았다. 벨도버 출신의 미망인은 여왕처럼 군림하고자 했던 모양이었다. 욕실은 흰색과 은색이었고, 계단은 떡갈나무로 만들었으며, 벽난로의 앞쪽 장식도 둥근 원주형의 육중한 떡갈나무였다.

무엇보다 '훌륭하면서도 실속있게'가 이 집의 핵심이었다. 그러나 어슐라는 구석구석에 스며있는 엄격하고 과장된 부유함이 싫었다. 그녀는 아버지로부터 벽난로의 튀어나온 떡갈나무 장식을 끌로 밀어 버리겠다는 약속을 받아냈다. 위용을 부리며 불쑥 튀어나온 장식은 어슐라의 취미에 맞지 않았다. 정작 아버지 자신의 몸집은 호리호리하고 어수룩하지 않은가. 저렇게 '훌륭하고 실속 있는' 장식물이 아버지와 무슨 상관이 있단 말인가.

그들은 미망인의 가구도 상당히 많이 사들였다. 윌튼산 카펫, 둥글고 큰 탁자, 장미꽃과 새 그림이 들어 있는 덮개천을 씌운, 새로 채색한 긴 의자 등 가구들은 평범하면서도 훌륭했다. 커다란 창문 덕분에 집 안은 햇빛이 잘 들고 쾌적했으며, 바로 맞은편으로 낮은 골짜기가 한눈에 보였다.

결국 이들은 ― 한 친구가 말했듯이 ― 벨도버 마을의 상류층에 속하게 될 것이고, 또 그 문화를 대표할 것이다. 이 마을에는 의사나 탄광 지배인, 약제사보다 더 높은 사회적 지위를 가진 사람이 없었기 때문에, 델라 로비아의 아름다운 마돈나 상과 도나텔로의 아름다운 복제품과 보티첼리의 복사 그림을 가지고 있는 브랭웬 집안은 자연히 유명해질 수 밖에 없었다. 아니, 식당과 평범한 응접실에 걸린 〈프리마베라〉와 〈아프로디테〉, 〈예수 탄생〉의 그림만 봐도 벨도버 사람들은 입이 딱 벌어질 것이다.

결국 시골에서 이름 없는 촌부로 지내는 것보다는 벨도버의 공주가 되는 것이 더 나았다.

식구가 모두 열 명이나 되는 브랭웬 집안이 이사하기 위해서는 엄청난 준비가 필요했다. 우선 벨도버의 새 집이 준비되었고, 다음에 코스데이에 있는 집의 짐을 꾸렸다. 학기말이 되면 이사할 참이었다.

7월말에 여름방학이 시작되자, 어슐라는 학교를 그만두었다. 아침에 밖을 보니 날씨는 맑고 태양이 빛났다. 이 마지막 날에는 교실에도 자유로움이 느껴졌다. 마치 학교의 벽이 녹아 없어지는 것 같았다. 이미 학교 담은 그림자처럼 보였고, 환상처럼 보였다. 방학식을 하는 아침이었다. 머지 않아 학생들과 선생들은 밖으로 나가 각자 가고 싶은 곳으로 갈 것이다. 수갑이 풀리고 형기가 끝난 지금, 감옥은 잠시 동안 그들 주위에 서 있는 그림자에 불과했다. 학생들은 책과 잉크병을 챙겨 나오거나 지도를 말고 있었다. 그들 모두의 얼굴은 기쁨과 즐거움으로 빛났다. 이 마지막 수감 기간의 흔적을 지우고 치우느라 야단법석이었다. 모두 다 자유롭게 될 것이었다. 어슐라는 분주하고 신나게 출석부에 출석 통계를 내고 있었다. 그녀는 자부심을 가지고 수 천의 숫자를 적어넣었다. 수 천 명의 학생들에게 수업을 한 것이었다. 그것이 대단해 보였다. 시간은 흥분된 긴장 속에서 천천히 흘러갔다. 이제 드디어 시간이 끝났다. 마지막으로 그녀는 기도를 하고 찬송가를 부르는 아이들 앞에 섰다. 머지않아 그것도 끝이 났다.

"잘 있어요, 여러분. 선생님은 여러분을 결코 잊지 않을 거예요. 여러분도 선생님을 잊어서는 안 돼요."

그녀가 말했다.

"잊지 않을 거예요."

학생들이 빛나는 얼굴로 일제히 소리쳤다.

그녀는 학생들이 나가고 있는 동안, 뿌듯한 마음으로 미소를 짓고 있었다. 그리고 나서 분단장들에게 6펜스씩 상금을 주었다. 그들도 가 버렸다. 책장은 잠겨 있었고, 칠판은 깨끗이 지워져 있었으며, 잉크병과 먼지떨이는 치워져 있었다. 교실 전체가 텅 비어 있었다. 어슐라는 승리감을 느꼈다. 교실은 이제 하나의 껍데기였다. 그녀는 여기에서 잘 싸웠다. 생각해 보면 꼭 불쾌한 일만 있었던 것은 아니었다. 기념비나 승리패처럼 서 있는 이 딱딱한 빈 교실에 대해 고마운 마음까지 일어났다. 이곳에서 그녀는 인생의 그토록 많은 것을 걸고 싸웠으며, 이기기도 하고 지기도 했다. 이 학교의 어떤 부분들은 언제나 그녀의 가슴에 남을 것이고, 그녀의 일부도 이 학교에 남을 것이다. 그녀는 그 사실을 깨달았다. 그리고 이제 작별인사를 할 시간이 되었다.

교무실에서 선생님들은 잡담을 하면서 빈둥거렸다. 맨 섬으로 가느니 랜더드노로 혹은 야머스로 가느니 하고 이야기를 나누었다. 그들은 같은 배를 타고 온 동지들같이 서로에 대해 열렬한 정을 나누며 서운해했다.

이제 하비 교장이 어슐라에게 작별인사를 할 순서가 되었다. 양쪽 관자놀이가 은회색으로 물든 그는 여전히 눈썹이 새까맣고 침착하며 건강한 미남자였다.

"이제 우리는 브랭웬 선생님에게 작별을 고해야만 합니다. 그리고 그녀의 미래에 행운을 빌어줄 때입니다. 저는 언제고 우리가 그녀를 다시 만날 것이라 생각하며, 또 앞으로의 소식도 종종 듣게 되리라 생각합니다."

"아, 예."

어슐라는 낯을 붉히며 웃으면서 더듬더듬 말했다.

"반드시 다시 와서 뵙겠어요."

그리고 나자 이 인사말이 너무 사적인 것 같아서 바보가 된 듯한 기분이었다.

"이 책 두 권은 스코필드 선생이 제안한 것인데, 마음에 들기를 바랍니다."

그는 책상 위에 책 두 권을 놓으면서 말했다.

어슐라는 매우 수줍어하며 책을 집었다. 스윈번의 시집과 메레디스의 작품집이었다.

"네, 무척 마음에 들어요. 대단히 고맙습니다. 참으로 고맙습니다."

그녀는 겨우 말을 마치고 얼굴이 빨개지면서 열심히 책장을 넘겨보았다. 그리고 좋아하는 척했지만 사실은 아무것도 눈에 들어오지 않았다.

하비 교장의 눈이 반짝거렸다. 교장 혼자만이 이 상황에서 태연함을 유지하고 있었다. 그는 어슐라에게 선물을 주게 된 것을 무척 기뻐하고 있었다. 단 한 번이라도 선생들에게 호의를 보일 수 있기 때문이었다. 대개는 선생들이 하비 교장의 지배를 받으며 모두 반발하고 있었으므로 그렇게 하기가 매우 어려웠던 것이다.

"예, 우리는 선생님이 그 책을 좋아하시길 바랐어요."

그가 말했다. 그리고 잠시 동안 특유의 도전적인 미소를 짓고 쳐다보더니 자기 책상으로 돌아갔다.

어슐라는 매우 당혹스러웠다. 그녀는 소중하게 그 책들을 가슴에 꼭 껴안았다. 그리고 모든 선생님들, 심지어 하비 교장에 대해서까지 애정이 솟구쳤다. 참으로 놀라운 일이었다.

드디어 어슐라는 밖으로 나왔다. 태양이 뜨겁게 내리쬐는 아스팔트 위에 웅크리고 있는 학교를 힐끗 한 번 쳐다본 다음, 낯익은 도로를 내려다보고 나서는 이 모든 것에서 등을 돌렸다. 뭔가가 그녀의 가슴을 쥐어짜는 듯했다. 마침내 떠나는 것이다.

"자, 행운이 함께하기를."

길가에서 그녀가 선생님들과 악수를 나눌 때 마지막 선생님이 말했다.

"언젠가 다시 뵙기를 바랍니다."

그 선생님은 냉소적으로 말했다. 그녀는 웃었다. 그리고 헤어졌다. 이제 해방이었다. 그녀는 햇빛을 받으면서 전차 이층에 앉아, 날아갈 듯 즐거운 마음으로 주위를 둘러보았다. 자신에게 많은 의미가 있었던 뭔가를 두고 떠나온 것이다. 이젠 더 이상 학교에 가지 않아도 되고, 이전에 했던 낯익은 일도 하지 않을 것이다. 이상한 일이다! 이렇게 기쁜 와중에도 가슴 한쪽이 찡해왔다. 그것은 회한에서 오는 것이 아니라 공포로 인한 고통이었다. 하지만 이 얼마나 기쁜 아침인가!

그녀는 자부심과 기쁨으로 온몸이 부르르 떨렸다. 두 권의 책도 마음에 들었다. 그녀에게 이 책은 고맙게도 드디어 끝나버린 지난 2년 동안의 결실과 승리를 나타내는 표시였다.

"어슐라 브랭웬 선생님에게, 장래의 행운을 빌며. 성 필립스 초등학교에서 보낸 나날들을 다정히 회고하면서."

교장선생의 단정하고 정확한 필체로 이런 문장이 쓰여 있었다. 단정하게 펜을 잡고 있는 교장선생의 손등에 까만 털이 난 굵은 손가락 하나하나가 눈에 선했다.

교장선생과 모든 선생들이 서명했다. 어슐라는 모든 선생들의 서명을 받은 것이 기뻤다. 그들 모두에 대해 애정을 느꼈다. 그들은 그녀의 동료 교사들이었다. 그녀는 결코 잃어버릴 수 없는 자부심을 학교에서 가지고 왔다. 그녀는 동료이자 학교 일을 나누어 가진 자로서의 자기 지위를 가졌고, 동료 교사들은 동료의 한 사람으로서의 그녀에게 서명했다. 어슐라는 모든 선생들 중 한 사람으로서 인간이 짓는 건물에 자신의 작은 벽돌을 얹어놓은 셈이다. 말하자면 동료 건축가로서의 자격이 인정된 것이다.

이제 이삿날이 왔다. 어슐라는 아침 일찍 일어나 남은 물건들을 쌌다. 건초기와 수확기 사이의 농한기라 마쉬에 있는 외삼촌이 빌려준 마차 몇 대가 도착했다. 짐을 마차에 실어 밧줄로 묶고, 어슐라는 자전거를 타고 벨도버로 떠났다.

새 집은 그녀의 독차지였다. 어슐라는 깨끗이 청소된 집으로 조용히 들어갔다. 식당에는 두꺼운 돗자리가 깔려 있었는데, 잘 마른 풀로 엮어 만든 것으로 아름답고 반짝반짝 빛났다. 벽은 밝은 회색이었고, 문은 더 진한 회색이었다. 햇빛이 커다란 유리창을 통해 비쳐들었는데, 어슐라는 이것이 매우 좋았다.

어슐라는 햇빛이 더 잘 들도록 창문과 문들을 활짝 열어젖혔다. 작은 잔디밭 주위에 꽃이 피어 반짝이고 있었다.

길 위에 있는 잔디밭에서는 반대편에 있는 공터가 한눈에 내려다보였다. 그곳에는 나중에 건물을 지을 예정이었다. 아직은 아무도 오지 않았다. 그래서 어슐라는 정원으로 내려가 담까지 거닐었다. 교회의 종 소리가 여덟 시를 알렸다. 주변에서 여러가지 도시의 소리가 들려왔다.

마침내 모퉁이를 돌아 마차가 보였다. 낯익은 가구가 허술하게 마차 꼭대기 위에까지 실려 있었고, 남동생 톰과 여동생 테레사가 마차 옆을 따라서 걸어오고 있었다. 두 아이들은 마차가 출발한 곳에서부터 10마일 이상이나 되는 거리를 걸어온 것에 대해 자부심을 느꼈다. 어슐라는 맥주를 따랐고 남자들은 문 옆에서 갈증나는 듯이 맥주를 마셨다. 마차가 또 한 대 왔다. 아버지는 모터 달린 자전거를 타고 오셨다. 작은 잔디밭까지 가구들을 아무렇게나 날라다 층층이 쌓아 놓았다. 햇빛 속에 가구들은 마구 내팽개쳐져 있었다. 매우 이상하고 보기 흉했다.

브랭웬은 편안하고 쾌활하여 함께 일하기에 즐거운 사람이었다. 어슐라는 아버지가 나서서 무거운 가구들을 어디에 놓아야 할 것인지를 결정하는 모습이 보기 좋았다. 그녀는 일꾼들이 무거운 가구들을 들고 계단을 힘들게 올라와 문간을 지나가는 것을 안타깝게 바라보았다. 이제 커다란 물건들은 거의 다 들여놓았다. 마차가 다시 떠났다. 어슐라는 아버지와 함께 잔디밭에 남아 있는 가벼운 물건들을 들어다 제자리에 놓았다. 점심때가 되자, 모두들 부엌에서 치즈 바른 빵을 먹었다.

"자, 잘 돼가는군."

브랭웬은 즐겁게 이야기했다.

마차 두 대분의 짐이 더 도착했다. 오후 내내 가구를 이층으로 옮기느라 힘이 들었다. 다섯 시쯤 되어 마지막 짐이 도착했다. 프레드 외삼촌이 끄는 마차에 어머니와 어린 동생들이 타고 왔다. 구드룬과 마가렛은 역에서부터 걸어왔다. 가족이 전부 도착했다.

"자, 이제야 다 모였구만."

브랭웬은 아내가 마차에서 내리자 큰 소리로 말했다.
"네."
아내도 즐겁게 대답했다.
이러한 간단한 인사말과 두 사람 사이에 흐르는 무언의 친밀함이 이 집에 대해서 다소 서먹서먹한 느낌을 가졌던 아이들의 마음에 아늑함을 불어넣었다. 모든 것이 뒤죽박죽이었다. 그러나 부엌에 불을 지피고, 난로 앞에는 양탄자를 깔고, 난로 선반에는 주전자를 얹었다. 해가 지자, 브랭웬 부인은 새 집에서의 첫번째 식사를 준비했다. 어슐라와 구드런은 촛불을 들고 다니면서 침실을 열심히 치웠다. 드디어 부엌에서 햄, 달걀, 커피 냄새가 났고, 가스등 아래서 식사가 시작되었다. 가족들은 마치 낯선 곳에서 캠핑이라도 하듯이 다 함께 둘러앉았다. 어슐라는 동생들을 돌봐주어야 할 책임감을 느꼈다. 막내는 어머니 곁에 바싹 붙어 있었다.
밤이 되자 아이들은 졸리면서도 흥분해서 잠을 이루지 못했다. 한참 지나서야 이야기 소리가 멈췄다. 아이들에게는 굉장한 모험이었다.
다음날 아침, 동이 트자마자 모두들 곧 일어났다. 아이들은 떠들어댔다.
"잠이 깨고서도 여기가 어딘지 몰랐다니까."
도시의 이상한 소리가 들려왔다. 교회의 커다란 종소리는 코스데이 마을의 작은 종소리보다 훨씬 더 귀에 거슬렸는데, 집요하게도 오랫동안 울렸다. 창문을 통해 빨간 새 벽돌집들이 보이고, 그 너머로 숲이 우거진 언덕이 골짜기 건너편에 보였다. 그들은 이 집이 넓으면서도 밝고 환기가 잘 되는 느낌이 들어 기뻤다.
온 식구가 일을 하기 시작했다. 원래는 부주의하고 단정치 못한 식구들이었지만, 일단 정리를 시작하자 빠르고 능숙하게 진행되었다. 저녁때쯤에는 집 안이 대충 정리되었다.

하녀는 두지 않기로 했으며, 두더라도 저녁에는 집으로 돌아가는 파출부를 두기로 했다. 아직은 파출부마저도 쓰지 않고 있었다. 당분간은 낯선 사람 없이 가족끼리만 새 집에서 살고 싶었던 것이다.

제 15 장
환희의 괴로움

 폭풍 같은 부지런함이 한바탕 집안을 휩쓸고 지나갔다. 어슐라는 10월이 되어야 대학에 입학할 것이었다. 그래서 집안에서 자신의 역량을 보여야만 한다는 뚜렷한 책임감을 가지고 물건들을 정리하고, 또 정리하고 고르며 열심히 일했다.
 그녀는 아버지의 보통 연장들이라면 목공용이든 철공용이든 뭐든지 다룰 줄 알았다. 그러므로 망치질도 하고, 땜질도 했다. 어머니는 딸이 해놓은 것을 보고 매우 만족해 했다. 아버지도 흥미를 보였다. 그는 이미 딸에 대한 믿음을 갖고 있었다. 한편 아버지는 마당 한구석에 작업장을 세우고 있었다.
 드디어 어슐라는 맡았던 일을 마쳤다. 응접실은 넓고 텅 비어 있었다. 가족들이 자랑으로 여겨온 윌튼산 카펫이 깔리고, 빛나는 서양목으로 덮인 커다란 침대 겸용 의자가 놓였다. 그리고 브랭웬이 만든 작은 석고상과 피아노가 놓였지만 단지 그뿐이었다. 응접실은 가족이 쓰기에는 너무 커서 텅 빈 느낌이 들었다. 하지만 그들은 크고 텅 빈 응접실이 있는 게 좋았다.
 가장 아늑한 곳은 식당이었다. 그곳에는 질긴 돗자리가 깔려서 바닥을 빛나게 할 뿐만 아니라 식구들의 가슴 속 깊이 빛을 반사했다. 창문 옆 베란다의 햇빛이 잘 드는 곳에는 의자와 테이블이 견고하게 자리 잡고 있어 밀어도 꿈쩍도 하지 않았다. 그리고 의자들도 매우 튼튼해서 넘어뜨려도 부서지지 않았다. 브랭웬이 만든 낯익은 오르간은 이상하리만치 조그맣게 보였는데, 한쪽 구석에 놓여 있었다. 찬장은 적당한 크기로 줄여 놓았다. 이곳이 가족들의 거실이었다.

어슐라는 침실을 혼자 쓰게 되었다. 본래는 하인들이 쓰던 작고 평범한 방이었다. 이 방의 창문을 통해서 보면 이 집의 뒤뜰이 내려다보이고, 근처 다른 집들의 뜰도 보였다. 어떤 집의 뜰은 오래되고 잘 가꿔진 데 비해, 다른 뜰은 궤짝 따위가 흩어져 있었다. 그리고 앞쪽으로는 큰길에 면해 있는 가겟집들의 뒤편이 보였고, 교회를 마주 보고 있는 지배인 대리와 경리과장의 훌륭한 집들이 보였다.

대학에 가려면 아직 6주일이 남았다. 이 동안에 어슐라는 라틴 어와 식물학에 관한 책을 열심히 읽었고, 수학을 이따금 공부했다. 대학에는 선생으로서의 훈련을 더 받기 위해 가는 것이었다. 입학시험에는 이미 합격했기 때문에 정식 학부에 입학할 수 있었다. 1년 후에는 중급 문과과정을 밟을 것이며, 2년 후에는 문학사 자격을 얻기 위한 강좌를 들을 것이다. 그렇기 때문에 보통 교사들의 훈련 과정과는 달랐다. 그녀는 실습 훈련이 아니라 순수 교육만을 위해서 온 자비自費학생들과 함께 공부하게 될 것이다. 그야말로 우등생 중의 한 사람이 될 것이다.

앞으로 3년 동안은 다소간 부모님의 신세를 지게 될 것이다. 실습은 무료다. 모든 대학 등록금은 정부에서 지급하며, 더구나 매년 몇 파운드씩 장학금을 받았다. 이것으로 차비와 의복비는 충분할 것이다. 부모님은 그녀를 먹여주기만 하면 되었다. 부모님에게 큰 부담을 지우고 싶지는 않았다. 그들은 잘 살지는 못했다. 아버지의 수입은 1년에 고작 2백 파운드이고, 어머니의 지참금 중 상당액은 집을 사는 데 써 버렸다. 하지만 먹고 살기에는 충분했다.

한편 구드런은 노팅엄에 있는 미술학교에 입학했다. 그녀는 특별히 조각 공부를 했다. 그녀는 조각에 대한 재능이 뛰어나서 진흙으로 어린애나 동물의 작은 모형 만들기를 좋아했다. 이 작품들 중 일부는 이미 학생 미술전시회에 출품되어 그 뛰어난 재능을 인정받았다. 그녀는 미술학교에 만족하지 않고 런던에 가고자 했지만, 돈이 충분하지 않았다. 부모 역시 그녀를 그렇게 멀리 보내려 하지 않았다.

테레사는 고등학교를 졸업했다. 키가 크고 건장하며 대담한 말괄량이인 그녀는 상급학교에는 일체 관심이 없었다. 그냥 집에 머물러 있으려고 했다. 막내를 제외한 다른 동생들은 학교에 다니고 있었다. 학기가 시작되면 모두 윌리 그린에 있는 문법학교로 전학할 예정이었다.

어슐라는 벨도버에서 새로운 친구를 사귈 기대로 잔뜩 흥분했다. 그러나 그 흥분도 곧 가셨다. 목사, 이 약사, 저 약사, 또 의사, 지배인네 집에 초대를 받아 가서 차를 마셨고, 그러다보니 이 지방의 거의 모든 사람들을 알게 되었다. 하지만 어슐라는 아무리 그렇게 하고 싶어도 이 사람들을 진지하게 받아들일 수 없었다.

그녀는 걷거나 자전거를 타고 교외를 배회하면서 맨스필드와 사우스웰 그리고 워크숍 사이에 있는 숲의 풍경이 매우 아름답다는 것을 알게 되었다. 그러나 오직 즐기기 위해 돌아다니는 것이었다. 진정한 탐구는 대학에서 시작될 것이다.

학기가 시작되었다. 그녀는 매일 기차로 통학했다. 수도원처럼 조용한 대학 분위기가 그녀를 압박하기 시작했다.

처음에는 실망하지 않았다. 커다란 대학의 석조 건물은 조용한 거리에 서 있었고, 주변에는 잔디와 보리수가 둘러싸고 있어 매우 평화로웠다. 대학이 마치 먼 나라에 있는 마술의 나라처럼 여겨졌다. 그 건축양식이 형편없다는 것은 이미 아버지로부터 들었다. 하지만 그 양식은 다른 건물들과는 매우 달랐다. 다소 예쁘장하고 장난감 같은 고딕 양식은 이 더러운 산업도시에서 품격 있는 건물로 보였다.

어슐라는 중앙 홀이 마음에 들었는데, 그곳에는 큰 석조 벽난로가 있었고, 위에 있는 발코니는 고딕 양식의 아치가 떠받치고 있었다. 확실히 아치는 보기 흉했고, 상자 모양으로 문양 장식이 조각된 석조 벽난로는 맞은편의 자전거 보관소와 난방기와 대조되어 매우 어색해 보였다. 한편 커다란 게시판에 붙어 있는 종이가 흩날리면서 수도원에 있는 듯한 신비감과 고립감을 흩어 버렸다. 비록 이런 식으로 특징이 없다손 치더라도, 홀 안에는 원래 교육이 수도원에서 시작됐다는 흔적이 있었다. 그녀의 영혼은 곧바로 중세로 날아갔다. 수도승들이 인간의 교육을 담당하고 있었으며, 종교의 그늘 아래서 후세에 대한 교육을 수행하고 있었다. 바로 이러한 정신으로 어슐라는 대학에 들어갔다.

휴게실과 화장실의 사납고 야비한 풍경이 처음에는 마음에 몹시 걸렸다. 왜 모두 아름답지 못한가? 그러나 공공연한 비판은 할 수 없었다. 그녀는 성스러운 곳에 서 있었다.

그녀는 모든 학생들이 고상하고 순수한 정신을 가지고 있기를 원했으며, 그들 모두가 참되고 진실한 것만을 말하기를 바랐다. 그녀는 학생들의 얼굴이 수녀와 수도자의 얼굴처럼 깨끗하게 빛나기를 바랐다.

아, 그러나 여학생들은 재잘거리며 킥킥 웃었고 신경질적이었으며, 게다가 옷을 잔뜩 차려입고 머리는 바글바글 볶았다. 남학생들은 비열하고 광대처럼 보였다.

하지만 책을 들고 복도를 따라 걸어가 회전 유리문을 열고 첫 강의가 있는 큰 교실로 들어가는 기분은 매우 좋았다. 커다란 창문이 높이 달렸으며, 수많은 갈색 책상들은 학생들을 기다리는 듯 놓여 있었다. 교단 뒤에는 큰 칠판이 매끈하게 놓여 있었다.

어슐라는 약간 뒤쪽의 창가에 앉았다. 창문을 통해 그녀는 노랗게 물들어가는 보리수와 가을 햇살이 비치는 조용한 거리를 말없이 지나가는 상점 점원 아이를 내려다보았다. 멀고 먼 세계가 여기 있었다.
　여기, 지난 모든 세기의 회상을 속삭이는 거대한 껍질 속에서 시간은 사라지고 지식의 메아리만이 무한한 침묵을 가득 메웠다.
　그녀는 강의를 듣고 즐겁게 노트에 기록했다. 거의 황홀감에 빠져 한 순간도 자신이 들은 것에 대해 비평하지 않았다. 교수는 진리의 대변인이고 성직자였다. 교수가 검은 가운을 입고 강단에 서면, 온 사방을 가득 채운 지식의 혼란스러운 속삭임이 몇 가닥의 실로 뽑아져 나와 교수의 손에 의해 서로 짜여지고, 하나의 강의가 되었다.
　처음에 그녀는 비평을 자제하고 있었다. 그녀는 교수를 학교에 나오기 전에 베이컨을 먹는 보통 사람, 구두를 신는 일반인으로 생각하지 않았다. 그들은 검은 가운을 입고, 세속을 떠나 조용한 전당에서 영원히 봉사하는 지식의 사제였다. 교수들은 마법을 전달받은 사람이요, 지식의 처음과 끝을 가지고 있는 자들이었다.
　그녀는 강의에서 이상한 기쁨을 맛보았다. 교육 이론을 듣는 것이 즐거웠으며, 지식의 본질을 맛보는 데서 자유와 즐거움을 맛보았다. 그리고 그것이 어떻게 움직이며 살아 존재하는가를 배우면서 자유로움과 즐거움을 만끽했다. 라신을 읽으면서 얼마나 행복했던가! 그 이유는 알 수 없었다. 그러나 극중의 훌륭한 구절들이 차근차근 정교하게 전개될 때, 그녀는 실재의 영역에 살아 있는 존재로서의 기쁨을 맛보았다. 라틴 어 시간에는 리비우스와 호라티우스를 배웠다. 신기하고 친밀하며 한담풍의 라틴 어 수업은 호라티우스와 어울렸다. 하지만 그녀는 호라티우스를 좋아하지 않았고, 리비우스도 좋아하지 않았다. 한담을 나누는 식의 교실에는 엄격한 분위기가 완전히 결여되어 있었다. 그녀는 예전에 파악한 로마의 정신을 놓치지 않으려고 매우 노력했다. 그러나 차츰 라틴 어는 단지 한담과 인위적인 기교, 예의범절과 장광설의 문제가 되고 말았다.

그녀는 수학시간이 끔찍했다. 교수가 수업을 너무 빨리 진행해서 그녀는 가슴이 막 뛰었고, 모든 신경이 바짝 곤두섰다. 혼자서 공부할 때에는 내용을 다 이해하려고 매우 노력했다.

그리고 나면 가장 즐겁고 평화로운 식물학 실험을 하는 오후가 되었다. 학생은 몇 명 되지 않았다. 식물의 심과 면도날과 기타 재료를 준비하여 실험대 앞의 높은 의자에 앉아 조심스럽게 슬라이드를 올려놓고 주의 깊게 현미경의 초점을 맞추고 나서 즐겁게 관찰 결과를 기록했다. 만일 슬라이드가 맑고 잘 나올 경우에는 기쁜 마음으로 그것을 공책에 옮겨 그렸다.

곧 대학 친구 한 사람을 사귀었다. 플로렌스에 살았던 여학생으로 수수한 검은 옷에 보라색 무늬가 아름답게 수놓인 스카프를 걸치고 있었다. 이름은 도로시 러셀이었으며, 남부의 변호사 딸이었다. 도로시는 노팅엄에서 독신 고모와 함께 살고 있었는데, 여가시간에는 여성 정치연맹에서 보냈다. 상아빛의 하얀 얼굴에 검은 머리를 귀 뒤로 묶은 조용하고 열정적인 친구였다. 어슐라는 그녀를 무척 좋아했지만 두려워하기도 했다. 도로시는 나이가 들어보였고, 자신에게는 매우 냉정한 것 같았다. 하지만 실제 나이는 스물두 살밖에 되지 않았다. 어슐라는 도로시가 카산드라(그리스 신화에 나오는 여자 예언자 : 역주)와 같은 운명의 인물로 생각되었다.

이 두 처녀는 친밀하고 엄격한 우정을 나누었다. 도로시는 자신을 전혀 아끼지 않고 모든 일을 열정적으로 했다. 도로시는 특히 식물학 시간에 어슐라와 가까워졌다. 왜냐하면 그녀는 그림을 그릴 줄 몰랐기 때문이었다. 어슐라는 현미경으로 보이는 단면을 아름답고 훌륭하게 그렸고, 도로시는 항상 옆에 와서 그리는 방법을 배우려 했다.

세상과 떨어져 공부만 하면서 첫해가 갔다. 그녀의 대학 생활은 전투같이 엄격했지만, 은둔자의 생활처럼 평화로웠다.

아침이면 그녀는 구드런과 함께 노팅엄으로 왔다. 두 자매는 날씬하고 건강하며 열정적이고 감수성이 예민했기 때문에 어디를 가든지 두드러졌다. 둘 중에서 구드런이 더 아름다웠다. 약간 졸리는 듯이 나른한 처녀다운 자태가 부드러우면서도, 한편으로는 균형 잡힌 굳건함이 있었다. 그녀는 부드럽고 편안한 옷을 입었고, 대충 모자를 쓴 모습이 아주 우아했다.

어슐라는 훨씬 더 복장에 신경 썼지만, 늘 자의식에 사로잡혀 다른 사람의 옷에 쉽게 감탄했다. 그리고 이것저것 흉내내다보니 영 어색한 옷차림이 되곤 했다. 하지만 실용적인 복장을 했을 때는 항상 멋있어 보였다. 겨울에는 트위드 천으로 만든 코트와 치마를 입고 열정이 가득 찬 발그레한 얼굴 위에 작고 검은 모자를 푹 썼는데, 거리를 걸어갈 때면 지나치게 예민하고 초조해 보였다.

1학년 말에 어슐라는 중급 문과 시험을 통과했다. 그래서 열심히 하던 공부에 휴식이 찾아왔다. 맥이 빠지고 긴장이 풀렸다. 시험 준비를 하면서 날카롭게 긴장해 있던 의지가 이제 시험을 통과한 기쁨으로 수동적이 되었고 나약해졌다.

가족이 한 달 동안 스카보로에 갔다. 구드런과 아버지는 방학 동안 그곳에 있는 공예 여름학교에서 바쁘게 작업하고 있었기 때문에, 어슐라는 대개 동생들과 함께 있었다. 그러나 나갈 때는 되도록 혼자 나갔다.

어슐라는 빛나는 바다를 쳐다보며 서 있었다. 무척 아름답게 느껴졌다. 가슴 속으로부터 뜨거운 눈물이 솟아올랐.

저 멀리 떨어진 공간으로부터 아직 생겨나지 않은 열정적인 갈망이 그녀에게로 서서히 떠밀려왔다.

"아직 동트지 않은 무수한 여명이 있다네."

바다 저편의 수평선으로부터 모든 동트지 않은 여명이 그녀에게 호소하는 것 같았고, 그녀의 모든 태어나지 않은 영혼이 동트지 않은 여명을 갈망하여 울고 있는 것 같았다.

그녀가 아름답게 반짝이는 잔잔한 바다를 바라보며 앉아 있는 동안, 가슴 속에서 흐느낌이 솟구쳐 갑자기 입술을 깨물었는데도 눈물이 저절로 흘러내렸다. 그리고 이 흐느낌 속에서 그녀는 웃었다. 왜 우는가? 그녀는 울고 싶지 않았다. 경치가 너무 아름다워서 웃었던 것이다. 그리고 경치가 너무 아름다워서 울었던 것이다.

이런 자기의 꼴을 아무도 못 보았기를 바라면서 어슐라는 주위를 조심스럽게 둘러보았다.

그러고 나면 바다가 사나워졌다. 어느새 커다란 파도가 해안으로 밀려와 바위에 부딪혀 물거품을 일으키며 하얗고 아름답게 부서지고, 다시 검게 솟아난 바위만 남긴 채 물러가는 것을 바라보았다. 아, 저 파도가 하얗게 부서질 때 그것은 자유가 아닌가!

이따금 어슐라는 갈색 피부의 뱃사람들을 쳐다보면서 항구를 배회하곤 했다. 그들은 꽉 끼는 푸른색 윗옷을 입고 부두의 둑 위를 빈둥거리며 돌아다녔으며, 무례하게 말을 걸 듯한 눈짓을 하며 그녀를 보고 웃었다.

뱃사람들과 그녀 사이에 약간의 관계가 생겼다. 그녀는 결코 그들에게 말을 걸려고 하지 않았고, 그들에 대해 알려고 하지 않았다. 그러나 그녀가 바닷가를 거닐고 그들이 둑에 기대어 있을 때면, 그들 사이에는 무언가 날카롭고 즐거우며 고통스러운 무언가가 흐르는 것 같았다. 그녀는 소금기 있는 듯한 머리카락을 푸른 눈 위로 늘어뜨린 잘생긴 젊은 선원이 가장 좋았다. 그는 너무나 참신하고 신선하며 짭잘한 바다냄새가 나서 이 세상 사람같지 않았다.

어슐라는 스카보로를 출발해서 톰 삼촌 집으로 갔다. 위니프레드는 늦여름에 사내아이를 낳았다. 이제 그녀는 어슐라에게 낯설고 어색한 사람이 되었다. 두 사람 사이에는 말로 표현할 수 없는 앙금이 남아 있었다. 톰 브랭웬은 자상한 아버지요, 가정적인 남편이었다. 그러나 그의 가정적인 모습에는 거짓된 것이 있었다. 어슐라는 그가 더 이상 좋지 않았다. 뭔가 추악하고 뻔뻔스러운 천성이 이제 노골적으로 드러나 모든 것을 감정적으로 처리하고 있었다. 유물론적인 무신론자인 그는 인간적 감정의 소유자요, 온화하고 사려 깊은 주인이요, 관대한 남편이요, 모범 시민이 됨으로써 이 모든 약점을 감췄다. 게다가 매우 영리해서 어디를 가나 평판이 좋았고, 아내를 쉽게 속였다. 아내는 그를 사랑하지 않았다. 하지만 자기 기만적인 상태에서 기꺼이 그와 살았고, 매사에 남편이 하자는 대로 따랐다.

어슐라는 집에 오니 마음이 편했다. 그녀 앞에는 아직 2년의 평화로운 시간이 놓여 있었다. 장차 2년 동안 할 일이 정해져 있는 것이다. 어슐라는 마지막 시험을 준비하기 위해 대학으로 돌아갔다.

그러나 이 해 동안 대학의 매력이 점차 빛을 잃기 시작했다. 교수들은 더 이상 지식과 삶의 신비를 전수받은 성직자가 아니었다. 결국 그들은 너무 익숙해서 그 존재조차 잊어버린 상품을 다루는 중간상인인 것이었다. 라틴 어는 어떠한가? 지식의 골동품에 불과했다. 라틴 어 수업시간은 이류 골동품 상점이었고, 여기에서 학생들은 골동품을 사고 그것의 시장가격을 알아보는데, 전반적으로 잘 팔리지 않는 골동품이었다. 그녀는 골동품 상점에서 일본, 중국의 골동품을 보고 지겨웠듯이, 라틴 어 골동품도 지겨웠다. 골동품이라는 말 자체가 그녀의 영혼을 지루하게 만들고, 죽은 것으로 만들었다.

어슐라는 공부하는 데 있어서의 열의를 잃었다. 왜 그런지는 몰랐다. 그러나 모든 것이 거짓이고 가짜인 것 같았다. 고딕 양식의 아치도, 평화로움도, 라틴 어도, 프랑스 어의 위엄도, 초서의 순진무구함도 모두 가짜인 것 같았다. 이 모든 것이 중고 상점이요, 학생들은 시험을 위해 장비를 사는 것뿐이다. 이런 것은 시내의 공장에 비한다면 작은 구경거리에 지나지 않는다. 이러한 생각이 점점 그녀를 사로잡았다. 이곳은 종교적인 수도원도 아니고, 학문의 성지도 아니었다. 돈벌이 장비를 좀더 갖추기 위한 견습소에 불과했다. 대학 자체는 공장을 위한 불완전한 작은 실험실이었다.

냉혹하고 추악한 환멸이 그녀를 엄습했다. 모든 것의 밑에는 영원히 추악한 바닥이 있다는 것을 깨달았다. 이와 같은 암흑과 쓰디쓴 암울함으로부터 그녀는 결코 안전하게 벗어날 수 없었다.

오후에 대학에 오면 잔디밭에는 실국화가 즐비하게 피어 있었고, 새파란 보리수는 햇볕을 쬐며 부드럽게 늘어져 있었다. 아, 그런데 만발한 하얀 실국화를 보니 마음이 괴로웠다. 왜냐하면 대학 안 교실로, 그 가짜 작업장으로 들어가야 했기 때문이다.

언제나 그곳은 거짓 상점이요, 거짓 창고였다. 생산성이라고는 전혀 없이 물질적 획득이란 동기만을 가지고 있었다. 종교적 지식이라는 미덕에 의지해 존재하는 척했지만, 그 종교적 지식이라는 미덕은 물질적 성공을 쫓는 신의 심부름꾼에 불과했다.

어슐라는 일종의 무기력한 상태에 빠졌다. 그녀는 습관 때문에 기계적으로 공부를 계속했다. 하지만 그것은 거의 희망이 없었다. 모든 일에 집중이 되지 않았다. 오후의 고대 영어 시간에 그녀는 창 아래를 내려다보면서 강의는 한 마디도 듣지 않았다. 《베어울프》나 어떤 것도 귀에 들어오지 않았다. 창문 밖 거리에는 햇빛을 받은 회색 포장도로가 울타리를 따라 나 있었다. 연분홍색 옷에 분홍색 양산을 쓴 어떤 부인이 길을 건너고 있었고, 하얀 강아지 한 마리가 그녀 주위를 하나의 점처럼 뛰어가고 있었다. 분홍색 양산을 쓴 여자는 작은 그림자와 함께 가벼운 걸음걸이로 길을 건넜다. 어슐라는 마술에 걸린 듯이 쳐다보았다. 분홍색 양산을 쓴 부인과 졸졸 따라다니는 강아지가 사라졌다. 어디로 갔을까, 어디로?

연분홍색 드레스의 그 부인은 어떤 현실의 세계 속을 걷고 있을까? 그녀 자신은 어떤 죽음과 같은 비현실의 창고에 갇혀 있는가?

이 대학이란 곳이 무슨 소용이 있는가? 이 고대 영어가 무슨 소용이 있는가? 오직 시험문제에 대답하기 위해서 배우고, 훗날 더 높은 상업적 가치를 얻기 위해서 배우고 있을 뿐인데. 어슐라는 이렇게 오랫동안 상업적인 성지 안에서 봉사하는 것에 지쳤다. 하지만 다른 무엇이 있는가? 인생은 모두 이런 식이고, 이것밖에 없는가? 모든 곳에서 모든 것이 이런 식의 봉사로 타락해 있었다. 모든 것이 천한 물건을 생산하여 물질적인 삶을 보장하고자 할 뿐이었다.

어슐라는 갑자기 프랑스 어 공부를 포기했다. 식물학만 열심히 하기로 했다. 그녀에게는 식물학만이 살아 있는 유일한 과목이었다. 그녀는 식물의 삶 속으로 들어갔다. 식물 체계의 기이한 법칙에 매료되었다. 여기에서 그녀는 인간 세계와 완전히 동떨어져 움직이는 무엇인가를 보았다.

대학은 가장 비열하고 야비한 곳으로, 장삿속으로 전락한 황폐하고 값싼 신전이었다. 그녀는 이곳으로 들어와 신비의 근원으로 고동치는 학문의 메아리를 듣고자 하지 않았던가? 신비의 근원! 그렇지만 가운을 걸친 교수들은 교실에서 비싼 값으로 팔릴 수 있는 상품만을 헛되이 내주고 있지 않는가. 모두 기성품이고, 받고자 하는 가격만큼의 값어치라고는 전혀 없었다. 이 사실을 그들은 모두 잘 알고 있었다.

이제 대학 강의실에 있는 동안, 그녀는 자신이 가짜 보석을 파는 장사꾼처럼 타락했다고 여겼다. 그러나 식물학 실험실에서 공부할 때는 느낌이 달랐다. 왜냐하면 식물학에는 여전히 신비함이 반짝거리고 있었기 때문이었다.

어슐라는 마지막 학기를 분노에 싸여 굳은 마음으로 보냈다. 차라리 자신의 생활비를 벌기 위해 학교 밖으로 나가고자 했다. 브린슬리 거리와 하비 교장조차도 이 대학 생활과 비교해 보면 차라리 현실적으로 느껴졌다. 저 일케스턴의 학교에 대한 증오감도 대학의 심한 타락과 비교하면 아무것도 아니었다. 그러나 브린슬리 거리로 다시 돌아가려는 것은 아니었다. 그녀는 문학사 학위를 취득할 것이다. 그리고 얼마 동안은 문법학교의 선생님이 될 것이다.

  대학 생활의 마지막 1년도 천천히 흘러갔다. 시험과 졸업이 다가왔다. 환멸의 재가 입 안에서 씹혔다. 다음에 다가올 변화도 마찬가지일 것인가? 앞에는 항상 빛나는 문이 놓여 있었다. 그런데 막상 다가가면, 그토록 빛나던 문은 또 다른 추악한 뜰과 더럽고 부산한 죽음의 장소에 이르는 문에 불과했다. 하늘 아래에는 항상 언덕의 정상이 솟아 있지만, 정작 정상에 올라가보면 지저분한 혼돈과 번잡함으로 가득 찬 더러운 골짜기만 보일 따름이었다.

  상관없다! 모든 언덕의 꼭대기는 조금씩 다르고, 모든 골짜기는 약간씩 새로움을 지니고 있으니까. 코스데이, 그리고 아버지와 함께 보낸 어린 시절, 마쉬와 마쉬 근처의 작은 교회학교, 그리고 할머니와 삼촌들, 노팅엄의 고등학교와 안톤 스크레벤스키, 또 안톤 스크레벤스키와 모닥불 사이에서 달빛을 받으며 추던 춤, 그리고 생각만 해도 지긋지긋한 시절의 위니프레드 잉거, 그리고 학교 선생이 되기 전의 몇 달, 브린슬리 거리에서의 공포, 비교적 평화롭게 지내던 시기, 매기와 그녀의 오빠 — 지금도 매기의 오빠의 모습을 회상하면 피가 뜨거워지는 것을 느낄 수 있었다. —그리고 대학, 도로시 러셀—그녀는 지금 프랑스에 머물고 있었다. —그 다음에는 다시 세상으로의 복귀!

  이미 이것들은 하나의 역사였다. 모든 단계마다 그녀는 완전히 달라졌지만, 항상 어슐라 브랭웬이었다. 하지만 어슐라 브랭웬, 이것이 무엇을 뜻한단 말인가? 그녀는 도대체 자신의 실체가 무엇인지 알 수 없었다. 오직 마음 속에는 거절과 반발로만 가득 차 있지 않은가. 그녀는 항상 입으로 환멸과 거짓의 재와 모래알을 뱉고 있었다. 반발하는 데는 열심이고, 행동하는 데는 소극적이었다.

  그녀의 본질은 어두운 곳에 숨겨져 있어 그 정체를 나타낼 수 없었다. 그것은 마치 마른 재에 묻힌 불씨와 같았다. 그녀가 살고 있는 이 세상은 등불에 비친 원과 같았다. 그녀는 인간의 가장 완전한 의식으로 밝혀진 이 원이 세계의 전부라고 생각했다. 즉, 여기에서 모든 것이 겉으로 드러나 있다고 생각했다. 하지만 언제나 그녀는 어둠 속에서 빛나는 점들이 존재한다는 것을 알 수 있었다. 그것은 마치 야수의 눈빛과 같이 번쩍이며 어둠을 꿰뚫어 보다가 사라졌다. 그녀의 영혼은 거대한 공포감 속에서 단지 이 외부의 암흑만을 알아차렸다. 그녀가 살아가고 움직이는 이 빛나는 원의 안쪽, 기차가 달리고 공장은 생산물을 만들어내며, 지식과 과학의 빛으로 식물과 동물이 살아가는 이곳이 갑자기 둥근 등불 아래의 지역으로 여겨졌다. 눈을 멀게 하는 밝은 빛 속에서 안전하게 뛰노는 나방과 어린이들은 그들이 빛 가운데 있기 때문에 어둠이 있는지조차 알지 못했다.

  그러나 어슐라는 이 지역 밖에서 움직이는 어두운 빛을 볼 수 있었다. 어둠 속에서 이글거리는 야수의 눈빛이 야영장의 불빛과 거기에서 잠자는 사람들의 무상함을 지켜보는 것도 알 수 있었다. 우리의 빛과 질서 너머에는 아무것도 존재하지 않는다고 떠들어대는 야영객들의 허풍이 얼마나 기이하고 어리석은가를 알 수 있었다. 이 야영객들은 항상 얼굴을 안쪽으로 돌리고, 환히 비추어주는 꺼져가는 의식의 불빛만 바라보고 있었다. 이 의식의 세계 속에 태양과 별과 창조주의 정의의 조직까지 포함되어 있다고 믿으면서, 어둠의 가장자리에서 모습을 절반쯤 드러낸 채 그들의 주위를 돌고 있는 거대한 암흑 세계를 항상 무시하며 지냈다.

그 누구도 이 어둠 속에 횃불을 비추려 하지 않았다. 만일 어둠을 비추면 다른 사람들이 그를 못살게 빈정거리면서 외쳐댈 것이 아닌가.

"어리석은 놈, 반사회적인 놈, 왜 허깨비를 가지고 우리를 괴롭히는 거야? 어둠은 결코 존재하지 않아. 우리는 빛 가운데에서 살고 움직이며 우리의 존재를 가지고 있는 것이다. 우리에게는 지식이라는 영원한 빛이 주어질 뿐이며, 우리는 지식의 가장 핵심 되는 내용을 구성하고 파악한다. 어리석은 놈, 어떻게 감히 어둠이란 걸 들춰내 우리를 얕잡아 보는 거야!"

그럼에도 불구하고 야수의 잿빛 그림자 모습을 한 어둠은 천사의 그림자와 함께 주변에서 맴돌고 있었다. 환한 빛은 비교적 낯익은 어둠의 야수를 몰아냈듯이 천사들도 밖으로 몰아냈다. 그리고 몇몇 사람들은 잠시 동안 어둠을 보고는 그 안에서 하이에나와 늑대가 털을 빳빳하게 세우고 있는 것을 보았다. 그리고 어떤 사람들은 빛의 허세를 포기한 채 스스로의 자만심 속에서 죽어갔다. 그리고 늑대와 하이에나의 눈에서 광채를 보았다. 그것은 들어갈 문 앞에서 천사가 휘두르는 칼의 번뜩임이었다. 어둠의 천사들은 독이빨의 번뜩임처럼 위압적이고 끔찍하며, 거부할 수 없었다.

부활절을 맞이하기 조금 전, 어슐라가 스물두 살이 되어 대학에서의 마지막 학년을 보내고 있을 때, 스크레벤스키로부터 다시 소식을 들었다. 그는 전쟁에 나가 있는 처음 몇 달 동안은 남아프리카에서 한두 번 편지를 보내왔다. 그리고 그 이후로는 이따금 엽서를 보내왔는데 점차 뜸해졌다. 그는 대위가 되었고 아프리카에 머물렀다. 그녀는 2년 이상이나 그의 소식을 듣지 못했다.

어슐라는 이따금 그를 생각했다. 그는 기나긴 잿빛의 하루를 열어주는 빛나는 여명같이 여겨졌다. 그를 회상하는 것은 마치 아침에 처음으로 빛나는 순간을 떠올리는 것과 같았다. 그러나 지금은 늦은 오후의 명한 잿빛만이 남아 있었다. 아, 그가 그녀에게 진실하기만 했다면, 그녀는 망가진 날들의 이 모든 고통과 괴로움과 타락을 겪지 않고 계속 햇살을 받을 수 있었을 것이다. 그는 그녀에게 천사가 되었을 것이다. 그는 햇빛의 열쇠를 가지고 있었고, 여전히 그것을 움켜쥐고 있었다. 그리고 그녀에게 자유와 기쁨의 문을 열어줄 수 있었을 것이다. 아, 그가 진실했었다면 그녀의 문이 되었을 것이다. 하늘 같은 한없는 행복과 그녀의 영혼의 낙원인 무한한 자유로 가는 문이 되었을 것이다. 아, 자아실현과 영원한 기쁨을 위한 무한한 공간과 드넓은 영역을 그녀에게 열어주었을 것이다.

그녀가 믿는 유일한 것은 그에 대한 사랑을 간직해 왔다는 것이다. 그 사랑은 여전히 완전하고 빛나는 것으로 남아 있어서 되돌아갈 수 있었다. 어슐라는 현재의 일이 실패한 것처럼 보일 때면 스스로에게 말했다.

"아, 나는 그를 좋아했어."

마치 그와 함께 그녀의 삶을 이끌어주던 꽃이 시들어 죽은 것처럼.

그런데 그에게서 다시 소식이 왔다. 그러나 가장 큰 결과는 고통이었다. 기쁨과 저절로 솟구치는 행복은 더 이상 없었다. 그래도 기뻤다. 그녀의 의지는 그에게 묶여 있었다. 예전의 짜릿했던 꿈이 다시 깨어났다. 그가 온 것이다, 전신 구석구석에 와 닿는 키스를 보내던 감미로운 입술을 가진 그가. 그녀에게로 다시 돌아온 것일까? 그녀는 믿지 않았다.

나의 어슐라에게.
재배치를 받아 새 근무지로 떠나기 전 몇 달 동안 영국에 돌아와 있소. 이번에는 인도로 갑니다. 우리가 함께 보내던 때의 기억을 아직도 간직하고 있는지 궁금하군요. 나는 아직도 당신의 작은 사진을 간직하고 있습니다.

그 이후로 많이 변했겠지요. 6년이나 흘렀으니까요. 나도 여섯 살을 더 먹었어요. 코스데이에서 당신을 안 후로 나는 다른 삶을 살았습니다. 나를 만나주실는지요. 다음 주에 더비에 갈 예정입니다. 그리고 노팅엄에 들르려고 합니다. 차라도 한 잔 같이했으면 합니다. 소식 주시겠습니까? 기다리겠습니다.

안톤 스크레벤스키.

어슐라는 대학 휴게실의 편지함에서 이 편지를 꺼내서 화장실에 가는 도중에 뜯어보았다. 세상이 그녀 주위에서 사라져 없어지고, 맑은 공기 중에 홀로 서 있는 것 같았다.
어디로 가야 혼자 있을 수 있을까? 어슐라는 급히 2층으로 올라가 복도를 지나 도서실로 갔다. 책을 한 권 들고 자리에 앉아 편지에 대해 곰곰이 생각했다. 가슴이 마구 뛰고 사지가 떨렸다. 마치 꿈결같이 교내에서 종소리가 한 번 울렸다. 그리고 이상하게도 한 번 더 울렸다. 첫 시간이 끝난 것이다. 어슐라는 급히 공책 한 장을 뜯어 편지를 쓰기 시작했다.

안톤 씨에게.
저는 아직도 그 반지를 간직하고 있어요. 당신을 다시 만날 수 있다니 매우 기쁩니다. 저를 만나러 대학으로 오시든가, 아니면 시내 어디에선가 만나기로 하지요. 장소를 알려주시기 바랍니다.

당신의 진실한 친구가.

어슐라는 덜덜 떨면서 친구인 사서에게 봉투를 한 장 달라고 했다. 편지를 봉하고 주소를 쓴 다음, 모자도 쓰지 않은 채 밖으로 나가 편지를 부쳤다. 편지가 우체통에 떨어진 순간 세상은 경계가 없는 매우 고요하고 창백한 장소로 변했다. 그녀는 학교로, 여명의 첫번째 희미한 빛과 같은 자신의 창백한 꿈 속으로 되돌아왔다.

　스크레벤스키는 그 다음 주의 어느 날 오후에 왔다. 그녀는 날마다 아침에 학교에 오자마자 편지함에 가보았다. 그리고 강의시간 사이에도 편지함에 가보았다. 여러 번, 은밀한 손놀림 끝에 남의 눈에 띄기 쉬운 편지함에서 그의 편지를 재빨리 꺼낸 어슐라는 편지를 꼭 감추고 복도를 달려갔다. 그리고 항상 구석에 그녀의 자리가 마련되어 있는 식물학 실험실에 가서 편지를 읽었다.

　몇 통의 편지가 오고 나서 그가 왔다. 그가 약속한 금요일 오후였다. 그녀는 매우 열심히 현미경을 들여다보고 있었지만, 정신은 반쯤 나가 있었다. 하지만 관찰은 자세히 그리고 재빠르게 했다. 슬라이드 위에는 그날 런던에서 온 약간 특별한 재료가 놓여 있었다. 교수는 이것 때문에 법석을 떨며 흥분했다. 어슐라는 눈으로 초점을 맞추며 끝없는 빛 속에 놓여 있는 미생물을 들여다보면서, 한편으로는 며칠 전 이 대학의 여자 물리학 교수인 프랭크스톤 박사와 나누었던 대화를 생각했다.

　프랭크스톤 박사가 말했다.

　"아니요. 사실은 생명에 대해 왜 특수한 신빙성을 부여해야 하는지 나는 그 이유를 모르겠어요. 당신은 알아요? 우리는 전기를 이해하는 것만큼도 생명에 대해 이해하지 못해요. 그러니 그것을 무슨 특별한 것처럼, 우주에 있는 모든 다른 것들과 구별되는 특별한 존재로 생각할 수는 없어요. 당신은 그렇다고 생각해요? 아마 생명 현상도 결국 물리·화학적인 여러가지 작용의 복잡한 과정으로 이루어졌거나 과학에서 우리가 이미 알고 있는 작용들과 동일한 법칙이 아닐까요? 나는 정말 모르겠어요. 왜 우리가 생명이라고 해서 특별한 질서가 있다고 생각해야 하는지, 왜 유독 생명만이······."

　대화는 불확실하고 모호하며 흐지부지하게 끝났다. 그러나 생명의 목적은? 무엇이 목적이란 말인가? 전기엔 영혼이 없고, 빛과 열도 영혼을 가지고 있지 않다. 그렇다면 그녀 자신도 이러한 미생물들 중 하나처럼 비인간적인 힘이거나 힘들의 결합체일까? 그녀는 현미경 아래의 밝은 곳에 그림자처럼 놓여 있는 단세포 생물을 계속 들여다보았다. 그것은 살아 있었다. 그것이 움직이는 것이 보였다. 그것이 솜털처럼 움직일 때 밝은 안개 같은 것이 보였다. 그녀는 세포핵의 빛을 보았다. 그것은 빛을 가로질러 미끄러지고 있었다.

그렇다면 이런 미생물의 의지는 무엇인가? 만일 그것이 힘의 결합체라면, 물리적이고 화학적인 힘의 결합체라면 무엇이 이러한 힘들을 통합하며, 무슨 목적으로 통합된단 말인가? 도대체 무슨 목적으로 이러한 물리·화학적 활동들이 이 현미경 아래에서 그림자같이 움직이는 하나의 점으로 모여 있는가? 그러한 힘들을 모이게 한 의지는 어떤 것이며, 그녀가 보고 있는 그 생물은 무엇이 만들어냈는가? 그 의도는 무엇인가? 그 자체로서 끝나는가? 그 목적이 단지 화학적이고 그 자체에만 한정되어 있단 말인가?

그것은 자기 자신이 되려고 했다. 그러면 자기 자신이라는 것은 무엇인가? 그녀의 의식 속에서 온 세상이 현미경 밑에 있는 생물체의 세포핵처럼 거대한 빛을 내면서 이상하게 번쩍였다. 이 순간 그녀는 지식의 거대한 번쩍임 속으로 들어갔다. 이 모든 것이 무엇인지 그녀는 알 수 없었다. 그녀가 유일하게 알 수 있는 것은 그것이 화학적 힘으로 제한된 것이 아니며, 자기 실현과 자기 보전만을 목적으로 하고 있지 않다는 것이었다. 영원한 존재가 되는 것, 그것이 최고의 경지였다. 자아란 영원과 하나였다. 자아의 실현이란 영원의 절대적이고 빛나는 승리였다.

어슐라는 긴장된 상태에서 현미경을 들여다보고 있었다. 그녀의 영혼은 이 새로운 세계에서 바빴다. 무한히 바빴다. 이 새로운 세계에서 스크레벤스키는 그녀를 기다리고 있었다. 아니, 아마 기다리고 있을 것이다. 그러나 영혼은 실습에 몰두해 있었기 때문에 아직은 나갈 수 없었다. 하지만 곧 나갈 것이다.

시간의 흐름 같은 고요함이 그녀를 사로잡았다. 저 아래 멀리서 다섯 시를 알리는 종소리가 들렸다. 이젠 가야만 했다. 그러나 그녀는 가만히 앉아 있었다.

다른 학생들은 의자를 제자리로 밀어 넣고 현미경을 치웠다. 모든 것이 뒤죽박죽이었다. 창문을 통해 학생들이 팔에 책을 끼고 이야기하면서 계단을 내려가는 광경이 보였다.

갑자기 이 자리를 떠나야겠다는 욕망이 생겼다. 그녀 역시 교실 밖으로 나가고 싶었다. 그녀는 물질 세계가 두려웠고, 자신의 변모가 두려웠다. 그녀는 새로운 삶이요 현실인 스크레벤스키를 만나러 달려가고 싶었다.

그녀는 급히 슬라이드를 닦아서 챙긴 후 얼른 실험대 위의 자기 자리도 치웠다. 스크레벤스키를 만나러 달려가고 싶었다. 서둘러서, 서둘러서. 그녀는 무엇을 만나려는 것인지 몰랐다. 그러나 그것은 새로운 시작일 것이다. 그러니 서둘러야만 한다.

어슐라는 한 손에는 면도날과 공책, 연필을 들고 앞치마는 팔에 걸친 채 빠른 걸음걸이로 복도를 내려왔다. 얼굴은 잔뜩 흥분하여 긴장해 있었다. 그는 아직 오지 않았을 것이다.

하지만 밖으로 나오자마자 곧장 그를 보았다. 한 눈에 그를 알아볼 수 있었다. 그런데도 왠지 너무 낯설었다. 그는 이상하게 자아를 잃은 듯이 자신없는 태도로 서 있었는데, 그것은 어슐라가 알고 있는 좋은 집안의 청년들에게서 흔히 보던 것으로, 그녀를 두렵게 했다. 그는 마치 누가 자기를 쳐다보지 않기를 바라는 듯이 서 있었다. 옷차림은 깨끗했다. 그녀는 그가 서릿발같이 차가운 인상을 주는 것을 애써 인정하지 않으려 했다. 이 사람이 그이다. 새로운 세계의 열쇠요, 핵이다.

그는 하얀 플란넬 블라우스와 검은 치마를 입은 날씬한 모습의 그녀가 약간은 낯설고 모호한 표정으로 현관을 가로질러 오는 것을 보았다. 그는 놀라고 흥분했다. 몹시 초조해졌다. 다른 학생들은 현관에서 서성이고 있었다.

어슐라가 손을 내밀며 멍하고 놀란 표정으로 웃었다. 그 역시 그녀를 잘 알아볼 수 없었다.

그녀는 외출복으로 갈아입기 위해 잠시 들어갔다. 그리고 그들은 다시 그녀가 고등학교를 다니던 때처럼 시내로 차를 마시러 갔다. 그때와 똑같은 찻집으로 갔다.

그녀는 그가 무척 변했음을 깨달았다. 친근감, 옛날과 같은 친근감은 남아 있었지만, 그는 그녀의 세계와는 다른 곳에 속해 있었다. 마치 둘 사이에 휴전상태가 선포된 것 같았다. 그리고 이 휴전상태에서 그들은 만난 것 같았다. 첫 순간에 그녀는 그들이 휴전상태에서 만나는 적이라는 사실을 막연하게 깨달았다. 그의 모든 말과 행동이 그녀와는 멀리 떨어져 있었다.

하지만 그녀는 여전히 그의 얼굴과 고운 살결이 보기 좋았다. 그는 피부가 더 검어지고, 육체적으로 더 건강해졌다. 그는 이제 완전한 남성이 되어 있었다. 어슐라는 그의 남성다움이 그를 낯설게 만든다고 생각했다. 그가 유연한 청년이었을 때는 그녀와 더 가까웠다. 어슐라는 남자란 필연적으로 이렇게 낯설고 동떨어진 것, 차가운 존재인 다른 사람이 될 수밖에 없는 모양이라고 생각했다. 그가 말을 했지만 그녀에게 하는 것은 아니었다. 그녀는 그에게 말하고자 했지만, 그에게 다가갈 수 없었다.

그는 매우 침착하고 확신에 차서 자신만만해 보였다. 그는 말을 잘 탔다. 그래서인지 그에게는 말 타는 사람에게서 볼 수 있는 확신과 습관적인 명확한 결단력, 그리고 동물적인 어두움 같은 것이 있었다. 하지만 그의 정신은 이전보다 더 흔들리고 모호할 뿐이었다. 그는 일련의 습관적 행동과 결단으로 이루어진 사람 같았다. 상처받기 쉽고 잘 변하는 남자의 마음에는 접근할 수 없었다. 그녀는 그것에 대해 전혀 몰랐다. 오직 동물적인 욕망이 어둡고 무겁게 그에게 자리 잡고 있음을 느낄 수 있을 뿐이었다.

이런 무딘 욕망이 그를 그녀에게로 이끌었던 것이다. 그녀는 그에게 절망적으로 고착되어 있는 이 동물성에 상처받고 어리둥절했다. 그것이 차가운 절망감으로 그녀를 두렵게 했다. 그의 욕망은 너무 깊숙이 감춰져 있었다. 그는 왜 자신을 인정하지 않는가? 그는 무엇을 원하는가? 그는 이름 없는 무언가를 바라고 있다. 그녀는 두려움으로 몸이 움츠러들었다.

하지만 어슐라는 흥분으로 불타올랐다. 스크레벤스키는 깊이 묻힌 어두운 남성의 영혼 속에서 희미하게 자신을 드러내며 그녀 앞에 무릎을 꿇고 있었다. 우울한 불꽃이 자신을 덮쳐오자 그녀는 부르르 떨었다. 그는 그녀의 발아래에서 기다리고 있었다. 그는 그녀가 마음대로 할 수 있는 무력한 존재였다. 그녀는 받아들일 수도 있고 거절할 수도 있었다. 만일 거절한다면 그 내부에 있는 무엇인가가 죽을 것이다. 왜냐하면 그에게 있어 이것은 죽음이냐 삶이냐의 문제이기 때문이다. 하지만 모든 것은 어둠 속에 감추어야만 하고, 의식은 아무것도 인정하지 않아야만 한다.

"영국에 얼마 동안 있지요?"

그녀가 물었다.

"확실히는 모르지만 아마 7월을 넘기진 않을 거요."

그러고 나서 둘 다 침묵했다. 그는 여기 영국에 6개월 동안 있을 것이다. 아직 그들 사이에는 6개월이라는 기간이 있었다. 그는 기다렸다. 마치 세상이 강철로 만들어진 것처럼, 그 강철 같은 엄격함이 그녀를 다시 사로잡았다. 피와 살을 가지고 이 단단한 강철과 맞서려는 것은 소용없는 일이었다.

어슐라의 상상력이 재빨리 이러한 상황에 맞추어 발휘되었다.

"인도에서는 자리가 정해졌나요?"

그녀가 물었다.

"네, 6개월 동안의 휴가가 끝나고 나면요."

"인도에 가는 것이 좋아요?"

"그런 것 같아요. 그곳에는 여러가지 사교 생활도 있고, 사냥이며 폴로 경기, 좋은 말도 많고……, 또 많은 일들이 무진장 널려 있으니까요."

그는 항상 자신의 영혼을 피하여 옆길로 새고 있었다. 그녀는 인도에서의 그의 모습을 뻔하게 볼 수 있었다. 옛 문명에 군림하는 지배계급의 일원으로서, 자신의 문명보다 더 못한 문명의 지배자로서 군림할 모습이 뻔했다. 그것은 그가 선택한 길이었다. 그는 다시 한 번 권위와 책임감이 있는 귀족이 되어 무력한 대중을 손아래에 지배해 보고 싶은 것이다. 지배계급의 한 사람으로서 국가의 보다 나은 이상을 실현하고 충족시키는 데 자신의 전 존재를 바치고 싶은 것이다. 그리고 인도에는 정말 할 일이 많을 것이다. 인도는 그가 대표하는 문명을 진정 필요로 했다. 인도는 도로와 교량, 그리고 그가 한몫 끼어서 이룩할 계몽을 필요로 했다. 그래서 그는 인도로 갈 것이다. 그러나 그녀가 택할 길은 아니었다.

그렇지만 그녀는 그를, 그의 육체를 사랑했다. 그의 결심이 어떻든 상관없이. 그도 그녀에게서 무언가를 원하는 것 같았다. 그는 그녀가 자기에 대해 결정을 내리기를 기다리고 있었다. 그러나 훨씬 전에 그가 그녀에게 키스했을 때, 이것은 결정된 것이다. 비록 이 세상에서 선악이 없어진다 하더라도 그는 그녀의 애인이었다. 비록 그녀의 심장과 영혼이 속박되어 침묵을 지켜야 할지라도 그녀의 결심은 흔들리지 않을 것이었다. 그는 그녀를 기다렸고, 그녀는 그를 받아들였다. 그가 그녀에게 다시 돌아왔기 때문이었다.

그의 곱고 부드러운 피부와 얼굴엔 생기가 돌고, 금회색의 눈은 그녀를 향해 다정하게 빛났다. 그는 달아올랐고, 불이 붙어 호랑이처럼 빛났으며 위풍당당해졌다. 그녀에게도 그의 찬란하게 타오르는 불꽃이 옮겨 붙었다. 그녀의 심장과 영혼은 저 깊은 바닥에 갇혀 보이지 않았다. 이제 그것들로부터 자유로웠다. 그녀도 이제 마음껏 즐길 수 있었다.

그녀는 제 힘으로 피어난 꽃처럼 자신만만했고 꼿꼿했다. 그의 따뜻함이 그녀에게 활기를 주었다. 다른 사람들과는 대조되게 유독 뛰어난 그의 잘생긴 외모가 그녀를 자랑스럽게 만들었다. 그는 마치 그녀에게 복종하는 것 같았고, 또한 이로 인해 그녀는 인간이라는 우아한 꽃을 그 앞에서 대표하는 듯 싶었다. 그녀는 단지 어슐라 브랭웬이 아니었다. 그녀는 여성이었고, 인간 질서 속에서 전체 여성을 대표하고 있었다. 모든 것을 담고 있는 우주적인 그녀가 어떻게 한 개인으로 한정될 수 있단 말인가?

그녀는 약간 흥분되었다. 그로부터 떠나고 싶지 않았다. 그러므로 그의 곁에 자리 잡았다. 누가 그녀를 떼어버릴 수 있을까? 그들은 찻집에서 나왔다.

"뭐 하고 싶은 일이 있나요?"

그가 물었다.

"우리가 같이 할 수 있는 것이 없을까요?"

캄캄하고 바람 부는 3월의 밤이었다.

"아무것도 없어요."

그녀가 말했다.

그것이 바로 그가 바란 대답이었다.

"그러면 산책이나 합시다. 어디로 갈까요?"

그가 물었다.

"강으로, 어때요?"

머뭇거리며 어슐라가 제안했다.

잠시 후 두 사람은 트렌트 다리로 가는 전차 안에 앉아 있었다. 그녀는 매우 기뻤다. 어둠 속에서 물이 넘쳐흐르는 강둑을 따라 멀리 뻗어 있는 풀밭을 걷는다고 생각하니 매우 즐거웠다. 어두운 강물이 잠 못 이루는 기나긴 밤을 조용히 흐른다는 사실에 그녀는 마음이 들떴다.

그들은 다리를 건너 둑으로 내려가 불빛으로부터 멀어졌다. 어둠 속에서 그는 곧 그녀의 손을 잡았다. 그들은 부드럽게 어둠을 밟으며 걸었다. 왼쪽에서는 마을이 연기를 뿜고 있었고, 낯선 빛과 소음이 있었다. 바람이 나뭇가지와 다리 밑으로 불어왔다. 그들은 강하게 하나가 되어 함께 바싹 붙어서 걸었다. 그가 그녀를 가까이 끌어당겼다. 마치 심오한 어둠 속에서만 효과가 있는 비밀협정이라도 맺은 것처럼, 그는 미묘하고 은밀하며 강렬한 열정으로 그녀를 포옹했다. 심오한 어둠이야말로 그들의 우주였다.

"예전과 꼭 같네요."

그녀가 말했다.

하지만 사실은 조금도 예전과 같지 않았다. 그래도 그의 마음은 완전히 그녀의 마음과 일치되어 있었다. 그들은 한 가지 생각만 하고 있었다.

"저는 제가 돌아와야 한다는 걸 알고 있었죠."

스크레벤스키가 드디어 마음을 털어놓았다. 어슐라는 바르르 몸을 떨었다.

"저를 늘 사랑하고 계셨나요?"

그녀가 물었다.

너무 솔직한 질문에 압도되어 그는 잠시 동안 말을 못했다. 어둠이 거대하게 흘렀다.

"저는 당신에게로 돌아와야만 했어요. 모든 것의 뒤에는 항상 당신이 있었으니까요."

마치 최면에 걸린 것처럼 그가 말했다.

그녀는 운명의 여신처럼 승리감으로 침묵했다.

"당신을 사랑했어요, 항상."

그녀가 말했다.

어두운 불꽃이 그의 내부에서 타올랐다. 자신을 그녀에게 주어야만 했다. 그녀에게 자신의 삶의 기반까지 주어야만 했다. 그는 그녀를 바싹 끌어안았다. 그리고 조용히 걸었다.

그때 어슬라는 사람의 목소리를 듣고 깜짝 놀랐다. 어두운 풀밭 건너편 울타리 근처에서 나는 소리였다.

그가 부드럽게 말했다.

"연인들일 거예요."

그녀는 어둠 속에 사람이 있는 것을 놀라워하며 울타리 쪽에 있는 컴컴한 사람들을 쳐다보았다.

"이런 밤엔 오직 연인들만이 여기를 산책하겠지요."

그가 말했다. 그러고 나서 나지막하고 떨리는 목소리로 아프리카의 이상한 어둠과 낯설고 피가 곤두서는 듯한 공포에 대해 이야기했다.

"영국에서는 어둠이 두렵지 않아요. 이곳의 밤은 부드럽고 자연스러워요. 그리고 특히 당신이 여기 있을 때, 어둠은 나의 매개물이 됩니다. 그러나 아프리카에서는 암흑이 거대하고 공포가 흐르는 듯이 여겨지지요. 딱히 뭐가 두렵다기보다는 그저 공포 그 자체로서 말이죠. 사람들은 마치 피 냄새를 맡듯이 공포를 들이마십니다. 흑인들은 그걸 알고 있지요. 그들은 어둠을 진심으로 숭배합니다. 심지어 공포를, 그 감각적인 무언가를 좋아하지요."

그녀는 다시 한 번 그에 대해 전율을 느꼈다. 그녀에게 그는 암흑에서 들리는 목소리로만 존재했다. 그는 줄곧 낮은 목소리로 이상하고 육감적인 무엇을 전달하면서 아프리카에 대해서 많은 이야기를 했다. 목욕탕에 들어가 있는 듯한 느슨하고 부드러운 정열의 흑인들에 대해 이야기했다. 그는 서서히 자신의 피를 사로잡고 있는 뜨겁고 풍부한 어둠을 그녀에게 전달했다. 그는 이상하리만큼 비밀스러웠다. 모든 세상이 없어져야만 했다. 그는 자신의 부드럽고 감미로우며 떨리는 목소리로 그녀를 미치게 했다. 그는 그녀가 대답하고 이해하기를 바랐다. 욕정으로 부풀어오른 풍요로운 밤, 이 안에서 물질의 분자 하나하나가 강렬한 욕정에 남몰래 자극받아 커다랗게 부풀어오르고 있는 밤이 오는 것 같았다. 그녀는 팽팽하게 긴장되어 온몸이 떨렸다. 그것은 거의 고통이었다. 그는 서서히 아프리카 이야기를 멈췄다. 침묵 가운데에서 두 사람은 커다란 강 주변의 어둠 속을 걸었다. 그녀의 팔다리는 풍요롭고 긴장되어 있었다. 팔다리가 깊은 곳으로부터 떨려옴을 느꼈다. 거의 걸을 수 없을 지경이었다. 어둠의 깊은 진동은 들리지는 않으면서 단지 피부로만 느낄 수 있었다.

어슐라는 갑자기 스크레벤스키에게 돌아서며 마치 몸이 강철로 변한 것처럼 강하게 그를 안았다.

"저를 사랑하고 있나요?"

그녀가 애타게 소리쳤다.

"네, 물론 사랑하고 있어요."

그는 자기 자신이 아닌 것처럼 이상하게 감싸는 목소리로 대답했다. 그는 그녀를 덮고 있는 살아 있는 어둠 같았다. 그녀는 강렬한 어둠의 품 안에 있었다. 그가 그녀를 부드럽게, 말할 수 없이 부드럽게 안았다, 욕정의 무자비한 부드러움과 운명의 팽팽한 부드러움으로. 어슐라는 마치 팽팽하게 당겨진 물건이 충격을 받았을 때처럼 파르르 떨고, 또 떨었다. 그러나 그는 밤처럼 그녀의 온몸에 와 닿으면서 어둠이 그녀를 감싸듯이 부드럽게 안고 있었다. 그가 키스하자 그녀는 자신이 파괴되어 흩어져버리는 듯이 떨었다. 불이 밝혀져 있던 배가 진동하면서 그녀의 영혼을 부수었고, 불은 물 속으로 떨어져 몸부림치다가 완전히 깜깜해졌다. 그녀는 온통 어둠이었다. 오직 받아들이려는 의지만 있을 뿐, 그밖에 아무런 의지도 없었다.

그가 부드럽고 감싸는 듯한 키스를 했다. 그녀는 마음과 영혼이 온통 빠져나간 채 그의 키스에 온전히 대답했다. 어둠이 어둠에 엉겨붙듯이, 그녀는 그에게 꼭 매달려 계속되는 키스의 부드러운 흐름 속에 자신을 몰아넣었다. 그리고 키스의 근원과 핵심에까지 도달했다. 그녀 자신은 따뜻하고 풍요로운 키스에 감싸였다. 키스의 흐름은 그녀의 온몸을 타고 흘러, 그녀를 뒤덮고 감싸며, 그녀의 마지막 부분에까지 흘러들어갔다. 그렇게 그들은 하나의 흐름, 하나의 어두운 욕정이 되었다. 그녀는 그의 핵심에 매달려 입술로 그의 가장 깊숙한 곳에 있는 핵심을 열었다.

이렇게 두 사람은 완전한 어둠의 키스 속에 서 있었다. 키스는 두 사람 모두를 정복하여 굴복시키고, 흐르는 어둠 속에서 하나의 풍요로운 세포핵으로 결합시켰다.

그것은 축복이었다. 그것은 풍요로운 어둠의 핵심을 이루는 것이었다. 일단 배가 요동을 치기 시작하여 산산이 부서져버리자, 의식의 빛은 사라지고 어둠이 지배했다. 그리고 말할 수 없는 만족이 찾아왔다.

그들은 끝없이 입술을 주고받으며 줄어들지 않는 키스의 기쁨을 누리고 있었다. 그래도 끝이 없었다. 그들의 혈관은 고동치고, 그들의 피는 하나의 강물을 이루어 함께 흘렀다.

이윽고 마치 잠과 같은 무거운 졸음이 서서히 그들에게 내려앉았다. 졸음 가운데 한 가닥 의식의 작은 빛이 깨어났다. 어슐라는 자신을 감싸고 있는 밤, 가까이서 흘러가는 강물, 바람에 흔들리고 소리를 내는 나무들을 의식하게 되었다.

그녀는 그에게 몸을 기댄 채 바싹 붙어 있었다. 그러나 점점 더 의식이 또렷해졌다. 그리고 기차를 타기 위해 빨리 역으로 가야만 한다는 생각이 들었다. 그러나 그로부터 몸을 떼고 싶지 않았다.

드디어 그들은 일어서서 걸었다. 이제 그들은 더 이상 완전한 어둠 속에 존재하지 않았다. 다리에선 불빛이 번쩍였고, 강 저쪽에서도 불빛이 반짝였다. 그들의 오른쪽으로 시내의 거대한 불빛이 반짝이고 있었다.

그러나 그들의 육체는 이 불빛들에 영향을 받지 않은 채 조용하고 의심할 여지 없이 부드럽게 걸어갔다. 거만하고 절대적인 어둠과 같았다.

"어리석은 불빛들."

어슐라는 어둡고 관능적인 오만함에 사로잡혀 마음 속으로 중얼거렸다.

"불빛을 내뿜는 저 어리석고 인공적이며 과장된 도시 좀 봐. 그것은 실재로는 존재하지 않아. 그것은 끝없는 어둠 위에 놓여 있는 거야. 어두운 물 위에 떠 있는 천연색의 기름처럼. 하지만 그것이 뭐야? 아무것도 아니야. 정말 아무것도 아니야."

전차를 타건 기차를 타건, 그녀는 똑같은 것을 느꼈다. 시민의 제복 같은 도시의 불빛은 하나의 속임수였고, 움직이거나 앉아 있는 사람들은 오직 드러난 허수아비에 불과했다. 그녀는 침착함과 시민적인 목적의식에 가득 찬 척하고 있는 저 창백하고 딱딱한 가식 밑으로 그들 모두를 감싸고 있는 어두운 흐름을 볼 수 있었다. 그들은 마치 움직이는 작은 종이배 같았다. 그러나 실제로 한 사람 한 사람은 맹목적으로 앞으로 나아가는 어둠이요, 눈먼 강렬한 파도였다. 똑같은 욕망을 가진 어둠이었다. 그들의 말과 행동은 모두 거짓이었고, 옷만 잘 차려입은 동물들이었다. 그녀는 입은 옷만 보이고 텅 빈 어둠뿐인 투명인간을 떠올렸다.

다음 몇 주 동안, 어슐라는 줄곧 변함없이 풍요로운 어둠 속에서 지냈다. 그녀의 눈은 활짝 열리고 야수의 눈처럼 빛났다. 이상하게 반쯤 웃는 웃음은 주변의 모든 인간들의 시민적 가식을 조소하고 있는 듯했다.

"핏기 없는 시민들, 당신들은 뭐야?"

그녀의 얼굴이 번쩍이며 말하는 듯했다.

"당신들은 양의 옷을 입은 길들여진 야수야. 당신들의 원초적인 어둠은 사회적 구조로 왜곡되었다고."

그녀는 타인들의 인공적인 기성의 햇빛을 조소하면서 계속 육감적인 잠재의식 속에 있었다.

"저들은 마치 옷을 입듯이 자신을 속이고 있어."

어슐라는 뻣뻣하게 굳어 중성화된 인간을 조소하는 표정으로 바라보면서 스스로 중얼거렸다.

"저들은 무한한 잠재력을 지닌 어둠 속에 존재하는 어둡고 비옥한 존재가 되는 것보다 경리나 교수가 되는 것이 더 낫다고 생각하지. 당신은 어떻게 생각하나요?"

그녀의 영혼은 강의실 맞은편에 앉아 있는 교수에게 이렇게 묻고 있었다.

"가운을 입고 안경을 쓰고 거기 앉아 있는 당신은 어떤 존재라고 생각하나요? 당신은 숨어서 피 냄새나 맡고 있는 짐승이에요. 밀림의 어둠 속에서 밖을 응시하며 욕망을 채울 상대방을 찾느라 냄새를 맡고 있어요. 그것이 바로 당신의 본질이에요. 비록 아무도 그것을 믿지 않고, 당신이 결코 그 사실을 인정하지 않으려 해도 그것은 사실이에요."

그녀의 영혼은 이러한 모든 허위를 비웃었다. 물론 그녀 자신도 계속 가식을 부렸다.

그녀는 옷을 차려입고 세련되게 보이려 했으며, 강의에 출석하고 노트 필기도 했다. 그러나 이 모든 행동들을 피상적이고 조소하는 기분으로 행했다. 그녀는 둘 더하기 둘은 넷이 된다는 저들의 술수를 잘 알고 있었다. 그녀도 그들처럼 영리했다. 그러나 관심이라니! 그녀가 저들의 지식이니 배움이니 시민다운 처신이니 하는, 원숭이 같은 술수에 관심이라도 가질 것 같은가? 그녀는 조금도 관심이 없었다.

스크레벤스키가 있고, 어둡고 생명력이 넘치는 자아가 있지 않은가. 대학의 바깥, 밖의 어둠에서는 스크레벤스키가 기다리고 있었다. 밤의 가장자리에서 그는 어슐라에게 열중하고 있었다. 그가 뭘 상관이라도 하던가?

그녀는 밤에 쉰 목소리로 울부짖는 표범처럼 자유로웠다. 그녀의 피는 강력하며 검게 흘렀고, 욕정의 핵은 반짝거렸다. 어슐라에게는 배우자요, 반쪽이요, 풍요로움을 함께 나누어 가질 사람이 있었다. 그러므로 그녀는 모든 것을 간직하고 있는 것이다.

스크레벤스키는 줄곧 노팅엄에 머물고 있었다. 그 역시 자유로웠다. 이 도시에 아는 사람이 아무도 없었기에 체면을 차릴 필요가 없었다. 그는 자유로웠다. 전차나 시장, 극장, 공공모임 장소가 그에게는 흔들리는 만화경이었다. 그는 사자나 호랑이가 누워서 눈을 반쯤 감은 채 우리 앞을 지나가는 사람들을 보듯이, 사람들의 만화경 같은 요지경을 쳐다보았다. 혹은 표범이 누워서 눈을 깜빡거리면서 사육인들의 알 수 없는 몸짓을 바라보듯이 사람들을 쳐다보았다. 그는 이 모든 것을 경멸했다. 이것은 모두 존재하지 않는 것이었다. 훌륭한 교수, 회사원, 유능한 정치인, 착하고 진지한 부인들, 그러나 그는 자신의 영혼이 그들을 보며 이빨을 드러내고 씩 웃고 있다고 느꼈다. 세상에 헝겊과 나무조각으로 만들어진 꼭두각시들이 이렇게 많다니!

그는 사회의 기둥이요, 표준인 시민들을 유심히 바라보았다. 그들의 다리는 뻣뻣한 염소다리 같았고, 꼭두각시 연기를 하느라고 거의 나무토막처럼 뻣뻣해져 있었다. 그리고 바지는 꼭두각시 연기를 위해 만들어져 있었다. 그것은 분명 인간의 다리였지만, 보기 흉하게 일그러져 추악하고 기계적으로 변해 있었다.

이제 그는 혼자 있는 것이 이상하게 행복했다. 그의 얼굴에는 환한 미소가 흘렀다. 그는 이제 더 이상 다른 사람들의 속임수에 동참할 필요가 없었다. 그는 자신에 대한 단서를 발견했다. 그는 야수가 탈출하여 곧바로 밀림으로 달아나듯 그 쇼로부터 탈출했다. 조용한 호텔에 방을 잡은 그는 말을 빌려 시골로 타고 나가서 때로는 어떤 마을에서 밤을 보내고 그 다음날 돌아오기도 했다.

그는 자신이 부유하고 풍요롭다고 생각했다. 그가 하는 모든 일들이, 승마건, 산책이건, 혹은 햇빛 아래 누워 있건, 술집에서 술을 마시는 일이건 그에게는 방탕한 쾌락이 되었다. 사람들이나 그들이 하는 말은 그에게 필요가 없었다. 그는 모든 것에서 기쁨을 느꼈고, 관능적인 행복을 충만하게 느꼈으며, 또한 그가 살고 있는 이 우주의 밤이 매우 욕정적임을 깨달았다. 꼭두각시 모양의 사람들과 그들의 기계적인 목소리, 그는 그런 것들에서 멀리 떨어져 있었다. 왜냐하면 언제나 어슐라와의 만남이 기다리고 있었기 때문이었다.

어슐라는 종종 오후 내내 학교에 가지 않고 그와 함께 산책했다. 혹은 자동차나 마차를 빌려 함께 시골로 내려가서는 차를 버려둔 채 숲속으로 들어가기도 했다. 그는 아직 그녀를 취하진 않았다. 섬세하고 본능적으로 절제하면서, 그들은 친밀한 접촉 속에서 키스할 때마다, 포옹할 때마다, 기쁨의 끝으로 갈 때마다 무의식적으로 마지막 단계가 다가오고 있음을 깨달았다. 그것은 창조의 근원으로 들어가는 그들의 마지막 관문이었다.

그녀는 그를 집으로 데리고 갔다. 그는 주말을 벨도버에서 그녀의 가족과 함께 보냈다. 그녀는 그를 집에 데리고 오는 것이 좋았다. 그가 교활한 우아함과 웃음으로 가족들의 분위기에 어울리는 모습은 참으로 이상하게 보였다. 가족 모두가 그를 좋아했고, 그는 그들과 가깝게 지냈다. 그의 농담과 부드럽고 관능적인 조소를 브랭웬 집안 식구들은 탐닉하며 즐겼다. 왜냐하면 이 집안은 항상 어둠으로 진동하고 있었으며, 식구들은 집에 오면 꼭두각시 옷을 벗어버리고 햇빛 아래 누워 졸곤했기 때문이었다.

그들 사이에는 자유로운 느낌이 있었고, 어둠의 힘이 그 밑으로 흐르고 있었다. 그러나 어슐라는 집안의 그런 분위기에 분개했다. 불쾌하게 여겨질 뿐이었다. 그녀는 만일 식구들이 자신과 스크레벤스키의 진짜 관계를 알게 된다면 부모님, 특히 아버지가 노발대발할 것이라는 사실을 알고 있었다. 그래서 그녀는 매우 미묘하게 남자의 구애를 받고 있는 다른 처녀들처럼 행동했다. 사실 그녀도 다른 처녀들과 별로 다를 게 없었다. 그러나 그녀의 내부에서는 사회적인 강요에 대해서 완전하고도 결정적으로 반기를 들고 있었다.

그녀는 온종일 매 순간마다 그의 키스를 고대하고 있었다. 부끄러움과 기쁨 속에서 그녀는 그 사실을 스스로 인정했다. 거의 의식적으로 키스를 기다렸다. 그도 기다리기는 했지만, 때가 될 때까지 보다 무의식적인 상태에서 기다렸다. 다시 키스할 때가 되었을 때, 방해물이 나타나면 그는 죽을 것만 같이 고통스러웠다. 만일 키스를 하지 못하고 그때가 지나가면, 그는 자신의 육체가 잿빛이 되고 시체같이 무기력해져 더 이상 자신이 존재하지 않는 것처럼 느껴졌다.

그는 드디어 최고의 절정 속에서 그녀에게 다가왔다. 몹시 어둡고 바람 부는 음침한 밤이었다. 그들은 벨도버로 가는 샛길로 내려가 골짜기로 들어갔다. 키스를 끝내고 둘 사이에 침묵이 흘렀다. 그들은 아래쪽의 매우 어두운 절벽의 가장자리에 서 있었다.

어둠을 따라 바람 부는 쪽으로 어둠에 휩싸인 샛길이 뻗어 있었다. 저 밑에선 기차역의 등불이 반짝였다. 멀리서 기차가 선로를 바꾸면서 숨을 가쁘게 몰아쉬었고, 바람 속에서 기차의 딸랑거리는 소리가 들려왔다. 언덕 맞은편의 어둠 위로 벨도버 변두리의 불빛들이 반짝거렸고, 철길 오른편 공장에서는 용광로의 불빛이 환하게 비쳤다.

그런 광경을 보면서 그들은 밤길에서 머뭇거리기 시작했다. 두 사람은 곧 어둠에서 나와 밝은 곳으로 가야만 했다. 그것은 마치 예전의 세계로 되돌아가는 것 같았다. 아직 목적은 달성되지 않았다. 두 사람은 떨면서 어둠의 가장자리에서 망설였다. 그리고 시내의 불빛과 그 너머의 공장의 불빛을 바라보고 있었다. 그들은 세상으로 되돌아갈 수 없었다. 그럴 수 없었다.

그들은 이리저리 배회하다가 길가에 서 있는 커다란 참나무 밑으로 갔다. 푸른 잎이 나부끼는 커다란 나무는 바람에 윙윙거렸고, 요지부동일 것 같던 나무줄기도 모두 흔들리고 있었다.

"앉지요."

그가 말했다.

바람이 윙윙거리며 맴도는 나무 아래에 두 사람은 한동안 앉아서 맞은편 어둠 속에서 반짝이는 불빛을 보았다. 나무의 모습은 거의 보이지 않았지만, 그들을 반겨주는 강력한 존재가 느껴졌다. 어두워진 들판의 가장자리를 가로질러 기차가 불을 뿜으며 휙 지나가는 것이 보였다.

그가 돌아앉아 키스했다. 그녀는 그를 기다리고 있었다. 지금 받는 고통은 그녀가 기다리던 고통이요, 고뇌도 자신이 원했던 고뇌였다. 그녀는 밤의 거대한 진동에 휘말려 마음이 사로잡히고 말았다. 이 남자, 이 남자는 누구인가? 어둡고 강한 진동이 그녀를 감쌌다. 그녀는 어두운 바람을 타고 떠나서 원시적인 어둠의 낙원으로, 태초의 영원불멸의 세계로 들어갔다.

자리에서 일어났을 때, 그녀는 이상하게도 어떤 자유로움과 힘을 느꼈다. 부끄럽지 않았다. 왜 부끄러워해야 한단 말인가? 자기와 하나가 되었던 남자가 그녀의 곁에서 걷고 있었다. 그녀는 그를 받아들였고, 둘은 하나가 되었다. 그와 함께 어디를 갔었는지는 알 수 없었다. 하지만 또 다른 생명을 받아들인 것만 같았다. 그녀는 그들이 함께 뛰어든 영원불멸의 세계로 들어섰다.

그녀의 영혼은 확신에 차 있었고, 인위적인 불빛의 세계가 가진 의견 따위에는 관심이 없었다. 철길 위의 육교로 올라가면서 기차의 승객들을 만났을 때, 그녀는 자신이 전혀 다른 세계에 속한다고 생각했다. 그들을 스쳐가며 그들과 자신을 구분하는 완전한 어둠 속으로 걸어갔다. 불이 켜진 집 안으로 들어갔으나 그녀는 불빛과 부모의 시선에 대해 무감각했다. 일상생활 속의 자아는 이전과 똑같았다. 하지만 이제는 어둠을 알고 있는 다른 더 강한 자아를 간직하게 된 것이다.

밤의 어둠과 오만 속에 존재하는 이런 묘하고도 독특한 힘은 결코 그녀에게서 사라지지 않았다. 지금보다 더 진정한 자아였던 적은 없었다. 어느 누구도, 아니 세상의 젊은이인 스크레벤스키조차도 그녀의 영원한 자아와 어떤 관계가 있다고 생각되지 않았다. 한편 세속적이고 사교적인 자아에 대해서는 그냥 제멋대로 행동하라고 내버려두었다.

어슐라의 모든 영혼은 스크레벤스키와 연결되어 있었다. 세상에 능숙한 젊은이로서가 아니라 있는 그대로의 인간으로서의 그와 연결되어 있는 것이다. 그녀는 완전한 확신에 차 있었다. 그것은 모든 세상보다 완벽하고 더 강했다. 세상은 오직 부차적인 의미에서만 존재했으며, 그녀는 우월하게 존재했다.

그녀는 자신의 강력한 어둠의 비밀 세계를 감추기 위해 정상적인 일과표에 따라 학교에 나갔다. 그녀와 스크레벤스키의 관계는 너무나 강렬해서, 다른 곳에서 휴식을 취해야만 했다. 아침에 학교에 가서 강의를 들었지만 마음은 다른 먼 곳에서 들떠 있었다.

어슐라는 그가 묵고 있는 호텔에서 그와 함께 점심을 먹었다. 매일 저녁 그의 호텔방이나 시내, 혹은 시골에서 그와 함께 시간을 보냈다. 집에는 학위를 따기 위해 공부한다고 변명했다. 그러나 공부에는 조금도 집중할 수 없었다.

두 사람은 모두 절대적인 행복과 고요함을 느꼈다. 그들 자신의 완전한 행복에 비하면 다른 모든 것은 부수적인 것으로 보일 만큼 그들은 자유로웠다. 날이 감에 따라 그들에게 필요한 유일한 것은 그들끼리 더 많은 시간을 보내는 것이었다. 완전히 자신들만의 시간을 갖기를 원했다.

부활절 방학이 다가왔다. 그들은 즉시 여행을 떠나기로 했다. 돌아오건 말건 그것은 중요하지 않았다. 그들은 현실적인 문제에는 완전히 무관심했다.

"우리 결혼해야만 할 것 같소."

불안스러운 듯이 그가 말했다. 사실 지금 이대로가 너무나 자유로우며 보다 깊은 세계였기에, 자기들의 관계를 공식적으로 알린다는 것은 그를 마비시키는 모든 것들과 그들의 관계를 똑같은 수준에 놓는 셈이 될 것이다. 지금 그는 그것으로부터 완전히 무관한 상태인데, 만일 결혼을 하면 별 수 없이 사회적 자아라는 가면을 써야 할 것이다. 그리고 사회적 자아라는 가면을 쓴다고 생각하니 그는 자신이 별개의 추상적인 인간이 되는 것 같았다. 만일 그녀가 그의 사회적인 아내가 된다면,

어슐라는 죽어버린 현실의 잡다한 일부가 될 것이다. 그렇게 된다면 자신의 비밀스러운 세계와 어슐라의 관계는 어떻게 될까? 한 남자의 사회적인 아내란 물질적 상징에 불과하다. 지금 그에게 있어 그녀는 일상적인 삶에서 볼 수 있는 어떠한 것보다도 더욱 생생한 존재였다. 그녀는 모든 관습적인 삶에 완전한 거짓말을 했다. 그리고 두 사람은 그들을 둘러싼 죽은 세계에 살아 있는 거짓말을 하면서, 어둡고 유동적이며 무한한 가능성을 지닌 존재로서 함께 서 있는 것이다.

그는 생각에 잠겨 난처해하는 그녀의 얼굴을 쳐다보았다.

"저는 결혼하고 싶지 않아요."

미간을 찌푸리며 그녀가 말했다. 이 말에 그는 마음이 약간 상했다.

"왜죠?"

그가 물었다.

"앞으로 좀더 생각해 보기로 해요, 네?"

그녀가 말했다.

기분이 상하기는 했지만, 그는 그녀를 몹시 사랑했다.

"당신의 얼굴은 얼굴이 아니라 삐죽 나온 코 같아요."

그가 말했다.

"그래요?"

그녀의 얼굴이 순수한 열정으로 환하게 빛났다. 그녀는 결혼이란 문제에서 빠져나왔다고 생각했다. 그러나 그는 만족하지 않고 이야기를 계속했다.

"왜요, 왜 나와 결혼하지 않으려고 하죠?"

"다른 사람들과 함께 있고 싶지 않아서요. 지금이 좋아요. 만일 당신과 결혼하고 싶으면 이야기할게요."

그녀가 말했다.

"좋아요."

그가 말했다.
 그는 결혼 문제를 결정하지 않은 채 남겨두었다가, 어슐라가 책임을 맡게 하는 것이 좋겠다고 생각했다.
 두 사람은 부활절 휴가에 대해 이야기했다. 그녀는 오직 완전한 즐거움만을 생각했다. 두 사람은 피카딜리에 있는 어느 호텔로 갔다. 두 사람은 부부인 체하기로 했다. 싸구려 상점에서 1실링짜리 결혼반지를 하나 샀다.
 그들은 일상적인 인간의 세계를 완전히 무시했다. 그들은 확신에 사로잡혀 있었다. 확실히 두 사람은 무엇엔가에 사로잡혀 있었다. 그들은 세상의 모든 조건을 뛰어넘고, 모든 문제를 초월하여 자랑스러움을 느끼며 완전한 자유를 누렸다.
 그들은 완전했고, 그들 외에 다른 어떤 것도 존재하지 않았다. 세상은 무시당하는 하인들이나 사는 세계였다. 어디를 가든 그들은 감각적인 귀족이었고, 감각에 대한 순수한 자부심으로 따뜻하고 밝게 행동했다.
 그들이 다른 사람들에게 주는 영향은 대단히 컸다. 이들과 접촉한 사람들, 웨이터들이나 우연히 알게 된 사람들은 모두 이 젊은 한 쌍에게 찬탄을 보냈다.
 "예, 남작 각하."
 그녀는 남편에게 장난삼아 프랑스 어로 공손하게 대답했다.
 그래서 그들은 작위가 있는 귀족으로서 대접받았다. 남자는 기술 장교로서 막 결혼했으며 곧 인도로 갈 것이라고 소문이 났다.
 이렇게 낭만의 베일이 온통 그들을 감싸고 있었다. 그녀는 자신이 귀족의 젊은 아내로서 인도로 떠나기 전날 밤을 이곳에서 보내고 있다고 믿었다. 이러한 사회적 위장은 달콤하고 그럴듯해 보였다. 하지만 생생한 사실은 이들 두 사람이 모든 제약으로부터 벗어난 완전한 남자와 여자라는 사실이었다.

 완벽하게 성공적인 나날이 흘러갔다. 그들은 3주일 동안 내내 함께 보내기로 했다. 두 사람 자신들은 실체였고, 외부의 모든 것은 그들에게 봉사했다. 그들은 돈에는 관심이 없었지만 결코 낭비하지는 않았다. 겨우 일주일도 안 되어 20파운드를 썼다는 사실을 알았을 때, 그는 좀 놀랐다. 그러나 그것은 다만 은행에 가는 것이 귀찮기 때문일 뿐이었다. 그에게는 낡은 체제의 기구는 존재했지만 체제 그 자체는 존재하지 않았다. 돈도 존재하지 않았다.

 옛날의 의무도 모두 존재하지 않았다. 그들은 극장에서 돌아오면 저녁을 먹고 옷을 벗고 실내복으로 갈아입었다. 침실은 넓었고, 한쪽 구석에는 깊고 안락한 방이 있었다. 식사는 전부 그들의 방에서 했고, 한스라는 독일인이 시중을 들었다. 한스는 이 두 사람을 매우 대단한 인물들로 여기고, 시중들 때는 열심히 '예, 남작 각하' '예, 남작 부인' 하고 대답했다.

 그들은 종종 공원 너머에서 장밋빛 먼동이 터오는 것을 보았다. 웨스트민스터 성당의 탑이 드러나고, 피카딜리의 가로등이 나방처럼 희미하게 보였다. 이른 아침, 수레가 금속처럼 반짝이던 컴컴한 길을 덜컹거리며 희뿌연 길을 내려가 가로등 밑 저 컴컴한 새벽 속으로 들어갔다. 컴컴하던 밤도 이제 아침 햇살 속에서 마치 안개에 싸인 것처럼 희뿌옇게 되었다.

 그리고 새벽빛이 강해지면 그들은 유리문을 열고 어지러운 발코니로 나가서 아직 잠들어 있는 거리를 쳐다보며 마치 두 천사들처럼 기쁨에 휩싸였다. 잠시 후면 저 세계도 잠에서 깨어나 의무와 나태에 가득 찬, 비실현적인 복잡한 세상으로 변할 것이다.

 그러나 공기가 차가웠다. 그들은 침실로 가서 목욕을 하고 잠자리에 들었다. 욕실 문을 열어놓았기 때문에 수증기가 침실로 들어와 거울을 흐릿하게 만들었다. 어슐라는 언제나 먼저 침대로 가서 그가 목욕하는 것을 지켜보았다. 그는 무심코 재빨리 움직였고, 전깃불이 그의 젖은 어깨 위를 비췄다. 목욕을 마치고 나온 그는 이마 위로 물에 젖은 머리카락을 바싹 넘겼고, 눈위로 물이 뚝뚝 떨어졌다. 그는 날씬했고, 그녀가 보기에는 군살 하나 없이 완벽하고 깨끗하게 잘 빠진 젊은이였다. 몸에 난 갈색 털은 부드럽고 섬세하며 사랑스러웠다. 하얀 욕실에 서 있는 그는 아름답게 홍조를 띠었다.

그는 침대에 누워 온화하고 빛나는 얼굴로 자신을 바라다보고 있는 그녀를 보았다. 하지만 일부러 그녀의 얼굴을 쳐다보지는 않았다. 그 얼굴은 항상 그곳에 있었고, 마치 그 자신의 눈인 양 늘 그에게 붙어 있다시피 했다. 그는 결코 그녀와 떨어져 있다는 생각을 해본 적이 없었다. 그녀는 그에게 있어 자신의 눈이요, 자신의 고동치는 심장과 같았다.

그는 잠옷을 입고 그녀를 향해 걸어갔다. 그녀에게 가까이 다가가는 것은 언제나 열정에 가득 찬 모험이었다. 그녀는 두 팔을 그의 허리에 두르고 그를 껴안은 채 부드럽고 따뜻한 피부 냄새를 맡았다.

"향기가 나요."

그녀가 말했다.

"비누 냄새지."

그가 대답했다.

"비누 냄새?"

어슐라는 밝은 눈동자로 올려다보면서 그의 말을 되풀이했다.

둘 다 웃었다. 그들은 항상 웃었다. 그들은 곧 잠이 들었다. 그들은 바싹 붙어서 한낮까지 잠을 잤다. 그리고는 잠이 깨어 항상 변화하는 실재의 세계로 돌아왔다. 그들만이 이 세계에서 거주하는 것이었다. 다른 모든 사람들은 비천한 지역에서 살고 있었다.

그들은 원하는 것이면 무엇이든지 했다. 몇몇 사람들을 만나기도 했다. 도로시와 스크레벤스키의 친구인 몇몇 옥스퍼드 젊은이들을 만났다. 이들은 어슐라를 아주 간단히 '스크레벤스키 부인'이라고 불렀다. 그리고 어찌나 공손하게 대하는지, 어슐라는 자신이 신세계뿐만 아니라 구세계까지 포함하는 이 전체 우주의 진짜 여왕이라도 된 듯한 생각이 들기 시작했다. 그녀는 자기가 구세계의 울타리 바깥에 존재하고 있다는 사실을 잊었다. 그녀는 구세계를 자신의 실재 세계 안으로 끌어들였다고 생각했다. 그리고 실제로 그랬다.

이렇게 항상 변화하는 세계 속에서 몇 주가 흘렀다. 그들은 언제나 서로에게 있어 미지의 세계였다. 한 사람이 하는 동작은 무엇이든지 다른 사람에게는 하나의 실재이고, 하나의 모험이었다. 다른 여흥은 필요없었다. 두 사람은 극장에도 거의 가지 않았다. 대개는 피카딜리가 내려다보이는 방에 마주 앉아서 양쪽 창문을 열어놓고는 그린 공원이나 아래쪽의 사람들이 혼잡하게 왔다 갔다 하는 모습을 바라보았다.

어느 날 어슐라는 노을을 쳐다보다가 갑자기 이곳을 떠나고 싶어졌다. 떠나야만 했다. 그리고 두 시간 뒤에 그들은 체어링 크로스 역에서 파리행 기차를 타고 있었다. 파리로 가자는 것은 스크레벤스키의 제안이었다. 어슐라는 어디고 상관없었다. 여행을 떠난다는 사실만이 큰 기쁨이었다. 그래서 며칠 동안 그녀는 파리의 풍물에 만족했다.

그런데 무슨 이유에선가 그녀는 런던으로 돌아오는 길에 루앙을 들르고 싶었다. 그곳에 가자는 그녀의 주장에 대해 그는 본능적으로 의심했다. 그러나 그럴수록 그녀는 그곳에 가자고 했다. 그녀는 그곳에서 받을 영향을 시험해 보고자 하는 것 같았다.

루앙에서 처음으로 그는 죽음과 같은 차가운 감정을 느꼈다. 다른 사람이 아니라 어슐라가 두려웠다. 그녀가 그를 떠날 것만 같았다. 그가 아닌 무엇인가를 따라갈 것만 같았다. 그녀는 그를 원하지 않았다.

이 도시의 옛날 거리, 성당, 역사와 기념비적인 장소들이 그녀를 그로부터 앗아갔다. 그녀는 자신이 원했지만 잊고 있었던 무엇으로 돌아간 것 같았다. 이제 이 도시가 그녀의 실체였다. 변화도 모르고 어떠한 거절의 소리도 들어본 적 없이 태연하게 거기에 잠들어 있는 석조 대성당이 그녀의 실체였다. 이 성당은 안정성과 찬란한 절대성을 지닌 장엄한 모습이었다.

그녀의 영혼은 혼자서 달리기 시작했다. 하지만 그녀뿐만 아니라 그 역시 이 사실을 알아차리지 못했다. 하지만 루앙에서 처음으로 그는 죽음 같은 고뇌를 맛보았고, 두 사람이 결국은 죽음을 향해 다가가고 있음을 깨달았다. 그리고 그녀는 처음으로 마음을 짓누르는 듯한 갈망과 무겁고 절망적인 경고를 맛보았다. 그것은 마치 절망과 냉담 속으로 초조하게 한없이 가라앉는 것과 같았다.

두 사람은 런던으로 돌아왔다. 그러나 아직 이틀이 남아 있었다. 그는 두려움에 떨기 시작했다. 그녀가 떠날 것이라는 두려움으로 열병에 걸릴 것만 같았다. 그녀는 어떤 숙명적인 예감에 따라 침착하게 행동했다. 올 것이 왔구나.

그녀가 떠날 때까지 그는 긴장된 상태에서도 매우 침착했다. 그녀가 떠난 일요일 저녁, 그는 성 팬크라스 역을 떠나 핌리코를 경유해 엔젤과 무어게이트 거리로 가는 전차를 탔다.

차가운 공포심이 점점 그를 엄습해 왔다. 시티 로드의 황량함이 눈에 들어왔다. 그는 자신이 타고 있는 전차가 유령같이 싸늘하고 지저분함을 깨달았다. 주위는 차갑고 딱딱하며 회색의 불모로 둘러싸여 있었다. 그렇다면 그가 속해야 하는 빛나고 경이로운 세계는 어디에 있는가? 그는 어떻게 하여 현재의 이러한 쓰레기 더미 속에 던져지게 되었는가?

그는 미칠 것 같았다. 벽돌집, 전차, 그리고 거리의 잿빛 사람들에

대한 공포 때문에 그는 마치 술 취한 사람같이 눈이 아득해지고 비틀
거렸다. 그는 완전히 미쳐 있었다. 조금 전까지만 해도 모든 것이 풍요
롭게 고동치며 친밀하고 생생하게 맥박 뛰는 세계에서 그녀와 함께 있
었다. 그런데 이제 그는 죽음 같은 벽들과 기계 같은 차량과 유령같이
기어다니는 사람들로 가득 찬 싸늘한 회색의 메마른 세계 속에 놓여
있지 않은가. 생명은 사라지고 오직 죽음의 재와 같은 육체만이 경직
된 채 버둥대고 있었다. 차갑고 딱딱하며 메마른 쇳가루가 떨어지는
소리와 같은 끔찍하고 덜컹거리는 움직임과 소음만이 있었다. 지금 비
추고 있는 햇빛은 도시의 폐허를 적나라하게 드러내는 인공의 불빛 같
았고, 밤거리의 불빛은 이 도시가 부패해 가면서 내뿜는 독가스의 화
염 같았다.

그는 완전히 미친 사람같이 되어 정신없이 술집으로 가서 위스키 한
잔을 시켜놓고 마치 죽은사람처럼 꼼짝도 하지 않고 앉아 있었다. 겨
우 숨이 붙어서 움직이는 시체 같았다. 이러한 존재를 — 인간의 죽은
언어로는 살아 있는 사람이라고 부르지만 — 사실은 죽은 유령과 마찬
가지였다. 그녀가 없는 삶은 고통 이상의 것이었다. 그녀가 없다는 사
실이 그를 파괴했다.

그는 시체처럼 점심식사를 하고 차를 마셨다. 얼굴은 내내 창백하고
돌처럼 굳어 있었다. 그의 생활은 메마르고 기계적으로 움직였다. 그
러면서도 자기에게 밀어닥친 이 가공할 비참함에 어리둥절해 했다. 어
찌하여 자기가 싸늘하게 식은 재와 같은 신세가 되고 말았는가? 그는
그녀에게 편지를 썼다.

생각해 보니, 역시 우리는 결혼해야겠소. 인도에 가면 월급도 오르니 살
아갈 수 있을 거요. 아니 혹시 인도에 가길 원하지 않는다면 내가 영국에 머
물 수도 있소. 하지만 당신도 인도를 좋아하게 될 것이오. 당신은 말도 탈

줄 알고, 그곳의 모든 사람들을 알게 될 거요. 학위를 따기 위해 이곳에 머물기를 원한다면 졸업 후 즉시 결혼할 수도 있소. 당신에게서 답장을 받는 대로 당신의 아버지께도 편지를 올리겠소.

그는 그녀를 생각하면서 쏘다녔다. 아, 그녀와 함께 있을 수 있다면! 그가 바라는 전부는 그녀와 결혼하는 것, 그녀를 확실히 자기 사람으로 만드는 것뿐이었다. 그러나 그는 완전히 절망적이었고 아무런 감정도, 유대감도 없는 차갑고 죽은 존재나 마찬가지였다.

그는 생명이 죽어버린 것 같았다. 그의 영혼은 꺼져버렸다. 그의 존재 전체가 메말라버렸으며, 그는 생명이 떠난 유령이었다. 알맹이가 없는 납작한 껍데기였다. 그는 날마다 광증이 더해갔다. 살아 있는 존재가 아니라는 공포감에 휩싸였다.

그는 여기저기 쏘다녔다. 그러나 무엇을 하든지 속이 텅 빈 자신의 껍데기만이 그곳에 있음을 깨달았다. 극장에도 갔다. 그가 보고 듣는 것은 다만 의식의 차가운 표면 위로 떨어질 뿐이었다. 지금은 이것이 그의 전부이고 그 이상은 아무것도 없었다. 어떤 종류의 경험도 할 수 없었다. 기계적인 기억만 있을 뿐 그 이상은 없었다. 그에겐 존재도 내용도 없었다. 그가 만나는 사람들도 마찬가지였다. 그들은 이미 알고 있는 양의 배열에 지나지 않았다. 그가 살고 있는 세계에는 원만함도 풍족함도 없었고, 모든 것이 생명이나 존재가 없는 정신적 배열의 죽은 형상들이었다.

그는 대부분의 시간을 친구나 동료들과 함께 보냈다. 그리고 모든 것을 잊으려고 했다. 그들의 활동이 그의 자기 부정을 심리적으로 보상해 주었고, 자기 부정에서 오는 공포감을 막아주었다.

오직 술을 마실 때에만 행복했다. 그래서 술을 많이 마셨다. 술을 마시면 이전의 그와는 정반대가 되었다. 사방으로 흩어지는 온기로 가득 찬 세계에서 자신이 구름이 되어 따뜻하게 불타오르는 기분이었다. 그러면 형태도 없이 들뜬 마음 속에서 그는 모든 것과 하나가 되었다.

모든 것이 장밋빛으로 녹아내렸다. 자신이 빛이 되고, 모든 만물이 빛이 되고, 그밖의 모든 인간이 빛이 되는 것 같았다. 그럴 때면 기분이 무척 좋아졌고, 노래를 부르곤 했다.

어슐라는 단호하고 굳게 닫힌 마음을 안고 벨도버로 돌아왔다. 그녀는 스크레벤스키를 사랑했다. 이것만큼은 확실했다. 이외에는 다른 어떤 것도 용납하지 않을 것이다.

어슐라는 결혼해서 인도로 가자는 그의 귀신에 홀린 듯한 긴 편지를 아무런 반응 없이 읽었다. 그녀는 결혼에 대해 그가 한 말을 무시하는 듯했다. 이 말이 실감나지 않았다. 편지의 대부분에서 그는 별다른 의미 없이 이야기를 하는 것 같았다.

어슐라는 기쁘고 편안한 마음으로 답장했다. 그렇게 긴 편지를 쓰는 것은 드문 일이었다.

인도는 아름다운 곳 같아요. 착한 원주민들이 늘어선 사이를 흔들거리는 코끼리를 타고 지나가는 내 모습을 그려볼 수 있어요. 하지만 아버지가 가게 하실지 모르겠어요. 알아봐야만 해요.

당신과 함께 보냈던 즐거웠던 시간을 계속 생각해 봅니다. 하지만 헤어지는 순간이 되자, 당신은 나를 그전만큼 사랑하지 않았다고 생각해요. 그렇죠? 우리가 파리를 떠날 때 당신은 저를 사랑하지 않으셨어요. 왜 그러셨어요?

나는 당신을 무척 사랑합니다. 당신의 육체를 사랑해요. 당신의 몸은 훌륭하고 정갈해요. 당신이 벌거벗고 다니지 않으니 다행이에요. 만일 그렇다면 모든 여자가 당신에게 반해버릴 테니까요. 저는 당신의 육체가 무척 탐나고 또 매우 좋아요.

그는 이 편지에 약간 만족했다. 그러나 날마다 그는 죽은 상태에서 시체처럼 걸어다녔다. 4월 말까지는 노팅엄에 다시 돌아올 수 없었다. 그래서 그는 주말을 옥스퍼드 근처에 있는 친구 집에서 보내자고 그녀를 설득했다. 이 무렵 그들은 약혼했다. 그가 어슐라의 아버지에게 편지를 보냈고, 일이 그렇게 성사되었던 것이다. 그는 약혼 기념으로 에메랄드 반지를 주었는데, 그녀는 이것을 매우 좋아했다.

어슐라의 식구들은 이제 그녀가 그들 곁을 이미 떠난 사람처럼 거리감을 갖고 대했다. 그녀가 혼자 있게 내버려두었다.

그녀는 옥스퍼드 근처의 시골집에서 그와 함께 사흘을 보냈다. 감미로운 시간들이었고, 그녀는 무척 행복했다. 그러나 가장 기억에 남는 것은 아침에 일어났을 때였다. 그때는 그가 그녀와 밤을 같이 보낸 뒤 자기 방으로 조용히 돌아간 다음이었다. 어슐라는 혼자 있으면서 흐뭇한 기분을 맛보고, 자기만의 방을 한껏 즐겼다. 블라인드를 올리고 정원의 살구나무를 바라보았다. 살구나무는 푸른 하늘 아래서 햇빛을 받아 하얀 눈처럼 눈부시게 반짝거리며 활짝 꽃을 피우고 있었다. 바람에 떨어진 꽃잎이 푸른 하늘 아래에 흩날렸다. 저 하얀 꽃잎들. 그 광경은 그녀를 흥분시켰다.

어슐라는 누가 와서 말을 걸기 전에 서둘러 옷을 입고 정원의 살구나무 아래로 다가가 마치 요정 세계의 여왕처럼 걸었다. 나무 밑에서 푸른 하늘을 쳐다보니 꽃이 은빛 그림자 같았다. 엷은 향기가 났고, 꿀벌의 윙윙거리는 소리가 나직하게 들렸다. 그녀는 행복한 아침의 놀라운 생동감을 맛보았다.

아침식사를 알리는 종소리를 듣고 그녀는 안으로 들어갔다.

"어디 갔다 왔어요?"

다른 사람들이 물었다.

"살구나무 밑을 거닐었어요. 너무 아름다워요."

그녀는 얼굴이 꽃처럼 달아오른 채 대답했다.

순간 분노의 그림자가 스크레벤스키의 영혼을 스치고 지나갔다. 그녀는 그가 함께 나가길 원하지 않은 것이었다. 그의 마음이 딱딱하게 굳어졌다.

달빛이 비치고 꽃잎이 유령처럼 빛나는 밤에 그들은 함께 밖으로 나가 꽃을 바라보았다. 그가 그녀 옆에 서 있을 때 쳐다보니 그의 얼굴에 달빛이 비치고 있었다. 그의 모습은 은처럼 빛나고, 어둠 속에 감추어진 눈동자는 깊이를 헤아릴 수 없었다. 어슐라는 갑자기 그에 대한 애정이 솟구쳤다. 그러나 그는 조용히 서 있었다.

둘은 다시 안으로 들어왔다. 그녀는 피곤한 척하면서 일찍 잠자리에 들었다.

"너무 오래 떨어져 있지 말아요."

굿나잇 키스를 하는 척하면서 그녀가 속삭였다.

그는 뭔가에 사로잡힌 듯이 그녀에게 다가갈 수 있는 순간만을 열심히 기다렸다.

그녀는 그의 육체를 즐겼다. 마음껏 즐겼다. 그의 등과 옆구리의 부드러운 피부를 손가락으로 눌러보기를 좋아했다. 그럴 때면 승마로 단련된 그의 근육이 더욱 굳어졌다. 그의 살은 눌러도 들어가지 않을 정도로 단단했기 때문에 그녀는 커다란 흥분과 열정의 전율을 느꼈다. 그의 피부는 아주 매끄럽고 부드러웠으며, 그녀에게 완벽한 봉사를 해주었다.

그녀는 그의 육체를 완전히 소유했고, 그것을 소유한 자만이 누리는 무한한 기쁨과 도취로 그것을 즐겼다. 그러나 그는 그녀의 육체가 점점 두려워졌다. 그는 그녀를 원했다. 끝없이 원했다. 하지만 그의 욕망은 움츠러들었고, 팽팽한 긴장이 달콤한 접근과 끝없는 사랑의 다정한 포옹을 즐기지 못하도록 방해했다. 그의 의지는 항상 팽팽하게 긴장되어 있었다.

　그녀의 졸업시험이 한여름에 있었다. 어슐라는 비록 지난 몇 달 동안 공부를 게을리하기는 했지만 시험을 보겠다고 고집했다. 스크레벤스키 역시 그녀가 학위를 따기를 바랐다. 그러고 나서야 그녀가 만족할 것이라고 생각했기 때문이었다. 하지만 속으로는 그녀가 시험에 떨어지기를 원했다. 그래야만 그를 좀더 좋아하게 될 것이다.

　"결혼하면 인도에서 살겠소, 영국에서 살겠소?"

　그가 물었다.

　"아, 인도죠. 지금으로서는 그래요."

　별 생각 없이 무심하게 그녀가 대답했다. 그는 이런 태도가 기분나빴다. 한번은 그녀가 열정적으로 이야기했다.

　"기꺼이 영국을 떠나겠어요. 모든 것이 무미건조하고 보잘것없어요. 정신적인 것도 없고, 나는 민주주의가 싫어요."

　그는 그녀가 이렇게 이야기하는 것에 화가 났다. 그 이유는 알 수 없었지만, 어쨌든 그녀가 남을 공격할 때면 참을 수가 없었다. 왜냐하면 마치 자기를 공격하는 것 같았기 때문이었다.

　"그게 무슨 말이오? 민주주의가 왜 싫다는 거요?"

　그가 화를 내며 물었다.

　"민주주의에서는 욕심 많고 추악한 사람들만이 성공하잖아요."

　그녀가 대답했다.

　"결국 그들만이 자신을 끝까지 밀고 가는 사람들이기 때문이죠. 타락한 족속들이나 민주주의를 부르짖는 거예요."

　"그러면 어떤 체제를 원해요? 귀족주의?"

　그가 내심 감동하여 물었다. 그는 항상 자기가 귀족계급에 속한다고 생각했다. 그러나 그녀가 그의 계급을 지지하는 것을 들으니 고통스러운 묘한 쾌감이 느껴졌다. 그는 자신이 뭔가 불법적인 일을 용인하고,

뭔가 부당하고 비난받을 이권을 취하는 것이 아닌가 생각해 왔던 것이다.

"나는 귀족주의를 원해요."

그녀가 큰 소리로 말했다.

"그리고 돈으로 산 귀족보다 타고난 귀족이 더 좋아요. 오늘날 귀족들이란 누군가요? 최고의 지배자로 선택된 자들이 누구지요? 돈을 가진 자들, 돈을 벌 수 있는 두뇌를 가진 자들이 아닌가요. 그들이 다른 무엇을 가지고 있는가는 문제가 되지 않아요. 오직 돈 벌 머리만이 필요할 뿐이죠. 왜냐하면 그들은 돈으로 지배하니까요."

"하지만 국민들이 정부를 선택하잖소."

그가 말했다.

"나도 알아요. 하지만 국민이란 뭐지요? 국민 한 사람 한 사람이 돈에만 관심을 쏟잖아요. 나만큼 돈을 가지고 있으면 나와 동등하다, 바로 이런 생각을 나는 싫어해요. 내가 그들보다 훨씬 나은 인간이란 것을 잘 알아요. 난 국민이란 사람들이 싫어요. 그런 사람들은 나하고 동등하지 않아요. 나는 돈을 근거로 한 인간 평등은 싫어요. 그것은 더러운 평등이에요."

그녀의 눈이 불타는 듯이 그를 쳐다보았다. 마치 자신을 파괴하려고 달려들 듯했다. 그를 움켜쥐고 부수려고 했다. 그녀에 대한 분노가 솟아올랐다. 적어도 자신의 존재를 지키기 위해서라면 그녀와 싸워야 했다. 그는 격하고 맹목적인 저항감에 사로잡혔다.

"나는 돈에는 상관하지 않소. 또 그런 문제에 내 손을 담그고 싶지도 않소. 내 손은 그러기에는 너무 예민하니까 말이오."

그가 말했다.

"당신의 손이 나와 무슨 상관이 있어요?"

흥분하여 그녀가 소리 질렀다.

"그 고상한 손가락은 당신 거지요. 그리고 당신은 명사들 축에 끼기 위해 인도에 가려는 것이지요! 당신이 인도에 가는 것은 일종의 도피예요."

"아니, 무엇이 도피란 말이오?"

분노와 두려움으로 얼굴이 하얗게 되어 그가 소리 질렀다.

"당신은 인도인들이 우리보다 더 단순하다고 생각하고 있어요. 그래서 그들 가까이 가서 그들의 주인이 되고자 하는 거예요."

그녀가 말했다.

"그러면서도 그들의 이익을 위해 지배하는 것이니까 정당하다고 여기겠죠. 당신이 누군데 그걸 정당하다고 여기죠? 지배하는 것이 뭐가 정당해요? 당신들한테선 고약한 냄새가 나요. 무엇을 위해 지배하죠? 여기서와 같이 모든 것을 침체되고 비열한 것으로 만들기 위해서가 아닌가요?"

"난 조금도 정당하다고 생각하지 않소."

그가 말했다.

"그러면 뭐라고 생각하죠? 당신이 무슨 생각을 하든, 안 하든 그건 사실 아무것도 아니에요."

"그렇다면 당신은 무슨 생각을 하오? 당신은 마음 속으로 자기가 정당하다고 생각지 않는단 말이오?"

그가 물었다.

"물론이죠. 나는 당신과 반대이고, 오래되고 이미 죽은 당신의 모든 것들과 반대이기 때문이에요."

그녀가 소리쳤다.

그녀는 이 말을 내뱉음으로써 지금까지 휘날리던 상대방의 깃발을 일격에 무너뜨렸다고 생각했다. 그는 무릎이 잘려나가 무가치한 존재가 된 것 같았다. 그는 다리가 정말로 잘린 것처럼 구역질이 치밀었다.

그리고 꼼짝도 할 수 없었다. 남에게 의지할 수밖에 없는 무용지물의 몸통만 남은 꼴이었다. 마치 자신이 실제로는 살아 있지 않은 존재가 된 듯한 두려운 절망감으로 그는 미칠 지경이었고, 제정신이 아니었다.

이제는 어슐라와 함께 있을 때마저도 이러한 죽음 같은 무력감이 그를 엄습했다. 그리고 모든 생명이 사라져버린 빈 몸뚱이처럼 여기 저기를 배회할 때도 그랬다. 이러한 상태에서 그는 들을 수도, 볼 수도, 느낄 수도 없었다. 오로지 기계적인 삶의 움직임만을 계속할 뿐이었다.

이러한 상태에서 그는 그녀를 마음껏 미워했다. 그는 그녀가 자신을 존경하지 않았기 때문에 모든 수단을 동원해서 그녀로부터 존경을 받아보려고 했다. 그는 그녀의 곁을 떠나 편지도 띄우지 않았다. 그는 다른 여자들, 특히 구드런과 노닥거렸다.

이 사실에 그녀는 분개했다. 그녀는 여전히 그의 육체를 강렬하게 탐하고 있었다. 열정적인 분노에 사로잡힌 채 어슐라는 그를 책망했다. 한 여자도 충분히 만족시켜 주지 못하면서 다른 여자들과 돌아다닌다고 비난했다.

"내가 당신을 만족시켜 주지 못했다고?"

그는 화가 치밀어 소리쳤다.

"못했어요. 우리가 런던에서 만난 첫 주 이후론 한 번도 만족시켜 주지 못했어요. 지금도 결코 만족시켜 주지 못해요. 당신이 나를 가졌다는 것이 나에게 무슨 의미가 있죠?"

그녀는 이렇게 쏘아붙이고, 어깨를 으쓱하며 아무 가치도 없다는 듯 냉담하고 무관심한 태도로 얼굴을 돌렸다. 그는 그녀를 죽이고 싶었다.

이렇게 그를 광란의 상태로 몰고 가면, 그리고 고통으로 미쳐버리고 어두워진 그의 눈을 보고 나면, 엄청난 고통이 그녀의 영혼을 엄습했다. 동시에 그에 대한 연민이 생겼다. 아, 그를 사랑하고 싶었다. 그를 사랑할 수 있었으면 하는 그녀의 갈망은 삶과 죽음보다 더 강했다.

그럴 때면 그는 자기를 파멸로 이끌려는 어슐라에 대해 광분했다. 그의 모든 만족감은 사라지고, 일상적인 자아는 파괴된 채 오직 원초적 인간만이 적나라하게 남아서 고통에 몸부림쳤다. 그 순간에 그를 사랑하려는 그녀의 열정은 되살아났고, 그녀는 그를 다시 받아들여 두 사람은 하나의 압도적인 정열 속에서 하나가 되었다. 결국 그는 자신이 그녀를 만족시켰다는 것을 알았다.

그러나 이 모든 것에는 죽음의 싹이 감추어져 있었다. 육체적 접촉이 있을 때마다 그에 대한 그녀의 고통스러운 욕망, 아직 한 번도 그로부터 얻지 못한 것에 대한 고통스런 욕망은 더 강렬해졌고, 이에 비례하여 그녀의 사랑은 점점 더 절망적이 되어갔다. 육체적 접촉을 가질 때마다 그녀에 대한 그의 광적인 의존감은 점점 더 깊어만 갔고, 꿋꿋하게 서서 그녀를 스스로의 힘으로 받아들일 수 있다는 자신감은 희박해져만 갔다. 그러다보니 자신이 그녀의 부속품에 불과하다는 생각까지 들게 되었다.

졸업시험 바로 전은 성령강림 주간이었다. 그녀는 며칠 쉴 예정이었다. 한편 도로시는 유산을 상속받아 서섹스에 작은 집 한 채를 마련했다. 그녀는 그들을 그곳으로 초대했다.

그들은 도로시의 집으로 갔다. 언덕 기슭에 있는 깔끔하고 나지막한 집이었다. 여기에서 두 사람은 하고 싶은 대로 할 수 있었다. 어슐라는 항상 언덕의 꼭대기까지 가고 싶어했다. 하얀 길이 둥그렇게 생긴 꼭대기까지 꼬불꼬불 나 있었다. 그녀는 기어이 그곳까지 가보려 했다.

꼭대기에 올라가자 몇 마일 떨어진 곳에 있는 해협을 볼 수 있었다. 바다는 하늘 속에서 희미하게 빛나며 솟아 있었다. 와이트 섬은 그림자같이 멀리 떨어져 있었고, 강물은 무늬가 있는 평야를 돌아 바다로 흘러들어갔다. 아룬델 성은 어렴풋이 산처럼 솟아 있었다. 높고 매끈한 초원은 눈부시게 빛나는 하늘 외에는 어떤 것도 용납하지 않은 채 아득하게 구비치고 있었다. 거대하고 요지부동인 언덕과 변화하는 하늘 사이에는 몇 개의 덤불만이 가로놓여 있었다.
저 밑으로는 마을과 삼림지대의 숲이 보였다. 조그맣게 보이는 기차는 세상의 중요한 것을 모두 간직한 듯, 강가의 풀밭 위를 달린 후 하얀 증기를 내뿜으며 점점 작아지면서 계곡 속으로 사라졌다. 그것은 작지만 너무나 용감해서 더 이상 가보지 않은 곳이 없을 때까지, 지구의 한쪽 끝에서 다른 쪽 끝까지 달려갈 듯이 보였다. 그러나 거대한 무관심 속에서 사지와 몸뚱이를 햇빛에 내놓고 있는 언덕, 가만히 고요하게 서서 햇빛과 바닷바람과 바닷물에 젖은 구름을 황금빛 피부 속으로 마셔버리는 언덕이 더욱더 놀랍지 않은가?
계속 증기를 내뿜으며 용감하고 힘차게 평야지대를 가로질러 바다 쪽을 향해 맹목적으로 애처롭게 달리는 기차를 보면서 그녀는 눈물을 흘렸다. 어디로 가는 것일까? 목적지 없이 그냥 달릴 뿐이었다. 종착지나 목적지도 없이 저렇게 맹목적으로 급히 달려갈 뿐이야! 그녀는 선사시대의 유적지에 앉아 목놓아 울었다. 눈물이 하염없이 흘러내렸다. 기차는 계속해서 온 세상을 맹목적으로 추악하게 달리고 있었다.
어슐라는 언덕 위에 엎드려 누웠다. 이 언덕은 너무나 강하고, 오직 저 영원한 하늘과의 교섭만을 갈망할 뿐이었다. 어슐라는 자신도 그렇게 하늘 아래 놓인 강하고 둥근 언덕이 되어 바람과 구름과 햇빛 아래에 팔다리와 가슴을 드러내놓고 싶었다.
어슐라는 다시 일어나 햇빛이 내리쬐는 저 아래를 내려다보았다. 저 멀리 평지와 연기를 모락모락 피우며 활기에 넘쳐흐르는 마을들이 보였다. 한편 저 멀리 달려가면서 작은 마을들의 활동을 작다고 위협하는 기차는 너무 근시안적으로 보였다.
반면 스크레벤스키는 지금 그가 어디에 있으며 그녀와 무엇을 하고 있는지 의식하지 못한 채 정신이 어지러운 상태에서 방황하고 있었다.

그녀의 모든 열정은 언덕 위를 떠돌고 있는 것 같았다. 그래서 언덕에서 내려와야만 할 때는 마음이 침울해졌다. 그곳 언덕 위에서는 그렇게도 유쾌하고 자유로웠지만!

어슐라는 더 이상 집안에서는 그와 사랑을 나누려하지 않았다. 이젠 집이, 특히 침대가 보기 싫다고 했다. 그가 그녀의 침대로 오는 것이 기분나쁘게 느껴졌다.

저 언덕 위에서 그와 함께 밤을 보내고 싶었다. 한여름이어서 낮은 굉장히 길었다. 열시 반쯤 되자 검푸른 어둠이 깔리기 시작했다. 그들은 담요를 가지고 언덕 꼭대기를 향해 험한 비탈길을 올라갔다.

꼭대기에 올라가니 별은 유난히 커다랗고, 아래편 지상에는 어둠만이 깔려 있었다. 그녀는 언덕 위에서 별들과 함께 있으니 자유로웠다. 멀리서 조그만 노란 불빛이 보였다. 그러나 그 불빛은 너무 멀리 떨어져 있어 바다인지 육지인지 알 수 없었다. 그녀는 언덕 위에 별과 함께 있으면 더할 수 없이 자유로웠다.

그녀는 옷을 모두 벗었다. 그리고 그의 옷도 전부 벗게 했다. 옷을 벗어놓은 곳에서 달빛도 없는 부드러운 잔디밭을 1마일 이상 달렸다. 언덕 자체가 알몸인 것처럼 그들 또한 완전한 나체로 바람이 부드럽게 부는 언덕 속을 달렸다. 그녀의 머리카락이 풀어져 어깨 위로 흘러내렸다. 그녀는 샌들을 신은 채 멀리 연못까지 재빨리 달려갔다.

둥근 연못에는 별이 고요히 비추고 있었다. 그녀는 살그머니 물 속으로 들어가 두 손으로 물에 뜬 별을 움켜잡았다. 그리고 나서 갑자기 다시 뭍으로 나와 달렸다. 그도 그녀 곁에서 달렸지만 단지 어슐라가 관대히 봐준 덕택이었다. 그는 그녀의 불안을 막아주는 일종의 보호막이었다. 그녀는 그를 붙들고 바싹 끌어안았다. 그러나 그녀의 눈은 활짝 열린 채 별들을 바라보고 있었다. 마치 별들이 그녀와 함께 누운 채 그녀의 한없이 깊은 자궁의 암흑 속으로 들어가, 결국에는 그 밑바닥에 닿은 듯했다. 그것은 스크레벤스키가 아니었다.

　새벽이 밝아왔다. 두 사람은 빛을 바라보며 석기시대 유물인 무덤같이 높은 곳에 함께 서 있었다. 새벽의 빛이 지상을 덮어왔다. 그러나 땅은 아직 어두웠다. 그녀는 어두운 지상을 배경으로 펼쳐져 있는 하늘의 하얀 가장자리를 쳐다보았다. 어둠이 더 푸르러갔다. 멀리 바다에서 부드러운 바람이 불어왔다. 그것은 마치 새벽의 하얀 갈라진 틈 사이로 달려오는 것 같았다. 그녀와 그는 암흑의 전초지에 서서 새벽이 밝아오기를 기다렸다.

　빛이 점점 더 강해져서 암청색의 투명한 하늘로 솟구쳐 올랐다. 빛은 곧 하얗게 되었고, 그 위로 장밋빛이 넘쳐흘렀다. 장밋빛, 그리고 그 다음에는 노란, 희미하고 새로 창조된 황금빛의 분출, 새벽 전체가 부르르 떨며 하늘 가장자리 샘 위에서 잠시 멈칫했다.

　장밋빛이 넘쳐흐르고 떨리며 타면서 확 불길이 일어나더니 빨갛게 변했다. 한편 황금빛은 점점 불어나는 샘으로부터 분출되는 듯 거대한 파도로 소용돌이쳤고, 그 거대한 파도는 하늘 속으로 돌진해 들어가 어둠 위에 물안개를 뿌리며 뒤덮었다. 암흑은 점점 더 푸른 빛을 띠는 듯하더니 곧 희뿌옇게 변하여 마침내 찬란한 빛이 되었다.

　드디어 해가 솟았다. 녹아드는 빛이 진동하면서 강력하고 무시무시하게 소용돌이쳤다. 그리고 녹아드는 빛의 근원인 태양이 솟아 그 모습을 드러냈다. 해가 하늘에 뜬 것이었다. 너무 눈부셔 쳐다볼 수 없는 해가.

　언덕 아래의 대지는 아주 고요하고 평화롭게 잠들어 있었다. 이따금 닭이 울 뿐이었다. 그 외에는 저 멀리 있는 노란 언덕에서부터 이곳 언덕 기슭의 소나무에 이르기까지 모든 것이 황금색의 새로운 빛에 씻겨져 새롭게 태어났다.

　멀리 보이는 황금빛 대지는 앞날에 대한 기대로 말할 수 없이 고요하고 완전했다. 어슐라의 영혼은 흔들리며 눈물 흘렸다. 불현듯 그가 그녀를 쳐다보았다. 눈물이 두 뺨으로 흘러내렸으며, 입은 이상하게 씰룩거리고 있었다.

"왜 그래요?"

그가 물었다.

어슐라는 잠시 진정한 후 겨우 말문을 열었다.

"너무 아름다워서요."

어슐라는 밝아오는 아름다운 대지를 바라보았다. 그것은 너무나 아름답고 완벽하며 티 없이 맑았다.

스크레벤스키 역시 몇 시간이 지나면 영국이 어떻게 될 것인지 잘 알고 있었다. 추악하고 맹목적이며 열렬하지만 모두 허무한 활동, 지상의 내부를 더듬으며 달리는 기차와 내뿜는 더러운 연기, 이 모든 것이 얼마나 허무한가. 전신에 소름이 끼쳤다.

그는 어슐라를 쳐다보았다. 그녀의 얼굴은 눈물로 젖어 있었고, 찬란한 빛 속에서 변형된 것처럼 두 눈은 밝게 빛났다. 하지만 그는 불타는 듯이 빛나는 그녀의 눈물을 감히 씻어줄 수 없었다. 그는 잔인한 무력감에 압도되어 그녀로부터 떨어져 있었다.

점점 거대한 절망적인 슬픔이 그의 내부에서 솟아올랐다. 그러나 이것을 물리치려고 애썼다. 그것은 목숨을 건 싸움이었다. 그러는 동안 주위의 사물들은 의식 밖으로 사라졌다. 그는 조용히 서서 여자의 판결을 기다렸다.

그들은 노팅엄으로 돌아왔다. 어슐라의 시험 때가 온 것이다. 그녀는 런던으로 가야만 했다. 그러나 그와 함께 호텔에 머물고 싶지는 않았다. 대영박물관 근처에 있는 조그만 하숙집에 묵고 싶었다.

런던에 있는 이러한 조용한 주택가는 그녀에게 인상적이었다. 그곳은 완벽한 곳이었다. 그녀의 마음이 주택가의 고요함에 갇힌 것 같았다. 누가 그녀를 이런 곳에서 해방시켜 줄 것인가?

실습시간이 끝난 저녁에 그는 그녀와 함께 리치몬드 근처의 강가에 있는 호텔에서 저녁식사를 했다. 노란 강물과 하얗고 붉은 줄무늬가 있는 둥근 천막, 그리고 나무 아래엔 푸른 그림자, 모두가 금빛 찬란한 아름다운 광경이었다.

"우리 언제 결혼하죠?"

그는 마치 위안 삼아 묻는 질문처럼 조용하고 간단하게 물었다.

그녀는 강 위를 오가는 유람선을 바라보았다. 그는 당황한 듯한 그녀의 황금빛 얼굴을 쳐다보았다. 목이 콱 막혀왔다.

"모르겠어요."

그녀가 대답했다.

뜨거운 슬픔이 목까지 치밀었다.

"왜 몰라요? 결혼하기 싫은 거요?"

그가 다시 물었다.

어슐라는 천천히 고개를 돌렸다. 소년의 얼굴같이 당혹스러운 얼굴로 생각에 잠긴 탓인지, 아무 표정 없이 그의 얼굴을 바라보았다. 그녀는 딴 생각에 사로잡혀 있어서 그를 보고 있지 않았다. 무슨 말을 해야 할지 잘 몰랐다.

"전 결혼하고 싶지 않아요."

그녀가 대답했다. 그리고 순진하면서도 혼란스럽고 당혹스러운 그녀의 시선이 그에게 잠시 머물렀다가 무엇에 사로잡힌 듯 다시 다른 곳으로 달아났다.

"영원히 안 하겠단 말이오? 아니면 지금은 싫다는 말이오?"

그가 물었다.

목구멍이 더욱 콱 막혔고, 질식당하는 것처럼 얼굴은 일그러졌다.

"영원히 하지 않겠다는 말이에요."

그녀가 대답했다. 그것은 마치 그녀가 아닌, 저 멀리 있는 어떤 자아가 이야기하는 것 같았다.

그는 당장이라도 질식할 듯한 찡그린 얼굴로 잠시 동안 그녀를 멍하니 바라보았다. 그리고 그의 목에서 이상한 소리가 났다. 그녀는 깜짝 놀라 정신을 차리고 겁에 질려 그를 쳐다보았다. 그의 머리가 이상하게 움직이더니 턱이 뒤로 넘어갔다. 이윽고 딸꾹질 소리 같은 기묘하게 우는 소리가 들렸다. 그의 얼굴은 미친 사람처럼 일그러졌다. 가까스로 자제심을 유지해 주던 무엇이 파괴된 것같이 얼굴을 찡그리더니 막무가내로 울고 또 울었다.

"토니, 울지 말아요."

그녀가 벌떡 일어나 소리 질렀다.

그가 우는 모습을 보니 그녀는 모든 신경이 찢어지는 것 같았다. 그는 비틀거리면서 의자에서 일어섰다. 그러나 슬픔을 억제하지 못하고 소리를 죽여 울고 있었다. 얼굴은 가면처럼 찌그러지고 비뚤어졌으며, 눈물은 양 볼의 주름을 타고 한없이 흘러내렸다. 그는 가면 같은 무서운 얼굴로 정신없이 모자를 집어 들고 테라스 아래로 내려갔다. 벌써 시각은 여덟 시였다. 그러나 밖은 매우 밝았다. 다른 사람들이 그들을 쳐다보았다. 매우 흥분하고 화가 난 그녀는 웨이터에게 돈을 지불한 다음, 노란색 실크 코트를 집어 들고 스크레벤스키를 뒤따라갔다.

그녀는 강가를 따라 난 길을 쓰러질 듯이 맹목적으로 걸어가는 그를 보았다. 비틀거리고 굳어 있는 모습에서 그가 아직도 울고 있음을 알 수 있었다. 어슐라는 급히 달려가서 그의 한쪽 팔을 붙잡았다.

"토니, 울지 말아요. 왜 이래요? 무엇 때문에 이러죠? 울지 말아요. 울어도 소용없어요."

그녀가 소리쳤다.

그는 잠자코 듣고 있었다. 그의 남자다운 기백이 잔인하고 차갑게 손상당했다. 하지만 어쩔 수 없었다. 얼굴 표정을 감출 수 없었다. 그의 얼굴과 가슴은 기계처럼 맹렬하게 울고 있었다. 그의 의지, 그의 지식은 그것과 무관했다. 도저히 울음을 그칠 수 없었다.

그녀는 화가 나고 마음이 복잡하여 고통스러워하면서 그의 팔을 잡고 걸었다. 그는 우느라고 분별력을 잃고 소경처럼 불안한 걸음걸이로 걸었다.

"집으로 갈까요? 택시를 잡을까요?"

그녀가 물었다.

그는 반응이 없었다. 몹시 놀라고 마음이 불안해진 어슐라는 천천히 지나가는 택시를 향해 손을 들었다. 택시 운전사가 인사를 하고 차를 세웠다. 문을 열고 스크레벤스키를 밀어 넣은 다음, 그녀도 함께 탔다. 그는 얼굴을 높이 쳐든 채 입을 굳게 다물고 있었다. 그는 굴욕감에 차갑게 굳어 있었다. 운전사가 검붉은 얼굴을 그녀에게로 돌리자, 그녀는 움찔했다. 검고 짙은 눈썹에 혈색이 좋고 짧은 콧수염을 기른 동물 같은 얼굴이었다.

"부인, 어디로 모실까요?"

그가 하얀 이를 드러내며 물었다. 다시 그녀는 잠깐 당황했다.

"러틀랜드 광장, 40번지로 가주세요."

그녀가 말했다.

운전사는 살짝 모자에 손을 대며 인사하더니 무심하게 차를 몰기 시작했다. 그도 그녀와 마찬가지로 스크레벤스키를 무시하는 것 같았다. 스크레벤스키는 택시에 갇힌 것처럼 앉아 있었다. 이따금씩 머리를 가볍게 떨면서 눈물을 흘릴 뿐이었다. 손은 전혀 움직이지 않았다. 그녀는 차마 그런 그를 쳐다볼 수 없었다. 그녀는 고개를 치켜들고 얼굴을 차창 쪽으로 돌린 채 앉아 있었다.

어느 정도 자제심을 되찾은 어슐라는 다시 그에게 얼굴을 돌렸다.

그는 조금 전보다 훨씬 침착했다. 그의 얼굴은 눈물에 젖은 채 이따금 씰룩거렸으며, 손은 여전히 꼼짝도 하지 않았다. 그러나 그의 눈빛은 비갠 뒤 말갛게 씻긴 하늘처럼 창백한 빛을 띤 채 아주 고요했고, 유령처럼 한 곳만 응시했다.

그를 보자 가슴 속까지 저려왔다.

"당신의 마음을 그렇게 상하게 하리라곤 생각 못 했어요."

어슐라는 그의 팔에 손을 가볍게 올려놓으면서 말했다.

"무심결에 한 말이에요. 별다른 뜻은 없어요. 정말이에요."

그는 가만히 듣고 있었지만 아무런 감정도 없었다. 그녀는 그를 쳐다보면서 대답을 기다렸다. 그는 이해할 수 없는 이상한 동물 같았다.

"토니, 다시 울지 말아요, 네?"

이 말을 듣자 스크레벤스키는 수치스러운 마음과 그녀에 대한 반감이 솟구쳤다. 그녀는 그의 콧수염이 눈물에 흠뻑 젖어 있는 것을 보았다. 손수건을 꺼내 그의 얼굴을 닦아주었다. 운전사의 묵직하고 둔감한 등은 계속 이들을 향해 있었다. 마치 일부러 무관심한 척하는 것 같았다. 어슐라가 그의 얼굴을 부드럽고 조심스럽게 닦아주는 동안, 스크레벤스키는 꼼짝하지 않고 앉아 있었다. 그러나 자기 손으로 직접 닦는 것과는 달리 서툴렀다.

그녀의 손수건은 너무 작았다. 그것은 곧 축축하게 젖었다. 그녀는 그의 호주머니에서 그의 손수건을 꺼냈다. 그리고 더 큰 손수건으로 그의 얼굴을 닦아주었다. 그는 내내 가만히 있었다. 그녀는 그의 **뺨**을 끌어당겨 키스했다. 그의 얼굴은 차가웠다. 그녀는 마음이 아팠다. 그녀는 다시 그의 눈에서 눈물이 왈칵 솟아나는 것을 보았다. 그러자 마치 그가 어린아이인 양 다시 그의 얼굴을 닦아주었다. 이제 그녀 자신도 울음이 터지기 직전이었다. 그녀는 아랫입술을 이로 꽉 깨물었다.

어슐라는 그의 손을 다정하고 사랑스럽게 잡은 채 눈물이 나올까 두려워하면서 조용히 앉아 있었다. 그러는 동안에도 차는 계속 달렸다. 부드러운 한여름의 어둠이 깔리기 시작했다. 오랫동안 그들은 움직이지 않고 앉아 있었다. 이따금씩 그의 손을 좀더 다정하게 꽉 잡을 뿐이었다. 점차 손의 긴장이 풀어졌다.

어둠이 내리기 시작하더니 가로등이 하나둘 켜졌다. 운전사도 차를 잠시 멈추고 불을 켰다. 스크레벤스키는 옆으로 기댄 채 운전사를 쳐다보면서 처음으로 몸을 움직였다. 그의 얼굴은 여전히 똑같은 표정이었다. 조용하고 어린이처럼 맑고 무감각해 보였다.

그들은 이마를 찌푸린 채 가로등을 쳐다보고 있는 운전사의 기이하게 생긴 둥글고 검은 얼굴을 쳐다보았다. 어슐라는 소름이 끼쳤다. 거의 동물 같은 얼굴이었다. 민첩하고 힘이 세며 용의주도한 짐승의 얼굴로 그들을 잘 알고 마음대로 좌우할 것 같은 얼굴이었다. 어슐라는 스크레벤스키 옆으로 더 바짝 다가앉았다.

"토니!"

차가 다시 전속력으로 달리자, 어슐라는 다짐하듯 그를 불렀다.

그는 가만히 앉아서 아무 말도 하지 않았다. 그녀가 손을 잡도록 내버려두었고, 깊어가는 어둠 속에서 그녀가 몸을 앞으로 굽혀 그의 볼에 키스하도록 내버려두었다. 이제 울음은 그친 상태였다. 그는 더 이상 울지 않을 것이다. 그는 다시 완전한 자기 자신으로 되돌아왔다.

"토니!"

어슐라는 그의 관심을 돌리려고 다시 불렀다. 그러나 그에게선 아무 대꾸가 없었다.

그는 길을 쳐다보았다. 차가 켄싱턴 공원 옆을 지나고 있었다. 그가 처음으로 입을 열었다.

"우리 내려서 공원에나 가볼까요?"

그가 물었다.

"네."

무슨 일이 일어날지 몰랐지만 그녀는 조용히 대답했다.

잠시 후 그가 택시의 신호기를 들었다. 무뚝뚝하고 건장한 운전사가 말없이 머리를 기울였다.

"하이드파크 모퉁이에 세워주세요."

검은 머리의 운전사가 머리를 끄덕거렸다. 차는 똑같은 속도로 계속 달렸다.

이윽고 차가 멈췄다. 스크레벤스키가 요금을 지불하는 동안, 그녀는 뒤에 서서 요금을 받은 운전사가 인사를 하는 것을 보았다. 차가 다시 출발하기 전에 운전사는 민첩하고 힘센 동물 같은 얼굴로 그녀를 힐끗 돌아다보았다. 그의 눈은 한쪽으로 몰려 있었고, 눈의 흰자위가 번쩍거렸다. 그런 다음에야 차를 몰고 갔다. 이제야 운전사가 그녀를 놓아준 것이었다. 그녀는 줄곧 두려웠다.

스크레벤스키는 그녀를 데리고 공원으로 들어갔다. 아직 악단이 연주하고 있었다. 주위에는 사람들이 많이 모여 있었다. 그들은 작아지는 음악 소리를 들으며 컴컴한 의자로 가서 손을 잡고 가까이 앉았다.

마침내 그녀가 침묵을 깨고 놀란 어조로 그에게 물었다.

"무엇 때문에 그렇게 마음이 상했어요?"

이 순간까지도 그녀는 정말 그 이유를 알 수 없었다.

"당신이 절대 나와 결혼하기를 바라지 않는다고 말했기 때문이었소."

어린애같이 순진하게 그가 대답했다.

"그런데 그 말에 왜 그렇게 마음을 상하죠?"

그녀가 말했다.

"내가 하는 모든 말에 그렇게까지 신경 쓸 필요는 없잖아요."

"나도 모르겠소. 그렇게 하고 싶진 않았는데."

그가 부끄러워하며 말했다.

그녀가 그의 손을 따뜻하게 잡았다. 두 사람은 가까이 붙어 앉아서 군인들이 애인과 함께 지나가는 광경과 공원 가장자리로 난 큰길을 따라 켜 있는 수많은 가로등을 쳐다보았다.

"당신이 그렇게까지 신경 쓰는 줄 몰랐어요."

그녀 역시 미안해 하며 말했다.

"나도 그럴 줄은 몰랐소. 얼떨결에 나 스스로에게 나가떨어진 것이오. 그러나 난 신경이 쓰이오. 세상 무엇보다도."

그의 목소리는 조용하고 생기가 없어보였다. 이 때문에 어슐라의 심장은 두려움으로 하얗게 질렸다.

"내 사랑!"

그에게 가까이 다가가면서 그녀가 불렀다. 그러나 그것은 사랑이 깃든 목소리가 아니라 두려움에서 나오는 목소리였다.

"세상 무엇보다도 신경이 쓰이오. 그것 외에는 다른 어떤 것도 상관하지 않소. 죽든지 살든지 말이오."

그가 생기 없는 똑같은 억양으로 자기의 진심을 털어놓았다.

"그것 외라니요? 그것이 뭐지요?"

그녀가 침울하게 중얼거렸다.

"당신과 함께 있는 것 말이오."

그녀는 또다시 두려웠다. 이 말에 그녀가 다시 설복당해야 한단 말인가? 그녀는 그에게 더 가까이 다가갔다. 매우 가까이 다가갔다. 그들은 조용히 앉아서 도시의 거대하고 무겁게 고동치는 소리와 지나가는 연인들의 속삭임, 그리고 군인들의 발자국 소리를 듣고 있었다.

그녀는 그에게 몸을 기댄 채 떨고 있었다.

"추워요?"

그가 물었다.

"약간."

"어디 가서 저녁식사를 합시다."

그는 이제 조용하고 결단력 있게 움직였으며, 이전과는 딴판으로 활달해졌다. 그녀에 대해 어떤 이상하고도 냉정한 힘을 발휘하는 것 같았다.

그들은 식당으로 가서 포도주를 마셨다. 그러나 그의 창백하고 해쓱한 표정은 가시지 않았다.

"오늘밤은 나에게서 떠나지 말아요."

마침내 그가 그녀를 바라보면서 호소하듯이 말했다. 그가 너무나 이상하고 비정해 보여 어슐라는 매우 두려웠다.

"하지만 하숙집 사람들이 있잖아요."

그녀가 떨면서 이야기했다.

"내가 그들에게 설명하죠. 그들은 우리가 약혼한 줄 알아요."

그녀는 말없이 창백한 얼굴로 앉아 있었다. 그가 대답을 기다렸다.

"그럼 갈까요?"

그가 드디어 말했다.

"어디로요?"

"호텔로."

그녀는 심장이 굳었다. 대답도 하지 않고 그녀는 일어났다. 지금 그녀는 차가운 비실재적 존재였다. 하지만 그를 거절할 수는 없었다. 그것은 마치 운명, 그녀가 원하지 않는 운명과 같았다.

그들은 이탈리아 인이 경영하는 어느 호텔로 가서 그곳의 침실에 들었다. 깨끗하고 커다란 침실이었지만 음산했다. 침대 위의 천장에는 원형의 꽃들이 그려져 있었다. 그녀는 그 그림이 예쁘다고 생각했다.

그가 그녀에게 다가오더니, 강철같이 매달리면서 바싹 끌어안았다. 그녀는 욕정이 솟아올랐다. 그것은 강렬하면서도 차가웠다. 그러나 그날 밤 그들의 열정은 사납고 극단적이면서도 좋았다. 그는 그녀를 팔로 바싹 끌어안고 잤다. 밤새도록 그녀를 꼭 안고 있었다. 그녀는 수동적으로 가만히 있었다. 그러나 그녀는 깊은 잠을 이루지 못했다.

어슐라는 아침에 마당에 물이 떨어지는 소리와 창살로 스며드는 햇빛에 잠이 깼다. 마치 외국에 와 있는 듯했다. 스크레벤스키는 몽마夢魔처럼 그녀의 몸 위에서 잠에 빠져 있었다.

그녀는 생각에 잠겨 누워 있었다. 그의 팔은 그녀를 껴안고, 그의 머리는 그녀의 어깨에 기대고 있었다. 그의 몸은 그녀의 등 뒤에서 바싹 붙어 있었다. 그는 여전히 잠을 자고 있었다.

그녀는 덧문 틈으로 스며드는 햇빛을 바라보았다. 눈앞의 현실이 다시 사라져갔다.

그녀는 다른 세상에, 어떤 다른 세상에 와 있었다. 그곳에선 낡은 제약이 흩어져 사라졌다. 인간은 자유롭게 움직였고, 동료를 두려워하거나 경계하지도 않았다. 방어적 태도도 취하지 않고 편안하고 고요하게 지냈다. 은색 햇빛 속에서 어슐라는 자유롭고 편안하게 공상에 잠겼다. 세상의 굴레는 깨졌다. 영국이라는 세상도 사라져버렸다. 그녀는 아래 마당에서 사람을 부르는 소리를 들었다.

"어이 지오반, 어이, 어, 지오반!"

그리고 그녀는 자신이 새로운 나라, 새로운 삶 속에 있다는 것을 깨달았다. 이렇게 조용히 누워 있는 것이 달콤했다. 어슐라의 영혼은 보다 순박하고 깨끗한 자연 세계의 하얀 햇빛 속에서 자유롭게, 순진하게 거닐었다.

그러나 무엇인가가 그녀에게 명령을 하려고 항상 기다리고 있다는 불길한 예감이 계속 들었다. 그녀는 스크레벤스키를 더욱 의식하게 되었다. 그가 잠에서 깨어났다. 그녀는 그를 위해 자신의 영혼을 조정하고, 그녀의 먼 세상과 작별해야만 했다.

그녀는 그가 깨어난 것을 깨달았다. 잠잘 때와 달리 그는 침착하게 조용히 누워 있었다. 그리고 발작적으로 그녀를 끌어안으며 약간 머뭇거리다가 말했다.

"잘 잤소?"

"네, 잘 잤어요."

"나도 잘 잤소."

잠시 침묵이 흘렀다.

"그런데, 나를 사랑하오?"

그가 물었다.

그녀는 돌아누워 그를 유심히 살펴보았다. 그는 그녀와 다른 바깥 세계에 있는 것 같았다.

"네."

그녀가 대답했다.

그러나 만족감과 그리고 고통받고 싶지 않은 욕망에서 그렇게 대답한 것이었다. 두 사람 사이에 이상한 침묵의 틈이 생겼다. 스크레벤스키는 덜컥 겁이 났다.

두 사람은 꽤 늦게까지 누워 있었다. 이윽고 그가 아침식사를 주문했다. 자리에서 일어났을 때, 그녀는 아래로 곧장 내려가서 이곳으로부터 달아나고 싶었다. 이 방 안에 있는 동안에는 행복했다. 그러나 아래층 홀에 있는 사람들을 생각하니 마음이 괴로웠다.

얼굴이 까무잡잡하고 조금 얽은 시실리 태생의 이탈리아 청년이 회색 상의를 단정하게 입고는 쟁반을 들고 왔다. 그의 얼굴은 아프리카 사람처럼 침착하고 무감각했으며, 알 수 없는 표정을 짓고 있었다.

"이탈리아에 온 것 같군요."

스크레벤스키가 그 사람에게 점잖게 말했다. 그 사람의 얼굴에는 거의 두려움에 가까운 멍한 표정이 흘렀다. 그는 그 말뜻을 이해하지 못했다.
"이곳이 이탈리아와 비슷하다는 말이오."
스크레벤스키가 설명했다.
그 이탈리아 인의 얼굴에 이해할 수 없다는 듯한 미소가 흘렀다. 그는 음식을 차려놓고 나갔다. 그는 이해할 수 없었고, 아무 말도 이해하려 하지 않았다. 그저 반쯤 길들여진 야수처럼 문에서 사라졌다. 민첩하고 눈매가 날카로운 그의 야수 같은 모습에 그녀는 몸을 떨었다.
오늘 아침에 스크레벤스키는 무척 아름다워보였다. 그의 표정은 부드러웠으며, 고통과 사랑이 스며들어 있었다. 그의 행동은 매우 침착하고 정중했다. 그토록 아름답게 보였지만, 그녀는 그로부터 차가운 거리감을 느꼈다. 항상 그녀는 그들을 갈라놓는 이 거리감을 견디며 맞서는 것 같았다. 그러나 그는 이 사실을 알지 못했다. 오늘 아침에 그는 초연하고 아름다웠다. 그가 빵에 잼을 바르고 커피를 따르는 모습을 그녀는 감탄하며 바라보고 있었다.
식사가 끝나고 그녀는 다시 베개를 베고 누웠다. 그는 화장실에 갔다. 어슐라는 몸을 씻고 수건으로 재빨리 닦고 있는 그의 모습을 지켜보았다. 그의 몸은 아름다웠고, 그의 동작은 민첩하고 부지런했다. 그녀는 감탄하며 숨김없이 그를 감상했다. 그는 이제 만족한 것 같았다. 그녀에게서 어떤 결실이 있는 생산력을 일으키지는 못했지만, 부족한 것을 보충하여 완성한 것 같았다. 그녀는 그를 두루두루 다 알고 있기에 이제 그가 데리고 갈 미지의 세계라곤 없었다. 어슐라는 그에 대해 거의 열정적인 찬탄을 느꼈지만, 경이로움과 풍요로운 두려움, 미지의 세계와의 연대감, 그리고 사랑과 존경 같은 것은 하나도 없었다. 그러나 오늘 아침에 그는 이런 모든 사실을 전혀 모르고 있었다. 그의 육체는 완벽했고, 피 속까지 만족감이 충만했다. 그는 행복하게 완성되어 있었다.

그녀는 다시 집으로 돌아왔다. 그러나 이번에는 그가 함께 왔다. 그는 그녀 곁에 머물고 싶었으며, 그녀가 자신과 결혼해 주기를 원했다. 벌써 7월이었다. 9월 초엔 인도로 떠나야만 했다. 혼자 떠난다는 것은 생각조차 할 수 없었다. 그녀는 그를 따라가야만 했다. 걱정스러워 그는 그녀 곁에 붙어 있었다.

졸업시험이 끝났다. 그와 함께 그녀의 대학생활이 끝난 것이다. 결혼을 하느냐 취직을 하느냐 하는 문제가 남아 있었다. 취직 자리를 알아보지는 않았다. 사람들은 그녀가 결혼할 것이라고 추측했다. 이상한 미지의 나라 인도가 그녀의 마음을 매혹시켰다. 그러나 캘커타, 봄베이, 심라 등의 도시와 그곳에 살고 있는 유럽인들을 생각해 보면, 인도가 노팅엄 이상으로 매력적이진 않았다.

어슐라는 졸업시험에서 낙제를 해서 학위도 취득하지 못했다. 그녀에게는 커다란 충격이었다. 그녀의 영혼은 냉담하게 굳어졌다.

"괜찮소. 런던 대학이 수여하는 학사가 되고 안 되고 하는 것이 뭐 대수로운 일은 아니잖소? 당신이 아는 것은 모두 당신이 아는 것이고, 스크레벤스키 부인이 되면 학사학위는 무의미한 것이오."

그가 말했다.

하지만 이 말은 그녀에게 위로가 되기는커녕, 그녀를 더욱 냉담하고 냉혹하게 만들었다. 이제 그녀는 자신의 운명과 맞서고 있었다. 그녀는 갈림길에 서 있었다. 그가 말하는 영국 공병대 대위의 부인, 스크레벤스키 부인, 스크레벤스키 남작 부인이 되어 인도에서 유럽인들과 살 것인가, 아니면 노처녀 교사인 브랭웬으로 남을 것인가, 둘 중 하나를 선택해야 하는 것이다. 그녀는 중급 문과시험에는 합격했다. 그러므로 보다 상급학교에서, 어쩌면 윌리 그린 문법학교에서조차 쉽게 보조교사 자리를 얻을 수 있을 것 같았다. 어느 길을 택해야 하는가?

그러나 다시 교사 생활에 얽매이는 것은 무엇보다도 싫었다. 그것은 정말 너무 싫었다. 하지만 스크레벤스키와 결혼하여 인도에서 유럽인들 사이에 끼어 산다고 생각하니 그녀의 영혼은 꽁꽁 몸을 감추고 꼼짝도 하지 않았다. 전혀 마음이 내키지 않았다. 오직 막다른 골목뿐이었다.

스크레벤스키도, 그녀도, 모든 사람들이 어떤 결정이 내려지기를 기다렸다. 안톤과 이야기할 때면, 그리고 마치 그가 남편이라도 된 듯이 굴 때면, 어슐라는 그에 대해 얼마나 철저히 마음이 닫혔는지를 깨달았다. 하지만 도로시를 만나서 이 문제를 상의할 때면, 도로시의 견해에 대한 반발심 때문에 당장이라도 그와 결혼하고 싶은 마음이 들었다.

상황이 우스꽝스럽게 되었다.

"그러면 그를 사랑하니?"

도로시가 물었다.

"이것은 사랑의 문제가 아니야. 물론 사랑하지. 이 세상의 다른 그 누구보다 사랑해. 그리고 그 누구도 그이만큼 사랑할 수는 없을 거야. 우리는 상대방의 꽃다운 정수를 모두 맛보았어. 하지만 나는 사랑 따위는 관심없어. 그것을 그렇게 중요하게 생각하진 않아. 내가 사랑을 하든 하지 않든, 또 내가 사랑을 받든 받지 못하든 그것은 상관없어. 그것이 나에게 뭐란 말이야?"

어슐라는 냉정하고 사납게 경멸하는 표정으로 어깨를 으쓱했다. 도로시는 잠시 생각에 잠겼다. 화도 나고 두렵기도 했다.

"그러면 도대체 너에게 중요한 게 뭐니?"

도로시가 격한 감정으로 물었다.

"모르겠어. 그러나 비인간적인 무엇이야. 사랑, 사랑, 사랑, 그게 뭐지? 그게 무슨 소용이야? 개인적인 만족뿐이잖아. 사랑은 어디로도 이끌지 못해."

어슐라가 말했다.

"사랑이 어디로도 이끌지 못한다고? 나는 사랑이란 그 자체가 하나의 목적이라고 생각해."

도로시가 비꼬듯이 말했다.

"그러면 그것이 나한테 무슨 소용이야?"

어슐라가 소리를 질렀다.

"사랑 자체가 목적이라면 나는 백 명의 남자도 사랑할 수가 있어. 내가 왜 스크레벤스키 한 남자로 끝을 내야 하지? 왜 내가 상상하는 모든 유형의 남자와 차례대로 사랑하지 않느냐 말이야. 만일 사랑 그 자체가 목적이라면 스크레벤스키 같은 유형이 아니라도 내가 사랑할 수 있고 사랑하고자 하는 남자는 많이 있어."

"그러면 너는 그 남자를 사랑하지 않는구나."

도로시가 말했다.

"사랑한다고 말했잖아. 몹시 사랑한다고, 이 세상 그 누구보다. 다만 내가 사랑하고 싶은 많은 것들이 그이에게는 없고 다른 사람들에게 있을 뿐이야."

"뭔데? 예를 들면?"

"대단한 건 아니야. 하지만 어떤 사람에게는 뛰어난 이해력이 있고, 노동자에게는 의심할 바 없는 위엄과 솔직함이 있지. 또 우리가 흔히 보는 쾌활하고 앞뒤를 가리지 않는 열정도 있고. 왜 정말 자신을 내던질 수 있는 사람이 있잖아."

도로시는 어슐라가 이미 다른 어떤 것, 이 남자가 줄 수 없는 무엇을 쫓고 있음을 알아차릴 수 있었다.

"결국 문제는 네가 원하는 것이 무엇이냐 하는 것이로군."

도로시가 말했다.

"다른 남자니?"

어슐라는 침묵을 지켰다. 그것이 바로 그녀가 두려워하는 점이었다.

그저 단지 바람기에 불과한 것이라면?

"그 때문이라면 스크레벤스키 씨와 결혼하는 게 좋아."

도로시가 말을 이었다.

"다른 사람과 사귀어보았자 불행하게 끝날 거야."

결국 자기 자신에 대한 두려움 때문에 어슐라는 스크레벤스키와 결혼할 수밖에 없었다.

그는 인도로 갈 준비를 하느라 매우 바빴다. 친척들도 찾아뵙고 사업상의 일도 처리해야만 했다. 그는 이제 어슐라에 대해서 확신을 갖고 있었다. 굴복한 것처럼 보였던 것이다. 그리고 다시 자신감을 가지게 되었다.

8월 첫 주일이었다. 그는 링컨셔 해안 근처의 방갈로에서 열리는 커다란 파티에 초대받았다. 사교계에서 유명한 그의 대고모가 베푸는 파티인데, 테니스, 골프, 자동차, 모터보트 등의 경기가 벌어졌다. 어슐라 역시 파티에 와서 일주일 동안 지내라고 초대받았다. 그녀는 마지못해 갔다.

결혼 날짜는 8월 28일로 정해졌다. 그리고 9월 5일에 인도로 떠날 예정이었다. 하지만 무의식중에도 그녀가 확실히 알고 있는 단 하나의 사실은 그녀는 결코 인도에 가지 않으리라는 것이었다.

어슐라와 안톤은 곧 결혼할 것이기 때문에 귀빈 대접을 받으며 큰 방갈로에 방을 얻었다. 매우 큰 저택이어서 중앙에는 넓은 홀이 있고 작은 서재가 두 개, 복도가 두 개 있었으며, 복도 양쪽에는 여덟아홉 개의 침실이 있었다. 스크레벤스키와 어슐라는 각각 한쪽 복도에 방을 얻었다. 손님이 너무 많아서 그들은 정신이 없었다.

두 사람은 애인 사이이기 때문에 원하는 대로 함께 밖에 나갈 수 있었다. 하지만 어슐라는 이렇게 많은 낯선 사람들 속에서 매우 어색하고 불편했다. 사생활이라고는 전혀 가질 수 없을 것 같았다. 그녀는 이러한 유형의 사람들과 어울리는 데 익숙하지 않았다. 그녀는 두려웠다.

　그녀는 다른 사람들과는 다르게 느껴졌다. 그들은 부지런히, 그리고 쉽게 친한 척하는 것이 별로 힘들어 보이지 않았다. 그녀는 자신이 이렇다 하게 눈에 뜨이는 존재가 못 된다고 생각했다. 각자가 제멋대로 행동을 고집하는 분위기였다. 그녀는 이런 분위기를 좋아하지 않았다. 사람들이 많이 모인 곳에서는 격식이 있는 것을 좋아했다. 자신이 올바른 인상을 주지 못하고 있다고 생각했으며, 인상적이지도 못했다. 예쁘지도 않았고 아무것도 아니었다. 스크레벤스키 앞에서조차 자신이 중요하지 않다는 열등감을 느꼈다. 반면 그는 다른 사람들과 매우 잘 어울렸다.

　밤이면 두 사람은 밖으로 나갔다. 구름 뒤에 숨은 달은 희미한 빛을 발하며 가끔 희뿌연 진주빛으로 빛나곤 했다. 그들은 멀리서 무겁게 철썩거리는 파도소리를 들으며 바닷가의 움푹 팬 촉촉한 모래 위를 함께 걸었다. 파도는 유령같이 속삭이며 하얗게 부서져갔다.

　그는 자신이 넘쳐흘렀다. 그녀가 입은 부드러운 비단옷이 바닷바람에 날려 그의 다리에 감기곤 했다. 그녀는 푸른 색 중국산 긴 비단치마를 입고 있었다. 그 옷은 거추장스러웠다. 모든 것이 그녀를 저버리는 것 같았다. 스스로 그 사실을 부정하지도 못했다. 그래서 매우 혼란스러웠다.

　그는 모래 언덕의 푹 파인 곳, 마른 가시덤불과 마른 풀이 있는 은밀한 곳으로 그녀를 데리고 가려 했다. 그는 여자를 끌어안았다. 팔다리를 감싸는 부드러운 비단옷을 통하여 탄탄하고 말할 수 없이 육감적인 그녀의 육체가 느껴졌다. 그녀의 허리의 팽팽함과 풍만함을 거의 드러내는 매끄러운 비단옷은 불길처럼 그의 내부를 달리는 것 같았고, 유황처럼 그의 머리를 불타게 하는 듯했다. 그녀를 안고 있는 그의 손 밑에서 일어나는 비단옷의 정전기, 그녀는 이것을 좋아했다. 그가 더욱

더 바싹 끌어안으면 그녀는 전깃불에 휩싸이는 것 같았다. 그녀는 전기가 뿜어져 나오는 것처럼 몸을 떨면서 강한 반응을 보였다. 자신이 예쁘다고 생각하지는 않았다. 그녀는 항상 자신이 그에게 예쁘게 보이는 게 아니라, 오직 흥분시킬 뿐이라고 생각했다. 그녀는 그가 자기를 취하도록 가만히 내버려두었다. 그는 격렬한 욕정으로 꼭 미친 것만 같았다. 그러나 그녀는 차갑고 부드러운 모래 위에 누워 희미하게 빛나는 하늘을 쳐다보면서 자신이 다시 이전처럼 차가워졌음을 느꼈다. 하지만 그는 거친 숨을 몰아쉬는 꼴이 거의 짐승처럼 만족한 듯했다. 그는 복수한 셈이었다.

잔잔한 바람이 풀을 흔들고는 그녀의 얼굴 위로 불어왔다. 그녀가 절대 맛볼 수 없는 완전한 성취감은 어디에 있을까? 그녀는 왜 그렇게 냉정하고 흥분되지도 않으며 그렇게 무관심한 것일까?

집으로 돌아오면서 그녀는 무리를 지어 있는 방갈로의 무수히 많은 불빛을 지겨운 듯이 보았다. 그가 부드럽게 말했다.

"방문을 잠그지 말아요."

"아니, 여기서는 그래야겠어요."

그녀가 말했다.

"안 돼요. 우리는 한몸이오. 그것을 부정하지 말아요."

그녀는 아무 대답도 하지 않았다. 그는 그녀의 침묵에 만족했다. 그는 다른 사람과 방을 같이 쓰고 있었다.

"내가 보다 행복한 곳으로 간다고 해서 집안 사람들이 놀라진 않겠죠."

그가 슬쩍 룸메이트에게 말했다.

"큰 소란을 부리지 않는 한 그렇겠죠. 괜히 다른 방의 문이나 열지 않도록 해요."

룸메이트 남자가 자려고 돌아누우며 말했다.

스크레벤스키는 큰 줄무늬가 있는 잠옷을 입고 밖으로 나갔다. 그는 커다란 식당을 가로질러 갔다. 그곳에서는 난롯불이 타고 있었으며 담배, 위스키, 커피 등의 냄새가 물씬 풍겼다. 잠시 후 다른 편 복도로 가서 어슐라의 방을 찾았다. 그녀는 눈을 크게 뜬 채 괴로워하면서 누워 있었다. 위안만을 찾는다면, 그가 찾아와준 것이 기뻤다. 그의 팔에 안겨 자신을 안고 있는 그의 육체를 느끼는 건 큰 위안이었다. 그러나 그의 팔과 몸이 그녀에게 얼마나 낯선가! 그렇지만 그 집안의 다른 사람들만큼 끔찍스럽도록 낯설지는 않았다.

그녀는 자신이 이 집안에서 얼마나 고통을 겪는지를 잘 알지 못했다. 그녀는 건강하고 엄청나게 호기심이 많은 여자였다. 그래서 테니스도 치고 골프도 배우고 보트를 타고 나가 깊은 바다에서 수영도 했다. 그리고 아주 열심히 이 모든 것을 즐겼다. 그러나 다른 사람들과 함께 있을 때에는 항상 충격을 받고 겁이 났다. 마치 극도로 예민한 자기의 알몸이 단단하고 동물적이며 물질적인 영향력 앞에 그대로 드러나 있는 것만 같았다.

자기 자신의 육체에 완전히 도취된 사이에 며칠이 지나갔다. 스크레벤스키는 저녁때까지는 다른 사람들과 어울리다가 그 이후부터 그녀와 함께 지냈다. 그녀는 결혼을 앞두고 다른 대륙으로 떠날 처녀라고 해서 자유를 마음껏 누릴 수 있었으며, 상당한 대접을 받았다.

하지만 저녁이면 고민이 시작되었다. 밤만 되면 그녀가 모르는 무언가에 대한 열정, 모르는 어떤 것에 대한 갈망이 그녀를 엄습해 왔다. 어둠이 깔리면 그녀는 마치 누군가를 만나러 가는 것처럼 무엇인가를 바라며 혼자 해변으로 나가곤 했다. 바다, 바다의 비통한 열정, 바다의 육지에 대한 무관심, 출렁거림, 밀려드는 파도, 그 힘, 그 공격, 그리고 불타는 그 소금기는 강렬한 충족으로 애타게 하면서 그녀를 미치게 만들었다. 그리고 나서 그것의 화신으로서 스크레벤스키가 나타나곤 했다. 그녀가 잘 알고 좋아하며 매력적인 스크레벤스키. 그러나 그의 영혼은 그녀를 자신의 힘찬 파도 속으로 몰아넣을 수 없었고, 그의 가슴도 불타는 바다의 정열 속으로 그녀를 몰아갈 수 없었다.

어느 날 저녁, 식사를 마친 후 두 사람은 낮은 골프장을 가로질러 모래 언덕이 있는 바다로 갔다. 하늘에는 희미한 별이 조금 빛날 뿐 고요하고 어두웠다. 그들은 말없이 함께 걸었다. 모래 언덕 사이의 쑥쑥 빠지는 길을 애써 헤치고 나갔다. 그들은 어두컴컴한 어둠 속을 말없이 걷다가, 더욱더 컴컴한 모래 언덕의 그림자 속으로 들어섰다.

꼭대기로 향하는 모랫길을 오르던 어슐라가 갑자기 고개를 들고는 순간적으로 놀라 움찔했다. 그녀 앞에는 거대한 흰 빛, 용광로의 둥근 문처럼 빛나는 달이 떠 있었다. 그리고 바다 쪽 세계의 절반 위로 무섭도록 눈부시게 하얀 달빛이 높이 몰아치는 질풍처럼 쏟아지고 있었다. 그들은 탄성을 지르며 잠시 그림자 속으로 물러났다. 그는 자신의 비밀이, 굳게 감추어져 있는 가슴이 모두 드러난 것 같다고 생각했다. 하얗게 달아오른 화염 속에서 구슬이 녹아버리듯이 자신이 녹아 없어지는 것 같았다.

"아, 멋져요! 정말 멋져요!"

어슐라가 나지막이 속삭였다.

그리고는 달빛 속으로 뛰어들듯이 올라갔다. 그가 뒤따라갔다. 그녀 역시 반짝이는 달빛 속으로 녹아드는 것 같았다.

모래밭은 은가루를 뿌려놓은 듯했고, 밝게 물결치는 바다는 그들 쪽으로 밀려들고 있었다. 그녀는 번쩍이면서 밀려드는 경쾌한 파도를 맞으러 갔다. 가슴은 달에게, 아랫배는 번쩍이며 솟구치는 파도에게 주어버렸다. 한편 스크레벤스키는 계속 사라지는 그림자처럼 꼼짝 못 하고 서 있었다.

그녀는 파도의 가장자리, 한결같이 번뜩이는 바다의 가장자리에 서 있었다. 파도가 그녀의 발 위로 밀려왔다.

"어디론가 떠나고 싶어. 떠나고 싶어."

그녀가 커다란 목소리로 외쳤다.

그는 그녀의 얼굴에 비친 달빛을 보았다. 그녀는 마치 금속 같았다. 그는 그녀가 외치는 금속성 소리를 들었다. 그것은 마치 괴물이 외치는 소리 같았다.

그녀는 무엇에 홀린 사람처럼 바닷가를 왔다 갔다 하였고, 그는 그녀의 뒤를 따라다녔다. 반짝이는 바닷물이 그녀의 발과 무릎에 부딪혀 물거품이 이는 것이 보였다. 그녀는 팔을 벌린 채 균형을 잡고 있었다. 그는 그녀가 어느 순간 지금처럼 옷을 입은 채로 바다 속으로 걸어들어가 헤엄쳐 사라질 거라고 생각했다. 그러나 그녀는 돌아서서 그에게로 걸어왔다.

"어디론가 가고 싶어요."

그녀는 다시 갈매기 소리처럼 둔탁하고 높은 소리로 외쳤다.

"어디로?"

그가 물었다.

"모르겠어요."

그리고 그녀는 그의 팔을 죄수처럼 꽉 움켜쥐고 눈부시게 빛나는 물가로 그를 데리고 갔다. 그리고 번뜩이는 빛 속에서 갑자기 으스러지게 그를 껴안았다. 어슐라는 격렬하고 끝없는 키스로 그의 입술을 찾았다. 마침내 그녀의 품 안에서 그의 몸은 축 늘어지고, 이 사납고 날카로운 하피(그리스 신화에 등장하는 짐승, 얼굴과 상반신은 사람의 얼굴을 한 새 : 역주)의 키스에 대한 두려움으로 그의 심장은 녹아내렸다. 파도가 또다시 그들의 발을 씻어내렸다. 하지만 어슐라는 전혀 알아채지 못했다. 그녀는 아무것도 알지 못한 채 그의 심장을 빨아들일 때까지 날카로운 입술을 계속 짓누를 작정인 것 같았다. 마침내 그녀가 몸을 떼고 그를 바라보았다. 그는 그녀가 무엇을 원하는지 깨달았다. 그는 손으로 그녀를 붙잡고 해안을 가로질러 뒤편 모래 언덕으로 데려갔다. 그녀는 말없이 걸었다. 그는 마치 생사를 결정하는 통과의례를 눈앞에 둔 것 같았다. 그는 그녀를 움푹 파인 어두운 곳으로 데려갔다.

"아니, 이쪽으로."

그녀가 이렇게 말하며 달빛이 환하게 쏟아지는 모래 언덕으로 나갔다. 그녀는 두 눈을 활짝 뜨고 달을 바라보며 조용히 누웠다. 그는 전희의 애무도 없이 그녀 안으로 곧장 들어갔다. 그녀는 경외에 사로잡혀 그를 자기 가슴에 꼭 껴안았다. 절정을 향한 투쟁과 싸움은 처절했다. 그것은 그의 영혼이 고통스러울 때까지 계속되었다. 마침내 그가 항복하고 죽은 듯이 축 늘어졌다. 그리고 반쯤은 모래 위에, 반쯤은 그녀의 머리카락 위에 얼굴을 묻은 채 꼼짝하지 않고 쓰러져 있었다. 이대로 어둠 속에 몸을 감춘 채 영원히 움직이지 않을 것 같았다. 어둠에 묻히기를, 오직 이 부드러운 어둠 속에 묻히기만을 원했다. 오직 그 뿐 더 이상 아무것도 원하지 않았다.

그는 기절한 것 같았다. 한참 후에야 제정신이 들었다. 어슐라의 가슴이 이상하게 들썩이고 있다는 것을 깨달았다. 그는 고개를 들고 쳐다보았다. 어슐라는 달빛 속에 그림처럼 누워 있었다. 두 눈은 커다랗게 부릅뜨고 있었다. 하지만 눈가로는 천천히 한 방울의 눈물이 굴러 떨어지고 있었다. 눈물은 달빛을 받아 반짝이며 그녀의 뺨을 타고 흘러내렸다.

그는 날카로운 칼날이 이미 죽어버린 그의 몸을 찌르는 것처럼 느껴졌다. 머리를 뒤로 젖힌 채 잠깐 동안 그는 바라보았다. 달빛 속에서 강철처럼 단단하고 딱딱하게 굳어버린 그 얼굴을 바라보았다. 공허하게 어딘가를 응시하는 두 눈을. 그 눈동자 속에 서서히 맑간 물이 고이고 반짝이는 달빛과 함께 출렁거렸다. 그리고 가득 차오르더니 눈 가장자리로 넘쳐흘러 또르르 굴러떨어졌다. 달빛을 함빡 머금은 눈물은 어둠 속으로, 모래 속으로 스며들었다.

그는 마치 뭔가를 두려워하듯이 조금씩 뒤로 물러섰다. 그녀는 꼼짝도 하지 않았다. 그는 그녀를 힐끗 보았다. 그녀는 똑같은 자세로 누워 있었다. 이대로 달아날 수 있다면. 그는 몸을 돌려 그의 앞에 해맑게 펼쳐진 탁 트인 바다를 바라보았다. 그는 갑자기 바다를 향해 앞으로, 앞으로 돌진했다. 달빛에 물든 모래사장 위에, 한없이 무표정한 얼굴로 눈물을 흘리며 길게 누워 있는 저 무시무시한 형상으로부터 더 멀리 달아나기 위해서.

만약 그녀를 다시 보게 된다면 그의 뼈가 산산조각 나고 온몸이 으깨지고 영원히 소멸될 것만 같았다. 그리고 아직은 자신의 살아 있는 육체가 소중했다. 그는 멀리, 멀리까지 걸었다. 마침내 머릿속이 캄캄해지고 피곤이 몰려와 의식이 몽롱해졌다. 그는 가능한 가장 깊은 어둠을 찾아서 바닷가 수풀 밑에 몸을 웅크리고 누웠다. 그리고 의식도 없이 쓰러졌다.

한편 어슐라는 팽팽하게 옥죄던 고통의 굴레로부터 점차 벗어났다. 여전히 몸을 움직일 때마다 엄청난 통증이 밀려오곤 했지만, 그녀는 모래 위에 죽은 듯이 누워 있는 몸을 서서히 일으켜 결국 자리에서 일어났다. 이제 그녀의 눈에는 바다도, 달도 보이지 않았다. 모든 것이 지나가버렸다. 그녀는 죽어버린 몸을 간신히 이끌고 집으로, 그녀의 방으로 돌아왔다. 그리고 시체처럼 쓰러졌다.

아침이 되자 또다시 피상적인 하루가 시작되었다. 하지만 그녀 안의 모든 것은 싸늘하게 마비된 채 죽어있었다. 스크레벤스키가 아침 식사에 모습을 나타냈다. 그는 창백했고 지워진 존재 같았다. 두 사람은 서로 단 한 마디 말도 주고받지 않은 채 눈길조차 마주치지 않았다. 일상적이고 시시한 잡담들 외에는 그 후로 남은 이틀 동안 두 사람 사이에 있었던 일에 대해서 일체 말하지 않았다. 그들은 마치 서로를 쳐다볼 수도, 서로를 알아 볼 수도 없는 죽은 사람들 같았다.
 이윽고 어슐라는 가방을 싸고 짐을 챙겼다. 같은 기차를 타고 함께 떠날 준비를 하는 몇몇 손님들이 있었다. 그는 그녀에게 한 마디 말이라도 붙여볼 기회조차 없었다.
 마지막 순간에 스크레벤스키가 그녀의 방문을 탕탕 두드렸다. 그녀는 우산을 들고 서 있었다. 그는 방문을 닫았다. 무슨 말을 해야 할지 알 수 없었다.
 "이제 끝난 건가?"
 그가 고개를 쳐들며 그녀에게 물었다.
 "나 때문이 아니에요. 당신이 나와 끝냈어요."
 그녀가 말했다.
 "우린 서로 끝낸 거예요."
 스크레빈스키는 그녀를, 마음의 문을 완전히 닫아버린 얼굴을 바라보았다. 그 얼굴이 너무나 잔인하게 느껴졌다. 그리고 두 번 다시 그녀를 만질 수 없음을 깨달았다. 그의 의지는 꺾이고, 그는 시들었다. 하지만 살아 있는 자신의 육체만은 꼭 붙들었다.
 "내가 어떻게 끝냈다는 거지?"
 그가 거의 싸울 듯한 목소리로 물었다.
 "저도 몰라요."
 그녀는 변함없이 단조롭고 무덤덤한 목소리로 말했다.
 "어쨌든 끝났어요. 잘못된 거였어요."
 그는 침묵했다. 하지만 그의 가슴 속에서 무수한 말들이 여전히 맴돌고 있었다.
 "그게 내 잘못인가?"
 그는 고개를 쳐들고 최후의 일격을 날리듯이 물었다.

"당신은 할 수 없…….."
어슐라는 뭔가 말하려다가 그만 입을 다물었다.
그는 그만 돌아섰다. 더 이상 듣기가 두려웠던 것이다. 어슐라는 가방과 손수건과 우산을 집어 들기 시작했다. 이제 가야만 했다. 그는 그녀가 떠나주기를 기다리고 있었다.
마침내 마차가 왔고, 그녀는 다른 손님들과 함께 떠났다. 그녀의 모습이 완전히 시야에서 사라지자 커다란 안도감이 그에게 밀려왔다. 유쾌한 평범함이었다. 순식간에 모든 것이 지워졌다. 그는 하루 종일 어린아이처럼 붙임성 있고 상냥했다. 인생이 이토록 즐거울 수 있다니 놀라울 따름이었다. 그 어느 때보다도 훨씬 더 행복했다. 이렇게 간단하게 그녀로부터 벗어날 수 있다니! 이 세상 모든 것들이 너무나 다정하고 단순하게 느껴졌다. 도대체 그 동안 그녀는 어떤 거짓된 것을 그에게 강요해 왔던 것일까?
하지만 밤이 되자 혼자 있는 것이 두려웠다. 함께 방을 쓰던 친구도 떠나가버리고, 어둠의 시간은 고통스럽기 짝이 없었다. 그는 공포와 고통 속에서 창 밖을 내다보았다. 도대체 언제 이 무시무시한 어둠은 그에게서 떠나갈 것인가? 모든 신경을 곤두세우며 그는 참고 견디었다. 그리고 동이 터올 무렵 잠자리에 들었다.
그는 두 번 다시 그녀를 생각하지 않았다. 오직 밤 시간에 대한 두려움만이 점점 더 커져갔고, 병적으로 그를 사로잡았다. 그는 깜박 잠이 들었다가도 괴로워하며 계속해서 깨어났다.
그의 계획은 되도록 늦게까지 안 자는 것이었다. 새벽 한 시나 한 시 반까지 친구들과 어울려 술을 마시다가, 세 시간 정도 모든 걸 잊고 잠이 들곤 했다. 새벽 다섯 시쯤에는 날이 밝았다. 하지만 어쩌다가 어둠 속에서 눈을 뜨면 거의 미칠 지경으로 충격을 받곤 했다.
환한 대낮에는 아주 말짱했다. 항상 그 순간에 주어진 일에 집중하

제 15 장 **341**

고, 일상적인 현실에 매달렸다. 그로서는 그것만으로도 충분하고 만족스러웠다. 맡은 일이 아무리 시시하고 무의미한 것이라도 전혀 상관하지 않았다. 그는 그 일에 몰두했고, 안정감을 느끼며 만족했다. 그는 언제나 활동적이고 유쾌하고 상냥하고 매력적이며 평범했다. 다만 침실의 어둠과 정적만이 두려울 뿐이었다. 어둠은 그의 영혼에 도전했다. 그는 어슐라에 대한 생각을 견딜 수 없는 것처럼 그것을 견딜 수 없었다. 그에게는 영혼도, 배경도 없었다. 그는 절대로, 단 한 번도 어슐라를 생각하지 않았다. 어떤 흔적도 그녀에게 남기지 않았다. 그녀는 어둠이었고 도전이었으며 공포였다. 그는 당장 눈앞의 일로 돌아섰다. 그는 어둠으로부터 자신을 보호하기 위해, 도전으로부터 영혼을 보호하기 위해 서둘러 결혼하고 싶었다. 그래서 대령의 딸과 결혼하기로 했다. 한 치의 망설임도 없이, 뭔가 행동해야 한다는 강박에 쫓겨서 그는 재빨리 그 아가씨에게 편지를 썼다. 그리고 약혼이 깨졌으며 — 그것은 어느 누구보다도 자기 자신이 가장 이해할 수 없는 일시적 열병이었으며, 이제는 끝났다면서 — 곧 그의 너무나 소중한 친구를 볼 수 있을 것 같다고 알렸다. 답신이 올 때까지 마음을 놓을 수 없을 것이라는 말도 덧붙였다.

그 아가씨는 비록 깜짝 놀라긴 했지만 자기도 그를 보고 싶다는 답신을 보냈다. 그녀는 친척 아주머니와 함께 살고 있었다. 그는 당장 그녀를 찾아갔고, 첫날 저녁에 청혼했다. 청혼은 받아들여졌다. 그리고 2주일도 안 돼서 조용히 결혼식을 올렸다. 어슐라는 이 사실을 전혀 알지 못했다. 그 다음 주에 스크레벤스키는 신부를 데리고 인도로 가는 배를 탔다.

제 16 장
무지개

.

어슐라는 기진맥진하고 쓰러질 듯한 몸으로 마음을 굳게 닫은 채 벨도버의 집에 돌아왔다. 뭐라고 말을 하거나 주위를 살펴볼 기운도 없었다. 마치 모든 기운이 꽁꽁 얼어붙은 것 같았다. 가족들이 무슨 일이냐고 물었다. 그녀는 스크레벤스키와의 약혼이 깨졌다고 말했다. 가족들은 기가 막혀하며 분노하는 것 같았다. 하지만 그녀는 더 이상 아무 느낌도 가질 수 없었다.

넋이 나간 듯한 상태 속에 몇 주일이 느릿느릿 지나갔다. 이제 그는 인도로 떠났을 것이다. 그녀는 전혀 관심이 없었다. 기운도, 흥미도 없이 그저 무감각할 뿐이었다.

그러다가 갑자기 엄청난 충격을 느꼈다. 어찌나 놀랐는지 맞아 쓰러지는 듯한 느낌이었다. 혹시 아이를 가진 건 아닐까? 그 동안 자기 자신과 그의 고통에 너무나 짓눌려 있던 나머지 그런 생각은 손톱만큼도 해보지 않았다. 하지만 이제 불길한 예감이 불길처럼 그녀의 온몸을 사로잡았다. 아이를 가진 건 아닐까?

처음에 두려움이 불길처럼 타오를 때에는 자신의 기분이 어떤지 알 수 없었다. 그저 화형대에 묶여 있는 것 같았다. 불이 그녀의 온몸을 핥으며 집어삼키려 하고 있었다. 하지만 그 불길도 좋은 점이 있었다.

마침내 그녀를 영원한 안식으로 데려갈 것 같았던 것이다. 어슐라는 불길이 자신을 휘감고 파괴시켜 영원히 쉬게 만들도록 내버려두었다. 그녀는 자신의 가슴 속에서도, 자신의 자궁 속에서도 어떤 일이 일어나는지 알지 못했다. 일종의 혼수상태였다.

그러다가 차츰 가슴의 압박이 커지고 커져서 의식을 일깨웠다. 도대체 무슨 짓을 하고 있는 것일까? 아기를 가졌단 말인가? 아기를? 뭐 때문에?

어슐라의 육신은 전율했다. 하지만 그녀의 영혼은 아팠다. 이 아이가 마치 그녀의 공허함에 봉인을 찍는 것 같았다. 그렇지만 그녀의 육체는 아이를 가진 것을 기뻐했다. 어슐라는 스크레벤스키에게 편지를 써서 그와 함께 떠나겠다고, 그와 결혼을 하고 좋은 아내로서 평범하게 살겠다고 말해야겠다는 생각이 들었다. 자아自我니, 삶의 형식이니 하는 게 무슨 소용이 있단 말인가? 오직 하루하루의 삶만이 중요한 것이다. 육체를 지닌 사랑스러운 존재, 풍요롭고 평화롭고 완전한. 더 이상 어떤 고민도, 어떤 복잡한 생각도 하지 않을 것이다. 그녀가 틀렸던 것이다. 그녀가 너무 거만하고 사악했던 것이다. 어떤 다른 것, 꿈 같은 자유와 거짓된 환상, 기만적인 충족감을 갈망했었다. 그리고 스크레벤스키와는 그런 것들을 함께 할 수 없다고 상상했던 것이다. 인생에서 그런 허황된 충족감을 갈망하는 너는 도대체 누구란 말인가? 자기 남자를 가지고, 자기 아이를 낳고, 태양 아래 쉴 수 있는 자기 보금자리를 갖는다면 그걸로 충분하지 않은가? 그녀의 어머니가 만족했던 삶이 그녀에게는 부족하단 말인가? 그녀는 결혼을 하고 남편을 사랑하며 소박하게 자기 역할을 완수할 것이다. 그것이 가장 이상적인 삶이었다.

갑자기 어슐라는 정당하고 진실한 관점으로 어머니를 보게 되었다. 어머니는 소박하고 근본적으로 진실했다. 그녀는 주어진 삶을 그대로 받아들였다. 거만한 착각에 빠져 자신에게 걸맞는 인생을 만들어내겠다고 고집 부리지 않았다. 그녀의 어머니가 옳았던 것이다. 말할 수 없이 옳았다. 오히려 그녀 자신이 거짓되고 천박하며 위선적이었다.

엄청난 굴욕감이 밀려왔다. 이 굴욕감 속에는 일종의 평화로운 속박이 있었다. 어슐라는 이 속박에 몸을 맡기고, 이 속박을 사랑하며, 그것을 평화라고 불렀다. 이런 상태에서 어슐라는 스크레벤스키에게 편지를 썼다.

당신이 저를 떠난 뒤로, 저는 엄청난 고통을 겪었어요. 그리고 제 정신이 들었답니다. 저의 사악하고 나쁜 행동에 대해 얼마나 후회하고 있는지 이루 다 말할 수 없군요. 당신을 사랑하고, 저에 대한 당신의 사랑을 깨닫는 것이 저에게 주어진 운명이었어요. 그런데 저는 하느님이 저에게 주신 것을 감사하며 엎드려 받지 않고 자기만의 달을 따겠다고 고집을 부렸지요. 그리고 그 달을 가질 수 없으니까 다른 건 다 떠나야 한다고 투정했지요.

당신이 저를 용서하실 수 있을지 모르겠어요. 지난 나날 동안 당신에게 했던 저의 행동을 생각하면 부끄러워 죽을 지경입니다. 과연 당신의 얼굴을 다시 볼 수나 있을지 모르겠군요. 진심으로 저에게 남은 최선의 길은 목숨을 끊고, 저의 헛된 망상을 영원히 감추는 것일 거예요. 그렇지만 저는 제가 아기를 가졌다는 사실을 알았답니다.

물론 당신 아이예요. 바로 그런 이유 때문에 저는 이 아이를 존중해야만 하고, 이 아이의 행복을 위해서 제 한몸을 모두 바쳐야만 했어요. 자살에 대한 생각은 할 수도 없었어요. 그거야말로 다시 한 번 커다란 위선이 될 테니까요. 그러므로 한때 당신이 저를 사랑했기에, 그리고 이 아이가 당신의 아이이기에, 부디 제게 돌아와달라고 간청합니다. 당신이 저에게 단 한 마디 말만 보내주신다면, 가능한 빨리 당신에게로 가겠어요. 당신의 충실한 아내가 되어 모든 면에서 당신을 섬기겠다고 맹세할게요.

지금 저는 제 자신과 저의 위선적인 어리석음이 증오스러울 뿐이에요. 당신을 사랑해요. 당신에 대해 생각하는 것이 너무 좋아요. 제가 그토록 그릇된 행동을 하는 동안에도 당신은 끝까지 점잖고 진실했죠. 이제 당신과 다시 함께하게 되면, 평생 동안 당신의 거처에서 안식을 누리는 것 외에 더 이상 아무것도 바라지 않을 거예요.

어슐라는 가장 깊은 곳에서부터 가장 진실한 마음으로 이 편지를 썼다. 그녀는 이제, 이제는 자신의 가장 깊은 내면에 도달했다고 생각했다. 이것이야말로 영원히 변치 않을 그녀의 진정한 자아였다. 심판의 날에 그녀는 이 편지를 가지고 하느님 앞에 설 것이다. 여자에게 복종 이외에 달리 무엇이 있단 말인가? 여자의 육체는 출산을 위한 것이 아니었던가? 또한 여자의 힘은 생명의 기부자인 남편과 아이들을 위한 것이 아니었던가? 마침내 그녀도 여자가 되었다.

어슐라는 이 편지를 그의 부대로 보냈다. 편지는 캘커타로 먼저 도착할 것이다. 그는 인도에 도착하자마자 편지를 받아볼 것이다. 그곳에 도착한 지 3주일 이내에. 그렇다면 그녀는 한 달쯤 후에 그의 답신을 받게 될 것이고, 당장 떠날 것이다.

어슐라는 그에 대해 확신을 가지고 있었다. 그러므로 다시 그를 만나서 그녀의 인생 이야기가 영원히 결말을 맺게 될 때까지 입고 갈 옷을 준비하며 평화롭고 조용한 삶에 대한 생각만 하며 지냈다. 꽤 오랫동안 부자연스런 정적과도 같은 평화가 이어졌다. 하지만 그녀는 자기 안에서 서서히 반항심이 자라나고, 한바탕 폭풍이 다가오고 있음을 인식했다. 그녀는 어떻게든 도망치려고 애썼다. 스크레벤스키로부터 소식을 듣기를, 편지에 대한 답신이 오기를, 그래서 자신의 진로가 결정되고 운명을 완성할 수 있게 되기를 간절히 바랐다. 그녀가 그토록 두려워하는 반항심이 다시 솟구치는 것은 아무 행동도 할 수 없는 이 무기력한 상황 탓이었다.

스크레벤스키가 지금까지 그녀에게 단 한 통의 편지도 쓰지 않았다는 사실에 대해 어떻게 그토록 무관심할 수 있는지 신기한 일이었다. 어슐라는 자기가 편지를 보낸 것만으로 충분하다고 생각했다. 그녀는 요구한 대답을 얻을 것이며, 그러면 끝이었다.

10월 초, 어느 날 오후에 또다시 가슴 속에서 한바탕 광풍이 일어나는 것을 느끼고, 어슐라는 쏟아지는 빗속을 걸어나갔다. 집에 있다가는 숨이 막혀 죽을 것 같았다. 온 사방이 비에 젖고 황량했다. 음산한 집들은 빛바랜 붉은 색이었고, 제일 끝에 서 있는 집은 비에 젖어 번쩍거리는 검은 자주색 슬레이트 지붕 밑에서 주홍색으로 타오르고 있었다. 어슐라는 윌리 호수를 향해 걸어갔다. 그녀는 얼굴을 똑바로 들고 재빨리 걸었다. 얕은 계곡을 가로지르는 불빛의 행렬을 보았고, 탄광과 잠깐 희미하게 빛을 발했다가 비의 혼돈 속으로 흩어져버리는 탄광의 연기 구름을 보았다. 그리고는 다시 장막이 드리워졌다. 어슐라는 빗속에서 호젓하고 친밀한 기분을 맛보는 것이 좋았다.

숲을 향해 걸어가면서, 그녀는 저 구름 밑으로 윌리 호수의 창백한 불빛을 보았다. 그녀는 탁 트인 공터를 지나가고 있었다. 그곳에서는 산사나무가 머리카락처럼 바람에 나부끼고, 둥근 덤불이 모습을 드러내고 있었다. 참으로 장엄하고 자유로우며 혼돈에 가득 찬 광경이었다.

하지만 비를 피할 곳을 찾아서 서둘러 숲으로 달려가야만 했다. 머리 위에서 광대한 바람이 진동을 하더니 그녀 주위를 빙빙 맴돌았다. 나무줄기들이 그 엄청난 소리의 회전을 따라 빙빙 돌았다. 빗물이 흘러내려 검은 줄무늬가 생긴 거대한 수 천 개의 나뭇가지들이 머리 위에서 울부짖는 바람 소리와 발밑에서 빙빙 도는 회오리바람 사이로 기둥처럼 불쑥 불쑥 튀어나왔다. 그녀는 나뭇가지에 찔릴까 두려워하며 그 사이를 조심스럽게 미끄러져갔다. 줄지어 늘어선 침묵 속을 걸어가는 동안, 언제 나뭇가지가 튀어나와 그녀의 앞을 가로막을지 모르는 일이었다.

어슐라는 자신의 모습이 보이지 않는다고 상상하면서 나무 사이를 훨훨 날아다녔다. 그녀는 마치 수많은 전사들이 대기하고 앉아 있는 넓은 홀 안으로 창문을 통해 우연히 날아들어간 한 마리 새가 된 느낌이었다. 그리고 엄숙한 표정으로 함성을 지르는 기사들의 줄 사이를 자신의 모습이 보이지 않을 거라고 생각하며 조심스럽게 날아다녔다. 그러다가 결국에는 두근거리는 가슴을 안고 저 높이 나 있는 창문을 통해 탁 트인 허공으로, 눈부시게 푸르른 늪지의 초원 위로 탈출했다.

어슐라는 거대한 비의 장막이 들판 위로 느릿느릿 출렁이는 물결을 일으키며 흔들리는 광경을 바라보며 공유지의 오두막으로 향했다. 온몸이 흠뻑 젖은 데다 집으로 돌아가기에는 너무 먼 길이었다. 사방을 둘러봐도 끝없이 내리는 비와 일렁이는 풍경만이 그녀를 둘러싸고 있을 뿐이었다. 어떻게든 안전하고 조용한 곳으로 돌아가려면 이 모든 소란을 뚫고 가야만 했다.

혈혈 단신의 몸으로 어슐라는 거친 들판을 곧장 가로질러 돌아가는 길을 선택했다. 길이라고 해봐야 높이 자란 빽빽하고 메마른 풀숲 사이로 가느다랗게 난 틈새 정도였다. 길의 흔적이라곤 토끼가 지나간 자리만큼도 없었다. 그러므로 그녀는 발밑을 조심하면서 마치 바람을 탄 새처럼 민첩하게 걸음을 옮겼다. 아무런 생각도 없이 오직 움직임에만 사로잡혀 있었다. 하지만 텅 빈 들판의 물살을 헤치고 걸어가는 그녀의 마음 속에는 두려움이 작은 씨앗처럼 박혀 있었다.

그때 갑자기 어슐라는 다른 무언가가 있음을 깨달았다. 빗속에서 몇 마리 말들이 어렴풋이 모습을 드러냈다. 아직 가까운 것은 아니었지만 점점 다가오고 있었다. 그녀는 계속해서 가던 길을 갔다. 달리 어쩔 수 없었다. 그것은 멀리 나무 덤불 아래에서 바람을 피하고 있는 말들이었다. 그녀는 고개를 숙인 채 가던 길을 계속 갔다. 고개를 들고 그들과 얼굴을 마주치고 싶지 않았다. 말들이 어디 있는지 알고 싶지도 않았다. 그녀는 계속해서 풀숲의 좁은 길을 걸어갔다.

그녀는 가슴이 답답하게 짓눌려 오는 것을 느꼈다. 말들의 중압감 때문이었다. 하지만 그녀는 저들을 앞지를 것이다. 꿋꿋이 두려움을 이겨내고 달아날 것이다. 곧장 걷고 또 걸어서 이곳을 지나갈 것이다.

갑자기 압박감이 더욱 심해지면서 심장이 팽팽하게 긴장하기 시작했다. 숨 쉬기가 어려워졌다. 하지만 아직은 감당할 만한 무게였다. 그녀는 보지 않고도 말들이 점점 더 가까이 다가오고 있음을 알았다. 도대체 저게 뭘까? 쿵쿵 땅을 울리는 묵직한 말굽을 느낄 수 있었다. 이토록 그녀의 가슴을 압박하며 그녀를 향해 다가오는 저들의 정체가 무엇일까? 도무지 알 수 없었다. 그녀는 쳐다보지도 않았다.

하지만 그때 길이 끊어졌다. 등 뒤에서는 말들이 길을 가로막고 있었다. 그녀는 말들이 사초死草가 무성한 제방 위에 걸쳐져 있는 통나무 다리 위에 모여 있다는 것을 알았다. 시커멓고 육중하며 강력하게 힘센 무리들이었다. 하지만 그녀의 발은 저절로 앞으로, 앞으로 움직였다. 그들이 그녀 앞에서 흩어질 것이다. 흩어질 것이다. 그녀의 발은 계속해서 앞으로 나갔다. 온몸의 신경과 혈관이 점점 더 팽팽하게 긴장되었고 열기를 뿜으며 달아올랐다. 하얀 열기를 뿜으며 달아올라 결국 녹아버리고 그녀는 죽게 될 것이다.

그 순간 말들은 그녀 앞을 순식간에 달려 지나갔다. 눈 깜짝할 사이에 말들은 그녀를 스치고 지나갔다. 말들이 그녀 앞을 지나 저 멀리로 사라지는 순간, 억센 말 옆구리의 파동과 긴장과 씰룩거림이 그대로 전해졌다.

그녀는 말들이 완전히 떠난 게 아니라는 것을 알고 있었다. 조용히 그녀를 기다리고 있다는 걸 알고 있었다. 하지만 말발굽이 요란하게 쿵쿵 울리며 지나간 통나무 다리 위를 어슐라는 건넜다. 그녀는 그들의 존재를 느끼며 계속해서 걸었다. 그녀는 말들의 가슴이 결코 느슨해지는 법이 없는 어떤 힘에 꽉 잡혀 있음을 느꼈다. 그리고 오랜 인내심으로 뜨거운 김을 내뿜는 붉은 콧구멍을 느낄 수 있었다. 말들의 그렇게도 둥글고 건강한 엉덩이는 그들의 가슴을 움켜잡고 있는 그 손아귀를 벗어나려고 힘껏 내달리고, 또 내달리고, 시간의 벽을 거슬러 달려가서 마침내는 파멸할 때까지 영원히 내달리고 있었다. 하지만 결코 자유롭게 되지 못했다. 말들의 튼실한 허리는 비에 젖어 매끈거리고 검게 물들었다. 하지만 어둠과 빗줄기도 이 허리 안에 가두어진 세차고 맹렬하며 거대한 불길은 결단코, 결단코 끌 수 없었다.

그녀는 점점 더 가까이 다가가고 있었다. 말발굽이 강렬하게 불꽃을 일으키는 것을 느낄 수 있었다. 텅 빈 어둠 속에서 진주빛의 푸른 불꽃이 팍팍 튀었다. 쇠 편자를 박은 발굽이 일으키는 진주빛의 푸른 불꽃이 커다랗게 보였다. 마치 옆구리의 캄캄한 어둠 주변을 둘러싼 둥근 후광처럼 컸다. 강인한 옆구리에서부터 일어난 발굽의 불꽃이 둥근 빛의 원을 일으키는 것 같았다.

말들은 또다시 그녀를 기다리고 있었다. 그들은 떡갈나무 아래에 모여서서 경이롭고 맹목적이며 의기양양한 옆구리들을 서로 맞댄 채 기다리고 또 기다렸다. 그녀가 다가오기를 기다리고 있었던 것이다. 아주 멀리 떨어져 있는 사람처럼 그녀는 떡갈나무를 향해 조금씩 이끌려갔다. 그곳에서 말들은 좁은 강둑 위에 모여 짙은 어둠을 이루고 있었다.

그녀는 가까이 가야만 했다. 하지만 말들은 사방으로 흩어지더니 그녀를 피해 커다란 원을 그리며 종종걸음 치기 시작했다. 그리고 그녀 뒤편에 있는 탁 트인 언덕으로 달려갔다.

이제 말들은 어슐라의 뒤에 있었다. 길이 열린 것이다. 얼마 떨어지지 않은 높은 산울타리 사이로 문이 있었다. 그러므로 그녀는 보다 작은 경작지로 넘어갈 수 있게 된 것이다. 신작로와 질서정연한 인간의 세계로 다시 들어가게 된 것이다. 그녀의 앞길은 탁 트여 있었다. 그녀는 마음을 진정시켰다. 하지만 아직도 그녀의 심장은 두려움으로 죄어들고 있었다. 그녀는 여기까지 오는 동안 내내 공포에 사로잡혀 있었다.

그 순간 갑자기 그녀는 번갯불에라도 맞은 듯이 주춤했다. 앞으로 고꾸라질 것만 같았다. 하지만 비틀대며 종종걸음으로 걸어갔다. 등 뒤에서 길을 달려 내려오는 말들의 천둥 같은 말발굽 소리가 그녀를 뒤흔들었다. 그 말발굽 소리의 무게에 짓눌려 거의 죽을 것만 같았다. 주위를 둘러볼 수도 없었다. 말들이 그녀를 벼락처럼 덮쳤다.

잔인하게도 말들은 그녀의 왼손을 짓밟고 뭉개며 지나갔다. 그녀는 사나운 옆구리들이 요동치는 것을 보았다. 아직도 부족하다는 듯이 커다란 앞발들이 위협적으로 번뜩였지만 그녀의 머리를 휙 스치고 지나갈 뿐이었다. 그리고 말들은 한 마리, 한 마리 차례로 지나갔다.

마침내 그녀를 에워싸고 옆을 아슬아슬하게 스치고 지나가던 말들이 사라졌다. 그들은 미친 듯이 달리던 것을 조금 늦추고 천천히 움직이기 시작했다. 그리고 또다시 저 앞에 있는 나무들과 문 옆의 한쪽 구석으로 종종걸음 치며 모여들었다. 말들은 동요하며 불안한 듯 몸을 흔들었다. 그러다가 마침내 떨리는 옆구리를 서로 딱 붙이고 하나의 목표를 지닌 한 무리가 되었다. 말들은 그녀를 마주 보고 우뚝 섰다.

어슐라는 용기를 잃었다. 더 이상 용기가 없었다. 감히 더 가까이 가서는 안 된다는 것을 알았다. 한곳에 집중해서 옆구리를 밀착하고 있는 말들의 무리가 승리한 것이다. 말들은 불안하게 이리저리 발을 옮기며 그녀를 기다리고 있었다. 자신들의 승리를 알고 있으면서도 다가올 승리에 대한 초조한 기대 때문에 불안하게 동요하고 있는 것이다. 그녀의 용기는 사라지고, 사지는 녹아버렸다. 그녀는 물처럼 녹아버렸다. 저 말들의 육중한 몸뚱이에는 모든 단단함과 짓누르는 힘이 담겨 있었다.

그녀는 부들부들 떨리는 발로 가만히 서 있었다. 위기의 순간이었다. 말들은 불안하게 옆구리를 씰룩거렸다. 그녀는 멀리 시선을 돌렸다. 왼쪽으로 2백 야드쯤 떨어진 비탈 아래로 튼튼한 생울타리가 쭉 뻗어 있었다. 그리고 한 곳에 떡갈나무가 서 있었다. 그 나뭇가지를 타고 위로 기어올라가면, 몸을 빙 돌려 생울타리 반대편으로 떨어질 수 있을 것 같았다.

물처럼 흐느적거리는 몸으로 부들부들 떨면서 어슬렁거리는 말들의 주위를 크게 한 바퀴 돌기라도 하듯이 조금씩 발걸음을 옮기기 시작했다. 당장이라도 고꾸라질 것 같아서 순간 순간이 두려움의 연속이었다. 말들은 그녀에게 대항하여 서로 옆구리를 꼭 맞댄 채 동요했다. 그녀는 혼수상태에 빠진 사람처럼 덜덜 떨며 앞으로 쓰러질 듯했다.

그때 갑자기 불꽃이 일듯이 그녀는 쏜살같이 달렸다. 그리고 울퉁불퉁한 떡갈나무의 옹이를 움켜쥐고 기어오르기 시작했다. 몸에는 기운이 하나도 없었으나 손은 강철처럼 강했다. 그녀는 자신이 강하다는 것을 알고 있었다. 굵은 가지 위에 매달릴 때까지 죽을 힘을 다해 버둥거렸다. 말들도 이 사실을 깨닫고 있으리라는 것을 알았다. 마침내 가지를 딛고 설 수 있었다. 말들은 서로 딱 붙어 있던 결속을 풀고 조금씩 움직이기 시작했다. 그녀는 몸을 빙 돌려 나무 반대편에 매달렸다. 그리고 말들이 그녀를 향해 우르르 달려오기 시작하는 순간, 생울타리의 반대편 풀 더미 위로 털썩 떨어졌다.

한동안 그녀는 꼼짝도 할 수 없었다. 잠시 후에 생울타리 밑의 토끼 구멍 너머로 가까이 달려온 말들의 거대한 발굽들이 서성거리는 것이 보였다. 그녀는 더 이상 가만히 있을 수 없었다. 벌떡 몸을 일으켜 들판을 대각선으로 가로질러 재빨리 걸어갔다. 말들은 생울타리 반대편에서 끝까지 따라오다가 모퉁이에 이르러서야 멈춰 섰다. 텅 빈 들판을 허겁지겁 걸어가는 동안에도 줄곧 그곳에 모여 발굽을 쿵쿵 울리며 날뛰는 말들을 느낄 수 있었다. 이제 말들은 거의 광란 상태였다. 오직 그녀의 의지만이 그녀를 지탱해 주었다. 그녀는 떨리는 몸을 이끌고 비스듬히 기울어진 가시나무 아래의 담장을 기어올라갔다. 담장 옆에 선 가시나무는 신작로 옆 풀 위로 가지를 드리우고 있었다. 마침내 할 일을 다 했다고 생각하자 그녀는 맥이 탁 풀려 가시나무에 몸을 기댄 채 담장 밑에 털썩 주저앉아 꼼짝도 하지 않았다.

그렇게 앉아 있는 동안, 시간과 변화의 물결 같은 것은 그녀로부터 멀리 지나갔다. 그녀는 마치 시냇물 바닥에 변하지도 않고, 변할 수도 없이 무의식적으로 놓여 있는 돌멩이처럼 멍하니 누워 있었다. 그녀를 거기에 그렇게 내버려둔 채 세상 모든 것들이 굴러가고 있었다. 그녀는 시냇물 바닥에 놓인 돌멩이였다. 모든 변화의 바닥에 가라앉은 채 불변하고 수동적인.

그녀는 절대적인 고립 속에서 가시나무에 등을 기댄 채 아주 오랫동안 가만히 누워 있었다. 갱부들이 더러 비에 젖은 길을 터벅터벅 지나가곤 했다. 두런두런 속삭이며 어깨를 귀까지 잔뜩 움츠린 그들의 형상이 빗속에서 어른거렸다. 어떤 이들은 그녀를 전혀 보지 못했다. 그녀는 눈을 희멀겋게 뜨고 지나가는 이들을 바라보았다. 잠시 후에 혼자 지나가던 한 사람이 그녀를 보았다. 깜짝 놀라서 눈이 휘둥그레지자 시커멓게 검댕이 묻은 그의 얼굴에서 흰자위가 유독 두드러지게 드러났다. 그는 마치 뭔가 할 말이 있는 사람처럼 걸음을 멈췄다. 그녀 때문에 놀라고 걱정된 모양이었다. 하지만 그녀는 그 사람이 혹시라도 말을 걸어올까 봐, 뭔가 질문이라도 던질까 봐 더럭 겁이 났다.

어슐라는 스르르 자리에서 일어나 비척비척 길을 따라 걸었다. 집까지는 아주 먼 길이었다. 죽을 때까지 걸어도 영원히 당도하지 못할 것 같았다. 한 걸음, 한 걸음, 한 걸음, 다시 한 걸음, 울타리 사이로 비에 젖은 길을 따라 간신히 발을 옮겼다. 한 걸음, 한 걸음, 한 걸음, 다시 한 걸음, 단조로운 동작이 뱃속 깊숙한 곳을 뒤집어 놓으며 싸늘한 구역질을 일으켰다. 이 싸늘한 구역질은 얼마나 깊숙한 곳에서 일어나는지! 그 깊이를 잴 수 없었다. 오늘 그녀는 모든 사물의 바닥을 발견할 운명인 것 같았다. 모든 사물의 바닥을. 어쨌든 그녀는 가장 깊은 밑바닥을 계속해서 걷고 있었다. 이젠 꽤 안전했다. 만약 이것이 바로 바닥이며 더 이상 깊은 곳이 없다는 것을 알고 이대로 영원히 계속해서 가야만 한다면 그녀는 안전할 것이다. 이보다 더 깊은 곳이 없다면 확고하고 수동적인 느낌을 가질 수밖에 없을 것이다.

드디어 그녀는 집에 도착했다. 벨도버 언덕까지 올라오는 길은 너무나 힘들었다. 사람은 왜 언덕을 기어올라가야만 하는가? 왜 올라가야만 하는가? 낮은 곳에 그대로 머물러 있으면 왜 안 되는가? 왜 경사진 비탈을 올라가라고 등을 떠미는가? 어째서 바닥에 있으면 높이, 더 높이 올라가라고 강요하는가? 오, 그것은 너무나 피곤하고, 너무나 힘들며, 너무나 과중한 일이었다! 언제나 고생, 고생, 또 고생이었다. 하지만 여전히 그녀는 꼭대기로 올라가야만 했고, 잠자리가 있는 집으로 가야만 했다. 침대로 가야만 했다.

집에 들어간 그녀는 아무도 눈치채지 못하게 어두컴컴한 계단을 올라갔다. 너무나 지쳐 다시 아래층으로 내려올 수 없었다. 침대로 들어간 그녀는 오한으로 덜덜 떨며 자리에 누웠다. 하지만 정신이 멍해서 누굴 불러 도움을 청해야겠다는 생각조차 하지 못했다. 그리고는 점점 더 병이 심해졌다.

그녀는 2주 동안 꼬박 헛소리를 하며 몸을 떨 정도로 아팠다. 그러나 정신을 잃을 정도의 고통 속에서도 언제나 자아에 대한 흐릿한 확신과 영속적인 것에 대한 느낌을 받았다. 그녀는 강 바닥의 돌멩이처럼 부서지지 않고 변하지도 않는, 아무리 폭풍이 몰아쳐도 아랑곳하지 않는 그런 상태였다. 그녀의 영혼은 고통스러워하며 조용히 꼼짝하지 않고 누워 있었지만 영원히 살아 있었다. 아프면서도 내내 그녀는 깊고 굳건한 깨달음을 붙잡고 있었다.

어슐라는 알고 있었고, 더 이상 상관하지 않았다. 앓아 누워있는 동안에도 스크레벤스키와 자신의 관계에 대한 생각이, 비록 형태가 일그러져 모호해지기는 해도, 마치 살을 갉아먹는 고통처럼 머릿속을 떠나지 않았다. 물론 그 고통은 여전히 표면적인 것이어서 깊이 간직된 어슐라의 굳건한 실체의 핵심까지 건드릴 수는 없었다. 하지만 스크레벤스키의 부식력은 스스로 다 소진되어버릴 때까지 그녀의 몸 속에서 활활 타올랐다.

왜 그녀가 그의 것이 되어야만 하고, 그에게 속해야만 하는가? 뭔가가 그녀를 그렇게 하도록 강요하고 있었지만, 그것은 진실 같지 않았다. 그녀가 스크레벤스키의 것이 되려고 할 때마다 언제나 고통이, 비현실감이라는 고통이 뒤따랐다. 그녀가 그에게 매여 있지 않은 데, 도대체 무엇이 그녀를 그에게 매어놓는 것일까? 왜 이런 허위가 끈질기게 남아 있는 것일까? 어째서 허위가 그녀를 갉아먹고, 갉아먹고 또 갉아먹는 것일까? 왜 그녀는 맑은 정신으로 깨어나 진정한 현실로 들어서지 못하는가? 만약 여기서 깨어날 수만 있다면. 아, 깨어날 수만 있다면, 스크레벤스키와의 관계에 대한 거짓된 미몽은 사라져버릴 텐데. 하지만 잠이, 혼수상태가 그녀를 꼼짝하지 못하게 짓누르고 있었다. 그래서 그녀가 평온하고 제정신일 때에도 여전히 그 마력에 사로잡혀 있었다.

하지만 그녀가 그 마력에 완전히 잡혀 있는 것은 결코 아니었다. 어떤 외부적인 것이 그녀를 그에게 매어놓고 있는 것일까? 그녀에게는 어떤 굴레가 씌워져 있었다. 그런데 왜 그 굴레를 벗어던지지 못한단 말인가? 그 굴레가 무엇이란 말인가? 무엇이란 말인가?

혼수상태 속에서도 어슐라는 이 질문을 하고 또 했다. 마침내 지칠 대로 지치자, 저절로 그 대답이 나왔다. 그것은 바로 아기였다. 아기가 그녀를 스크레벤스키에게 묶어놓고 있었던 것이다. 아기가 바로 그녀의 머리를 바싹 옭아매고 있는 굴레 같은 존재였다. 아기는 그녀를 스크레벤스키에게 꼭 붙들어 매놓았다.

왜, 왜 그녀는 스크레벤스키에게 매여 있는 것인가? 그녀만의 아기를 가질 수 없는 것인가? 그 아기는 그녀 자신만의, 온전히 그녀 자신만의 일이 아니었던가? 아기와 그가 무슨 상관이란 말인가? 왜 그녀는 스크레벤스키와 스크레벤스키의 세계에 얽매여 고통받고 꼼짝달싹하지 못해야만 하는가? 안톤의 세계, 이것은 열에 들뜬 그녀의 머릿속에서 자신을 옥죄는 감옥이 되었다. 만약 이 감옥에서 벗어나지 못한다면 그녀는 미쳐버릴 것이다. 이 감옥은 안톤과 안톤의 세계였다. 그녀가 소유한 안톤이 아니라 그녀가 소유하지 못한 안톤, 어떤 다른 것에 의해, 세상에 의해 사로잡힌 안톤의 세계였다.

그녀는 끙끙 앓으면서 그와 그의 세계로부터 자유로워지기 위해서 싸우고, 싸우고 또 싸웠다. 하지만 번번이 그 세계는 새롭게 주도권을 장악하고, 새롭게 그녀를 장악했다. 오, 말할 수 없는 육체의 고단함이여. 그녀는 그것을 떨쳐버릴 수도, 완전히 소멸시킬 수도 없었다. 만약 자기 자신을 소멸시킬 수만 있다면, 만약 이 감정과 육체로부터, 그녀와 접촉하고 있는 세상의 그 모든 무한한 장애물로부터 벗어날 수만 있다면. 아버지로부터, 어머니로부터, 연인으로부터, 그리고 그녀가 알고 있는 모든 사람들로부터.

지칠 대로 지친 상태에서 그녀는 거듭 되풀이했다.

"나에게는 아버지도, 어머니도, 애인도 없다. 나는 이 세상에 정해진 곳도 없고, 벨도버에도, 노팅엄에도, 영국에도, 이 세상에도 속하지 않는다. 그것들 중 아무것도 존재하지 않는다. 나는 이들과 뒤엉켜서 속박당하고 있지만 이것들은 전부 현실이 아니다. 나는 이것으로부터 벗어나야만 한다. 비현실의 껍질을 깨고 나오는 도토리처럼."

또다시 열에 들뜬 그녀의 머릿속에 숲의 바닥에 떨어져 있는 2월 도토리의 환영이 생생한 현실처럼 찾아들었다. 껍질이 터진 채 버려진 도토리는 알몸으로 세상에 튀어나왔다. 그녀가 바로 '피용 —' 하고 힘차게 튀어나온 알몸뚱이의 뽀얀 도토리였다. 그리고 세상은 이미 지나간 겨울이었다. 어머니와 아버지와 안톤과 대학, 그리고 다른 모든 친구들 모두가 마치 지나가버린 세월처럼 내동댕이친 세상이었다. 그러나 자유롭게 된 알몸뚱이 도토리는 새로운 뿌리를 내리고, 시간의 흐름 속에서 영원한 것에 대한 새로운 지식을 창조하기 위해 필사적으로 투쟁하고 있었다. 그 도토리만이 유일한 현실이었다. 나머지는 모두 망각 속으로 던져졌다.

이 환상은 점점 더 커져갔다. 오후에 눈을 뜨고 창문을 바라보면, 저 멀리 펼쳐진 풍경 속에는 온통 땅에 던져져 있는 껍질과 껍데기뿐이었다. 온통 껍질과 껍데기뿐, 그 외에는 다른 어떤 것도 볼 수 없었다. 그녀는 고요히 갇혀 있었지만 조금은 느슨했다. 껍질과 그녀 사이에는 약간의 틈이 벌어졌다. 껍질은 탁 터졌고 균열이 갔다. 머잖아 그녀는 새로운 날에 뿌리를 박을 것이며, 벌거벗은 몸은 새 하늘과 새 공기의 침상 위에 누울 것이다. 동시에 이 낡고 시들어가는 섬유질의 껍질은 사라질 것이다.

그녀는 차츰 진짜로 잠들기 시작했다. 새로운 현실에 대한 확신 속에서 잠이 들었다. 그리고 자신의 영혼과 함께 새로운 세계의 새로운 공기를 호흡하며 잠을 잤다. 이 평화는 아주 깊고 풍요로웠다. 그녀는 새로운 땅에 뿌리 내린 채 조금씩 성장하고 있었다.

마침내 눈을 떴을 때, 전혀 새로운 날이 세상에 찾아온 것 같았다.

얼마나 오랫동안, 얼마나 오랫동안 이 새로운 새벽을 위하여 혼돈과 암흑 속을 싸우며 지나왔던가? 그녀는 자신이 너무나도 연약하고 섬세하며 맑은 존재처럼 느껴졌다. 마치 기나긴 겨울 끝에 겨우 꽃봉오리를 피운 한없이 연약한 한 송이 꽃처럼. 하지만 이제 밤은 지나가고 새벽이 밝아오고 있었다.

옛날의 경험은 아득히 멀리 있었다. 스크레벤스키 또한 헤어진 뒤로 아득히 멀게만 느껴졌다. 하지만 어떤 것들은 진짜였다. 가령 그 눈부셨던 처음 몇 주 동안의 경험 같은 것. 이전에는 그 기억들도 환영처럼 여겨졌다. 그러나 이제는 그저 평범한 현실처럼 느껴질 뿐이었다. 나머지 기억들은 실재가 아니었다. 그녀는 스크레벤스키가 끝까지 단 한 번도 실재였던 적이 없었다는 걸 알고 있었다. 열정적인 황홀경에 빠져 있던 몇 주 동안은 그녀의 욕망에 따라 그녀와 함께 했고, 그 시간 동안에는 그녀가 그를 창조하기도 했지만, 그러나 종국에는 실패하고 무너져버렸다.

참으로 이상하게도 그와 그녀 사이에는 텅 빈 공허만이 가로놓여 있었다. 지금은 그가 좋았다. 그녀를 스쳐간 무엇, 지나간 기억을 좋아하듯이. 그는 과거의 어떤 것이었다. 이미 알아버린 무엇이었다. 그녀는 지나간 과거를 애달파하듯이 그에 대해 가슴 아픈 애정을 느꼈다. 하지만 고개를 들고 앞을 바라보면 그는 거기에 없었다. 아니, 그녀가 저 멀리, 그녀 앞에 펼쳐진 미지의 세계로 시선을 돌릴 때, 그곳에는 생생한 빛의 광채와 연기처럼 땅에서부터 솟아오른 불가사의한 나무들만이 있을 뿐이었다. 그곳은 발견된 적도, 탐사된 적도, 알려진 적도 없는 땅이었다. 그녀는 신세계와 구세계를 씻어내리는 어둠과 공허를 가로질러 건넌 끝에 이 땅의 해안가에 홀로 정박한 것이다.

아기는 태어나지 않을 것이다. 그녀는 기뻤다. 하지만 설사 아기가 지워지지 않았다고 해도 별로 달라지는 것은 없을 것이다. 그녀는 아기와 자기 자신을 지켰을 것이고, 스크레벤스키에게 가지 않았을 것이다. 안톤은 이미 과거에 속한 사람이었다.
　이때 스크레벤스키로부터 전문이 왔다.

　　나는 결혼했소.

　옛날의 고통과 분노와 경멸감이 격렬하게 일어났다. 그 남자가 그토록 완전히 끝나버린 과거에 속한 사람이었단 말인가? 그녀는 그와의 인연을 끊었다. 그는 역시 그런 사람이었다. 그가 그런 사람인 것이 다행이었다. 자신의 욕망대로 남자를 소유하려고 하는 그녀는 누구란 말인가? 그녀는 남자를 창조하는 사람이 아니라, 하느님이 창조하신 남자를 있는 그대로 인정하는 사람일 뿐이다. 남자는 조물주로부터 탄생되고, 여자는 그를 환영하며 맞아야 한다. 그녀는 자신이 자기 남자를 만들어낼 수 없다는 게 오히려 다행스러웠다. 자신이 남자의 창조에 전혀 관여할 수 없다는 사실이 기뻤다. 이 문제가 — 종국에는 그녀 또한 그 안에서 쉬게 될 — 보다 전능한 힘의 영역 안에 속해 있다는 사실이 기뻤다. 남자는 영원한 신에게서 비롯되는 존재이며, 그녀 자신 또한 거기에 속해 있는 것이다.
　몸이 점점 좋아짐에 따라 어슐라는 자리에 일어나 앉아서 새로운 창조물들을 보았다. 창문 옆에 앉아 저 아래 거리를 지나가는 사람들을 지켜보았다. 광부들, 여자들, 아이들이 저마다 오래된 열매의 껍질을 쓰고 걸어가고 있었다. 하지만 그 껍질을 뚫고 새로운 맹아가 점점 싹트며 윤곽을 드러내는 것을 볼 수 있었다. 광부들의 고요하고 과묵한 모습 속에서 그녀는 일종의 긴장감을, 새로운 해방을 위한 시련을 기다리는 것을 볼 수 있었다. 또한 여자들의 거짓된 강한 확신 속에서도 똑같은 것을 보았다. 여자들의 자신감이란 부서지기 쉬운 것이었다. 그것은 금방 부서져 새로운 맹아의 힘과 인내력을 드러내 보여줄 것이다.

눈에 보이는 이 모든 것들 속에서 그녀는 이미 지나간 삶의 낡고 딱딱하며 황폐한 형식이 아니라 살아 있는 하느님의 창조를 발견하려고 필사적으로 애썼다. 때때로 감당할 수 없는 공포가 그녀를 사로잡기도 했다. 때로는 감각을 잃어버리거나 감정을 잃어버린 채 오직 그녀와 모든 인류를 구속하고 있는 낡은 껍질의 공포만을 느낄 수 있을 뿐이었다. 그들 모두 감옥에 갇힌 죄수였다. 그리고 그들 모두 미쳐가고 있었다.

그녀는 광부들의 딱딱하게 굳어버린 육체를 보았다. 그것은 마치 벌써 관 속에 들어가 있는 것 같았다. 그녀는 변하지 않는 그들의 눈을, 산 채로 매장된 자들의 눈을 보았다. 그리고 새로 지은 집들의 날카롭게 잘려진 모서리를 보았다. 그것은 마치 비정한 승리감에 도취되어 언덕 위로 뻗어 있는 것 같았다. 비정한 무정형의 각들과 곧게 뻗은 직선들의 승리, 기고만장하고 천하무적인 부패의 표현이었다. 그 부패는 너무나 철저해서 단단하고 부서지기 쉬웠다. 그녀는 시커멓게 변한 맞은편 언덕에 깔린 암울한 분위기를 보았다. 슬레이트 지붕을 인 무정형의 집들이 검은 반점을 이루고 있고, 흉물스럽게 낡아버린 오래된 교회의 첨탑은 언덕 꼭대기에 우뚝 서서 새로 지은 원색의 집들을 굽어보고 있었다. 한편 무정형의 허술하고 모서리가 뾰족한 새 집들은 벨도버에서 이어져 나와 레들리의 부패한 새 집들과 만나고 있었다. 그리고 레들리의 집들은 다시 헤이너의 집들과 뒤섞였다. 메마르고 푸석푸석하며 끔찍한 부패가 온 대지의 표면에 만연하고 있었다. 어찌나 울컥 구역질이 치밀어 오르는지, 그녀는 그 자리에서 그대로 썩어 없어져버릴 것 같았다. 잠시 후에 그녀는 둥둥 떠다니는 구름들 속에서 희미한 무지개 빛깔의 띠가 언덕의 한 부분을 엷게 물들이는 것을 보았다. 그 순간 다른 모든 것을 까맣게 잊어버린 채 깜짝 놀라서 떠다니는 빛깔들을 눈으로 열심히 쫓았다. 그리고 서서히 무지개가 만들어지고 있는 것을 보았다. 한곳에서 진주빛 색깔이 강렬한 빛을 발하고 있었다. 그녀의 가슴은 희망으로 고통스럽게 저려왔다. 그녀는 틀림없이 둥근 무지개가 걸려 있을, 무지개의 그림자를 찾았다. 어디선가 신비롭게 계속해서 색깔들이 몰려들었다. 색깔이 색깔 위에 놓이고, 마침내 희미하지만 거대한 무지개가 나타났다. 둥근 반원은 더 이상 휘어질 수 없을 정도까지 팽팽하게 휘어졌다. 그리고 빛과 색깔과 하늘의 공간으로 이루어진 위대한 건축물을 만들어냈다. 이 건축물의 밑동은 낮은 언덕 위의 부패한 새 집들 속에서 광채를 발했으며, 둥근 아치는 하늘 꼭대기에 닿아 있었다.

  무지개는 대지 위에 우뚝 섰다. 그녀는 딱딱한 비늘을 뒤집어 쓴 채 부패한 세상의 표면 위를 기어다니는 완고한 사람들도 어쨌든 살아 있는 존재임을 느꼈다. 저 무지개는 그들의 핏속에 둥글게 떠서 그들의 영혼에 생명을 불러일으킬 것이다. 저들은 분열의 단단한 껍질을 벗어던지고, 새롭고 깨끗한 벌거벗은 육체로 태어날 것이다. 그리하여 새싹이, 새 줄기가 빛과 바람과 하늘의 정갈한 비를 맞으며 자라날 것이다. 그녀는 무지개 속에서 지상의 새로운 건축물을 보았다. 오래되고 부패한 공장과 집들은 사라져버리고, 세상은 진실이라는 생명력 넘치는 건축물로 다시 세워질 것이다. 저 꼭대기 둥근 하늘에 꼭 맞는 모습으로.

| 작품 해설 |

D. H. 로렌스와 《무지개》

최인자(전문번역가)

인간관계에 대한 새로운 모색을 통해서 20세기 문명을 구원할 수 있는 비전을 제시하고자 했던 D. H. 로렌스는 그 어떤 현대 작가보다도 더욱 진지하고 구도자적인 자세로 문학의 길을 추구했던 작가다. 특히 등장인물이 남자든 여자든 간에 섬세하고 탁월한 심리 묘사는 한 세기가 훌쩍 지난 지금 다시 읽어도 여전히 감탄을 금할 수 없을 만큼 보편적 인간성에 대한 예리한 통찰력을 보여주고 있다.

로렌스는 1885년에 영국 노팅엄셔 이스트우드에서 광부인 아버지와 교사인 어머니 사이에서 넷째 아이로 태어났다. 교양 있고 예민한 어머니와 광산 노동자인 아버지로 각기 대변되는 전혀 다른 두 세계는 로렌스에게 평생토록 커다란 영향을 미쳤으며, 거의 모든 작품에 등장하는 소재가 되었다. 1898년에 노팅엄 고등학교를 졸업한 그는 헤그스 농장을 방문했다가 제시 체임버스를 만나 잠깐 사귀게 되고 이때의 경험이 《아들과 연인》(1913)에 반영되기도 했다.

이후에 노팅엄 대학에서 초등학교 교사가 되는 과정을 이수한 로렌스는 1908년부터 크로이든의 초등학교에서 학생들을 가르치면서 작품을 쓰기 시작했다. 1911년은 그에게 특별한 해였다. 유별나게 가까운 사이였던 그의 어머니가 세상을 떠났으며, 불과 몇 주일 후에 그의 첫 번째 소설인 《하얀 공작》이 출간되었던 것이다. 또한 심각한 질병으로 인하여 교직을 그만 두게 된다. 뒤이어 1912년, 로렌스에게 그의 인생을 완전히 뒤바꿔놓는 운명적인 사건이 일어나는 데, 바로 노팅엄 대학에서 그를 가르치던 현대 언어학 교수의 아내인 독일 귀족 프리다 위클리와 사랑에 빠진 것이다.

두 사람은 쏟아지는 사회적 비난을 피해서 독일로 도피했다가 1914년에 영국으로 돌아와 결혼식을 올렸다. 곧이어 제1차 세계대전이 발발하고, 로렌스는 《아들과 연인》의 다음 작품으로 《무지개》를 발표하지만 외설적이라는 이유로 출판을 금지 당한다. 그 후 1917년에 완성한 《사랑하는 여인들》 역시 3년 동안이나 출판사를 찾지 못하는 시련을 겪는다.

원래 《무지개》와 《사랑하는 여인들》은 동일한 하나의 작품에서 출발했다고 한다. 1913년에 처음으로 《자매들》이라는 작품으로 씌어지기 시작한 이야기가 1914년에는 《결혼반지》라는 작품으로 개작되었으며, 결국 1915년에 《무지개》와 《사랑하는 여인들》 두 작품으로 나뉘어 완성된 것이다. 이렇게 오랜 기간 개작을 거듭하는 동안, 로렌스 자신도 여러 가지 변화를 겪었으며 인간관계에 대한 시각 자체가 조금씩 달라졌다. 그리고 이런 변화는 작품 속에 고스란히 반영된다.

가장 결정적인 사건은 《무지개》를 쓰기 시작하기 직전인 1912년에 장차 아내가 될 프리다 위클리와 그녀의 언니인 엘스 제프를 만난 것이었다. 《무지개》의 원본이라고 할 수 있는 《자매들》이란 작품의 제목은 바로 이 두 자매에게서 영향을 받은 것이라고 한다. 결국 로렌스는 두 자매 중 한 사람인 프리다 위클리와 결혼하고, 또 다른 자매인 엘스 제프에게는 자신의 작품 《무지개》를 헌정하기에 이르렀다. 이들 두 자매는 서로 성격이 완전히 달랐는데, 로렌스의 아내가 된 프라다가 공적인 '남자들의 세계' 보다는 개인적이고 사적인 관계에 더욱 관심을 두었던 반면, 엘스는 보다 공적이고 사회적인 활동을 중요시했다. 따라서 일찍부터 교사생활을 시작하여 경제적으로 독립했으며 대학에 진학하여 경제학 박사학위를 취득했다. 그리고 여성 운동에 적극적으로 참여했다고 한다.

그런 점에서 보면, 프라다 보다는 엘스가 오히려 《무지개》의 여주인공인 어슐라의 모델에 가깝다고 할 수 있을 것이다. 그러나 어슐라는 비록 엘스처럼 교사가 되어 경제적으로 독립하고 결혼과 출산이라는 관습적인 여성의 길을 거부하기는 하지만, 동시에 현실 참여적인 페미니스트의 길로 들어서는 것은 단호하게 거부하고 있다. 그녀는 여성 참정권지지자였던 세 명의 여자친구들과 차례차례 결별하였으며, 위니프레드 잉거와의 동성애적 관계를 끝내 받아들이지 않는다. 어슐라에게는 가부장제나 자본주의적 남성 세계만이 아니라 급진적인 페미니즘 또한 모두 개인의 개성을 말살하고 억압하는 세력일 뿐이며, 구원의 방식은 될 수 없었던 것이다.

로렌스는 《무지개》와 《사랑하는 여인들》을 쓰면서 다른 무엇보다도 남자와 여자 사이의 관계 속에서 '오늘날의 문제'를 발견했다. 그리고 몰락해버린 서구 문명을 구원하기 위해서는 새로운 남녀관계의 정립이 가장 절실히 필요하다고 느꼈다. 《무지개》는 특히 근대적 여성상을 보여주는 어슐라란 인물을 통해 이렇듯 새로운 관계에 대한 희망을 투영하고 있다고 할 수 있다.

로렌스는 당시 유럽을 폐허로 만들어버린 제1차 세계대전을 과도하게 번성한 남성주의가 스스로 일으킨 파괴 행위로 해석했으며, 이 곤경으로부터 빠져나올 길은 오직 문화의 여성화뿐이라고 믿었다. 그런 까닭에 작품 《무지개》 속에서 여성들은 역사적으로나, 신화적으로나 새로운 세계의 중심 역할을 맡고 있다.

자연의 순환에 따라서 끊임없이 되풀이되기만 하던 농장의 삶으로부터 벗어나 인간의 의식을 일깨우는 것은 다름 아닌 지식을 향한 여자들의 욕망이었으며, 무감각하던 삶에 변화를 가져오는 것 역시 더 넓은 남자들의 세계에 진입하고자 하는 여자들의 요구였던 것이다.

표면적으로는 《무지개》의 이야기가 브랭웬 집안이라는 남자들의 혈통을 따라서 전개되고 있는 것처럼 보이지만, 내용을 자세히 들여다보면 폴란드에서 온 이국의 여인과 그녀가 낳은 딸을 중심으로 한, 여자들의 계보를 따라 이어지고 있음을 알 수 있다. 마지막 핵심 인물인 어슐라는 폴란드 사람인 리디아가 전남편인 렌스키와의 사이에서 낳은 딸이 브랭웬 집안의 남자와 결혼하여 낳은 딸인 것이다. 그러므로 어슐라의 독립적이고 강인한 면모는 브랭웬 집안의 것이라기보다는 오히려 폴란드 혈통인 모계에서 물려받았다고 볼 수 있다.

소설의 말미에서 어슐라가 감명 깊게 되새기는 "아직 동트지 않은 무수한 여명이 있다네"라는 구절은 인도의 《리그베다》에 나오는 말로 니체가 《여명》의 첫 장에서 인용했던 구절이기도 하다.

당시 로렌스는 니체의 정신적 귀족주의에 커다란 영향을 받았다고 한다. 그러나 니체는 여성을 단지 타락한 존재에 대한 은유로 사용하며 여성에 대해 부정적인 인식을 가지고 있었던 반면, 로렌스는 오히려 남성성 혹은 남성들의 세계를 타락과 부패의 온상으로 보고 니체 식의 초인의 역할을 여성에게 맡기고자 했다는 점에서 두 사람의 입장은 서로 달라진다.

그렇지만 로렌스는 여성성 또한 부정적인 면이 전혀 없는, 완전한 것이라고 생각하지 않았다. 산업화에 의해서 인간과 환경 사이의 균형이 깨지고 낙원과도 같았던 농장 생활에 타락을 가져오는 것 역시 여성이기 때문이다. 따라서 로렌스에게 있어 여성은 상승과 타락, 어느 한 쪽이 아니라 양자 모두를 의미한다.

새로운 문명을 향한 발전과 상승이 동시에 이전 세계의 타락과 맞물리게 되는 이런 식의 상충된 움직임은 《무지개》에서 여러 가지 방식으로 나타나고 있다. 예를 들어 《무지개》를 지배하는 충동 역시 두 가지인데, 더욱 순수하고 절대적인 개인주의로 나가려는 충동과 마치 죽음과도 같은 원초적 고향인 자궁으로 귀화하려는 충동이 끝임 없이 교차되어 나온다.

또한 작품의 성격 면에서 보자면, 《무지개》는 그 제목이 지닌 상징성이 암시하고 있듯이, 옛 시대가 저물고 새로운 시대가 떠오르고 있음을 예언하는 〈묵시록〉적이고 신화적인 성격을 보임과 동시에, 급격하게 변하는 당대의 물질적·사회적 조건들을 선명하게 드러낸 리얼리즘적인 성격을 함께 지니고 있다.

특히 주인공들의 개인적인 삶을 그저 서술하고 있는 듯이 보이는 사사로운 이야기 속에 거대한 역사를 대단히 복잡하고 정교하게 — 거의 눈에 띄지 않을 정도로 — 끼워 넣는 방식은 신화와 역사의 흥미로운 결합을 보여주고 있으며, 로렌스만의 탁월한 재능이라고 할 수 있을 것이다.

전쟁이 끝난 이후 로렌스는 더욱 충만한 삶의 방식을 추구하며, 아내 프리다와 함께 시칠리아, 스리랑카, 오스트레일리아, 뉴멕시코, 멕시코 등을 떠돌면서 새로운 낙원, 그들만의 공간을 찾아 헤맨다. 그리고 이때의 경험을 통해 바로 《날개 돋친 뱀》이 씌어졌다.

한동안 영국과 멕시코를 오가던 로렌스는 1925년, 끝내 다시 유럽으로 돌아와서 이탈리아 피렌체에 정착했다. 1928년에 그의 마지막 소설인 《채털리 부인의 연인》이 피렌체에서 자비로 출간되지만, 이 작품 또한 영국과 미국에서 판매금지를 당한다. 그뿐만 아니라 런던에서 열린 그의 그림 전시회까지 경찰에 의해 중단되는 등 혹독한 탄압을 받았다.

결국 로렌스는 1930년에 프랑스 남부의 방스에서 마흔네 살의 나이로 세상을 떠났다. 원인은 평생토록 그를 괴롭혔던 폐결핵이었다. 그 짧은 생애 동안 그는 소설뿐만 아니라, 시와 희곡, 수필, 여행기, 그림,

편지 등 여러 방면에서 수많은 작품을 남겼다.

| 작가연보 |

1885년   본명 데이빗 허버트 리차즈 로렌스(David Herbert Richards Lawrence). 잉글랜드 중부지방 노팅엄셔의 탄광촌 이스트우드에서 탄광부 아더 존 로렌스와 퇴직한 엔진 설비공의 딸이자 전직 교사인 리디아 비어졸 사이의 다섯 남매 중 넷째 아이로 출생.

1891~1898년   보베일 공립학교에 다님.

1898~1901년   이스트우드 최초로 노팅엄 군郡이 주는 장학금을 받고 노팅엄 시내의 노팅엄 고등학교에 다님. 이 시기에 훗날 로렌스의 부인이 될 독일 귀족 가문의 여성 프리다(1879~1956)가 1899년에 영국 노팅엄 대학 언어학 교수인 어니스트 위클리(1865~1959)와 결혼해 영국에 정착.

1901년   노팅엄 시내의 외과용 의료기기 제조 회사에서 3개월간 근무. 심한 폐렴에 걸려 사직.

1902년   고향 근처에 사는 체임버스 가족의 농장에 드나들며 그 집안의 딸 제시 체임버스(1886~1944)와 친구로서 사귀기 시작. 그녀와 수많은 문학 작품 등을 함께 읽으며 토론한 것이 장차 문필가로서의 길로 들어서는 데 주요한 계기가 됨.

1902~1905년   이스트우드의 초등학교에서 교생 생활.

1905~1906년   같은 학교에서 비정규 교사로 가르침. 첫 시들을 씀. 첫 소설 《라에티셔(Laetitia, 나중의 '흰 공작')》를 쓰기 시작. 1906년 당시 프리다 위클리는 독일 뮌헨 방문, 프로이트의 제자였던 심리학자 오토 그로스와의 관계를 시작함. 뮌헨 보헤미안 지구 슈바빙에서 많은 작가, 예술가, 사상가들의 문화에

접함. 특히 그로스의 성 해방 사상과 심리 이론에서 큰 영향을 받음.

1906~1908년 노팅엄 대학에서 교원 자격증 과정 시작. 1908년 7월에 자격증 취득. 《노팅엄셔 가디언》 지誌의 1907년 크리스마스 단편 현상 공모에 '체임버스'라는 이름으로 제출한 〈서곡(A Prelude)〉이 당선됨.

1908~1911년 런던 근교 크로이든의 초등학교에서 교사 생활. 이 시기 동안 처음으로 런던의 문인들과 접촉. 독일 철학자 니체의 글을 읽고 큰 영향을 받다.

1909년 런던의 영향력 있는 문인 포드 머독스 휴퍼(나중에 '포드 머독스 포드'로 개명)를 만나다. 그는 로렌스의 시와 단편들을 자기가 편집하는 잡지 《잉글리쉬 리뷰(The English Review)》에 싣기 시작. 희곡 〈광부의 금요일 밤(A Collier's Friday Night)〉(1934)을 쓰고 단편 〈국화 향기(Odour of Chrysan- themums)〉(1911)의 첫 판을 쓰다.

1910년 제시 체임버스와의 연인 관계를 시작되었으나 곧 애정 관계 종결, 그러나 우정은 지속. 소설 〈폴 모렐(Paul Morel, 나중에 '아들과 연인')〉을 쓰기 시작. 12월, 어머니의 죽음으로 큰 충격을 받고 방황. 오랜 고향 친구 루이 버로우즈와 약혼.

1911년 런던의 교사 헬렌 코크에게 강하게 끌리다. 고향 이스트우드 약사의 부인인 알리스 닥스와의 관계 시작. 작가이자 출판 편집인으로서 조셉 콘라드를 발굴한 에드워드 가넷을 만남. 그가 글쓰기와 책 출판에 관해 로렌스에게 조언을 해줌. 11월, 폐렴으로 심하게 앓아누워 학교 교사 생활을 그만두다. 첫 소설 《흰 공작(The White Peacock)》 출판.

1912년 남부 해변 휴양지인 본머쓰에서 건강을 회복하다. 루이 버로

우즈와 파혼. 이스트우드로 귀향. 〈폴 모렐〉 작업. 3월에 노팅엄 대학 교수인 어니스트 위클리의 부인 프리다 위클리를 만남. 그녀와 함께 5월 3일 독일로 가서 프리다의 언니 엘제 야페의 연인이었던 경제학자 알프레드 베버(사회학자 막스 베버의 동생)가 제공한 뮌헨 교외의 집에서 두어 달 동안 기거하며 첫 동거생활 시작(6월 1일~8월 5일경). 나중에 천신만고 끝에 프리다는 남편 위클리와 세 아이를 포기하고 로렌스를 택하게 된다. 이 이야기 중 일부가 시집 《보라! 우리는 해냈다!》에 기록되어 있다. 8월에 두 사람은 알프스를 넘어 이탈리아로 여행, 9월에 가르냐노 호반에 정착. 거기서 프리다와 토의하면서 소설 〈아들과 연인〉 최종판을 쓰다. 소설 《침입자(The Trespasser)》 출판.

1913년 시집 《사랑의 시편(Love Poems and Others)》 출판. 로렌스와 프리다는 독일 뮌헨 근교에서 엘제의 남편 에드가 야페가 제공한 별장에서 두어 달 동안 체재. 5월에 《아들과 연인(Sons and Lovers)》 출판. 6월에 프리다와 영국으로 귀국, 평론가 존 미들튼 머리와 나중에 그 배우자가 된 소설가 캐더린 맨스필드를 만남. 9월에 이탈리아로 돌아감.

1914년 6월에 프리다와 영국으로 귀국, 7월 13일 결혼. 작가 캐더린 카스웰 그리고 평생의 친구가 될 러시아인 S. S. 코텔리안스키를 만나다. 단편집 《프러시아 장교(The Prussian Officer and Other Stories)》, 희곡 《과부가 된 홀로이드 부인(The Widowing of Mrs Holroyd)》 출판. 제1차 세계대전 발발로 이탈리아로 돌아가지 못하고, 전쟁이 끝난 후인 1919년까지 프리다와 함께 영국을 떠날 수 없게 되었다. 귀족 내지 상류계급인 오톨라인 모렐, 신시아 아스퀴스, 그리고 철학자이자 수학자인 버트런드 러셀, 소설가 포스터 등 블룸스베리 그룹(the Bloomsbury Group)과의 교제 시작. 대전 기간 동안 전쟁에 대해 점점 더 절망적이고 염세적이 되었으며, 전쟁의 야만성의 원인을 고찰하면서 고대 그리스 문화와 유대·기독교에 기반한 유럽 문화 전통에 대한 근본적 회의에 도달.

1915년 러셀과 공동 강연을 계획하던 중 6월에 다툼. 8월에 프리다와 런던 햄스테드로 이주. 존 미들튼 머리와 잡지 《시그네처(The Signature)》 발간(3호로 그침). 9월에 소설 《무지개(The Rainbow)》가 출판되었으나 10월 말에 발매 금지당하고, 11월에 공식 기소되어 발매 금지 처분을 받다. 화가 도로시 브렛과 마크 거틀러를 만남. 프리다와 웨일즈의 오지奧地 콘월로 이주. 이후 영국 문화의 중심부에서 스스로 벗어나 외진 시골을 전전하며 독서와 사색, 집필에 몰두.

1916년 여행 수필집 《이탈리아의 황혼(Twilight in Italy)》과 시집 《아모레스(Amores)》 출판.

1917년 〈사랑하는 여인들〉이 출판사들로부터 거절당했지만 수정 작업을 계속함. 미국으로 가려는 시도 좌절. 시집 《보라! 우리는 해냈다!(Look! We Have Come Through!)》 출판. 10월에 프리다와 함께 사실 무근한 독일 스파이 혐의로 콘월에서 쫓겨나다.

1918년 프리다와 런던 근처 외진 곳을 전전. 시집 《새로운 시(New Poems)》 출판. 주로 생계를 위해 《유럽사》를 쓰기 시작. 제1차 세계대전 종결.

1919년 독감으로 심하게 앓다. 가을에 프리다가 먼저 독일로 가고, 나중에 이탈리아의 플로렌스에서 합류. 카프리에 정착.

1920년 《정신분석과 무의식》 집필. 프리다와 시칠리아 섬의 타오르미나로 건너감. 소설 《잃어버린 소녀(The Lost Girl)》 출판. 소설

〈미스터 누운(Mr Noon)〉(1984) 집필. 여름에 플로렌스에 갔다가 기혼녀 로잘린 베인스와 관계. 소설 《사랑하는 여인들(Women in Love)》 출판.

1921년 프리다와 사르디니아 섬 방문. 여름에 소설 〈아론의 지팡이(Aaron's Rod)〉 완성. 장편 수필 《정신분석과 무의식(Psychoanalysis and the Unconscious)》 출판. 시집 《거북이(Tortoises)》 출판. 여행 수필집 《바다와 사르디니아(Sea and Sardinia)》 출판. 《유럽사(Movements in European History)》 출판.

1922년 프리다와 실론 섬으로 가서 잠시 머물렀다가 오스트레일리아로 향함. 시드니 근처 티롤에서 소설 〈캥거루(Kangaroo)〉를 6주 만에 완성. 문인과 예술가의 후원자였던 부유한 미국 여성 메이블 도지의 초대로 8월과 9월 사이에 프리다와 남태평양의 섬들을 거쳐 미국 캘리포니아로 가서 뉴멕시코 주의 타오스에 정착. 12월에 타오스 근처 고지에 있는 델 몬테 목장으로 옮김. 소설 《아론의 지팡이》, 장편수필 《무의식의 환상(Fantasia of the Unconscious)》, 단편집 《나의 잉글랜드(England, My England)》 출판.

1923년 프리다와 멕시코의 차팔라에서 여름을 나다. 그곳에서 《날개 돋친 뱀(The Plumed Serpent)》의 첫 판인 《퀘잘코아틀(Quetzalcoatle)》 집필. 8월에 로렌스와의 심한 다툼 끝에 프리다 혼자 유럽으로 돌아옴. 로렌스 혼자 미국과 멕시코 여행. 12월에 영국으로 귀국. 중편집 《무당벌레(The Ladybird)》, 평론 수필집 《미국 고전문학 연구(Studies in Classic American Literature)》, 소설 《캥거루》, 시집 《새, 짐승 그리고 꽃(Birds, Beasts and Flowers)》 출판.

1924년 런던의 카페 로얄(Cafe Royal)에서의 식사 때 친구들을 뉴멕시코로 초대. 도로시 브렛이 3월에 멕시코로 가는 그와 프리다와 동행하는 것을 수락. 메이블 루한이 로보 목장(나중에 '키오와 목장'으로 개칭)을 프리다에게 선사. 로렌스는 답례로 《아들과 연인》의 원고를 선물. 여름 동안 로보 목장에서 중편 소설 〈센트 마우어〉, 중단편 소설 〈말을 타고 떠난 여인(The Woman Who Rode Away)〉, 중편 소설 〈프린세스(The Princess)〉 집필. 8월에 최초의 기관지 출혈. 9월에 아버지 별세. 10월에 프리다 그리고 브렛과 함께 멕시코의 오악사카로 이주. 그곳에서 소설 《날개 돋친 뱀》을 착수. 수필집 《멕시코의 아침(Mornings in Mexico)》(1927)의 대부분을 완성. 몰리 스키너와 공저로 《덤불 속의 소년(The Boy in the Bush)》 출판.

1925년   소설 《날개 돋친 뱀》 완성. 2월에 장티푸스와 폐렴으로부터 기사회생. 3월에 폐결핵 진단을 받음. 뉴멕시코의 키오와 목장에서 회복. 9월에 프리다와 유럽으로 돌아옴. 영국에서 한 달 머물렀다 이탈리아의 스포토르노에 정착. 프리다가 안젤로 라바글리(로렌스 사후 그녀의 세 번째 남편이 됨)를 만남. 중편 소설 《센트 마우어(St Mawr)》를 《프린세스》와 함께 출판. 수필집 《호저豪豬의 죽음에 관한 명상(Reflections on the Death of a Porcupine)》, 중단편 소설 《말을 타고 떠난 여인》을 출판.

1926년   중편 소설 《처녀와 집시》 집필. 로렌스의 여동생 에이더를 방문하고 돌아오다 프리다와 심하게 다툼. 도로시 브렛과의 정사. 프리다와 화해하고 5월에 함께 플로렌스 근처로 이주. 늦여름에 영국 방문. 10월에 이탈리아로 돌아와 《채털리 부인의 사랑(Lady Chatterley's Lover)》 첫 판(1944년 공식 출판) 집필. 11월에 제2판을 집필 시작. 작가 올더스 헉슬리와 마리아 헉슬리 부부와의 우정. 로렌스 그림에 손대기 시작. 소설 《날개 돋친 뱀》, 희곡 《데이빗(David)》, 단편 소설 《태양(Sun)》 출판.
1927년 《채털리 부인의 사랑》 제2판 (1972년 출판) 완성. 미국 화가이자 동양 사상에 심취한 친구인 얼 브루스터와 함께 이탈리아 중서부의 고대국가 에트루리아의 유적을 방문. 기행 수필집 《에트루리아 유적 스케치(Sketches of Etruscan Places)》와 중편 소설 《달아난 수탉(The Escaped Cock)》을 집필. 《채털리 부인의 사랑》 마지막 판(1928) 집필을 시작. 여행 수필집 《멕시코에서의 아침 (Mornings in Mexico)》 출판.
1928년 플로렌스에서 인쇄와 출판을 의뢰하여 《채털리 부인의 사랑》 출판. 영국과 미국의 구독자에게 배포하기 위해 애씀. 6월에 《달아난 수탉》의 후반부를 집필. 프리다와 함께 스위스로 여행, 남프랑스 방돌에 정착. 시집 《팬지(Pansies)》(1929)에 실릴 시를 많이 씀. 《채털리 부인의 사랑》의 해적판이 유럽과 미국에 등장. 단편집 《말을 타고 떠난 여인(The Woman Who Rode Away and Other Stories)》, 《D. H. 로렌스 시전집(The Collected Poems of D. H. Lawrence)》, 단편 소설 《태양》의 무삭제판 출판.
1929년 《채털리 부인의 사랑》의 해적판 범람을 막기 위해 염가판(1929)을 출판하려고 파리를 방문. 무삭제판 시집 《팬지》의 타이프로 작성된 원고가 경찰에 압수됨. 런던에서 열린 로렌스의 그림 전시회에 경찰이 급습해 13점의 그림을 압수. 프리다와 마조르카가 프랑스와 독일 바바리아 등지를 방문한 뒤 겨울을 나기 위해 방돌로 돌아옴. 시집 《쐐기풀(Nettles)》, 《마지막 시들》, 장편수필 《묵시록》 집필. 브루스터 부부와 헉슬리 부부를 자주 만남. 로렌스의 서문이 실린 《D. H. 로렌스의 화집畫集(The Paintings of D. H. Lawrence)》, 시집 《팬지》, 중편 소설《달아난 수탉》출판.

1930년 2월 초에 프랑스의 방스에 있는 요양원에 들어감. 3월 1일에 퇴원. 3월 2일 방스에서 사망. 3월 4일 현지에 묻힘. 시집《쐐기풀》, 수필《'채털리 부인의 사랑'에 관하여(A Propos of 〈Lady Chatterley's Lover〉)》, 중편 소설《처녀와 집시(The Virgin and the Gypsy)》, 단편선집《건초더미 속에서의 사랑(Love among the Haystacks)》출판.

1931년 장편수필《묵시록(Apocalypse)》출판.

1932년 수필집《에트루리아 유적 스케치》, 시집《마지막 시편(Last Poems)》출판.

1933년 《희곡집(The Plays)》출판.

1934년 희곡《광부의 금요일 밤(A Collier's Friday Night)》, 단편집《현대의 연인(A Modern Lover)》출판.

1935년 프리다, 그리고 그녀와 키오와 목장에서 동거하고 있던 안젤로 라바글리(두 사람은 1950년에 결혼한다)를 방스로 보내 로렌스 무덤을 파내어 화장해서 그 유골을 키오와 목장으로 가져오게 함. 산문선집《땅의 기운(The Spirit of Place)》출판.

1936년 잡문집《피닉스(Phoenix)》출판.

1944년 《채털리 부인 첫 판(The First Lady Chatterley)》출판.

1956년 프리다 사망, 키오와 목장에서 로렌스의 곁에 묻히다.

1962년 《서간집(The Collected Letters)》출판.

1964년 《시 전집(The Complete Poems)》출판.

1965년 《희곡 전집(The Complete Plays)》출판.

1968년 잡문집《피닉스 II(Phoenix II)》출판.

1984년 소설《미스터 누운》출판.

옮긴이 최인자

연세대학교 영어영문학과 졸업.
동 대학 대학원에서 영문학 석사를 마치고 비교문학과
박사과정을 수료함.
《조선일보》 신춘문예(평론 부문)에 등단했으며, 토니 모리슨,
네이폴, 주제 사라마구, 루이스 캐롤 오츠, 다니엘 디포 등
많은 작가들의 작품을 번역하였음.

무지개(하)

발행일 | 초판 1쇄 발행 2020년 10월 26일
　　　　초판 2쇄 발행 2023년　7월 25일

지은이 | D.H. 로렌스　　　　옮긴이 | 최인자
펴낸이 | 윤형두 · 윤재민　　　펴낸곳 | 종합출판 범우(주)
교　정 | 장웅진 · 한세라　　　인쇄처 | 태원인쇄

등록번호 | 제406-2004-000012호 (2004년 1월 6일)
　　　　　(10881) 경기도 파주시 광인사길 9-13 (문발동)
대표전화 | 031-955-6900　　팩　스 | 031-955-6905
홈페이지 | www.bumwoosa.co.kr　이메일 | bumwoosa1966@naver.com

ISBN 978-89-6365-299-3　03840

* 책값은 뒤표지에 있습니다.
* 잘못된 책은 바꾸어드립니다.